千年诗情

领略古典诗词的美

柳青 著

中国书籍出版社
China Book Press

图书在版编目（CIP）数据

千年诗情千年叹 / 柳青著 .— 北京 : 中国书籍出版社，2018.5
ISBN 978-7-5068-6908-9

Ⅰ . ①千… Ⅱ . ①柳… Ⅲ . ①古典诗歌—诗歌欣赏—中国 Ⅳ . ① I207.22

中国版本图书馆 CIP 数据核字（2018）第 124209 号

千年诗情千年叹：领略古典诗词的美

柳青　著

图书策划　牛　超　崔付建
责任编辑　李　新
责任印制　孙马飞　马　芝
出版发行　中国书籍出版社
地　　址　北京市丰台区三路居路 97 号（邮编：100073）
电　　话　（010）52257143（总编室）（010）52257140（发行部）
电子邮箱　eo@chinabp.com.cn
经　　销　全国新华书店
印　　刷　三河市华东印刷有限公司
开　　本　710 毫米 ×1000 毫米　1/16
字　　数　360 千字
印　　张　26.75
版　　次　2018 年 7 月第 1 版　　2018 年 7 月第 1 次印刷
书　　号　ISBN 978-7-5068-6908-9
定　　价　75.00 元

序 一
——自由的心灵在飞翔

邹贤敏

断断续续读完柳青的书稿《千年诗情千年叹——领略古典诗词的美》，那婀娜多姿、情志内蕴的文字始终盘桓脑际，绕梁不散，那穿云破雾、迎风傲雪的自由心灵更引领我穿越古今，出山入海，经受着一次又一次灵魂的震颤，精神的洗礼。这是一本个性张扬的书，一本能够让你放慢脚步，静下心来，读了开篇就想一直读下去的书。

自由的心灵在飞翔：从个人的性情出发钩沉遴选，创新体式。

柳青是中学语文老师，学生当然是她这本书的目标读者之一。但是，面对千年诗歌天空的耀眼星光，她摘取“诗星”的标准完全颠覆了应试教育的理念和套路，既不屑于围绕高考大纲规定的“必考内容”去编织什么诗歌欣赏的“宝典”“攻略”“核弹”，也不受缚于课程、教学大纲中专家们圈定的“课外阅读书目”。书稿的遴选突破了传统约定俗成的名家名作的尺度限制，既不沿袭文学史/诗歌史划定的诸如“在当时曾经有过重要地位和影响的作家作品”之类的框框，也不按照文艺学的流行观念“穷而后工”“愤怒出诗人”等等去指导取舍。她认为那是作茧自缚，必然收窄自己的眼光，抑制自己创造的活力，最后只能令读者看了书的目录就会兴味索然。

柳青有自己选材的标准，那就是“从个性出发，沿路捡拾随处可见的散落的珍珠”。因为“诗乃性情之物”，“每一代诗人，都有着他们不同的生命意识、不同的审美追寻、不同的人生价值，可是，相同的是那份诗意与情怀”。当选者的性情与诗人的性情相遇相合，就如同一个相见恨晚的知音，诗人诗作才会成为选者的审美对象，艺术欣赏、文学评论才会发生。柳青本就是痛恨虚伪的性情中人，她的心灵没有多少负累，轻飏直上。在风雅的儒士、诗意的文人、性情的诗人之林中自由穿梭，那些没有任何束缚的自由歌唱使她心醉神迷，不能自已。在她眼里，凡审美地表达真性情的诗歌，不论言志还是缘情都在可选之列。只有真性情的人生故事真性情的诗歌才是真正心灵的呼唤、灵魂的放逐、身心的交融，她的钩沉遴选可说是“随性所欲”。

然真性情的诗歌何其多，她毫不隐讳自己的偏爱：“或许是审美期待的差异，我更喜爱阅读那种散淡柔美的诗词。……诗歌仅仅拿来怡情养性，而不必充满杀伐之气。”如此，当读者打开书稿，熟悉又陌生，丰富又新鲜，从“《诗经》的浪漫”到“六朝的风采”，从“唐诗的风姿”到“清诗的性情”，从“白话诗的风流”到“网络诗的另类”；从“风情摇曳的美丽时光”到“左岸江湖，右岸琴声”，从“悲情诗人的心灵呼唤”到“我是人间惆怅客”，从“如秋雨般凄凉的内心世界”到“活在希望里虚构一个王朝”，一个个诗情画意的标题，无不是千年诗歌的诗性之美、诗心之美、诗趣之美的标记，折射出选者情怀的自在、思考的自主、放言的自由，从而唤醒读者沉睡的诗意，撩拨读者审美的冲动。

《千年诗情千年叹——领略古典诗词的美》的写法不同于“诗歌评论”和“诗歌鉴赏”这类流行的文艺批评模式，从书中有不少引自诗话词话的材料来看，著者可能吸取了我国古代文学批评中的“本事诗”和诗话的某些优长。

唐末的“本事诗”专记诗本事，以故事解说诗的背景、内容和写作过程。宋代诗话比它成熟，除“闲话”“记事”外，增添了议论和学问，有的还能针对当时诗坛存在的问题发表一些文学见解，指导诗歌创作与欣赏。柳青的书稿，共十一章，基本按照文学史的断代顺序编排，每章分若干节，除《诗经》外，每节评说一位诗人及其诗作（一首或数首），既“抒写性情故事”，又探究性情文本，二者互文互补融汇成一个整体。在情感充沛、优游自在的叙述与评说中，自然呈现出历史的背影、诗史的轨迹，故事中的人生、诗词里的性情，间或还有对时弊的抨击，关于古今知识分子命运的思索，写诗与读诗的点睛之论。这种新诗话的批评体式，随意收放，不拘一格，颇有张力，很适合著者“兼顾诗性与人生，历史与人文，思维与情感”的写作需要，大有利于她从性情出发张扬个性，因而具有一定的创新意义。

自由的心灵在飞扬：回归诗歌本体，持守“同情之理解”。

自由的心灵是评论者、欣赏者进入诗歌文本探寻诗人诗性情怀的通行证。宋代理学家认为，“心者性情之主也”，“心统性情”，我们不妨把佛教的“明心见性”理解为性情的呈现有赖于心的澄明自由。评论、欣赏主体心灵的自由源于专制观念的颠覆，思维桎梏的打破，精神污染的清除。作为一名现代知识女性，是中国优秀传统文化的熏陶和西方现代先进思潮的洗礼给予了柳青比较开放的思想、自由的心灵。在书稿中，这种心灵的自由表现在两个维度上，一个维度是对诗歌本体的认知与追寻。柳青说：“诗词的魅力，首先表现的是对一种美学意义的追寻。”甚至认为：“古典诗词，许多时候，写作的目的并不是为了表达情意，而是为了营造一种美学意义上的诗词境界。”这是很有见地的。的确，诗歌是人类自由生命的独特表现，是人类爱美天性外化的独特方式；诗的魅力就是美的魅力，写诗和读诗都是人们对美的一种寻找，对自我生命表现的一种肯定方式。面对诗歌，如果离开了审美这个本体，主体的心灵就会陷入政治教条、僵化思想的泥淖，那是怎么也自由不起来的。哪怕只是偏离这个本体，心灵的自由也会大打折扣，如同沉重的翅膀让鸟儿无法飞高飞远。柳青引领读者去寻找、体验和思索美的魅力，这正是《千年诗情千年叹——领略古典诗词的美》的魅力所在。比如对李商隐的诗，柳青就认为后人的阐释往往如同猜谜一般，不得要领，往往离开了审美的方向。当她把解读拉回审美的正道，发现“用高深的诗句诉说难以言明的哀伤，用远古的故事隐喻内心深藏的波澜”，就是李商隐寻找到的一种新的审美方式。他为什么如此选择？因为他写作之时，“就不想将那些隐秘的心事随意说出，他只想说给看得懂读得懂的人”。我认为此解颇中肯綮。

为让读者不在审美的道路上迷失，柳青在追寻诗词中的美学意义时，常常于不经意间发挥出一些诗歌欣赏的经验之谈，提醒、启发、引导读者。没有在传统文化中浸染过，没有长期的诗歌欣赏经验的积淀，这些看似平常的话是难以说出来难以说到位的。如柳青指出了在欣赏、评论中常犯的偏离审美方向的一个毛病：“欣赏诗歌，最怕的就是坐实了诗歌的意蕴。”这应该是诗歌欣赏与评论中产生种种“误读”的重要原因。消除“坐实”意蕴这种误读，柳青提出了最直接的方法“透过眼前实景，玩味内在意蕴，方为读诗之趣”，而只有“细细品味”，方能“读懂诗心”。读卞之琳的《古镇的梦》，如只盯住瞎子白天敲算命锣和更夫晚上敲报时梆的“实景”，是无法窥知“诗人蕴含在单调的场面描写之中的丰富思乡情愫”：生活的一成不变，毫无生气，看不到未来的希望。林徽因的《别丢掉》，在怀念徐志摩的单一意蕴背后还有深情倾吐、轻声叹息、哀告诉求、祈盼追寻、守候祈求，诸多微妙的波澜律动的诗情，最后才可能彻彻底底读懂她的诗心：“宣泄一种感伤而沉凝的情绪，一种隐幽而寂寞的思绪，一种欲说还休的尴尬，一种无可奈何花落去的惆怅，一种物是人非两茫茫的伤情”。穿透了眼前，就能见人之所未见，发人之所未发。在阐发《诗经·氓》的阅读体验的过程中，柳青还提出了突破“坐实”解码“误读”的根本解决之道，即要承认好的诗歌“具有多元解读的可能性”。这种源于心灵自由的多元解读，有时是一个词语，或一个意象，有时是一个形象，或一个意境。它既为诗歌自身的审美特质所决定，更与不同读者不同的生活经历、情感倾向、文化积淀、审美趣味和由此而来的对作品不同的主观感受（想象、体验、理解）分不开。这正是诗歌的巨大魅力所在，能够“让经典变得更为经典”。柳青特别强调了女权主义文学批评方法在多元解读中的重要性，这当然不难理解。她认为，面对《氓》这样的作品，女性阅读由于保持了一种独立与清醒的女性意识，将诗中女子放在与男子对等的位置，可以得出与以往不同的结论。在紧紧把握住审美方向的解读中，柳青娴熟运用女权主义批评方法，把女性意识发挥得淋漓尽致，从而颠覆了学术界几乎达成共识的“弃妇”说，诗中的“她”被重构重塑，站在读者面前的是“一个唯我独尊的女性叙事主体形象”，一个全新的别开生面的形象。多元解读不过是文学批评中的常识，但在《千年诗情千年叹——领略古典诗词的美》中得到自觉而充分运用，在当下教育语境中无疑具有挑战的意义。

对诗人诗作作“同情之理解”，是柳青自由的心灵进入文本探寻诗性情怀的另一个维度。史学大师陈寅恪说过，对于研究对象“应该有了解之同情”，就是设身处地地对其“所以不得不如是之苦心孤诣，表一种同情”。这实际上是提倡一种尊重历史和历史人物的史德，他说的是历史，也同样适用于文学批评/诗歌欣赏，可谓之文德。《千年诗情千年叹——领略古典诗词的美》无疑是一本讲究文德，有君子蔼然之风的书。面对千年诗坛千古诗情，柳青不是居高临下的判官，不是冷漠寡情的看客，也不是以意识形态之苛评为能事的说教者。她内心少有政治戒律的禁锢，美学教条的束缚，从心灵的自由中生成独到而柔和的眼光，敏锐而通达的思想，潇洒而宽容的气度，使她能够以开放通达的历史观回望过往的诗坛风景、人生故事、诗作情怀，带着深深的悲悯之心与诗人们交朋友，真诚地做他们才情的欣赏者、命运的同情者、困惑的解析者。在与诗人们心灵的融汇、灵魂的契合、时空的跨越中，她以自己的方式尽可能读懂他们的人生，读懂他们的诗。在她温婉流丽，柔中带刚的笔下，没有生硬的“爱国主义”“同情人民疾苦”的标签，没有冰冷的“时代局限”“阶级局限”的印记。时代的风云都有温度，悲情的诗人都有尊严。她力图从生命意识的细微褶皱中，从人性幽暗的隐秘角落里去抚摸那些鲜活的生命、诗意的灵魂，因此对诗人们在历史关头痛苦地作出人生选择时的“所以不得不如是之苦心孤诣”，有着深切的理解，真诚的同情。

柳青特别擅长从常见的诗性文本，特别是专家学者们尚未注意到的文本中去打开诗人的内心世界，在诗人内心最柔软的地方去发掘被遗忘的真情，被遗忘的诗性。比如李白，万千论著给我们描绘的是潇洒飘逸、桀骜不驯、玩世不恭的“诗仙”形象。关于他的爱情诗，最新的十一卷本文学史认为，那是“对妇女的命运提出控诉”，柳青却提出了质疑。她从一个全新的视角审视，认定“李白的爱情诗，与他平淡无奇的爱情生活一点关系也没有”。她从“入赘妻家十年”的故事推断，“在最浪漫最富有幻想的年龄，却没有幻想与浪漫的资本。所以，对女人，李白一直是若即若离甚至敬而远之的”。依据还来自于对两首遭冷落的《长相思》的细读，她发现了与诗仙李白性格与生活轨迹不相称的生活真实：“我想李白内心是寂寞的，他的相思曲才会抱怨之语多，钟情之语少。”柳青认为，像李白这样的男人是不宜于有家室的。因为，“家，是现实的存在。诗，是浪漫的幻境”。女性阅读的优势将李白拉下了神坛，她对李白无疑比我们有更多更深的“同情之理解”。其实柳青这种独到的眼光和悲悯的情怀，在追寻朝代更替之际的诗人们的心灵轨迹，关照面对多种人生抉择的诗人们的灵魂煎熬时，得到了更充分的展现，那里有更多历史的吊诡，人生的悲剧，美学的意味。正是在一幕又一幕跌宕起伏、诗情洋溢的悲剧中，柳青看到了诗人与时代的碰撞、人性的挣扎、生命的呼号，并把她对诗人们的“同情之理解”化为对中国知识分子命运的思考。

自由的心灵在飞翔：找回消失的诗意，安顿被纠缠和贬损的灵魂。

我们生活在一个没有诗意的时代，诗意已从大地和人的内心消失，灵魂的自由和尊严也随之受到纠缠和贬损，安顿灵魂的“诗意的栖居”成了空中梦幻。面对残酷的现实，柳青没有闭上自己的眼睛。当她“看到在尘世挣扎的灵魂”，“看到在生命的尘埃里苟活的芸芸众生”，“看到年轻人衷情网络游戏忘却了砥砺精神内质”，“忧思满怀”，叹息不已。的确，失去诗意的情怀和自由的心灵，也就失去了寻找、发现生活和世界美的眼睛，人生会陷入残缺、悲凉。唯有找回消失的诗意和美，找回与它相伴相随的心灵的自由和尊严，才能实现对苦难的救赎、对现实的超越。从哪里去找？柳青以己之力以己之长，把目光投向了中国古典诗词。在她眼里，那是一道迷人的风景，有诗意和美的营造，有心灵自由的追求，是一个“可以随意逗留随意休憩随意安顿”的心灵港湾，我们“从远古诗情获得精神的养料，于风物意境获得审美情趣，以此化解生命的艰辛和理想的幻灭”，来“完成心灵的安抚”，“充盈我们贫乏的人生”。正是知识分子的社会良知和这个平实低调富于诗情的认知，激励着柳青继出版《千古文章千古情》之后，又完成了这部姊妹篇，只为“唤醒心底沉睡的诗情，拂去现实人生的尘埃，勾起诗意栖居的梦想”。

在《千年诗情千年叹——领略古典诗词的美》中，柳青的现实关怀不是浮于面现于外的大词高论，而是心灵在自由飞翔中诗意的审美表达。她充分利用新诗话体式的张力，在展示诗性故事诗性文本，重构其中的画面、氛围和意象、形象、意境，重现诗人内心微妙的律动婉转的思绪之时，自由随性地融入自己的体悟与思索，设身处地心临其境为读者演绎了一出又一出人生诗剧，而又大多聚焦于一个又一个中国古代诗人的悲剧命运。从这系列悲剧中柳青体悟到：“中国古代文人，需要在出世与入世之间徘徊，总是辛苦而艰辛，需要在儒学与道学之间选择，总是矛盾而纠结。”“这是中国读书人的宿命，是几千年儒家文化浸染的必然。”此话在学理上并无什么新意，但泳涵着柳青寻找的千年诗情，饱蘸着柳青为之悲叹的千年诗人的血和泪，于读者就并非多余。书稿中对每个人生诗剧和悲剧命运的评述与思考，有些写得比较精彩且富感染力，而有的就不那么准确乃至有相抵牾之处，不会被读者完全认可与接受。但是，我比较欣赏柳青在这本并非专门的学术著作中提出中国知识分子的人生选择和悲剧命运这个问题的勇气，更关注她诗意的、审美的思考这个问题的过程，从这里强烈感受到她浓烈的人文情怀，她对知识分子追求灵魂自由与尊严，找到灵魂归宿——“回家的路”的悲悯之心和急切之情。显然，她写这本书不是为了发思古之幽情，引读者沉溺于诗意美，而是为了现在，为今日之知识分子特别是青年知识分子寻找诗意和美、自由和尊严的再生之道，寻找自己的安身立命之道提供借镜。从镜中的精神、灵魂之美，可以照见失去诗意和美的现实之乏味和丑陋，失去自由和尊严的灵魂之污秽和破损，使我们羞愧、惊醒，去洗涤、拯救、安顿自己的灵魂，增添改变生活的勇气，让诗意慢慢回到内心，回到大地。

柳青不仅从古代诗词寻找诗意和美，还给读者送去了现当代诗情的浪漫。古代知识分子的坎坷人生和悲剧命运“千载难解，千古延续”，现代知识分子的困境与此一脉相承。在他们身上也仍然延续着对诗意和美的追求，闪现出坚守灵魂自由与尊严的光影。书稿告诉我们：徐志摩之所以是“诗魂”，因为他一生都在追求爱、自由和美这单纯信仰的实现。余光中在对李白的追寻中重认传统，找回“整个民族的记忆”，实现了灵魂的超越。食指找到了安放灵魂最好的方式——与命运抗争，喊出了时代的强音：“人死了，精神永不沉默！”从而为我们保留了一块精神的高地。卧夫面对“王八看绿豆/癞蛤蟆走到了马路上”的现实，真情直言：“我做不到再用童年的目光阅读这个世界。”南山为了“寻找生命价值和生活真谛”，呼叫着“让酒精来燃烧雄性的血液”。老巢能在现世的安逸中闻到死亡的气息，他有一句诗可能流传后世：“换个朝代我也能认出自己。”柳青从个人性情出发捡拾的自由诗和网络诗，的确够得上是“古典情怀的现代延续”和发扬光大，是我们唤回诗意，找到灵魂回家之路的另一途径。所以，“最后两章在去留之间依旧留存”，是柳青作出的正确选择。当然，诗毕竟只是诗，不论古典的还是现当代的，其作用是有限的，正像书稿里引用的网络诗人余秀华说的：“诗歌并不能改变生活”，“诗歌不过是一个人摇摇晃晃地在摇摇晃晃的人间走动的时候，充当的一根拐杖。”这一点，柳青应该是清醒的。

离为《千古文章千古情》写序整整过去了六年，我自己一无长进，柳青却拿出了令我眼前一亮的新著，既高兴，又惭愧。她嘱我再写序，我也是几番犹豫，勉强应承。犹豫因年老，思维不畅，笔下笨拙；应承因友情，也因欲借她的酒杯浇我之块垒。动笔前看了柳青的《自序》，好像该说的都让她说完了，便想打退堂鼓。后来看到学者林少华先生几年前说的一段话，被刺痛，产生此时不吐更待何时的冲动。他说：“放眼周围种种现实，我痛彻地感到无论如何是到了安顿灵魂，看重灵魂的质地和自由的时候了！我们再不能眼睁睁地看着自己的灵魂在高墙面前卑躬屈膝，在物欲横流的臭水沟里痛苦地翻滚。”这话正契合了我的性情与心境，便鼓起勇气重新又拿起了笔。柳青是从个人的性情出发写书，我岂能不从个人性情出发写序？在前序中，我曾用“自由丰盈的心灵放飞，真诚现实的人文关怀，敏锐细腻的审美感悟，敢于破除陈言的勇气，柔中带刚的文字”评价《千古文章千古情》，应该说，柳青的这些个性化的特点在《千年诗情千年叹——领略古典诗词的美》里得到了更鲜明更充分更有深度和力度的表现，她的思想和才情得到了更自由的挥洒。毋庸讳言，书稿也有若干不足，主要是在涉及某些带学术性的问题时，有的缺乏论证，或论述不周；有的判断情绪化，略显武断；有个别地方出现硬伤，至少应存疑（如《胡笳十八拍》究竟是否蔡琰手笔），总之是不够严谨。但，瑕不掩瑜，这仍是一本难得的好书。

2017年元旦于武汉

邹贤敏：湖北大学文学院教授，湖北省美学学会副会长

序 二

——一韵千年诗意存

南 山

自仓颉造字，“天雨粟，鬼夜哭”，已经隐喻着出现的汉字是与天地相通的灵物，汉字的出现，不仅仅是一种符号和语言交流的工具，更是祖先们以此开拓数千年源源不绝华夏文化的根基。

朱熹诗云：“问渠哪得清如许，为有源头活水来”，有了如此灵性的根基，合字成文，聚语成篇，将无数对自然万物抽象中的感知，组合成象征、比喻、形容、夸张等等景致，波澜壮阔地一泻数千年，写就了华夏文化在人类文明发展史上的辉煌与灿烂。

“书卷多情似故人，晨昏忧乐每相亲。眼前直下三千字，胸次全无一点尘”，明代的于谦在《观书》一诗中的感叹，让我们回味悠长！汉字的组合形成浩瀚的书山诗海，那些记载了无数先人的文学、哲学、美学、宗教的华文雄章，让无数沉浸其间的思考，穿越数千年时空的阻隔，徜徉其间，乐此不疲！

寓居江南的柳青女士，是我相识近十年的文友。从事教育事业的她，对中国古典文化情有独钟。在数年前推出《千古文章千古情》一书后，对古典文学的探究疾风劲草一般一发不可收拾。近日寄来她的第二本书《千年诗情千年叹——领略古典诗词的美》的样稿，邀我为其作序，唯诚惶诚恐挑灯夜读，掩卷唏嘘，顿生敬意。

《千年诗情千年叹——领略古典诗词的美》一书，遴选中国历代诗词大家的代表作，以深情演绎，以性灵解构，以独立思维成篇，以唯美姿态阐述，进行一次诗歌的巡礼一次文化的探寻。作者以敬畏和严谨的姿态，读万卷书，思千年事。游江湖之远，登庙堂之高。探典雅疏朗之情，窥秀美遒劲之势。从先秦《诗经》的窈窕淑女，君子好逑始，至清末红楼香断、葬花悲吟止，兼顾现代的才子风骚及当代的网络精品，以自由自在的唯美姿态，以独立思维为前提，捕捉数千年中国诗歌发展进程中的那些起伏跌宕的诗情，将灰色的诗歌理论外化为诗性的文字，娓娓道来，舒缓自如，契合诗词大家的诗性表达。

独立创作，最难能可贵的是独立的个性思维。文章千万家，谁敢称第一？中国诗歌发展历程的每一个阶段，都会出现代表性的人物。这个人物是上天赐予华夏文明的礼物，他以敏锐的思维窥视天下，以个性的思维阐述宇宙万物和人间百态，以执着的文笔记载迅雷惊电和落花飞絮。他时而悲，时而喜，在四季轮换的每一个时刻，审视着众生审视着天下。

我们渴望着独立的个性思维创造和创作，只有在具备独立思维的逻辑分析的前提下，我们华夏文明延伸和文化发展的历史长河才会清澈，才会绵延千年，才会形成真正的百家争鸣，百花齐放。由此，我们多么怀念春秋战国时期无拘无束的人文意境，多么希望文学的天空始终延续着自由之思想、独立之精神。

我很欣慰地看到，柳青的解析和阐述中，保留了可贵的独立思考的个性。她放马晴空，任思绪飞舞。不受所谓名家大家的思维桎梏，大胆而恣意地挥洒着自我意识，自我放逐自我追寻，在个性的解构中寻求唯美的诗情诗意，她是真诚的，她是执着的。

《千年诗情千年叹——领略古典诗词的美》一书，是柳青沉寂数年后的又一力作。其间，可寻荒原疾风去远方流浪，可登高望远去领略王朝替换江山易主的悲鸣，可与海上明月共潮生，可与边塞狼烟同吟唱。领略雁落平沙之寂美，极目远山含黛之神韵。你可以煮酒胡笳十八拍，你可放歌大江东去浪淘尽。你更可以在碧云天黄叶地中遐想，也可以在知音少断弦谁人听中落泪。

在其间，你可以感受狂生飘逸的放浪不羁，可以感受江南水乡佳人的婉转低吟，可以感受凄风苦雨低吟凄婉的人生故事。

华夏的诗文，天地合一，道法自然。是以庞大的严谨的文化和哲学的体系作为依托，即便再是数千年以后，依旧满天星光闪烁而不会湮没。这是一个文者，永无止境的远方；这是一个思想者，永久的期待。是为序！

2016年6月16日嘉州笔

自 序

——一梦烟尘万古情

“在心为志，发言为诗。情动于中而形于言，言之不足故嗟叹之，嗟叹不足故咏歌之，咏歌之不足，不如手之舞之足之蹈之也。”（《毛诗序》）我国文学史上第一篇诗歌专论《毛诗序》，中国古代文学批评史的开山之篇中，关于诗歌起源的经典之说，成为千年诗词国度的一种普遍的文化认同，诗歌——来源生活发自性灵。

从“关关雎鸠，在河之洲”开始，中国的诗人从源头走来，带着他们的浪漫，带着他们的深情，带着他们无与伦比的才情，开启了诗言志的时代，也开启了千年诗歌国度的大门。每一个朝代的更替，每一次历史的变革，都为诗歌的繁盛与辉煌提供了更为广阔的背景。每一代诗人，都有着他们不同的生命意识、不同的审美追寻、不同的人生价值，可是，相同的是那份诗性与情怀。

华夏千年的文化，为每一个中国人准备了一场精神文化的盛宴，作为一个中国人，错过这样的盛宴是一件遗憾的事情。当我看到许多在尘世挣扎的灵魂，我会为他们掬一把同情之泪。当我看到芸芸众生在生命的尘埃里苟活忘却了古典诗情的浪漫，我会为千年诗情的凋零而哀婉叹息。当我看到年轻人衷情网络游戏忘却了砥砺精神的内质，我会为千年文明的冷落而忧思满怀。于是，我想要重拾古典的诗情、人文的情怀，而现代诗歌与当代诗歌甚至网络诗歌的补充与审视，恰好是古典情怀的现代延续。

《千年诗情千年叹——领略古典诗词的美》是一次个性张扬。在这里，从那些散落的诗词间架构起一座打通时空隧道的桥梁，开启一扇通向隐蔽世界的大门，用华美的乐章抒写性情故事，探究诗词中透出的微妙的波澜律动的诗情、坎坷的人生、婉转的思绪。我想与诗词大家有一次灵魂的契合、一次心灵的沟通、一次时空的对话。我想从他们悲欢离合的故事中感受原初的生命，从远去的时代里捕捉复杂人生的轨迹，从散落的时光中追寻远去的幽灵。

《千年诗情千年叹——领略古典诗词的美》是一次文化之旅。在这里，我发现了第一次吟花抒怀的诗人，我知道，那朵娇艳而繁盛的桃花至今依旧香飘四方。我发现了第一个发思古之幽情的诗人，我知道，那些悠远而繁杂的思绪至今依旧随风飞舞。我发现了第一首歌咏女性之美的诗篇，我知道，娇艳如花的女子，亘古不变的爱情故事，是诗歌永恒而不朽的主题。我发现了第一个改变历史进程的才女，我知道，这样的杰出女性，不只是独立存在于某一个特殊的历史时期，而是江山代有才人出，千年延续，余脉至今未了。

《千年诗情千年叹——领略古典诗词的美》是一次美学之旅。在这里，有一生漂泊浪迹天涯的诗人，他们的辛酸与悲苦都化为了一缕诗魂，凝聚成诗。有一生阅尽人世沧桑的诗人，他们的深情与执念都化为了回环韵律，流芳百代。有一生自在放浪形骸的诗人，他们的随性与灵动缔造了悠远情丝，千年不衰。

《千年诗情千年叹——领略古典诗词的美》是一次思想之旅。在这里，我遇见了那些具有远见卓识而又被生活不断挤压的思想者，那些想要改变历史而又无力养活自己的行路者，那些忧心如焚而又满怀激情的探索者，那些兼济天下苍生而又难以周全身家性命的前驱者。在这里，有矛盾的聚焦，有个性的张扬，有生命的毁灭，有思想的碰撞，有现实的残酷，所有这些复杂的元素，让诗人左右为难，举步维艰。千年诗性，就在这样的凄风苦雨中长成参天大树。

《千年诗情千年叹——领略古典诗词的美》是在《千古文章千古情》之后的一次新的审美之旅，一次新的文化探究，一次新的钩沉遴选。我想要涵盖从《诗经》开始的千年诗歌，兼顾诗性与人生，兼顾历史与人文，兼顾思维与情感。可是，我知道这样的追求实在是不自量力。于是，我只能从个人的性情出发，沿路捡拾随处可见的散落的珍珠。我想告诉我的读者，这些诗歌背后的那个王朝的身影，这些性灵文字背后的那个丰满的人生，这些优美语言背后的那些张扬的个性。今天，当诗歌边缘化之后，我们依旧可以在现实的夹缝中翻阅历史上那浩如烟海的诗词歌赋，充盈我们贫乏的人生。依旧可以诵读华美的乐章，与古人进行一场隔空对话，与亡灵有一个秘密的通道，我希望因我的努力，唤醒心底沉睡的诗情，拂去现实人生的尘埃，勾起诗意栖居的梦想。

目录

第二卷　汉诗的风韵

第三卷　魏晋的风骨

第四卷 六朝的风采

第五卷 唐诗的丰姿

第六卷 宋词的风雅

第七卷　元曲的冲淡

第八卷 明诗的性灵

第九卷　清诗的性情

第一卷　《诗经》的浪漫

古典的情怀　千年的浪漫

——遇见《诗经》

作为中国文学的主要源头之一，《诗经》受到历代读书人的尊崇，经历两千多年已成为一种文化基因，融入华夏文明的血液。一部《诗经》就是一条美丽的文化之河。漫游其间，不仅能感受它的文字之美，更能体验两千多年前殷周时期人与自然、人与社会的纯朴关系，遥想那个时代人们的聚散离合、喜怒哀乐与爱恨情仇。

《关雎》，生命的延续只有以爱的方式，才最美最纯最感人。《桃夭》，花开花落，一世轮回。和谐而悠扬的旋律，传唱千年。《汉广》，千姿百态的游女，因了“汉之游女”而氤氲开来散漫开来，弥漫于历代诗词歌赋间。《野有死麕》，那朵开放在原野的玫瑰，至今依旧盛开在我们的心灵深处，流转着沁人的清香。《击鼓》，“执子之手，与子偕老”。当我们无数次重复着动人心魄的誓言时，有谁知道，其中，蕴含着一个忧伤的故事。《氓》，以抒情的语言，演绎着理想的爱情故事，虽然理想不免破灭。以灵动的语言，演绎着女子的娇羞，虽然美人不免迟暮。以诗意的语言，演绎着女子美好的生活愿望，虽然愿望不免苍凉。

……

这是一组用抒情的笔调演绎的神话故事，用单纯的心灵演唱的古老童谣，用理想的梦境呈现的千年浪漫。是《诗经》，触动了我们深埋的情愫，唤醒了我们沉睡的情思，激发了我们敏感的诗情，使我们思绪飞扬，使我们个性张扬，使我们的心灵与远古的人们一起律动。在这样的美学之旅中，我们精神开始丰盈起来，抚摸生命最初的模样。

《诗经》，那充满生活情趣的图景，让我们引领神往。那流露本色自然的情愫，让我们流连忘返。那泥土的气息，河水的氤氲，旋律的悠扬，文字的甜美，淳朴的情感，那些来自自然的生活情趣，那些天籁般的歌唱，让我们陶醉其中，无可逃避。

一首传唱千年的恋歌

——《关雎》

那对偶然飘落水边的雎鸟，不会知道，自己的一次无意的吟唱，居然传唱三千年。不会知道，自己的一次无意的和鸣，开启了中国古典文学的大门。不会知道，自己的一次爱情表白，引动了无数少男少女的情丝。

那个偶然出现在绿水之间的少女，不会知道，她的一个简单的动作，引发了一位少年的痴恋，不会知道，这样的恋情，延续三千年，赢得了中国男子三千年的痴情。

那个偶然路过河滨的男子，不会知道，自己的一次脱口而出的歌谣，传唱了三千年。这位岸边徘徊，低首沉思的男子，赢得了中国女子三千年的守望。

在河边，在岸上，在柳树下，在水草间，在每一个仲春之日，在每一个花开的季节，在每一个驿动的青春的心灵，那对相思的鸟儿总是音韵悠扬地响起爱恋的歌谣，那位风度翩翩的君子总是引领着前行的脚步，那位穿梭水中的淑女总是漫不经心地荡漾山水间。

河边的爱情，总是显得格外的圣洁，一如那清澈见底的流水。河边的爱情，总是显得格外的绵长，一如那绵延不断的流水。河边的爱情，总是显得格外的坚贞，一如那永远东逝的春水。

最长久的爱情一定是以最真实的生活为基础的。人类第一次的爱情誓言，是在有节奏的劳动中产生的。那位姿容俊美举止优雅的少女，驾一叶扁舟，穿行在碧波荡漾间，时不时地俯身采取荇菜，那时的河水，一定是甘醇如酒。那水中的绿色一定是可以散发出醉人的芬芳。那两岸的风物，一定是不带任何的杂质。此时，若正好是春光明媚时，那么，树影倒映水中，绿水照见青山，天空一片澄明，湖光山色，自然分外妖娆。这样的天地间，一位劳动着心无旁骛的少女，引动着路经此地的少男的心思。情不自禁地唱起了情歌："关关雎鸠，在河之洲。窈窕淑女，君子好逑。"

歌声悠扬，婉转迷人。那歌声，带着远古的音韵。犹如千古缠绵不绝的生命呼唤，犹如天外之音悠扬婉转，犹如高山流水丝竹冬雪。余音缭绕，回肠荡气。

第一个演唱《关雎》的歌者，不会知道他的一次爱恋，成就了一个美丽的故事：

那位深居闺阁的杜丽娘，竟不知自家有着一座大花园。那位严厉的父亲，深怕女儿因为百花盛开而心思萌动，因为蝴蝶纷飞而想入非非，而禁止女儿踏入花园。给杜丽娘授课的是年已六十的迂腐老先生。当老先生讲授着《关雎》是一首宣扬后妃之德的诗歌时，杜丽娘无法理解。那些曲解的诗意，在一次偷偷游园之后，被她彻底大胆地颠覆了。也难怪那位父亲要禁止她踏入自家花园了。因为再迂腐的人也深知，少女的情思，是很轻易就会被引动的。

情不知所起，一往而深。她在情思的释放与自由中，深味《关雎》真意："雎鸠尚然有洲渚之兴，何以人而不如鸟乎？"进而感叹"似这般花花草草由人恋，生生死死随人愿，便酸酸楚楚无人怨"。她深叹"白日消磨肠断句，世间只有情难诉"，那盛开的百花，成对的莺燕，扰乱了少女的情怀，"原来姹紫嫣红开遍，似这般都付与断井颓垣……"如此美好的春光却无人欣赏，杜丽娘由此联想到自己，不禁悲从中来，一种自怜的情绪油然升起。

第一个演唱《关雎》的歌者，不会知道他的一首情歌，成就了一段缠绵的佳话：

那个驰骋疆场的一代枭雄，那个建立三百年大清帝国的皇太极，当他一首在册，吟唱《关雎》之时，不知会是什么样的情景。若吟唱金戈铁马，高唱大江东去，自是和谐美妙。而低吟“窈窕淑女，琴瑟友之”，那种缠绵悱恻的情状该如何显露呢？实在难以想象。不管如何，这位纵横疆场的英雄，一定是格外喜欢《关雎》这样的情诗。否则，他不会为自己心爱的女人专门建造一座“关雎宫”。

皇太极一生女人无数，而最钟爱的唯有海兰珠。在沈阳故宫中，至今依然保留着一座皇太极为他钟爱的妃子宸妃海兰珠建造的“关雎宫”，以此盛赞这位绝代佳人的姿容娇媚与贤惠温柔。据说海兰珠嫁给皇太极时年已26，且已有过一次婚姻。海兰珠弥留之际，皇太极正在松山战场上指挥作战，得知宸妃病危，立即兼程赶回盛京，当他进入关雎宫时，宸妃已驾鹤瑶池，皇太极悲恸欲绝，寝食俱废，不到两年，亦命归九泉。这位叱咤疆场的风云人物，弥留之际，一定回忆着“窈窕淑女，琴瑟友之”的美好时光。

五千年的文明之花，开放出灿烂的爱情之树。三千年的文化之河，流淌出沿河两岸的富饶繁盛。生生不息的是人们永远张扬的个性，生生不息的是人间永远的恋歌，生命的延续只有以爱的方式才最美最纯。于是，《关雎》流传至今。

关　雎

关关雎鸠，在河之洲。窈窕淑女，君子好逑。
参差荇菜，左右流之。窈窕淑女，寤寐求之。
求之不得，寤寐思服。悠哉悠哉，辗转反侧。
参差荇菜，左右采之。窈窕淑女，琴瑟友之。
参差荇菜，左右芼之。窈窕淑女，钟鼓乐之。

人面桃花相映红

——《桃夭》

“仲春之月，令会男女。于是时也，相奔不禁。若无故而不用令者，罚之。司男女之无夫家者而会之。”

总以为，中国的礼治，一定是板着面孔教训人的刻板样子，指手划脚，令人不准这样不准那样的一些教条。却原来如此深谙人情充满情趣。

法国人浪漫，英国人绅士。其实中国人，骨子里很浪漫，行为上很绅士。一部《诗经》，就是最好的明证。先民们早就懂得，春天，是谈恋爱的季节。没有家室的适婚男女，仲春之月，不谈恋爱而忙着赚钱，那是要被惩罚的。

不知是什么样的惩罚。罚款？就像今人喜欢的做派。罚他们嫁娶不喜欢的人？这样的惩罚似乎很有想象力。罚他们必须参加许多的婚礼场面，让他们去感受婚恋的种种情景，从而心向往之？这样的惩罚似乎最浪漫也或许最有效？

只不知道，那时，是否真的就有人，让他大胆谈恋爱而不去的。让他可以自由选择，看上谁就牵手，却不愿意的？

今天，我们离开《诗经》的时代已经太遥远。《诗经》的纯真与诗意的生活成为一个无法追寻的梦境。

今天，当我们用低俗恶搞爱情，误读爱情内涵的时候，其实，我们已经开始背离了自己的人性而趋向兽性。

今天，青年男女的婚恋，看物质，看地位，看身价，看是否潜力股。早就将那一份爱恋的情感，浪漫的情怀，抛弃得很彻底，很干脆。太现实的人生是最容易乏味的。

总以为《周礼》是束缚人手脚的教条，却原来如此可爱如此可亲。喜欢这样的法令。不知道如今的律令，针对单身男女，适婚青年，是否也该出一条法令，谈婚论嫁，只看双方的品貌才能，而不看双方的地位身份与财富。否则，罚之！

让我们回到《诗经》的时代，回到《桃夭》热闹的婚礼。

“人面桃花相映红”，阳春三月，那美艳的桃花将女子的容颜衬托得格外的娇美。盛装而嫁的女子美若桃花，谦谦君子心仪已久。在回环往复的婚礼序曲中，美好的祝福响彻云霄。优美的旋律回荡在整个村庄。

“桃之夭夭，灼灼其华”，美人如花，花有各色，各有姿态，各有情调，各有风姿。只有美若桃花的女子，才会是令人浮想联翩的佳人，才是心生遐思千娇百媚的佳人。而所有待嫁的新娘都是一朵盛开的桃花。都是开满花树娇艳而迷离的美人。

当婚礼的序曲奏响的时候，美丽的新娘带着如花的美貌步入新婚的日子，开始人生最悠长的岁月。一切的幸福，皆在于自己对未来生活的期盼与努力，并不在于享有现成的物质与财富。

“之子于归，宜其室家”，新人的到来，是为了和谐一个家庭，是为了成就女儿家单纯的心意。和美幸福，并不需要多少物质的保证，也不需要海誓山盟。要的只是一种平淡平静的生活保证。

美丽的容颜稍纵即逝，婚姻并不只是一瞬的灿烂奢华。未来悠长的岁月需要平常心境慢慢坚守。当我们的青春、容颜、激情慢慢消退时，将日子过得平静，在每一个清晨与傍晚，与家人默默相守，静候新生命的降临，静候岁月老去。不言不语，无怨无悔，没有波澜的生活才是最常态的生活。这样的幸福才会久远。

女人的一生时光犹如一段花期的来去。桃花盛开，千娇百媚，享受夫唱妇随的幸福时光。桃子满树，子孙绕膝，享受子孙贤良的天伦之乐。枝叶繁茂，播洒美善，享受大家庭的和谐之美。

《桃夭》的旋律一定是和谐而悠扬的，也一定是婉转而悠远的。一如那和谐美满的婚姻，一如那婉转而优静的女子，一如那悠长而幸福的生活。

简单的祝福，简单的诗句，传唱千年，韵味无尽。花开花落，一世轮回。

桃　夭

桃之夭夭，灼灼其华。之子于归，宜其室家。

桃之夭夭，有蕡其实。之子于归，宜其家室。

桃之夭夭，其叶蓁蓁。之子于归，宜其家人。

盈盈一水间

——《汉广》

阅读《汉广》，会有许多的疑问萦绕：高大的乔木为何不能成为纳凉的所在？那个隔江相望的女子，为何只能成为别人的嫁娘？悠悠江水，为何就轻易阻隔了樵夫浪漫的爱恋？汉江悠长，隔江相望，樵夫如何瞧见女子美丽的容颜？又如何确定，那个婉转的身影，就是自己日夜的牵挂？江水既已无法度越，马儿要来又有何用？

樵夫之于游女，或许只能算是一次深情的单相思。是原初的一见钟情？是原始的心灵律动？是樵夫面对汉江之水时一次浪漫的幻觉？砍樵时无意间的心猿意马？游女不知，汉江不知，马驹不知。只有樵夫内心的波澜印证了这一次的遇见。这样的相遇，开启了后世无数多情男子的心扉。爱恋，有时候，是可以一个人完成的。

当我们这样言说的时候，许多问题或将迎刃而解了：

山中乔木是樵夫此时最想要依靠的对象。然而，樵夫知道，这样的依靠，一旦拥有就有了永久的依赖，如同那位游女，遥不可及，只能留存幻想之中。

对岸女子是樵夫此时心中最美丽的娇娘。然而，樵夫知道，这样的爱恋只是自己一次偶然眺望的产物。江水阻隔，虚无缥缈，只能隔江而望。

那些溪谷间突出的石块，那些谷岸间生长的藤萝，那些自然倒下的树木，如何成为樵夫横渡汉江之水的桥梁。如何跑马江上，追寻那远去的背影。但是，樵夫决定将自己的这一个美梦做得彻底而坚决。让平凡的生活多一些色彩，多一些滋味，多一些空灵，让日后的生活多一些粉红的记忆。恋爱，许多时候，只是成为人一生中的一抹微红，成为隽永而甜蜜的回忆。如此而已，仅此足矣！

“汉之广矣，不可泳思；江之永矣，不可方思。”回环往复的叙述中，樵夫一次次残酷地将自己从梦境中拉回到现实的此岸。正因为如此，樵夫的爱，才具有了穿越千年的永恒，才具有了摄人心魄的旋律。是明知无望却忧思难忘的执念，是身在此岸心念彼岸的坚持。

樵夫的世界，在这样的期盼中开始明媚如春。将那些琐碎的日子过得精彩与丰富起来。有了诗意的生活总是让人羡慕与仰视的。

人活着，不只是为了活着，是要有精神的养料与心灵的抚慰。而那个江水永隔的游女就是樵夫心灵世界的一道美丽的风景。

行文至此，我有意回避了关于“游女”的问题。将关注的焦点放在樵夫身上。此时，当我们追寻着樵夫的视线，将目光投注在游女身上时，不禁自问：游女？是良家淑女？是贵族千金？是云游仙女？是游玩女儿？且看那些穿梭在诗文之中的游女：

“听棹歌、游女采莲归，声相应”，这是一群劳动着并快乐着的女子。她们采莲归来，笑语盈盈。

“游女泛江晴，莲红水复清”，这是懂得享受生活懂得亲近自然的女子，她们粉红的笑脸与满池莲花相映成趣，相得益彰，倒影水中，景中含深情，画中有逸趣。

“少年羁络青纹玉，游女花簪紫蒂桃”，这是被少年宠爱着的，花团锦簇中的，踏青郊游的女子，她们美丽而青春的笑靥在华装彩服与鲜花点缀之间，楚楚动人，看着就是一种精致的美。

“游女汉皋争笑脸，二妃湘浦并愁容”，此诗，似乎最为切近“汉有游女”的意象，汉水之滨的女子，自由地行走在自己的春天里，自在地徜徉在自己的诗情中，任凭那个樵夫浮想联翩，任凭那个痴情的男人肝肠寸断。她们欢笑的容颜，令女神为之失色。

“遗民几度垂垂老，游女长歌缓缓归”，有谁知道，那个踏歌而归的游女，寄予着一段美丽的爱情故事，那个驰骋疆场的吴国君主，那个目不识丁的草莽英雄，居然懂得用优美的诗句唤回心爱的妻子。这是备受宠爱而又懂得珍惜的女子，是许多男人心中最合适的伴侣。

“离人忽有重来日，游女初非旧少年”，这是多愁善感的女子，带着些许的伤痕，带着些许的惆怅，带着些许的离愁，哀怨的女子，总是更容易博得男子的怜惜与眷顾。

游女的意象如此丰满，这千姿百态的游女，难道是《汉广》中汉江游女的化身？因了“汉之游女”而氤氲开来散漫开来，弥漫于诗词歌赋间，久久不愿离去？

汉 广

南有乔木，不可休思；汉有游女，不可求思。
汉之广矣，不可泳思；江之永矣，不可方思。

翘翘错薪，言刈其楚；之子于归，言秣其马。
汉之广矣，不可泳思；江之永矣，不可方思。

翘翘错薪，言刈其蒌；之子于归，言秣其驹。
汉之广矣，不可泳思；江之永矣，不可方思。

原野里，那盛开的玫瑰
——《野有死麕》

作为中国人，我们总是自豪于五千年文明的辉煌，五千年文化的厚重。许多时候，这辉煌，迷茫了我们的视野。这厚重，让我们犹如身背枷锁，举步维艰。

我们总是喜欢将那些贴近生活、亲近自然、没有喧哗的作品称为唯美的性灵之作。其实，历史沿路走来，文化裹挟其中，文学记载着人们越来越复杂的情愫，难以真正地不带一丝尘埃。只有《诗经》，才是真正远离尘嚣的来自源头的歌唱。

两情相悦，本就是一个简单的问题。却随着文化的积淀，情感的多样，甚至政治的需要，经济的发展，正变得越来越复杂，越来越让人难以琢磨。如今的许多情感，早已背离了当初的模样。充斥耳膜的靡靡之音，什么时候，超越过《诗经》歌曲的悠扬而悠长。

《野有死麕》，毫无美感的标题，那些真实而不做任何修饰的场景展现在人们面前。一只死在丛林的野鹿，背后隐藏的一定是一场紧张而惊心动魄的狩猎故事。这些被隐去的叙述，给读者无限的想象空间：茂密的丛林中，一只奔跑的野鹿，一个沉稳的狩猎者，一场智慧与耐力的较量。只有胜利者，只有勇敢的男人，才配得到那个怀春少女的爱情。

“白茅包之”，白茅，可入药可佐餐可织衣，无一不可用。他们的爱情就犹如这平淡而生命力极强的白茅，无须伪饰无须装点。一切顺乎自然天性。

只有将战斗的胜利品亲手交给那美丽的少女，才会换来火热的爱情。一切出自自然，一切出自心性。没有矫揉造作，没有故意为之的矜持，没有任何设防的单刀直入。即使是温婉如美玉的女子，也是那么地率真而娇媚。今日读来，依旧可以听到那位美丽的少女，在情窦初开的时候，与那个英俊的猎人咬着耳朵絮絮而语，互诉衷情。也似乎依旧可见，那急切的少年面颊红润，紧张慌乱的神情。那少女软言细语的提醒，只是，不要惊动了那只喜欢叫唤的小狗，不要凌乱了长裙的飘带，不要过于鲁莽……

那充满生活情趣的图景，让我们引颈神往。那流露本色自然的情愫，让我们流连忘返。那泥土的气息，山林的宁静，旋律的悠扬，文字的甜美，淳朴的情感，那些来自自然的生活情趣，那些天籁般的歌唱，让我们陶醉其中，无可逃避。

是《诗经》触动了我们深埋的情愫，唤醒了我们沉睡的情思，激发了我们敏感的诗情，使我们思绪飞扬，使我们个性张扬，使我们的心灵与远古的人们一起律动。

那位纯情的少女，那位勇敢的少年，复活着内心深处沉睡着的浪漫与激情。懂得爱，才会懂得生活，才会懂得美，懂得善，才令我们的生活明媚如春，才不辜负一季花开的日子。

那朵开放在原野的玫瑰，至今依旧盛开在我们的心灵深处，散发着沁人的清香。

野有死麕

野有死麕，白茅包之；

有女怀春，吉士诱之。

林有朴樕，野有死鹿；

白茅纯束，有女如玉。

舒而脱脱兮，无感我帨兮，

无使尨也吠。

独立西风啸挽歌

——《击鼓》

两千年的故事，挟裹着经典的气息，附带着厚重的文化，附丽着千年的期待。无论光阴如何流转，这个故事总是留存于人们记忆的深处。一个普通的故事，只是因为来自文化之源，用诗经特有的语言传唱，于是含着远古的韵味。她，用初民淳朴而单纯的思维演绎着千百年来人们共同的命运，相同的期待，一样的愿望。用单纯的文字，抒写的是亘古不变的爱情故事。

被迫远征的男子，从战争一开始，就知道无法掌握自己的命运。急促的战鼓声，背后是多少离人的眼泪？远征异国，生死难料。在冷兵器时代，战争的胜负，是以伤亡数字衡量的。一次战争之后，侥幸活着回来，那是上天的特别眷顾了。

“死生契阔，与子成说。执子之手，与子偕老”， 那个骑上战马的男子的誓言当初只能留在狂野，留在女子日夜思念的漆黑的夜晚。今天，已经很少有人知道《击鼓》背后深藏的凄凉故事。今天，已经演变为浪漫爱情故事的序言，幻化为温暖而美丽的童话故事。年轻的人儿徜徉其中，感受着幸福的时光。今天，当岁月老去，历经千年的故事，淡退了凄凉，留下了温馨。

然而，我还是固执地以为，“死生契阔，与子成说。执子之手，与子偕老”，是要有那个故事作为支撑才会更加美丽，才会更有情感的冲击力，才会使爱有了厚重的分量。

这是一个不幸的男人：

或许是因为他特殊的身份，一个有着官阶的士兵？一个作战勇猛的士兵？一个命运被绑架的士兵？战鼓响起，当别人可以留守家园，建筑城墙之时，他只能选择远行，离别心爱的姑娘。当别人可以随着一次战争的结束而回归家园的时候，他却只能选择继续远行。

这是一匹驰骋的马儿：

男子急于归家的心思，马儿又如何能够了解？人是留恋家园的，马儿是留恋疆场的。只有驰骋疆场，才是马儿的归宿。一个留恋家园的士兵与一个留恋疆场的马儿，他们的组合只能是一个悲剧。

这是一场没有结局的战争：

当其他的征人已经踏上归家之路，而他，路在何方？别人顷刻就可与家人团聚，会见心爱的姑娘，而他，连那个朝夕相处的马儿，也不知踪影。

“从孙子仲，平陈与宋”，能有战马，那么，这个士兵最起码也是一个下级军官。或者是将军的卫士。所以，经历了两场战争，依旧不能归家。将军作战到哪儿，就必须跟随到哪儿。

这是一位等不到爱人的姑娘：

“死生契阔，与子成说。执子之手，与子偕老。”悲伤的语言，诉说着凄美的传说，今日，当我们无数次重复着动人心魄的誓言之时，有谁知道，其中，蕴含着的却是如此忧伤的故事。这个故事，没有结局，那个伤心的姑娘，或许终其一生，也无法等到夫君的归来，终其一生，在无数个日日夜夜，无数次泪湿衣襟，也无法等回那个远征的男人。等待与思念，是她爱情生活的全部。

这是一个无法信守的诺言：

或许，男子心中早已经知道，他们的那一次离别，就是生离死别。内心有了一份眷恋，有着一份长相思，那是他唯一能够挨过漆黑夜晚的心灵慰藉。而那个痴情的女子，是否知道，这一生的幸福，或许只能托付那西沉的斜阳，托付那茫茫的夜晚，托付那一轮明月。

寒来暑往，在那西风中，孤独地等待与守望的，不只是一位哀伤的军人，也不只是一位无望的姑娘。一起守望的，还有那流传至今的歌谣："死生契阔，与子成说。执子之手，与子偕老。"

真正的爱情故事总是带着忧伤的，美好的情感总是有着遗憾的。

击鼓

击鼓其镗，踊跃用兵。土国城漕，我独南行。

从孙子仲，平陈与宋。不我以归，忧心有忡。

爰居爰处？爰丧其马？于以求之？于林之下。

死生契阔，与子成说。执子之手，与子偕老。

于嗟阔兮，不我活兮。于嗟洵兮，不我信兮。

衔环结草 生死不负

——《木瓜》

《诗集传》云："言人有赠我以微物，我当报之以重宝，而犹未足以为报也，但欲其长以为好而不忘耳。"

你赠送瓜果，我回赠美玉。即便如此，亦是难以报答，心内只是希望与你永久交好。一言无法表达情义，以致于反复吟唱，再三致意。一如今日的歌词，在反复之中，传递真情，表达渴望，渲染情绪。

简单的文本，有着无限延伸的寓意。

打破《诗经》惯用的四字句而改用变化多样的语言形势，使得诗歌在咏唱之时，有了跌宕起伏的诗情韵味，有了声情并茂的艺术效果，有了错落有致的层次美感。在这种句式的变化中，明显传达出的是抒情主人翁的直抵心底的真诚。

最能打动人心的诗歌，是从心底流露出来的自然歌唱，没有任何的做作，没有任何的为赋新词的意味，更没有为了诗词的整齐划一而拘谨束缚的呆板。

"匪报也，永以为好也！"如此的反复重唱在《诗经》中亦是独一无二的。因了一唱三叹而有了阳关三叠的情韵。

“惠有大于木瓜者，却以木瓜为言，是降一格衬托法；琼瑶足以报矣，却说匪报，是进一层翻剥法。”（清·牛运震《诗志》）

看似深得投桃报琼琚之美意，然则总归太过坐实了两者的价值区别而失去了语义表达的深意。从来，情义无价。外在的物质又如何衡量如何衬托。

“虽汝投我之物为木瓜（桃、李），而汝之情实贵逾琼琚（瑶、玖）；我以琼琚（瑶、玖）相报，亦难尽我心中对汝之感激。”

如此理解，方是深知其情，深解其意，深得其趣。这情不只是男女之情，这意不只是木瓜之意，这趣不只是美玉之趣。

缠绵悱恻的情义中有着质朴典雅的含蓄，有着反复铺垫而引申出的浓情厚谊。一个关于友情的传奇在这首诗歌中得以延伸。

此时，我的眼前似乎出现了这样的场景：

秋风乍起，秋意渐浓，离别的人儿，伤心垂泪。此一别，不知何日再能聚首。旅途劳顿，请带上这些瓜果，能够为你解去沿路的疲乏。只有你懂得我们相知至深，只有你懂得千山万水也无法阻隔深厚的情意。

收下我随身的玉佩，亦是收下了我对你的一番心意。在我失意之时，远行之时，只有你懂得我心思归，只有你懂得此去征途艰辛。这样的情义，当生死不负。

此时，我的眼前似乎出现了这样的场景：

原野苍茫，瓜果飘香。少女采摘着果实，想到了心爱的男子，将这甜蜜的瓜果，含情脉脉赠送给心爱的男子，一起分享收获的喜悦。多情的男子，也真是解语之人有缘之人，分明读懂了姑娘心中的深情，随手摘下玉佩，回赠姑娘，以示永结同心。此时，他们会心一笑，已然明了爱情正在潜滋暗长，已然心心相印精神契合。这是一个关于秋天的爱情故事。

“衔环结草”是古已有之的美德。“滴水之恩，涌泉相报”被认为是一种高尚的人格修养。赠送物品，不论贵贱，只是一种外在的表达方式。所谓“千里送鹅毛，礼轻情意重”。唯有如此解读，才不辜负了《木瓜》的真意。

木 瓜

投我以木瓜，报之以琼琚。匪报也，永以为好也！

投我以木桃，报之以琼瑶。匪报也，永以为好也！

投我以木李，报之以琼玖。匪报也，永以为好也！

风情摇曳的美丽时光

——《溱洧》

不知道当年的溱河、洧河是否也如今天这般只是两条并不起眼的小河。不知道当年的溱河、洧河之岸曾经发生过多少动情的故事。也不知道当年的溱河、洧河两岸是否开遍兰花芍药，花香两岸游人如织。

只知道，两千年以前，郑国百姓曾经有过一段幸福的时光。只知道，两千年以前，郑国子民曾开启过华夏民族的智慧。只知道，两千年以前，溱洧两岸曾上演过许多浪漫的故事。

聪明的郑国人知道，冰雪消融之际，万物开始复苏，人们压抑了一个冬天的情感也开始复苏了。多情的郑国人知道，桃花春汛之时，百花即将盛开，人们踏青的愿望该是如何的热烈。热爱生活的郑国子民更知道，春风骀荡，春回大地，他们应该举行隆重的仪式，告别肃杀的冬日，祈盼新春吉祥如意，迎来他们美好的生活，也迎接未来的希望。

在河水汤汤的两岸边，在绿草蔓延的青草地，在花开遍地的山坡上，当初春的太阳刚刚升起，开始出现了最初的游人：少女手拿淡雅清香的兰花，沿路走来，欣赏着春景，似乎是一次偶遇，也似乎是早有预谋，那个懵懂的少年，一下子就进入了少女的视线，那热烈的话语，令少年措手不及。当少女发出热烈的邀请，在这个美好的日子里结伴郊游的时候，少年笨拙地拒绝了。少女不依不饶，再次相邀。只不知道，这位单纯的少年是否明白了女子的话外之意，是否会因此错过一世情缘？

“洧之外，洵訏且乐。维士与女，伊其相谑，赠之以勺药。”此时，我似乎看到了娇羞的女孩子，对于男子的不解风情心有不满了。你不愿意啊？那就算了啊，你没看到么？溱洧之外啊，有着广阔的天地，有着更多来此踏青的人们，我也可以加入他们的行列。看着他们相互赠送兰花赠送芍药，喜气洋洋，是一件多么开心的事情。你看他们，身佩兰草，手捧芍药，撒一路芬芳，播一春诗情。你不去就算了啊。

想必再笨的男子，此时，那愚钝的心思也要催生出爱情的萌芽。此时，我分明听到了那些欢歌笑语。而惹人情丝的当是那株兰花那朵芍药。

那株兰花，至今依旧芬芳沁人。在孔子隐居的谷中，唯兰独茂，兰草之香被视为王者之气。在屈子佩饰之物，唯兰为佩，兰草之韵被视为高洁之品。我们的先人焚烧兰草，虚拟飘渺的幕幔中，寄托着圣洁的希望与祈盼的福祉。

那株芍药，至今依旧千娇百媚。引出多少文人的情思，那娇媚的身影流转在古典文学的殿堂。

“觉来独对情惊恐，身在仙宫第九重。”在我看来，韩愈不免迂腐，也懂得惊艳于芍药的娇态，竟有宛若置身仙境之叹。

“多谢花工怜寂寞，尚留芍药殿春风”，苏轼不愧是浪漫词人，总是最能读懂花语。善解人意的芍药懂得，不必在春日百花盛开的时候竞吐芬芳，而在人们暮春落寞之时带给人们一点春的慰藉。这样的花语，多么契合中国女子的娇柔与善解人意啊。

“湘云卧于山石僻处一个石凳子上，业经香梦沉酣，四面芍药花飞了一身，满头脸衣襟上皆是红香散乱，手中的扇子在地下，也半被落花埋了。”“史湘云醉卧芍药荫”，是一个经典的审美意境。湘云是那个懂得芍药花语之人，所以，她冷眼看清所有的富贵最终都是过眼云烟，于是，及时行乐，不必矫揉造作。如此，也算是不辜负了女子一生最美丽的时光。特立独行的思维一如芍药的不愿争春的秉性，我行我素的个性，许多时候，解放了我们的思维，也解放了我们被束缚的生活方式。即使如湘云这般的大家闺秀，也可尽享美好青春。

《诗经》的时代，实在是一个开放的时代，也是一个美丽的时代，是一个浪漫的时代，更是一个适于幻想的时代。当西方的玫瑰花还在荒野中独自寂寞开放的时候，远古的兰花、芍药，早已经开放在女子的闺房里，佩戴在男子的衣襟间了。

溱洧

溱与洧，方涣涣兮。士与女，方秉蕑兮。女曰观乎？士曰既且，且往观乎？洧之外，洵訏且乐。维士与女，伊其相谑，赠之以勺药。

溱与洧，浏其清矣。士与女，殷其盈兮。女曰观乎？士曰既且，且往观乎？洧之外，洵訏且乐。维士与女，伊其将谑，赠之以勺药。

薄情失记相逢处

——《氓》

好的文学作品，文本与读者之间，永远隔着一条沟壑。文本意义上的主题，往往保留着作者未能明确意识到，接受者未能发掘出来，而又客观包含在艺术形象中的审美意蕴。文本主题不会是一种纯粹的思想，至少可以细分为三个构成要素：一是作者力图通过文本表现出来的审美意识；二是接受者从文本中发现并阐发出来的审美意义；三是尚未揭示出来而又包含在文本形象中的审美意义。

在很长一段时间，关于《氓》的研究，几乎达成某种共识。《氓》被看成是中国文学史上有迹可查的第一首弃妇诗。反映当时社会婚姻制度对女子的歧视和压迫。女性既无法逃离男性的虚假情感，也无法对抗“夫权至上”的权力格局，甚至无法躲避以男权为中心的道德评判。女子在婚姻中处于从属化、边缘化、物品化的地位。这种解读，带有明显的政治倾向性。现实的婚姻悲剧，不能简单概念化为某种思想倾向的产物或者某种道德审判的结果。

接受者的价值取向与审美判断的不同，会导致对作品应有之意的某种误读。女权主义文学批评指出，女性阅读要保持一种独立而清醒的女性意识，将女子放在与男子对等的位置，几乎可以得出不同的结论。比如这首被广泛选入中学语文教材的《氓》，换个视角解读文本中未被发掘的应有之义，会有不一样的审美体验。

《氓》塑造了一个唯我独尊的女性叙事主体形象。她的叙述声音贯穿整首诗歌。《氓》中的“她”，明显具有独立的思考能力与决断能力。从她选择主动嫁给氓到最后主动选择离开氓，并不能看出她的被抛弃的命运。女子在这一场婚姻中，不能说起着主导作用，最起码不是完全被动的。

《毛诗正义》曰：“礼虽不备，相奔不禁。即周礼仲春之月令会男女于是时也，相奔者不禁是也。”诗经的时代，男女的交往有着相对自由的空间。少了后来的繁文缛节。所以，《氓》中婚姻的失败，并不一定要归结为封建社会男女的婚姻不自由、地位的不平等。当我们的思考从这样的几个问题切入，将有不一样的阅读体验。

一、氓是怎样的人？

“氓之蚩蚩，抱布贸丝。匪来贸丝，来即我谋。”蚩蚩，有两种不同的解释。一是笑嘻嘻的样子。一是憨厚老实的样子。以喜悦之情追求心仪的女子，仅凭这点，不能说氓是轻浮之人。何况，蚩蚩还有着忠厚老实之意。以贸易为名，到女子的村庄，求得婚姻的认同，也可说明氓的忠厚。

“言既遂矣，至于暴矣”，从青梅竹马到甜蜜约会到喜结连理到反目成仇，是因为氓的性格问题？“将子无怒，秋以为期。”氓似乎不是一个性情温和的人。然而，抱怨是从怨妇口中说出的，真实性是要打折扣的。

以前的评论者仅仅凭借这句诗就认为婚姻失败的根本原因在于氓的粗暴。诗歌的叙述者是“她”，氓只是被叙述者。整件事，没有论辩，只有一面之词。仅凭“她”的说辞，就认为是氓一个人的过错，这样的推理没有逻辑性。氓是否是粗暴的人，从诗歌中似乎很难找出更有说服力的依据。

氓，一个小商人，比较聪明，有一点心计，有一定主见。说他三心两意，似乎证据不足。说他欺压“她”，似乎可能性不大。一个小农经济时代的商人，不至于因发达抛弃糟糠之妻。

二、“她”是一个受害者？

“匪我愆期，子无良媒。将子无怒，秋以为期。”“她”责怪氓没有良媒，氓责怪“她”拖延时间。最后以“她”的妥协解决问题。首先妥协的一方，在未来的共同生活中总是希望占有主导地位，当这样的愿望无法达成的时候，矛盾就形成了。“她”在责怪没有良媒的同时，是否有其他的原因？是氓没有更多作为聘礼的财物导致“她”的家人对氓的不满意，也导致“她”潜意识中对婚姻的不满？

“不见复关，泣涕涟涟。既见复关，载笑载言。”喜怒形于色，“她”缺少古典女子的温婉内敛之德。“及尔偕老，老使我怨”，父母角色缺失，在缺少爱的环境中长大的“她”，身上缺乏一种隐忍与关爱他人的情怀。

《氓》中的“她”，义无反顾地离家，没有任何的留恋。并且认为与这个男人继续生活下去，只有让自己不断生出怨恨之心。“她”的这些言行表明她是一个性格刚烈的女子。在处理家庭矛盾时表现得简单而果敢。曾经的“信誓旦旦”，成为今日的“及尔偕老，老使我怨”，这是怎样的怨恨？怎样的绝情？

这一场失败的婚姻中，女子将一切的过错归咎于男子的反复无常以及性情的暴躁。而真相是否就是这样的呢？

三、感情破裂的真相？

“总角之宴，言笑晏晏”，两小无猜式的爱情故事迅速被现实击破，现实的真相不只是氓的失去耐心，同样失去耐心的还有“她”。

“桑之落矣，其黄而陨。自我徂尔，三岁食贫。”女人往往将婚姻的悲剧归结为色衰爱弛。同时又物质化地抱怨生活的清贫。敏感的女人，在抱怨中将生活过到乏味与琐碎。婚姻的悲剧就在这样的天长日久中潜滋暗长。

“自我徂尔，三岁食贫”是“她”无法忍受婚姻生活的现实原因。“桑之落矣，其黄而陨”是“她”无法继续两性生活的心理原因。

在这个故事中，一定要说显示了男女的不平等思想，似乎较为武断。一定要给男子扣上始乱终弃的帽子，似乎缺乏证据。一定要说成是古代社会妇女在恋爱婚姻问题上备受压迫和摧残，似乎有失公允。女子对爱情的否定与怀疑，也显得比较情绪化。

《氓》在很大程度上，是性格悲剧。社会因素似乎不多，这种失败的婚姻带有某种程度的普遍性。将个人婚姻家庭悲剧仅仅归结为社会伦理悲剧是简单粗浅的思维。

四、《氓》带给我们的思考？

所有将婚姻失败的原因仅仅归结于男方的思想，看起来是在维护女性，其实是在潜意识中将女性放在附属地位。若女性读者也认为这是男人的大度，悲剧就难免重演。男人在文学作品中往往扮演救世主的角色，这只是对女性的廉价同情。

中国文人习惯将女子摆放在悲剧位置。在男权社会中，女子处于附属地位。只要是发生婚姻悲剧，就认为受害者一定是女性。这样的逻辑思维，看起来是为女性说话，其实，在同情的背后，是对女性存在感的否定与漠视，是对女性自主性的一种背叛。

女子在失去婚姻的同时，自觉地失去了话语权，失去了反思能力。在失败的婚姻中，一味抱怨对方的过错，并不能挽回任何的损失，只是徒然将女性变成怨妇。

弗洛姆在《爱的艺术》中认为：“成熟的爱是保持自己的尊严和个性条件下的结合，爱是人的一种主动的能力。”“她”失去了爱的能力，选择了离开，这是“她”的聪明之处，没有对与错。婚姻中的对错，不能带来多少伦理的价值。

因时间久远，误读难以避免。两千五百年的时空距离，足以阻隔我们准确进入《氓》的精神内核。今天，不管哪一种解读，多少都带上了现代人的情感烙印、文化积淀。正因如此，使《氓》具有了多元解读的可能性，也让经典变得更为经典。

氓

氓之蚩蚩，抱布贸丝。匪来贸丝，来即我谋。送子涉淇，至于顿丘。匪我愆期，子无良媒。将子无怒，秋以为期。

乘彼垝垣，以望复关。不见复关，泣涕涟涟。既见复关，载笑载言。尔卜尔筮，体无咎言。以尔车来，以我贿迁。

桑之未落，其叶沃若。于嗟鸠兮！无食桑葚。于嗟女兮！无与士耽。士之耽兮，犹可说也。女之耽兮，不可说也。

桑之落矣，其黄而陨。自我徂尔，三岁食贫。淇水汤汤，渐车帷裳。女也不爽，士贰其行。士也罔极，二三其德。

三岁为妇，靡室劳矣。夙兴夜寐，靡有朝矣。言既遂矣，至于暴矣。兄弟不知，咥其笑矣。静言思之，躬自悼矣。

及尔偕老，老使我怨。淇则有岸，隰则有泮。总角之宴，言笑晏晏，信誓旦旦，不思其反。反是不思，亦已焉哉！

百年情思千年渡

——《蒹葭》

《诗经》，最古老而浪漫的诗集，据说是孔圣人选编的。只不知孔圣人选编的标准是什么？但我想，他说过“饮食男女，人之大欲存焉”，大抵也不至于如后来的理学家们谈情爱而色变，不敢越雷池半步。这样想来，我们今天所见的这部诗集，也还是率性的多，说教的少，而后世对于一部《诗经》的许多穿凿附会之处，也大抵是出于喜欢钻牛角尖的考据家们，并不关乎《诗经》本身。于是，才有了今天看到的本色《诗经》。

打开扉页，映入眼帘的就是那首洋溢着美妙情愫的《关雎》篇。若非要将其解读成是赞美“后妃之德”，亦或是讽刺国君内倾于色，那也是考据家的自由。是否煞风景是另外一回事。诵读《诗经》是一定要自己去读的，才是不辜负一段好时光。

读《蒹葭》却从《关雎》谈起，似乎扯远了。说了这么久，只是想说，《蒹葭》一诗在《诗经》中的地位应该是仅次于《关雎》的。抑或者，《蒹葭》在中国诗歌史上的地位也是仅次于《关雎》的，而从中国人的审美判断来看，似乎具有着更高的地位。

古人云：“读《蒹葭》，文止而余情不散。”又云：“古之写相思，未有过之《蒹葭》者。”又云：“异人异境，使人欲仙。”“诗境颇似象征主义，而含有神秘意味。”《蒹葭》，无论是情感的抒发还是形势的表达，为后代诗人的创作提供了可供借鉴的范例。让我们追随着古风古韵，进行一次文学之旅。

从“蒹葭苍苍”到“蒹葭萋萋”到“蒹葭采采”。

次第呈现的是河畔芦苇的日益茂盛，蕴涵其间的是歌者飞扬的思绪。草木的茂盛与枯萎，是自然的一个轮回。生命的开始与结束，是人生的一个轮回。人生不会只关注两端，过程往往更多精彩。河水之滨，是涤荡灵魂的地方，是生长爱情的地方，是讲述故事的地方。芦苇飞絮，随风轻扬，恍惚飘摇，一如那纷飞的思绪。左右摇摆，却牵挂于根，一如那相思情深。于是，诗情在苍翠中飞扬，思绪在茂盛中升腾，传说与故事在连绵中演绎。

从“白露为霜”到“白露未晞”到“白露未已”。

站立岸边的歌者，是一个如此善于抒情的诗人。将一个季节的轮回浓缩到清晨的一滴露珠上。从一滴露水的变换演绎出一段情感的潜滋暗长。从暮色中的凝露成霜到阳光下的飘散成雾，人事的变幻，情绪的来去，许多时候，也如这朝露成雾一般迅速而难以把握。

佛云：一切有为法，如梦幻泡影。如露亦如电，应作如是观。情之为物，虚幻而无形。情感本虚无，一如那随风而逝的朝露，一如那如梦如幻的朝雾。情意却又真切，一如那四处蔓延的朝雾，一如那溢满池塘的秋水。于是，幽幽情思，漾漾于文字之间。

从“在水一方”到“在水之湄”到“在水之涘”。

感情的把握本就遥不可及，何况追慕的人儿，此时依旧如梦如幻，咫尺天涯。仅仅是一水之隔，却犹如天涯海角，仅仅是一条河的距离，却似乎相隔着生与死。深情之中伴随着深深的哀怨，浓浓的失落。一条河的距离，似乎隔着千山万山千水万水。那是两颗心的距离吧？那是现实与梦境的距离吧？

从“道阻且长”到“道阻且跻”到‘道阻且右”。

我们的心儿，随着歌者的脚步，随着歌者的视线，上下求索。即使是“上穷碧落下黄泉”，即使是“两处茫茫皆不见”，即使是“幻影云雾，水月镜花”，也绝不言弃。唯有这样的深情，才够资格穿越千年，触动每一颗善感的心灵。才可以穿越千年之后，缱绻苦恋之情依旧荡气回肠。迷茫而执著的追寻，总是格外地空灵而唯美。

从“宛在水中央”到“宛在水中坻”到“宛在水中沚”。

将一唱三叹的美学意义阐释到极致的艺术表现，古往今来，无出其右。后人的复踏之美，无一不是脱胎于此。一部《诗经》，以民歌的形势，站立在文坛的高山之巅，俯瞰千年文学。引领着千年文坛前行的方向。

寄情于物，这种含蓄内敛几乎是中华民族的集体无意识，以含蓄为美，以内敛为境。成为许多文人自觉的艺术追求。草木的生长与枯萎，必然会使善感的心灵悸动。寄情于物，中国文人几乎无师自通，这是中国山水画产生的土壤，也是中国诗歌产生的土壤。

独一无二的《蒹葭》，竟如断弦之音，铿锵而悠长。“溯游从之，宛在水中央”，每读到此，不由喜之，叹之，怨之，哭之！那含蓄之情，那婉转之美，那朦胧之境，成为构成华夏文明的基本因子。从此留在了古典文学的圣坛，令无数文人墨客供奉膜拜，令无数才华横溢的才子佳人流连止步。

蒹　葭

蒹葭苍苍，白露为霜。所谓伊人，在水一方。
溯洄从之，道阻且长。溯游从之，宛在水中央。
蒹葭萋萋，白露未晞。所谓伊人，在水之湄。
溯洄从之，道阻且跻。溯游从之，宛在水中坻。
蒹葭采采，白露未已。所谓伊人，在水之涘。
溯洄从之，道阻且右。溯游从之，宛在水中沚。

一曲流转千年的雅乐

——《鹿鸣》

《诗经》不只是中国诗歌的源头，也是各种礼仪文化的发端。时至今日，《诗经》中描绘的许多生活场景，依然会在不经意间，闪现于我们生活的方方面面。《诗经》中追求的许多美好情感，依然会以独特的情愫，引领着我们回归原始的纯粹。《诗经》中流淌的文化血脉，依然会以深厚的底蕴，流转千年，绵延不断。比如这首《鹿鸣》，宴会之上的礼仪，嘉宾之间的酬酢，宾主之间的和谐气氛，成为中国酒文化的一种不变的形势，成为宴请宾客的最高境界。

五千年的华夏文明，先民的诗意生活方式，许多是因为《诗经》的传唱而流传至今。今天，当我们厌倦了现代都市的喧嚣与嘈杂，厌倦了人际之间的狡诈与利用，厌倦了宴会之上的虚妄与作秀，我们的内心，是多么渴望回归远古时代，追寻先人灵魂的纯净，仰慕人际关系中的谦谦君子之风，效仿酒宴之上的高雅与宁静。《诗经》，为我们提供了一条回归之路。

在漫长的历史演变中，传统的文化与思维模式或许会发生相应的变化。而对真善美的追寻总是不变的。于是，《鹿鸣》，两千年前宴会上的即兴演唱，才能够穿越时空，至今回荡。

“呦呦鹿鸣，食野之苹。”原始的丛林中，一群鹿悠闲地漫步于原野，眼前突然出现的甘美青草，让鹿群欣喜不已。于是，它们呼朋唤友，一起享用美味。鹿群之间的亲密友善，祸福同享的生存方式，群居动物的互帮互助，是人类所喜欢与向往的。食草动物之间，有着更多的真诚与友善。它们无须为了争夺猎物而你死我活，也无须为了战胜对手而尔虞我诈。然而，当人类将食肉动物作为自己的图腾之后，征伐注定难以避免。工于心计的各种谋略开始诞生，被人追捧。

“以鹿无外貌矫饰之情，得草相呼，出自中心，是其恳诚也。”孔颖达对《诗经》解说，除了这首诗歌的解读得到了宋儒朱熹的首肯之外，其他无一不遭致他的诟病。因为，这样的解说，实在天衣无缝，无懈可击。在温柔敦厚、民风淳朴的古人眼中，鹿被赋予了许多美好的情感。孔子以为，以礼治国以礼规范人们的思想行为是最好的仁政。而鹿正是最懂得谦和的动物，也是最有仁爱之心的动物。

温驯善良的鹿，被奉为神兽，成为善良美好的代名词，成为华夏民族的精神图腾。“别君去时何时还？且放白鹿青崖间，须行即骑访名山。”李白一定是深知这样的文化传统。白鹿，是仙家眼中的神兽。

“我有嘉宾，鼓瑟吹笙。”嘉宾莅临，才会手舞足蹈；宾主相宜，才会琴瑟和鸣；高朋满座，才会喜形于色。欢快的音乐，悠扬的旋律，真诚的款待，和谐的气氛，宾主相敬，没有私心杂念，没有利益相诱，一切顺其自然，一切出乎天性。

“吹笙鼓簧，承筐是将。”按照古代的礼仪，宴会过程始终以音乐伴奏，宾主之间也当以礼物相赠，以示友好。或许只是一点香甜的水果，或许只是一点时新的蔬菜。有人弹琴，有人鼓瑟，有人吹笙。旋律悠扬而优美。礼物不一定要贵重，情义却一定是真诚的。场面不一定要盛大，气氛一定是真诚热烈的。

“人之好我，示我周行。”主人因来宾品格高尚，自然也是以礼相待。客人因为主人是懂得礼仪的谦谦君子，自然也是以美好的德行示人。这样的宴会，高雅而美好，纯洁而热烈。相互吸引的是一种礼仪是一种情操是和谐的氛围美好的情意。

嘉宾品德高尚，换得主人真心相待。嘉宾是举止稳重懂得含蓄有涵养的君子，唯有以美妙的音乐，以真切的心意，以醇香的美酒相待，才算是不辜负了这样的君子之交。唯有逍遥自在的畅饮，才算是不辜负了良辰美酒。唯有宾主之间心无杂念，惺惺相惜，才会是一场没有任何功利之心的美好聚会。

“鼓瑟鼓琴，和乐且湛。我有旨酒，以燕乐嘉宾之心。”吹笙鼓簧，琴瑟和鸣，道出宴饮间的愉悦、快乐与尽兴。“琴瑟在御，莫不静好。”《诗经》中描写过许多这样的生活场景，以酒助兴，以饮酒表达美好的情感，琴瑟和鸣，预示宴会气氛融洽欢快。

当年，《鹿鸣》之音，或许还只是贵族之家的专利，亦或者只是君王宴请大臣的仪式。是贵族之间的唱和，亦或者是君王与大臣之间的一次近距离接触。今天，只要宾主皆为雅士，只要宾主实为知己，只要民风朴实风俗醇厚，那么，何时何地不能再现古风古韵呢？

《鹿鸣》一诗，或许创作灵感只是来自于某一次的即兴聚会；或许是应主人之约，为宴会所做的精心准备，为一次隆重的聚会定下一个基调；亦或者是参与者在这样欢快和乐的酒宴上的即兴创作。无论是哪种情况，我想，诗歌所吟唱的旋律必定是悠扬而婉转的，情意必定是深挚而真诚的。

自古以来，还没有哪种流行音乐会如《诗经》中的许多歌曲那样，以民歌形势，历经千百年，最终成为公认的经书，成为世界性的经典文化，精英文化，主流文化。《诗经》以其独特的魅力与美学追求，始终站在中国文化之源，俯瞰一切。

今天，当狂歌劲舞，声色犬马，靡靡之音充塞我们的耳膜与眼球，娱乐会所借各种隐秘形势进行声色权交易，灵魂让位于交易，真诚让位于作秀，性灵让位于欲望，此风不改，《鹿鸣》之曲终将成为绝唱。这是传统文化的悲哀，也是我们这个时代的悲哀。

鹿 鸣

呦呦鹿鸣，食野之苹。我有嘉宾，鼓瑟吹笙。
吹笙鼓簧，承筐是将。人之好我，示我周行。

呦呦鹿鸣，食野之蒿。我有嘉宾，德音孔昭。
视民不恌，君子是则是效。我有旨酒，嘉宾式燕以敖。

呦呦鹿鸣，食野之芩。我有嘉宾，鼓瑟鼓琴。
鼓瑟鼓琴，和乐且湛。我有旨酒，以燕乐嘉宾之心。

第二卷　汉诗的风韵

千年一叹为项羽

——项羽《垓下歌》

垓下歌

力拔山兮气盖世，时不利兮骓不逝。
骓不逝兮可奈何，虞兮虞兮奈若何！

有谁能够说清项羽性格中的豪情与柔情交织的复杂性？有谁能够说清项羽是因为自信而自负还是因为无知而自负？又有谁能够说清项羽是因为没有政治谋略而兵败还是因为眷恋故土而兵败？

项羽说："书足以记名姓而已。剑一人敌，不足学，学万人敌。"这样的项羽，应该是君临天下的一代君王。

项羽说："此沛公左司马曹无伤言之；不然，籍何以生此？"这样的项羽，就犹如邻家的不谙世事的男孩，幼稚而又率真。令人捧腹而又使人哑然。

项羽说："愿与汉王挑战，决雌雄。"这样的项羽，过于率真而少了谋略。最终仅止于"富贵不归故乡，如衣锦夜行"。

项羽说："且籍与江东子弟八千人渡江而西，今无一人还，纵江东父兄怜而王我，我何面目见之？"这样的项羽，令人唏嘘不已。后世的许多人对这样的项羽有着更多的偏爱。

《史记·项羽本纪》记载："项王乃悲歌慷慨，自为诗曰：'力拔山兮气盖世，时不利兮骓不逝。骓不逝兮可奈何，虞兮虞兮奈若何！'歌数阕，美人和之。项王泣数行下，左右皆泣，莫能仰视。"没有哪一首诗歌的创作背景，能够有《垓下歌》这样来得气势恢弘来得悲壮激烈。

项羽兵败乌江前夜，不是商讨反败为胜之计，却浩叹天不助我，哀叹骓马不前，担心虞姬何去何从。"项王泣数行下，左右皆泣，莫能仰视。"不知道项羽的泪是为谁而流？为自己的功败垂成？为虞姬的红颜薄命？为将士的徒劳无功？

这个21岁纵横疆场，23岁成为义军首领，25岁成上将军，26岁成西楚霸王的英雄，30岁却已经走上人生的末路。叱咤风云的十年，何其短暂，何其悲壮！

雍丘之战的硝烟似乎还没有散去，巨鹿之战的战鼓似乎还在耳边回响，彭城之战的旗帜似乎还在空中飘扬。历史，许多时候，真的很无情。阴谋家总是有更多的胜算，历史的车轮总是在成王败寇的轮回中重复命定的轨迹。

从诗歌艺术性来看，在瀚如烟海的古典诗词作品中，简短而直白的《垓下歌》本不会流传至今。只是因为其作者身份的特殊。《垓下歌》，因其铁血男儿的柔情，英雄末路的哀怨，刻骨铭心的疼痛，历经千年，至今回荡在历史的上空。无数的后人，掩卷沉思，不免悲鸣、哀叹、扼腕、痛惜。自古以来，还没有哪一个历史人物，能如项羽这般成为一个言说不尽的话题。

"呼吸八千人，横行起江东。"李白以他的大气，豪放之中道尽项羽当年起兵之时的威风。仅仅十年时间，一个人就完成了从极盛到极衰的生命历程。

"江东子弟多才俊，卷土重来未可知。"杜牧以他的忧郁，叹息之中道尽项羽当年自刎乌江的不值。仅仅一次兵败，就将所有的辉煌付诸东流。

"乌江不是无船渡，耻向东吴再起兵。"胡曾以他的冷静，一个"耻"字道尽项羽心中的骄傲。仅仅一念之间，就毅然放弃了所有东山再起的希望。

“隔岸故乡归不得，十年空负拔山名。”汪遵以他的灼见，一个“空”字道尽项羽徒劳无功的心酸。仅仅是对故土的那份眷顾，就将一世的英名终结于隔江相望间。

在四面楚歌声中，在四面埋伏中，在悲歌慷慨中，虞姬的唱和，亦是那么地荡气回肠：“汉兵已略地，四面楚歌声，大王意气尽，贱妾何聊生！”

“江东弟子今犹在，肯为君王卷土来？”从政治家的角度，王安石为项羽的不肯过江东而惋惜。“至今思项羽，不肯过江东。”从词人的角度，李清照为项羽的自刎乌江而心生敬佩。“江上楚歌最哀怨，招魂不独为灵均。”项羽之死，无数人因之扼腕叹息。“黄土心香一掬尘，英雄儿女共沾巾。”虞姬之死，无数人因之空叹红颜果真薄命。

历经千百年，项羽成了一个言说不尽的话题。刘邦的故事或许有许多的翻版，而项羽只有一个，无法复制。

遗世独立梁鸿德

——梁鸿《五噫歌》与《思友诗》

当梁鸿行走在汉朝末年的山间小路上，陪伴在他身边的是那位著名的孟光夫人。于是，这条人生之路就变成了浪漫而著名的爱情之旅。

究梁鸿一生，似乎并没有多少值得后人称道的话题。除了他身世的离奇，除了他因一首《五噫歌》而得罪汉章帝，与妻子隐姓埋名之外，似乎并没有什么能耐令他可以在浩如烟海的历史长河中留下清誉。

一首简短的诗歌，一个美丽的传说，就可以在青史留名，这样的事例，在中国几千年的文化史上或许是绝无仅有的。

当年，梁鸿之父，做梦也没有想到，自己会在一夜之间突然深得篡权的王莽的厚爱，加官晋爵。一时间荣华富贵。也没想到王莽会那么快就丢失了自己的江山，于是，那短暂的荣华富贵令梁家瞬间从天堂跌到地狱。父亲亡故，母亲弃家不顾，亲朋离散。孤身一人的梁鸿饱受人情冷暖，深味世态炎凉。梁鸿一夜之间从一个富家公子变为流浪的孤儿。幸而有几个念及旧情的长辈为他寻求了一条读书之路。而清高的梁鸿从一开始就不愿意走一般士人所走的道路。

他只为读书而读书，所以，他可以一边读书一边牧猪，一边读书一边烧饭，也因此而引发一场大火，令他一无所有，累及邻居，最终卖身为奴。而卖身为奴的梁鸿开始成为名人，成为他们敬佩的道德模范。

孟光是一位奇女子，据说又矮又胖又黑还不愿打扮。而立之年还待字闺中，却发豪言说非梁鸿这样的贤德之人不嫁。于是，中国有了第一个打破才子佳人模式的爱情故事。

梁鸿选择了孟光，是一种智慧。孟光选择了梁鸿，是一种眼光。他们高洁的品行在日后的艰难岁月中相得益彰。梁鸿并没有为后世留下什么惊世之作，也没有什么长篇大论谈及他的思想。或许，梁鸿是在用自己的行为抒写着自己的思想，用遗世独立传达一种生存方式。

至今，霸陵山中还流传着当年梁鸿携妻隐居于此的故事。至今，齐鲁大地也还有着他们夫妻结伴同行的足迹。至今，吴越之地也还有着他们生活过的见证。晚年的梁鸿，寄寓于权贵之家，皋伯通给了梁鸿夫妇一个安身之地，也给了他们安静的生活环境。感谢皋伯通的义举，令这位高士真正与吴地结缘，也令他们颠沛的生活有了一个栖身之所。

五噫歌

陟彼北芒兮，噫！顾瞻帝京兮，噫！宫阙崔巍兮，噫！民之劬劳兮，噫！辽辽未央兮，噫！

或许仅仅凭借一首简陋的《五噫歌》是难以在中国文化史上立足的，因为这首诗歌真的谈不上高超的艺术。梁鸿因事路过洛阳，见宫室富丽，于是写下《五噫歌》。仅仅是因为他的一次偶然的出行，偶然地看到了京城皇宫的繁华与壮观而直抒胸臆。盛赞了山川的寥廓，帝都的繁华，宫室的崔巍，百姓的辛劳。那声声叹息，是一种发自内心的自然呼唤，是对眼前之景的由衷赞叹，也是对那些百姓艰辛生活的深深忧患。

“陟彼北芒兮，噫！顾瞻帝京兮，噫！宫阙崔巍兮，噫！民之劬劳兮，噫！辽辽未央兮，噫！”唉，真是千年一叹。自此，有谁抒写诗歌这样随意，或许是因为大拙才显大美。有谁揭示主题这样张扬，或许是心无挂碍才会如此直接。

思友诗

（一作思高恢）

鸟嘤嘤兮友之期，
念高子兮仆怀思，
想念恢兮爰集兹。

《小雅·伐木》中有诗句“伐木丁丁，鸟鸣嘤嘤。出自幽谷，迁于乔木。嘤其鸣矣，求其友声。相彼鸟矣，犹求友声。矧伊人矣，不求友声？”后人往往用“嘤其鸣矣”比喻意气相投、志气相同的朋友。高恢绝意仕途，用隐居来对抗社会的黑暗。梁鸿在将要离开故乡东游之时，写下这首诗歌。或许，梁鸿是真的需要理解自己的友人，亦或者，是为了表明自己如高恢般绝意仕途的坚守。

在东汉，当整个社会道德价值崩塌的时期，如梁鸿这样坚守高尚节操的人，如高恢这样明确表明对现实政治不满的人，其实是很难遇见的。“想念恢兮爰集兹”，诗人用反复的咏叹，诉说着知己的可遇不可求，祈求着志同道合者相聚于异域他乡。

梁鸿，经历时间的洗礼，成为一个道德精神的标杆。仅仅因为不愿出仕，因为信守诺言而甘愿为奴，因为不慕虚荣而迎娶了相貌平庸的孟光，自然是难以名留青史。但是，中国历史上却没有几个人可以真正做到身处名利场而心系化外。中国历史上，隐居者往往惺惺作态者多，能够心领神会者少。想走终南捷径者多，甘愿淹没荒野者少。

梁鸿是从心底不愿出仕，没有理由，无须原因，只是出自真性情，发自内心需求。他不需要以老庄思想为武器，不需要以看破红尘为理由，他生来就适合生活于山林。即使是以山岩为壁，以枯树为屋檐，以茅草为屋顶，也无怨无悔，也心安理得。这样的人生，不是可以学习的，只是供人仰视的。不是可以仿效的，只是让人思索的。

我们，往往在现实与理想之间，向理想低头。在美德与名利面前，选择后者多。在性情与欲望面前，选择欲望者多。于是，我们的人生，最终很苍白，很浅薄，很无趣，很无情。

有一种思念，是无法抵达的回望

——蔡文姬《胡笳十八拍》

胡笳十八拍

我生之初尚无为，我生之后汉祚衰。天不仁兮降乱离，地不仁兮使我逢此时。干戈日寻兮道路危，民卒流亡兮共哀悲。烟尘蔽野兮胡虏盛，志意乖兮节义亏。对殊俗兮非我宜，遭恶辱兮当告谁。笳一会兮琴一拍，心愤怨兮无人知。

戎羯逼我兮为室家，将我行兮向天涯。云山万重兮归路遐，疾风千里兮扬尘沙。人多暴猛兮如虺蛇，控弦被甲兮为骄奢。两拍张弦兮弦欲绝，志摧心折兮自悲嗟。

越汉国兮入胡城，亡家失身兮不如无生。毡裘为裳兮骨肉震惊，羯膻为味兮枉遏我情。鼙鼓喧兮从夜达明，风浩浩兮暗塞昏营。伤今感昔兮三拍成，衔悲畜恨兮何时平！

无日无夜兮不思我乡土，禀气含生兮莫过我最苦。天灾国乱兮人无主，唯我薄命兮没戎虏。俗殊心异兮身难处，嗜欲不同兮谁可与语。寻思涉历兮多难阻，四拍成兮益凄楚。

雁南征兮欲寄边心，雁北归兮为得汉音。雁飞高兮邈难寻，空肠断兮思愔愔。攒眉向月兮抚雅琴，五拍泠泠兮意弥深。

冰霜凛凛兮身苦寒，饥对肉酪兮不能餐。夜闻陇水兮声呜咽，朝见长城兮路杳漫。追思往日兮行李难，六拍悲来兮欲罢弹。

日暮风悲兮边声四起，不知愁心兮说向谁是。原野萧条兮烽戍万里，俗贱老弱兮少壮为美。逐有水草兮安家葺垒，牛羊满野兮聚如蜂蚁。草尽水竭兮羊马皆徙，七拍流恨兮恶居于此。

为天有眼兮何不见我独漂流，为神有灵兮何事处我天南海北头。我不负天兮天何配我殊匹，我不负神兮神何殛我越荒州。制兹八拍兮拟排忧，何知曲成兮转悲愁。

天无涯兮地无边，我心愁兮亦复然。人生倏忽兮如白驹之过隙，然不得欢乐兮当我之盛年。怨兮欲问天，天苍苍兮上无缘。举头仰望兮空云烟，九拍怀情兮谁为传。

城头烽火不曾灭，疆场征战何时歇。杀气朝朝冲塞门，胡风夜夜吹边月。故乡隔兮音尘绝，哭无声兮气将咽。一生辛苦兮缘别离，十拍悲深兮泪成血。

我非贪生而恶死，不能捐身兮心有以。生仍冀得兮归桑梓，死当埋骨兮长已矣。日居月诸兮在戎垒，胡人宠我兮有二子。鞠之育之兮不羞耻，愍之念之兮生长边鄙。十有一拍兮因兹起，哀响缠绵兮彻心髓。

东风应律兮暖气多，汉家天子兮布阳和。羌胡蹈舞兮共讴歌，两国交欢兮罢兵戈。忽逢汉使兮称近诏，遣千金兮赎妾身。喜得生还兮逢圣君，嗟别稚子兮会无因。十有二拍兮哀乐均，去住两情兮谁具陈。

不谓残生兮却得旋归，抚抱胡儿兮泣下沾衣。汉使迎我兮四牡騑騑，胡儿号兮谁得知。与我生死兮逢此时，愁为子兮日无光辉，焉得羽翼兮将汝归。一步一远兮足难移，魂消影绝兮恩爱遗。十有三拍兮弦急调悲，肝肠搅刺兮人莫我知。

身归国兮儿莫之随，心悬悬兮长如饥。四时万物兮有盛衰，唯我愁苦兮不暂移。山高地阔兮见汝无期，更深夜阑兮梦汝来斯。梦中执手兮一喜一悲，觉后痛吾心兮无休歇时。十有四拍兮涕泪交垂，河水东流兮心是思。

十五拍兮节调促，气填胸兮谁识曲。处穹庐兮偶殊俗，愿归来兮天从欲。再还汉国兮欢心足，心有忆兮愁转深。日月无私兮曾不照临，子母分离兮意难任。同天隔越兮如商参，生死不相知兮何处寻。

十六拍兮思茫茫，我与儿兮各一方。日东月西兮徒相望，不得相随兮空断肠。对萱草兮忧不忘，弹鸣琴兮情何伤。今别子兮归故乡，旧怨平兮新怨长。泣血仰头兮诉苍苍，胡为生我兮独罹此殃。

十七拍兮心鼻酸，关山阻修兮行路难。去时怀土兮枯枯叶干，沙场白骨兮刀痕箭瘢。风霜凛凛兮春夏寒，人马饥虺兮骨肉单。岂知重得兮入长安，欢息欲绝兮泪阑干。

胡笳本自出胡中，缘琴翻出音律同。十八拍兮曲虽终，响有余兮思无穷。是知丝竹微妙兮均造化之功。哀乐各随人心兮有变则通，胡与汉兮异域殊风。天与地隔兮子西母东，苦我怨气兮浩于长空。六合虽广兮受之应不容。

在中国古代文学史上，可以留下盛名的女子寥寥无几，虽然那些女子同样才华横溢。在男权社会，在以男子为中心的史书中，依旧还是有一些女性名字在历史的长河中熠熠生辉。比如班昭，比如蔡文姬，比如李清照，她们的才华令许多博得盛名的男子逊色。她们的遭际令无数抱怨怀才不遇的男子羞赧。她们的故事令最悲情的戏剧失色。是的，中国历史，因为有了她们的存在，于是生辉出彩，变得柔美而悲情，富有更多的诗情与浪漫。

在为数不多的杰出女性的名字中，蔡文姬，因为她离奇的故事，惊人的才情，为古典文学的殿堂增添了一道独特的风景线。16岁出嫁，17岁归家，23岁被俘匈奴，35岁回归中原。此后再次下嫁。她的生活始终操纵在别人手中。

上苍对她似乎情有独钟。令她生于书香之家，令她才貌双全，令她博学通古今，令她精通音律。于是，她的气质，她的神韵，她的娇媚，令那个俘获了她征服了她的匈奴男人神魂颠倒，也令她在未来的日子里无法承受这一份生命之轻。

上苍对她似乎钟爱有加，令她生活坎坷，以此磨砺她的思想。令她生于乱世，以此砥砺她的意志。令她生活多难，以此丰富她的诗情。若蔡文姬只是一个闺中女子，一定不会有《悲愤诗》，更不会有《胡笳十八拍》。若蔡文姬只是一个生活安逸的大家闺秀，那么，她的才华也只是作为茶余饭后怡情怡性的道具。若蔡文姬只是一个养尊处优的贵妇，那么，她的人生不会如此精彩，一定不会令后人对她的故事津津乐道。

当蔡文姬不顾大家闺秀的礼仪，赤脚蓬首出现在曹操的大堂上时，那份执着一定令那些男子震撼。当蔡文姬用她声情并茂的口才打动曹操群臣时，那份义无反顾的决然一定令她的丈夫感激涕零。当蔡文姬最终与董祀尽释前嫌携手山林，唱和于山清水秀的洛水之滨时，那份默契逍遥也一定令无数人神往。

只是他们的心中永远有一个无法解开的心结。在他们平静的生活中，一定会在某一个无眠的夜晚，顿起波澜，心生芥蒂。因为，他们的生活轨迹是那么的不同，他们的人生遭际是如此迥异。

自视才高年轻气盛而风度翩翩的董祀，只是因为摄于曹操的权势而无奈选择年近40的蔡文姬。历经生活坎坷，常年生活于北漠的蔡文姬，女子的温婉一定早已经被消磨得无影无踪了。常年的荒地生活一定在她的双颊刻满沧桑。此时的蔡文姬，很难令人生出爱怜之意的吧。

十二年的时间，是可以改变许多东西的。包括情感趋向，包括生活方式。此时的蔡文姬，应该适应了北漠生活，适应了匈奴人的羊肉与马奶酒，适应了草原与风沙，适应了左贤王的宠爱，适应了相夫教子的生活。就如同当年蔡文姬无法接受左贤王的宠爱一样，董祀心中一定也有着这样的伤痛。以他的少年才俊，如何会真正携手风烛残年的蔡文姬？这样的携手，一半无奈一半感激。于是，文姬心中的那根刺永远无法拔出，文姬笔下的伤情才会那么执著而热烈。

历经坎坷生活多舛的蔡文姬，她内心的伤痛与无法言说的悲凉其实无人能懂。文姬走后，左贤王忧思成疾，相思成病，最终托孤于文姬。文姬走后，左贤王常于明月之夜，卷叶吹笳，声音哀婉。文姬归汉，身后是左贤王多少相思之泪。文姬被俘，身后是多少故国哀情？文姬离匈奴，身后是一双儿女多少思亲情。文姬的回归之路，实在是再次走向痛苦深渊的不归路。

当年文姬被俘，悲剧就已经是无法改变。而文姬归汉，只是悲剧的再次重演。在匈奴，无法忘怀家园，在中原，无法忘怀家室。

若文姬在匈奴，情感寂寞，那么，何以令“胡人思慕文姬，乃卷芦叶为吹笳，奏哀怨之音”？若文姬归汉，心魂已安夙愿已了，那么，何以有《胡笳十八拍》的哀怨凄切？在烟尘弥漫中，在荒漠黄沙间，在干戈寥落时，文姬，一个文弱女子，随着匈奴人的马蹄声，开始了她在异地荒漠间的艰难行程。同时开始的是她一生痛苦相随的艰辛生活。

哀怨的胡笳声，诉说着心中的哀伤。这样的人生遭际无人能解，这样的人生离乱无人能懂。上苍不是万能的么？为何总是让生灵遭荼毒。大地不是宽厚的么？为何让她在这样的时代降临人间？在战乱的时代，女子所遭受的痛苦往往更甚于男子。文姬被俘虏，被羞辱，被归汉，被离散，所有的一切皆是命运的捉弄，所有的一切皆是天意的安排。

远走天涯，山高水长，归家之路，遥遥无期。飞沙走石，黄沙漫漫，荒野萧瑟，北风呼啸。腥膻难闻，无法下咽。喧声聒噪，穿透耳膜。裘皮之衣，难以上身。逐草迁徙，难以安身。边地生活，苦不堪言。

匈奴人强悍野蛮的个性，不拘小节的生活习惯，大碗喝酒大口吃肉的豪气，在蔡文姬眼中，却是这般的难以调和难以接受，与从小所生活的诗书为伴的环境相距甚远。回想当年，锦衣玉食，再看今朝，沦落北漠之地。个中情愫，难以言说。心中哀伤只有借助琴声传达，心中悲切只有暗自哀叹。

若非身临其境，何以有如此深切的体味。那种生活的不协调只是一种外在的折磨。被迫嫁与胡人，对于一般中原女子已是难以承受，何况是出身名门曾经养尊处优的蔡文姬？远离故土难以重返，对于一般女子亦是难以忘怀，何况是具有丰富情愫的一代才女蔡文姬？文姬的温婉与雅致，胡人或许难以欣赏，就如同文姬无法欣赏胡人的豪爽与霸气。文姬的文采与内敛，胡人或许难以接受，就如同文姬无法接受左贤王的多情与霸道。所以，唯有自叹文弱女子命如纸薄，唯有自怜离乱之人知音寥落，唯有自悲苦寒之人归家无路。

在每一个冬日的长夜，仰望星空，哪颗星星可以读懂孤独者的心声。在每一个秋日的午后，翘首蓝天，哪一只大雁可以带回思乡的梦境。在每一个春日的清晨，独自漫步，企盼着北归的大雁可以带来故乡的消息。但是，高飞云间的大雁，如何懂得游子黯然神伤的离情？那些远去的大雁，那些从故乡来的大雁，何时带我一起高飞，一起回到故土。可是，这样的设想只能在美梦中，在幻境中。低眉抚琴，肝肠寸断，琴声幽幽，思乡情怀难以消解。

自古以来，思乡之情的诗句，几乎无人可以超越这样的意境与这样深沉的思念。因为这样的思念不是无病呻吟的闲愁，不是想要启程就有路可走的坦途，不是想要团聚就有亲人等待的相思。在蔡文姬，这样的思念是一种无法抵达的回望，是伤痛顿生的回首，是亲人离去故园不再的永别。

蔡文姬以她杰出的才情高唱着生命之歌，以她多愁善感的心灵呼唤着回家之路，以她悲天悯人的情怀哀怨着命运的不公。她难以明白，上苍为何要将这样的厄运降临到一个多才多情的女子身上，让她备受煎熬。上苍为何要将她独自流放到这样的荒蛮之地，让她愁思难遣。敢问苍天，敢问神灵，因何要让她受如此凄苦，因何要让她如此伤怀。人生何其短暂，她的生命难道就此沦落胡地？

文姬真正的伤痛或许不是来自她的故园之思，不是来自她的被迫下嫁，不是来自她的生活苦况。文姬心中的伤悲，从她重新踏上归家之路开始，就变得更为深长而深邃。

虽然没有从有限的历史记载中寻找到当年左贤王对文姬的宠爱与呵护，但是，从文姬远去之时，左贤王的卷叶吹胡笳寄托相思之中，我们看到了那份深情。从文姬的“胡人宠我兮有二子”的表白中看到了那份深情。

文姬其实没有选择。她无法选择留下，也无法选择离开。她只是被命运安排着。一切均不是她的所愿。就如同当年的被俘离汉，今日的被遣送回归。她踏上回家之路，也踏上了永无止境的思念之路。

“一生辛苦兮缘别离”，别故乡，别亲人，永难两全。若想埋骨桑梓，落叶归根，就不得不离去一双儿女。若想享受天伦，就不得不魂葬异乡。或许文姬难以启齿的是左贤王对她的宠爱，但不用回避的是对幼子的爱怜与眷顾。

终于守得云开日出，汉匈和解，汉使千金赎身，去留两难无处诉说。离故土，故园之思难忘。离亲子，亲子之情难割舍。怀抱幼儿泪如雨下，身归故国幼子难随，有谁经历过这样的生离死别。万物有四季的变化，而亲人从此将不会有相聚的机会。此时，我们似乎看到了一个手扶瑶琴的女子，眼中含泪，琴声凄切。似乎看到了一个漂泊异乡的浪子，哀告无门，心乱如麻。念儿女，此去永离别。念家园，此恨春水东流。念儿女，此去只在梦中相牵。念家园，此恨山高水阔。天从人愿，得以归故土。天意难违，骨肉遭分离。从此后，生死不相闻，从此后，音讯永隔绝。

《胡笳十八拍》，直令人心怀激荡，泪泉涌奔。那声声哀怨，伴随着凄切的琴音，回肠荡气。那声声呼唤，伴随着凄清的诗句，心潮起伏。那一唱三叹的悲音，是文姬心底最柔弱的脉动。那举步维艰的步履，是文姬心中永远留存的芒刺。任凭岁月流逝，任凭风沙侵蚀，任凭关山阻隔，历久弥新，历久弥深。泣血成珠，悲痛欲绝。

《胡笳十八拍》，以胡地之音传唱着中原女子的双重哀鸣。那哀怨，浩达长空。那相思，贯穿古今。那离合，万箭穿心。

《胡笳十八拍》，一唱三叹，一曲九回。那悲鸣之音声声催人坠泪。荡气回肠，肝肠寸断，那哀怨之声声声引人呜咽。

是谁，第一次对花抒怀？

——《涉江采芙蓉》

《涉江采芙蓉》

涉江采芙蓉，兰泽多芳草。
采之欲遗谁？所思在远道。
还顾望旧乡，长路漫浩浩。
同心而离居，忧伤以终老。

诗乃性情之物。清人陈祚明《采菽堂古诗选》："同有之情，人人各俱，则人人本自有诗也。但人人有情而不能言，即能言而言不尽，特故推十九首以为至极。"

《古诗十九首》乃千古奇文。刘勰称之"五言之冠冕"，钟嵘赞之"天衣无缝，一字千金"，胡应麟誉之"兴象玲珑，意致深婉，真可以泣鬼神，动天地"。

在东汉末年那个动荡的年代，下层文士漂泊蹉跎，游宦无门。《古诗十九首》就产生于这样的时代，表述着他们的境遇感受、离愁别绪、彷徨失意，人生无常。

《古诗十九首》的创作，打破了从形势上尊崇《诗经》《楚辞》专尚四言、骚体的积习，大胆地向民歌学习，有感而发，语言朴素自然，描写生动真切，构思浑然天成。将新兴的五言歌诗作为主要的创作手段，这种诗体及其表现手法，在中古以后的古典诗歌诸形势中一直居于主导地位，因之被称为“诗母”。

诗句的简短与通俗，并不代表内涵的肤浅与情感的直白。诗歌的韵味在于语词之外的无限延伸。

“涉江采芙蓉，兰泽多芳草。采之欲遗谁？所思在远道。”

某年某月的某一个夏日，一位离群独居的幽怨女子，或许是在某一个百无聊赖的清晨，或许是在某一个雨后的傍晚，抑或是在某一个睡眼惺忪的午后，踏着慵懒的碎步，抑或是迈着轻盈的脚步，沿着垂柳依依的河岸，芳草蔓延的堤岸，在微风间，在清新的空气里，在采莲女的欢笑声中，真希望自已融入这样明媚的夏日清凉之中。衣着艳丽的姑娘们，荡舟而来，欢喜而去，满载着莲藕，承载着希望，女子甚觉已经融入其中，于是，俯身下来，亲吻莲香，手捧兰草，想着与人分享这一刻的幸福与安乐，猛然间，才觉相爱的人儿此时还在远方……

“冰明玉润天然色”的水芙蓉恰似女子晶莹剔透的美丽容颜，“天然去雕饰”的水芙蓉恰似女子心无尘埃的相思。“乱入池中看不见，闻歌始觉有人来”的那一份痴迷，“江南莲花开，红花覆碧水”的那一份娇艳，“湘妃雨后为池看，碧玉盘中弄水晶”的那一份脱俗，令女子思绪万千，想入非非……

某年某月的某一个秋日，一位久离故园的游子，或许是在霜露初降的清晨，或许是在秋日高照的午后，或许是在寒气渐升的傍晚，眼见着“千林扫作一番黄，只有芙蓉独自芳”的惊喜，那美艳绝伦的木芙蓉，霜侵露凌更艳丽，是否也若那美丽的娇娘，孤寂落寞却更妩媚？那善变的木芙蓉，开花一日而三色，是否也若那百变的娇娘，风姿绰约却亦温婉。

“涧户寂无人，纷纷开且落”，我何时可以回到故乡，去陪伴那美丽的新娘，不要让她的美丽消失在无人的闺房。“不肯嫁东风，殷勤霜露中”，我们的爱情应该也如这芙蓉一般娇艳而执著吧。“正似美人初醉着，强抬青镜欲妆慵”，是美人若芙蓉，抑或是芙蓉若美人，心醉神痴的我，此时已意乱情迷。

千年之前，这位男子站在洛阳水岸抑或是湘江岸边的一个偶然举动，却引发出了后代无数诗人丰富的灵感，成为一道永恒的风景。那一声叹息，那一个动作，那一份思念，历久弥新，源远流长。诗情四溢，诗情昂扬，诗意散开了，诗情伸展开来……

“还顾望旧乡，长路漫浩浩。同心而离居，忧伤以终老。”

是女子想象着男子对家园对自己的牵挂？是男子遥望着故园开始思绪飞扬开始心有挂碍？是女子想象路途遥远，相见难期？是男子难舍在外的光景，回家之路越加艰辛？那直白如话的诗句，只是为了传唱最动人最缠绵的情歌。

是那层叠的山峦和浩荡的江河，阻隔着相思相爱的人儿相聚，还是那追名逐利与外面的世界阻碍着男子回家的脚步？是要相思到老？是要在孤寂中苦度时日？是要在同心之时分隔相思地？还是要等待着芙蓉之花，凋零在冬日的夜晚，才回头风雨中？

诗歌的韵味是在诗句的言外之意。是在读者的无限遐想之中完成诗歌的意境。是在读者的用心用情解读之中完成诗歌的丰盈。

读《涉江采芙蓉》，唇齿留香。如此娴熟的艺术，如此率真的情感，犹如天籁，犹如仙乐，令无数文人大家望洋兴叹，却不知出于何人之手，出自何人之口，是谁，第一次对花抒怀？是谁，第一次发千古幽思？是谁，第一次低回咏叹？这些没有主人的诗句，就成为中国古代所有文人学士的诗作，似乎，他们来自于每一个才华横溢的文人笔下，来自于每一个情感丰盈的歌唱者心底，来自于每一个善感心灵的天籁之音。

何事秋风悲画扇

——班婕妤《团扇歌》

《团扇歌》

新裂齐纨素，鲜洁如霜雪。
裁为合欢扇，团团如明月。
出入君怀袖，动摇微风发。
常恐秋节至，凉飙夺炎热。
弃置箧笥中，恩情中道绝。

千年历史，演绎过无数精彩故事。在男性史学家的眼中，一部中国历史，就是一部充斥着男性世界的阴谋与背叛、刀剑争鸣、血火丛生的历史。但是，若进入历史事件的细部，会轻易发现，无数次的历史转折时期，往往是那些被遗忘被忽视的女性，左右着历史的进程与历史发展的方向。

翻开千年历史画卷，最美丽的风景一定是女人描绘的，最精彩的瞬间一定是女人演绎的，最动人的故事一定是女人讲述的。那些活跃在历史舞台上的女人们，她们改写着自己的命运，从而改写着民族历史的命运。她们的智慧，她们的才华，她们的美艳，成就了多彩的历史画卷。她们的故事让人哀婉、让人怜悯、让人叹息，引人神往、引人遐思、引人痴想。

有时候，阅读历史上那些女人的故事，难免浮想联翩。以班婕妤的才华与贤德，若她遇上唐太宗会如何呢？若她遇上一个真正懂她爱她珍惜她的明君会如何呢？可惜她成了一代荒淫君王汉成帝的妃子。

据历史记载，汉成帝刘骜，一面宠幸男宠张放，一面迷恋赵家姐妹。班婕妤的侍宠注定不会长久。班婕妤高贵的出身与杰出的才华，令她不愿仅仅凭借姿色获宠，也不愿凭借君王的宠幸而有违常伦。

在班婕妤的漫长后宫生涯中，至少有三件事令后人心生感佩。

“贤圣之君皆有名臣在侧，三代末主乃有嬖女。”当汉成帝邀她一起出游的时候，她断然拒绝，并教训成帝，只有夏、商、周三代的末主夏桀、商纣、周幽王，才有嬖幸的妃子在坐。这位聪慧的女子，她多么希望可以凭借自己的贤德，辅助一代明君。多么希望汉成帝成就贤明君王的伟业。班婕妤本来可以成为那个续写历史的贤德妃子，却不幸而碰上了汉成帝这样的荒淫之君，最终让王莽篡权，西汉历史因此改写。

“妾闻死生有命，富贵在天，修正尚未得福，为邪欲以何望？若使鬼神有知，岂有听信谗说之理；倘若鬼神无知，则咒诅又有何益？妾不但不敢为，也不屑为。”当赵家姐妹陷害她与许皇后一起做巫蛊之事时，班婕妤娓娓道来，她的智辩之才可见一斑。这不仅仅是看懂生死，也是看懂天理与人伦。“妾不但不敢为，也不屑为”，每每读书至此，唯有叹息而已。如此超群的气度与不凡的见识，令人惊异，可惜如此才华横溢的女子，却只能将自己的命运交给那个昏庸的君王决断。

从时间来推断，赵氏姐妹受宠之时，班婕妤将近三十岁。这样的年纪，在后宫之中就已经是年长色衰了。她自请远离是非之地，得以善始善终。虽则凄苦悲凉，也好过许皇后被诛杀的命运。或许还要连累家人。

班婕妤是我所知道的后宫之中最聪明的女人。她懂得急流勇退，懂得如何为自己寻找最佳的生存途径，自请前往长信宫侍奉王太后，将自己置于太后羽翼之下。她懂得，以她的聪明，在后宫的争斗中未必不能取胜，但是她不愿如此。聪明如班婕妤，自然也能悟出这样的道理，荒淫的君王总是喜欢卖弄风情的女子，他们需要的只是床笫之欢，并不需要庄重自持、拘于礼法的妻子。她知道，汉成帝不是她理想的夫君。她宁愿独守空闺，宁愿将自己的一世才华付诸流水，也不愿亵渎了自己圣洁的灵魂。她宁愿在无人的夜晚独自叹息，也不愿为了君王的一次垂怜而降格以求。

汉代宫廷中的美女人数创历史之最。在四万余人中去争宠，何其难哉？宫廷女子的作用只是讨皇帝的欢心，是否有才并不重要。班婕妤自然是深味其中之理。于是，她为自己选择了一个在宫廷中清净生活的最佳去处，虽然有时不免伤怀。那首著名的《团扇歌》，成为失宠女子的共同心声。

"新裂齐纨素，鲜洁如霜雪。"那用最上等的齐地丝绸裁剪的扇面，如同霜雪一般洁白。想当年，自己初入宫廷，亦是那么的纯洁而美丽。

"裁为合欢扇，团团如明月。"绣成扇面是花好月圆，初入宫闱亦是浓情蜜意。对未来充满着幻想，心底一片澄明。

"出入君怀袖，动摇微风发。"团扇不离夫君手，臣妾不离夫君怀。微风吹凉意，恰如琴瑟友和，和谐美满。这是每一个少女最美好的人生追求，是她们理想的生活情景。

"常恐秋节至，凉飙夺炎热。"可惜，花好月圆人又散，好景总难再。一个恐字，写尽宫中女子的患得患失。在佳丽如云的后宫之中，想要琴瑟友和何其难！想要独享恩宠何其难！想要天长地久何其难！

"弃置箧笥中，恩情中道绝。"再美的团扇，受宠的时间必然短暂，而才貌超群的女子，命运竟如那随时被弃的团扇一般，令人黯然神伤。想当初，恩爱欢会之时，已无恩情可言。揽入君怀之时，何曾心心相印？踏入宫闱之时，对未来的命运已然明了了吧。

明白如话的《团扇歌》，历经岁月的磨砺，依然生动可感。勾引起多少失宠的女子伤心情怀。至今，似乎依稀可见，那位移居长信宫的妃子，在曙光初现的台阶上，洒扫亭台的凄苦背影。似乎依然可见，那位手执画笔的悲情才女，在落日余晖的冷宫中，描画与孤雁为伴的身影。依旧可见，那位手执团扇落寞的女子，在远处昭阳宫的喧哗声里，独自含悲疗伤。

汉成帝死后，班婕妤要求到成帝陵守墓以终其生。与古墓为伴的五年时光，一个柔弱的女子，是如何度过那漫长的凄风苦雨的岁月，唯有心静如水的女子，才可以这样独守寂寞时光，将孤独演绎成诗。

“似将海水添宫漏，共滴长门一夜长。”李益道出了漫漫长夜的难捱。“奉帚平明金殿开，且将团扇暂徘徊。”王昌龄读懂了婕妤对生命的坚守。“人生若只如初见，何事秋风悲画扇。”纳兰性德确实是奇才，将那一场风花雪月的往事娓娓道来，引人遐思无限。千载之下，有如许知音，当可掩面含笑吧。

第三卷　魏晋的风骨

一代枭雄的诗意情怀

——曹操

乱世出枭雄，时势造英雄。在东汉政治最为黑暗的时期，曹操也曾因为不愿依附权贵而托病隐居。在门阀制度最为猖獗的时期，曹操高唱唯才是举。在群雄逐鹿的混乱时期，曹操始终坚定一统天下的襟怀。以天下苍生为念，以结束混乱局面为己任，这样的襟怀，是值得推许的，在那个纷乱的年代，需要如曹操般具有远见卓识的一代枭雄。

薤露行

惟汉廿二世，所任诚不良。沐猴而冠带，知小而谋疆。
犹豫不敢断，因狩执君王。白虹为贯日，己亦先受殃。
贼臣持国柄，杀主灭宇京。荡覆帝基业，宗庙以燔丧。
播越西迁移，号泣而且行。瞻彼洛城郭，微子为哀伤。

《薤露行》，描写了汉末董卓之乱的前因后果，读来如浏览一幅汉末的历史画卷。公元189年，汉灵帝死，太子刘辩即位，何太后临朝，宦官张让、段珪等把持朝政。何太后之兄、大将军何进密召凉州军阀董卓进京，以期铲除宦官势力，收回政柄。谋泄被杀。张让劫持少帝和陈留王奔小平津，被率兵进京的董卓劫还。董卓乘机窃取国家大权，旋废少帝为弘农王，不久杀之。立陈留王刘协为汉献帝。关东各州郡的兵马起而讨伐董卓，社会陷入了军阀混战的局面。董卓放火烧毁了京城洛阳，挟持献帝西迁长安。

“惟汉廿二世，所任诚不良。”《三国演义》前面十回，皆涉及汉室衰微，董卓祸乱的历史故事，许多阅读者一直也没明白其中错综复杂的关系。曹操以史论家的笔法，三言两语就将那一段复杂的历史叙述得清楚明了。

“沐猴而冠带，知小而谋疆。”因为裙带关系而位居高位的何进，本是个徒有其表的人，就像猕猴戴帽穿衣硬充人样，骨子里依旧还是没有进化的猴子。偶然的因素改变了历史的发展轨迹。何进智小而图谋大事，最终身死人手，葬送汉室江山。

“犹豫不敢断，因狩执君王。白虹为贯日，己亦先受殃。”“狩”是指古代帝王出外巡视，“为尊者讳”，以天子出逃或被掳为“狩”。“白虹贯日”，太阳中有一道白气穿过，古人以为这是上天预示给人间的凶兆，往往应验在君王身上。曹操此时定然想到，若是自己处于这样的角色，定然能够力挽狂澜。何至于令少帝被杀汉室衰微？何至于自己身败名裂身死人手？何至于引狼入室致天下大乱？

“贼臣持国柄，杀主灭宇京。荡覆帝基业，宗庙以燔丧。”董卓乘乱操持国家大权，自封为太尉，续进为相国，随之逼宫杀帝，焚烧洛阳。汉朝四百年的帝业由此倾覆。帝王的宗庙也在烈火中焚毁。历史的悲剧，在野心家、阴谋家、无能者的共同努力下不断上演。有谁怜爱天下的苍生？有谁怜惜涂炭的生灵？

“播越西迁移，号泣而且行。瞻彼洛城郭，微子为哀伤。”据《尚书大传》记载，商纣王的庶兄微子在商朝灭亡后，经过殷墟，见到宫室败坏，杂草丛生，写下《麦秀》，抒发对前朝的叹惋。献帝被迫西迁长安，长途跋涉，被裹胁一同迁徙的百姓，哭声不止，一片凄惨景象。今日，曹操瞻望洛阳城内的惨状，就像当年面对着殷墟而悲伤不已的微子。

《薤露行》，是一个伟大的政治家亲见生灵涂炭天下混乱而发出的深深叹惋！他将自己置身于这段历史之中一起沉浮，而不是如一般的文人墨客那样无关痛痒地突发感叹。曹操，是以政治家的雄才大略审视这段历史，关注着社会的动荡，关注着时局的变化。

观沧海

东临碣石，以观沧海。水何澹澹，山岛竦峙。

树木丛生，百草丰茂。秋风萧瑟，洪波涌起。

日月之行，若出其中；星汉灿烂，若出其里。

幸甚至哉，歌以咏志。

清朝诗人沈德潜评价曹操诗歌“时露霸气”，这首《观沧海》可见一斑。

碣石山，据说当年秦始皇、汉武帝曾东巡至此，刻石观海。北伐乌桓成功归来的诗人，途经此地，登高望远，大海汹涌澎湃，浩渺接天；山岛高耸挺拔，草木繁茂。江山如此多娇，令无数英雄竞折腰。笔下江山，岂是一般文人能够描摹的？曹操，从宇宙洪荒中看到了自己肩负的责任。

“秋风萧瑟，洪波涌起。”一般的诗人，在秋风萧瑟中，感叹人生易老韶华易逝，无病呻吟无所作为。而心怀天下的政治家，在萧瑟秋风中，看到了一场即将到来的社会变革。在暗流涌动中，预感到波澜壮阔的历史画卷即将开启。

“日月之行，若出其中；星汉灿烂，若出其里。”日月好像运行于大海怀抱。星辰似乎升腾于大海深处。日、月、星、辰，显得如此渺小，天地宇宙似乎都由大海自由吐纳。唯有心怀天下的一代枭雄，才有这样的笔墨这样的襟怀这样的意境！北方统一的愿望即将实现，天下一统的宏愿指日可待。

短歌行

对酒当歌，人生几何！譬如朝露，去日苦多。

慨当以慷，忧思难忘。何以解忧？唯有杜康。
青青子衿，悠悠我心。但为君故，沉吟至今。
呦呦鹿鸣，食野之苹。我有嘉宾，鼓瑟吹笙。
明明如月，何时可掇？忧从中来，不可断绝。
越陌度阡，枉用相存。契阔谈宴，心念旧恩。
月明星稀，乌鹊南飞。绕树三匝，何枝可依？
山不厌高，海不厌深。周公吐哺，天下归心。

历史是对过往生活的一种记载，没有假设。历史学家对历史，总是希望忠于事实，努力用文字还原真相。而文人不同。文人眼中的历史，总是充满浪漫与理想的色彩。希望具有更多戏剧化的情景与故事性的渲染。

“我持此槊，破黄巾、擒吕布、灭袁术、收袁绍，深入塞北，直抵辽东，纵横天下：颇不负大丈夫之志也。今对此景，甚有慷慨。吾当作歌，汝等和之。”（《三国演义》）

或许，在诗歌史上，还没有哪位诗人的创作过程被如此浓墨重彩地渲染。曹操创作《短歌行》，被罗贯中如椽大笔一抒写，就成为千古咏叹的完美意境。成为诗情与豪情完美结合的艺术。感谢罗贯中，为我们营造着横槊赋诗的佳话，为文坛增添着动人的篇章，为我们设置了朗诵《短歌行》的绝佳场景：

一位功成名就的一代枭雄，一场即将开始的浩大战争，一次畅叙幽怀的群雄酒宴。月洒清辉，江风吹拂，横槊赋诗，对酒当歌，壮怀激烈，此番良辰美景，赏心乐事，自是人生之极乐。

想来曹操心中，该是想起了官渡之战一统北方吧？该是希冀着赤壁之战一统天下吧？那气概，气壮山河。那风姿，英姿勃发。那诗情，龙腾虎跃。54岁的曹操，有的是烈士暮年，壮心不已的豪情。

从他的“对酒当歌”中，读出了他的文人气质。从他的“慨当以慷”中，读出了他的凛然浩气。从他的“悠悠我心”中，读出了他的忧愁难排。从他的“沉吟至今”，读出了他的忧心如焚。

完成官渡之战后的曹操，是他人生中最为辉煌的时期，在他准备出征赤壁之战时，可谓是意气风发，大有一扫天下之势。此时的曹操，忧思何来？许多人，人生得意时，想到的是及时行乐，而曹操想到的是向着更高更远的目标前行。他想要一统天下，首先就要令天下人才为己所用。就如同当年的刘邦，当刘邦得到了天下英才，他就必然地得到天下，项羽与他的战争，早就不是一个级别的较量。

“对酒当歌，人生几何！譬如朝露，去日苦多。慨当以慷，忧思难忘。何以解忧？唯有杜康。青青子衿，悠悠我心。但为君故，沉吟至今。”

如此深情的告白，如此真诚的哀告，如此深沉的情愫，一位政治家，一个驰骋疆场的风云人物，用这种最为缠绵的方式表达着对人才的追慕与渴求。这样的一世枭雄，怎不令人心生向往？

人生何其短暂，在漫长的征战岁月中，虽然身边也不乏人才，可是，想要完成统一大业，需要有经天纬地的人才，需要有开放的思想与开明的思维，需要不被所谓的忠君思想束缚的有识之士。曹操身边也确实云集着一些才子，可是，他们总是有着这样那样的缺陷，或者来自他们狭隘的思想，或者来自他们有限的才能。真正可以帮助他完成夙愿的似乎还没有遇到。于是，在他以为即将胜利的赤壁之战后，面临的是如何最终完成统一中国的大业，这样的人才，似乎还没有出现。他的忧心如焚或许并没有多少人真正能解。

“呦呦鹿鸣，食野之苹。我有嘉宾，鼓瑟吹笙。明明如月，何时可掇？忧从中来，不可断绝。”

曹操用他最为直接的方式表达着求贤若渴，表达着对英才的可望不可即。曹操可能认为，若诸葛亮、若鲁肃、若周瑜可以为己所用，那么，这一场浩大的战争就会在瞬间化为乌有。“呦呦鹿鸣，食野之苹。我有嘉宾，鼓瑟吹笙”，多么率性多么率真！就如同麋鹿有了可以填腹的食物就满足地嗷叫着，我找到了真正的可以助我得天下的英才，也一定会忘乎所以地鼓瑟吹笙，载歌载舞，手舞足蹈，喜不自禁。

曹操心中一定明白，令他朝思暮想的理想英才始终可望而不可即。如同水中月，镜中花。如此，怎不忧愁难解，忧思难忘？

“越陌度阡，枉用相存。契阔谈宴，心念旧恩。月明星稀，乌鹊南飞。绕树三匝，何枝可依？山不厌高，海不厌深。周公吐哺，天下归心。”

来吧，我的英才，让我们一起携手，抛却战争，共同建立美好的家园。让我们克服重重屏障，开怀畅饮，畅叙幽情。让我们再次青梅煮酒，并肩作战，为天下苍生谋福祉，还百姓一个清明时代，让一切战争都烟消云散吧。

来吧，我的英才，不要再犹豫，不要再徘徊，良禽择木而栖。朋友们，你若知道我心比天高，你若知道我心怀天下，你若知道我慷慨悲歌，那么，就启程吧，不要犹豫。那时，我一定会珍惜你的才华如同珍惜我的生命，我一定会如周公一般还你们一个更为光明更为辉煌的未来。

他的青梅煮酒，他的横槊赋诗，他的百万雄师，让我看到了血性男儿的英雄本色，看到了纵横疆场的大将风范，看到了文韬武略的一世枭雄。他的天下归心，让我看到了领袖人物的风云之气。

龟虽寿

神龟虽寿，犹有竟时。螣蛇乘雾，终为土灰。
老骥伏枥，志在千里。烈士暮年，壮心不已。
盈缩之期，不但在天。养怡之福，可得永年。
幸甚至哉，歌以咏志。

写作《龟虽寿》的曹操，已是英雄暮年。人生悲凉之叹，在东汉谶纬迷信猖炽的时代，曹操对人生有着更为冷静更为清醒的认知。“神龟虽寿，犹有竟时。螣蛇乘雾，终为土灰。”一世枭雄的曹操，当他统一北方剑指中原之时，当他一切准备就绪，一统天下的愿望指日可待时，却发现老之将至。但是，他没有想要用迷信来迷惑心志，《庄子・秋水篇》说：“吾闻楚有神龟，死已三千岁矣。”诗人明白，即使长寿三千年的神龟，终究不能长生不死。《韩非子・难势》篇说：“飞龙乘云，螣蛇游雾，云罢雾霁，而龙蛇与同矣！”诗人懂得，螣蛇乘云驾雾，一旦云消雾散，终究难免灰飞烟灭！

曹操的伟大在于，他没有沿着这样的路子走向虚无，走向消极遁世的老路，曹操一扫汉末文人感叹浮生若梦、及时行乐的悲调，唱出了时代的强音。“老骥伏枥，志在千里。烈士暮年，壮心不已。”即使如形老体衰屈居枥下的老马，依旧还是千里马，胸中依然激荡着驰骋千里的豪情壮志。这是一代枭雄的英雄本色，是立志结束纷争割据局面的一代政治家军事家的壮志与气魄。

“盈缩之期，不但在天。养怡之福，可得永年。”作为一代枭雄的曹操，面对有限的人生，他不是告诉人们如何打破自然规律，不是从养生的角度告诉人们如何让自己活得更长久，而是不应因年暮而消沉，要有永不停止的理想追求和积极进取精神，自强不息，奋发有为。

《龟虽寿》，始于人生哲理的感叹，继发壮怀激烈的高唱，复回人生哲理的思辨。在汉武帝罢黜百家、独尊儒术的思想禁锢下，四百年间，汉代文人只会写歌颂帝王功德的大赋和没完没了地注释儒家经书，诗性诗情几乎消失殆尽。直到东汉末年天下分崩，思想文化禁锢被打破，雅爱诗章的曹操以一首《龟虽寿》，开辟了一个诗歌的新时代，给文坛带来了自由活跃的空气。

一代枭雄曹操，最终没有完成自己的心愿。但是，他的努力为历史的前行铺平了道路。他的坚持，为尽早地结束战乱创造了条件。今天，我们喜欢以正统的忠君思想来评说曹操的一生，用他的政治手段来诋毁他的丰功伟绩。试问，一部中国历史，不是充满阴谋与诡计的么？不是充满血腥与杀戮的么？不是充满欺骗与虚伪的么？唯独要求曹操何其多。唯独评价曹操何其苛刻。

曹操的理想，从来就不是一方诸侯，于是，他敢与天下为敌。曹操的胸怀，从来就不是独霸一方，于是，他真乃求贤若渴。辱骂他的，误解他的，排斥他的，他依旧还想让他们与自己一起完成宏图大志。

我不愿用一种既定的思想观念来评定这样一个血肉丰满的历史人物，在我心中，他精通音律又精通政治游戏，他是枭雄而不是奸雄，他是英主而不是臣子。

开风气之先的文人

——曹丕

曹丕若是生于太平盛世，那应该是一个可以将权力用到极致的人。他懂得，适时地将汉家王权收入囊中。曹操挟天子以令诸侯，还不断被人诟病。曹丕在其父去世不到一年时间，就成功地建立了自己的王国。这是那位过世的英雄梦寐以求的独立王国。曹操，用其一生，想要一个乱世能臣的美名，历史却始终只是将其定位为一个乱世奸雄。

谁坐江山才是正统，今天看来，难以定论。刘备只是因为姓刘的缘故，就以正统自居。曹操因锄奸不利，自己拯救乱世，一统江山。这样的想法，刘备有，孙权有，其他各诸侯都有。而曹操却成了众矢之的。曹操称帝的理想，曹丕实现了。东汉王朝，名存实亡。曹丕，将那遮羞布撕了下来。

曹丕，一位有胆识的政治家。懂得大权独揽，懂得适时将那个名义皇帝拉下马，懂得妥善处理曹氏家族与曹魏士族之间的利益纷争，更懂得管制后宫、宦官、藩王权力，巩固中央集权。只可惜，曹丕英年早逝。否则，曹魏历史不会那么快就被司马氏改写。

曹丕，一位有才情的文学家。虽然他的诗才或许不能与其弟曹植相比。但是，因为他首先是冷静的政治家，他的文风，与其父豪迈的风格不同，与其弟忧怨的风格不同，他深沉冷静理智。“盖文章，经国之大业，不朽之盛事。”曹丕的一言九鼎，使建安时期人们对文学的地位、作用和特点有了全新的认识。曹丕，第一次提出了“诗赋欲丽”，强调了文学应该有美的艺术形势，标志着我国古代文学发展到建安时期，进入了文学自觉的时代，成为中国古代文学史的转折点。

曹丕之诗在钟嵘《诗品》中被列为中品。认为他的才华无法与曹植相比，也无法与曹操相比。《文心雕龙》甚至认为离曹植之才相距甚远，不止千里之遥。文学评论，永远难以摆脱个人的审美倾向与审美标准，实在是见仁见智的事情。

无论前人如何评点曹丕的文学才能。他的《典论·论文》，为中国文学批评之祖。他身边才子如云，对建安文学的精神架构起到关键作用，由此形成影响深远的“建安风骨”。他命人编纂的类书《皇览》，开官方组织编纂类书之先河。他的《燕歌行》，是中国文学史上第一首完整的七言诗。

燕歌行

秋风萧瑟天气凉，草木摇落露为霜，群燕辞归雁南翔。念君客游思断肠，慊慊思归恋故乡，君何淹留寄他方？贱妾茕茕守空房，忧来思君不敢忘，不觉泪下沾衣裳。援琴鸣弦发清商，短歌微吟不能长。明月皎皎照我床，星汉西流夜未央。牵牛织女遥相望，尔独何辜限河梁？

从《诗经》开始，草木皆可有情。从屈原开始，风月皆入诗词。从有诗词开始，天地万物无一不是情感的载体。对声韵的无限追求，让诗歌变得生动起来。那秋风，那落叶，从古到今，不知勾起了多少人的思乡情，相思泪。那白露，那归雁，从古到今，不知引发了多少离人的凄苦之叹，多少离人的酸楚之痛。

既然思归，为何不能归家？既然相思，为何淹留异乡？既然失意，为何不能放下？其实，如此问，只是思妇难以排解内心愁苦的无奈之语。是思妇无处诉说的无奈之问。无论是远征之人还是闺中女子，知道，这样的久别，许多时候，身不由己。

曹丕生活的时代，是一个多灾多难的时代，纷争离乱的时代。这样的时代，想要保住一个最基本的平安的生活状态都是艰难的。而身为庙堂之上的曹丕，能够体谅百姓离乱之苦，实在难能可贵。曹丕身边不乏美女，到他登上帝位，妻妾成群，却能够设身处地，将闺中女子的相思之情写得如此婉转幽深，不能不令人佩服。

那个独守空闺忧怨的女子，那个泪下衣襟孤寂的女子，那个长夜难安落寞的女子，在曹丕笔下，似乎从千年之前的魏国向我们走来。带着她的悲伤，带着她的思念，带着她的幽怨。穿越时空，打动了多少游子的心魂。

据《乐府诗集》记载，汉乐府有长歌行、短歌行。长歌多表慷慨激昂的情怀，短歌多表低回哀伤的思绪。清商之曲，悲惋凄清。

在秋月高悬落叶飘零的夜晚，愁怀难释。在长夜漫漫难以入眠的秋夜，愁思难解。想借瑶琴弹一支清商曲，以寄衷情，但是口中吟出的都是急促哀怨的短调，总也唱不成一曲柔曼动听的长歌。就如同借酒浇愁只会愁更愁，借抚琴歌咏却只会勾起更多的愁情。那些歌词，无一不是动人愁怀之诗。

仰望夜空，遥望星河，品味苦难人生，女主人时而转辗反侧，时而抚琴低吟，时而眉头紧锁，时而临风浩叹。

啊！牛郎织女，亦如我这般长久忍受孤单寂寞么？你们到底有什么罪过，要这样相望银河两边？这样的浩问，真乃千古一叹。“两情若是久长时，又岂在朝朝暮暮”是为写牛郎织女爱情坚贞的，有谁会真的去关心相思者内心的愁苦呢。此时，思妇的心思，似乎跨越银河，飞升天外。这如愤如怨，如惑如痴之低语，似替双星质问天神，更是为自己质问苍天。这是一种强烈的呼吁，是一种悲凉的控诉，更是一种愤怒的抗议。响彻苍穹，穿越时空，回荡至今。

曹丕，作为最高统治者，能站在百姓的角度，发出这样的浩叹，即使他的文采真的不那么好，仅此一点，也足以令今人为他鼓掌喝彩。

芙蓉池作

乘辇夜行游，逍遥步西园。
双渠相溉灌，嘉木绕通川。
卑枝拂羽盖，修条摩苍天。
惊风扶轮毂，飞鸟翔我前。
丹霞夹明月，华星出云间。
上天垂光采，五色一何鲜。
寿命非松乔，谁能得神仙。
遨游快心意，保己终百年。

曹丕青年时代在曹氏集团的统治中心邺城（今河北临漳西南）留守，在他的周围聚集了一批著名文士，形成了邺下文人集团。闲常之日，他们宴饮游乐，斗鸡走狗，弹棋击剑，弋射田猎。《芙蓉池作》就是这种生活的写照。

“乘辇夜行游，逍遥步西园。双渠相溉灌，嘉木绕通川。”想白天有了一番醉酒当歌的快乐，诗文唱和的雅趣，为尽兴，晚上继续游乐，于是有了夜游西园吧。这份逍遥自在，需要佳友如云，需要良辰美景，需要笙箫作伴。乘辇夜行，自然是随从甚多，即使夜晚的西园，也不会寂寞。园中嘉木葱茏，流水潺潺。动静相宜。人的热闹与夜的宁静，恰到好处。

“卑枝拂羽盖，修条摩苍天。”人在辇车上，茂密的树木让这条环湖之路有了曲径通幽的妙处。那葱茏的古木有着高耸入云的气势。西园，有着北方园林的大气，有着皇家园林真山真水的特质。

“惊风扶轮毂，飞鸟翔我前。”惊风吹拂，似为诗人扶辇，飞鸟翔跃，似为诗人引路。作为一代帝王，曹丕有着超出一般文人士大夫的审美情趣。参天古木间的晚风本该是苍凉的，而诗人视之为为自己保驾护航的车夫。夜晚丛林间的飞鸟本该是惊魂的，而诗人视之为自己的引路人。这样的襟怀，大气而豪放。曹丕，不愧是魏晋风骨的主要代表人物。

“丹霞夹明月，华星出云间。上天垂光采，五色一何鲜。”刚才还是古木参天，庭院幽深，晚风习习，飞鸟惊起。转瞬之间，已经是霞光映照，万紫千红；皓月长空，明镜高悬；繁星点点，晶莹剔透。芙蓉池的夜景，光怪陆离，五彩缤纷。

曹丕是一个懂得欣赏的诗人，也是一个具有生活雅趣的文人，更是一个具有广阔襟怀的政治家。在他，天上人间美景，似乎可以自由转换，自由来往。刚才是在古木幽深的庭院，如今，思绪飞翔于色彩绚丽的仙境。在诗人，天上人间，白昼夜晚，自由往来穿梭。

"寿命非松乔，谁能得神仙。遨游快心意，保己终百年。"赤松子，传说中炎帝神农时雨师，后与炎帝同成仙。王子乔，传说他好吹笙作凤凰鸣，后道士浮丘公接之上嵩山成仙。一般的文人或许会沿着求仙问道的路走下去，最终迷失自己。曹丕向来不相信神仙方士之事。清醒的政治家知道，当下的人生才是真实的。在这如诗如画的美景中，愉悦心境，修养身心，享受人生，才是可以期许的现实人生。

秋胡行

朝与佳人期，日夕殊不来。嘉肴不尝，旨酒停杯。
寄言飞鸟，告余不能。俯折兰英，仰结桂枝。
佳人不在，结之何为？从尔何所之？乃在大海隅。
灵若道言，贻尔明珠。企予望之，步立踟蹰。
佳人不来，何得斯须。

"朝与佳人期，日夕殊不来。嘉肴不尝，旨酒停杯。"从早到晚，从年轻之时到垂暮之年，为思佳人，茶饭无心，他的等待落空了。举杯欲饮，酒杯停留空中，思绪万千。

纷争的时代，怀才之人更容易寻找到自己施展的舞台。在争夺天下的游戏中，谁拥有人才，谁就拥有天下，正所谓乱世出枭雄。曹操也好，曹丕也好，对人才的渴慕是真诚的，也是焦急的。

有的人，是值得用一生去等待的。比如天下俊才，比如如花美眷。比如高山流水的知音，比如生死与共的兄弟。屈原笔下的美人，是君王的代称。曹丕笔下的佳人，想来更应该是他所渴慕的天下俊才吧？

“俯折兰英，仰结桂枝。”曹丕懂得，“良禽择木而栖，贤臣择主而事”。于是，他想要用高尚的节操与高洁的志趣来吸引佳人。即使佳人远在天涯海角，他也是愿意放低自己，远迎佳人的到来。即使将最珍贵的夜明珠送给佳人，也会毫不犹豫。

同样是对人才的渴慕，曹操的“山不厌高，海不厌深；周公吐哺，天下归心”，直白苍老而慷慨，曹丕的“企予望之，步立踟蹰。佳人不来，何得斯须”，深挚婉约而缠绵。为诉说自己的情怀，“飞鸟”也托了，“兰英”也折了，“桂枝”也结了，誓言也发了，但“佳人”始终没来。那种焦虑与期待，如同热恋的男子，翘首以盼，忧思徘徊，心绪难宁。三国，一个动乱的时代，却是怀才不遇者最好的时代。

才高八斗的失意文人
——曹植

狂放不羁的谢灵运，独服曹子建：“天下才共一石，子建独占八斗，吾占一斗，天下才共分一斗。”不必追究谢灵运是否有资本傲视一切，但看能被狂傲之士拜服，足见曹子建的非凡。

曹植，七步成诗，“煮豆持作羹，漉菽以为汁。萁在釜下燃，豆在釜中泣。本自同根生，相煎何太急？”用词之妙，取譬之当，无出其右。一诗定生死，千古奇谈。

曹植，聪明灵秀，十岁为文，语惊四座。当曹操的铜雀台建成之后，大宴宾客，人才荟萃。而19岁的曹植倚马可待，挥手写下《登台赋》，“骨气奇高，词采华茂”，令酷爱人才的曹操起另立世子之心。也是从这时候开始，曹操每次出征都带上曹植，有意栽培。曹植开始在这样的宠爱中迷失自己，他忘了自己身后还有另一个实力雄厚的曹丕。

公元217年，曹植在曹操外出期间，借着酒兴私自坐着王室的车马，擅开王宫大门，在只有帝王举行典礼才能行走的禁道上纵情驰骋。曹操大怒，处死了掌管王室车马的公车令。曹植因此日渐失去曹操的信任和宠爱。十月，曹操诏令曹丕为世子。从此，曹植告别了昂扬奋发的人生阶段。

公元220年，曹操病逝，曹丕继王位，曹植时年29岁。曹丕称帝后，对曹植严加防范。他从一个过着优游宴乐生活的贵族王子，变成处处受限制和打击的落魄文人。

公元221年，30岁的曹植被徙封安乡侯，接着改封鄄城侯，这次改封，为曹植一生重要的转折点。是年作《野田黄雀行》：

野田黄雀行

高树多悲风，海水扬其波。利剑不在掌，结友何须多？
不见篱间雀，见鹞自投罗？罗家得雀喜，少年见雀悲。
拔剑捎罗网，黄雀得飞飞。飞飞摩苍天，来下谢少年。

曹植的诗歌创作，完成了汉乐府由民间创作向文人创制的转变。《野田黄雀行》，可见乐府诗的质朴，亦可见文人诗的神韵。

“高树多悲风，海水扬其波。”大海无边，波涛山立，风吹浪涌，楫摧樯倾。自然风物的特征是诗人心境的外化。30岁之后的曹植，顿感政治风云的变幻莫测，顿感世家子弟间的人情悲凉。宦海的险恶风涛，处境的风雨飘摇，让浪漫的曹植看到了世态人性的冷漠与权力斗争的冷酷。

“利剑不在掌，结友何须多？”曾经围绕身边的文友，顷刻之间都不敢亲近他，每次文友聚会，都会有无数监视的眼睛左顾右盼。这让生性喜欢结交天下英才的曹植很无奈也很可悲。可是，这样的不满只能借助隐晦的诗句发发牢骚，徒叹奈何？没有权势便不必交友，这真是石破天惊之论！失去权柄之后，才知道权力的重要性。早知如此，当初深得父亲宠爱的曹植就不会那么肆无忌惮地由着自己的性情放浪形骸了。

今天，当他失去了交友的自由与快乐之后，才发现，作为一个真正的世家子弟，他们的生活其实不如平常百姓来得真实而自在。至此，诗人幡然悔悟，诗歌不能沿着这样的思路走下去，再写下去，是否会带来不必要的麻烦呢？于是笔锋一转，借助寓言故事，想象一仗剑少年，抉开罗网，放走黄雀。黄雀死里逃生，直飞云霄。故事到此，似乎也算得善果。而获救的黄雀却又从天空俯冲而下，绕少年盘旋飞鸣，感谢救命之恩。这真是只有文人才具有的浪漫情愫。曹植一厢情愿地在此表达了他与文友之间的那种情意相投惺惺相惜的深厚情致。现实的无能为力，在幻想的虚境中求得了心灵的解脱，获得了情意的回应。

美女篇

美女妖且闲，采桑歧路间。柔条纷冉冉，落叶何翩翩。
攘袖见素手，皓腕约金环。头上金爵钗，腰佩翠琅玕。
明珠交玉体，珊瑚间木难。罗衣何飘摇，轻裾随风还。
顾盼遗光彩，长啸气若兰。行徒用息驾，休者以忘餐。
借问女何居，乃在城南端。青楼临大路，高门结重关。
容华耀朝日，谁不希令颜？媒氏何所营？玉帛不时安。
佳人慕高义，求贤良独难。众人徒嗷嗷，安知彼所观？
盛年处房室，中夜起长叹。

清代叶燮推之为“汉魏压卷”，且说：“《美女篇》意致幽眇，含蓄隽永，音节韵度皆有天然姿态，层层摇曳而出，使人不可仿佛端倪，固是空千古绝作”。这样的评点抛开了知人论世知人论文的窠臼，翻出新意。写女子之美，“层层摇曳而出”甚为得当。若论“不可仿佛端倪”，想来当有深意在。当可读出另一《美女篇》来：

“美女妖且闲，采桑歧路间。柔条纷冉冉，落叶何翩翩。”这是一个招摇的女子，又是一个无所事事的女子。生得美艳，又耐不住寂寞，这样的女子，注定是有麻烦的，也注定只是被人欣赏，而不会被人尊重，命运自然坎坷了。曹子建善于描摹美女，那篇《洛神赋》写女子之美令人叹为观止。那是神女的超脱之美，是凌波仙子的超凡之美。而这位桑女的妖娆之美，只能是另一种美丽了。

还是喜欢那位洛神的美丽，更加符合中国人含蓄内敛庄重典雅的韵致。你想，闲来无事，站在人来人往的大路边，看似采桑，实则待嫁，美则美矣，总归是少了韵味，也总归是少了大家闺秀的那份优雅。纷乱的柔条一如女子纷乱的心思，翩跹的落叶，一如女子顾盼的眼神。

“攘袖见素手，皓腕约金环。头上金爵钗，腰佩翠琅玕。明珠交玉体，珊瑚间木难。”但看那素手，那雪肤，这位女子的采桑只是偶尔为之。一身珠光宝气地来到田间采桑，也颇令人费解。古代女子善于装扮自己，喜欢佩戴饰物。田间劳作，如此装饰，未免过繁过多。那么，女子的这一身妆扮，当是为了取悦于人，引人关注，期盼着偶然的艳遇。否则，不必如此费心如此招摇。

“罗衣何飘摇，轻裾随风还。顾盼遗光彩，长啸气若兰。”衣襟飘舞，裙纱轻扬，于此，似乎给人一种清纯的感觉。似乎与前面的珠光宝气有了一点分别。然而，“顾盼遗光彩”，眼神的飘忽不定？神采奕奕？充满某种期待？一个采桑女，何以要如此搔首弄姿呢？不知“长啸”当做何解。口哨声？叹息声？吟唱声？似乎都可又都不可。一个待嫁的女子，站在大路交叉口，独自一人，无论发出哪一种声音，都是令人费解的。即使诗人说这种声息，犹如口吐兰花之香，也难遮羞。

“行徒用息驾，休者以忘餐。借问女何居，乃在城南端。”无论如何，美女总是会引人瞩目的，欣赏美女犹如欣赏一朵花。不必为之负什么责任，也不会有什么后遗症。何况又是在人来人往的地方，驻足观赏之人必多，进而打听美女的住处，也在情理之中。而美女所期盼的艳遇，恐怕就难了。

“青楼临大路，高门结重关。容华耀朝日，谁不希令颜？”看来这位女子并非一般小户人家的女子，我不知道中国女子坐绣楼始于何时。想来有了“楼”字或者有了楼房就开始了吧，那“楼”字下面的女子或许在诉说着千年女子的命运变数。话题似乎扯远了。这个本来身份尊贵，容颜美丽的女子，是不应该随便抛头露面的，不该一身盛装示人，更不该站在人群中招惹是非。她的容颜她的家世她的风姿让人垂涎，可不会令君子心生爱意，只能是避而远之。

“媒氏何所营？玉帛不时安。佳人慕高义，求贤良独难。”媒人敬而远之是情理之中，佳人徒慕高义之人只能是自欺欺人罢了。过于彰显自己的美貌，就如同才子过于卖弄自己的才华，遭遇是一样的。多数时候，人们首先看的是表面，其次才可能有耐心看内在的秉性。

“众人徒嗷嗷，安知彼所观？盛年处房室，中夜起长叹。”当一个人的举止与思维与众不同的时候，就是这个人被抛弃被冷落最终寂寞终老的时候，所以，美女只能长夜叹息，她的美丽，只能寂寞成殇。

曹子建眼中所见美女皆为宫廷女子，贵胄身份，哪里懂得田间劳作的女子之美该是另一番情景的。或许，采桑女身份、采桑场景，构思灵感来自于《陌上桑》，若论描摹女子之美的技法，脱胎于此而难出其右。更无法与他自己的那篇《洛神赋》相提并论了。那么，以子建之才，当不会不懂得贵胄女子与乡间女子之美的区别，另有深意也未可知？

想曹子建一生的悲剧，不正因此错成的么？当年，若非才华毕现，若非引起曹丕猜忌，只是做一个清静公子，不是可以安逸得多，开心得多么？也不至于要郁郁寡欢英年早逝。《美女篇》，抑或是曹子建的反思？清人王尧衢说：“子建求自试而不见用，如美女之不见售，故以为比。”这样的评点，或许真是子建本意。

赠王粲

端坐苦愁思，揽衣起西游。树木发春华，清池激长流。

中有孤鸳鸯，哀鸣求匹俦。我愿执此鸟，惜哉无轻舟。

欲归忘故道，顾望但怀愁。悲风鸣我侧，羲和逝不留。

重阴润万物，何惧泽不周？谁令君多念，自使怀百忧。

王粲的人生，具有传奇色彩。当他昂首挺胸前去拜会当朝文坛宗师蔡邕的时候，年仅13岁，却让蔡大学士来不及穿鞋，慌忙出迎，举座皆惊。17岁时被朝廷推举为黄门侍郎，聪明的他看到了东汉岌岌可危的局势，放弃进入仕途的捷径。转而投靠江左刘表的时候，却因为其貌不扬而被冷落15年。又因机缘巧合，遇思贤若渴的曹操，短短的三五年时间，连升数级，成为“建安七子”中唯一封侯者。这样的人才，曹植是多么希望能够为己所用。只是此时的曹植，连自己的舞台在哪里也无法知晓，又如何奢望王粲能够为己所用呢？

“端坐苦愁思，揽衣起西游。树木发春华，清池激长流。”王粲的《登楼赋》，曹植一定是心领神会的。因为懂得，所以悲悯。春天，一个春心萌动的季节。绿树茂盛，繁华艳丽，池水清澈，浪花点点。春天，一个心弦撩拨的季节。偏安一隅，坐卧难安，壮志成空，嘉宾云散。想借游园排解愁思，却因春景撩拨愁绪。

“中有孤鸳鸯，哀鸣求匹俦。我愿执此鸟，惜哉无轻舟。”据《三国志·魏志·曹植传》记载，曹植与其兄丕争为太子，各罗致党羽，明争暗斗，十分激烈。友人就在眼前，却是可望不可即。被监视之后的曹植，失去了交友的自由。特别是如王粲这样的才智之士，更是严密监控。诗人以鸳鸯求偶来暗示对人才的渴慕，对知交的渴求。可惜，一切都是枉然，一切都在哀鸣与痛惜之中远去。

“欲归忘故道，顾望但怀愁。悲风鸣我侧，羲和逝不留。”晚风因我而悲，夕阳因我而落。春风不再和煦，太阳不再温暖。心境的悲苦，境遇因之凄凉。西游的诗人，在迷失的花树之间，忘记归路。游园是为舒散忧思情怀，却反而因为清醒而倍增感伤，另添幽恨。

“重阴润万物，何惧泽不周？谁令君多念，自使怀百忧。”曹操圣明贤能，思贤若渴，泽被万物，何必要担心恩泽不降到自己身上呢？谁让你如此多愁善感如此忧愁百转呢？冥冥之中一切皆有定数，何须强求何须过分在意呢？这是诗人对友人的劝解更是对自己的宽慰。

七　哀

明月照高楼，流光正徘徊。上有愁思妇，悲叹有余哀。

借问叹者谁？言是宕子妻。君行逾十年，孤妾常独栖。

君若清路尘，妾若浊水泥。浮沉各异势，会合何时谐？

愿为西南风，长逝入君怀。君怀良不开，贱妾当何依？

“明月照高楼，流光正徘徊。上有愁思妇，悲叹有余哀。”自曹植之后，中国诗人懂得了“明月”“高楼”不只是现实的存在，还有着诗意的表达。独居高楼的深闺女子，在皎洁的明月撩拨下心无所适，哀怨声声。月华如流水，月光如微澜。思妇的愁绪，如那高远的天空无边无际，如那清澄的月光徘徊不止。

这样深沉的相思之愁，却是从一个曾经富贵无忧的公子哥儿笔下流淌出来的。曹植，其实如何真正懂得一个深闺女子内心的相思寂寞。只是，在父亲死后，在兄长侄子的猜忌中，他深深体味远离权力中心之后的那份寂寞与伤怀。此时，他才想起年轻时候的那份热血与壮志。

从30岁到40岁的十年时间，可谓曹植一生的黄金时间，十年，他一直在寻找政治出路，可是，他倾世的才华与特殊的身份，让曹丕忌惮让曹叡不安。他注定只能在无所作为中在牢骚满腹中了此一生。晚年的曹植，一定后悔当初的肆无忌惮，一定后悔当初不懂使用半点政治手腕。一如路上的轻尘，一如水中的浊泥。轻尘浮空飞扬，浊泥深沉水底，一浮一沉地位迥然，当一切尘埃落定之后，哪里还有讲和的余地？哪里还有共处的形势？这才是最清醒的认识。“愿为西南风，长逝入君怀。”他愿意自己化作一阵风，追随君王左右。直到最后，曹植也没有明白，皇家的权力争斗是没有任何余地的。他的幻想实在也是他在权力之争中失败的根本原因吧。

公元226年，曹丕病逝，曹叡继位。壮心不已的曹植多次慷慨激昂地上书曹叡，再次急切地渴望自己的才能得以施展。但冷静理智的曹叡却心如古井，不起微澜。曹叡对他仍严加防范和限制，处境并没有根本好转。公元229

年，38岁的曹植徙封东阿，潜心研究儒典。公元232年，曹植在忧郁中病逝，时年41岁。

古今有多少文人皆自负具王佐之才，但时势不予而身世飘零，结果反倒以文采名世。悲剧能在人的精神上产生一种冲洗的作用，从此，中国文坛上，多了一位落寞失意的文人。

左岸江湖　右岸琴声

——阮籍

相比于嵇康的桀骜不驯，阮籍似乎更懂得保护自己。魏晋文人最在意的是个性的张扬，最不齿的是违背天性迎合当权者，最无奈的是生活于政治氛围严峻而思想又最为开放的时代。在中国历史上，思想最开明最活跃的时期往往是政治最黑暗最混乱的时期。这是一种奇特的现象，也是造成中国士人悲剧命运的一个主要原因。

嵇康弹奏着那曲成为绝唱的《广陵散》走向刑场，身后是悲痛欲绝的三千大学生，是痛不欲生的妻儿，除了他们，还有一个孤苦的灵魂，在这一天难以安宁，阮籍，看着自己的朋友走向刑场，想到了自己难以安身立命的危险境地。

嵇康在坚守自己的个性节操之时，是决然而坚定的，是宁为玉碎不为瓦全的。而阮籍在同样的情况下，却选择了一种中庸的处世之道。要做到玉石俱焚是容易的，而要在夹缝中生存而又不失秉性是艰难而需要智慧的。

阮籍，骨子里是积极入世的。“礼乐正而天下平”，他深谙夫子之说。但是，在险恶的政治情势下，他只有采取谦退冲虚的处世态度。只是，在这个看似冷静的外表下，始终有着极热的内心波澜。

阮籍，他只是在乱世做了一个很无奈的选择。他的咏怀诗是他心灵的真实独白。蕴含着深沉的人生悲凉，浓郁的哀伤情调、强烈的生命意识，展现了魏晋之际一代知识分子的痛苦、抗争、苦闷、彷徨、绝望的心路历程。

《咏怀》其一

夜中不能寐，起坐独鸣琴。
薄帷鉴明月，清风吹我襟。
孤鸿号外野，翔鸟鸣北林。
徘徊将何见？忧思独伤心。

《晋书·阮籍传》记载："时率意独驾，不由径路，车迹所穷，辄恸哭而反。尝登广武，观楚、汉战处，叹曰'时无英雄，使竖子成名！'登武牢山，望京邑而叹。"阮籍是希望有所为作为的。但是，士大夫梦幻般的理想，最终只能葬送在乱世的废墟上。

当曹魏王朝丧钟敲响的时候，当年那个登广武城，慨叹"时无英雄，使竖子成名"的少年才俊，此时早已经在岁月的打磨下将那一份豪情消失殆尽。

阮籍，是一个独特的文化现象。他穷途而哭的窘迫至今依旧具有着深刻的生命意象。他的马车悬酒的率性至今依旧有着浪漫的古典情怀。他的醉酒拒婚的佯狂至今依旧有着高超的生存智慧。

从夜不能眠开始，阮籍拉开了长达82首咏怀诗的序幕。这位生于乱世的诗人无处诉说的心灵独白，不知引来了多少失意文人的心灵共鸣。静夜独坐，琴声悠扬，却无法平静骚动而不安的灵魂。一轮明月，照彻寰宇，却无法照亮孤独而黑暗的心房。清风徐来，微风过处，却无法吹散凌乱而深沉的愁绪。

世无知音，唯有风月解意。冷月苍凉、清风凄凉、旷野孤鸿、翔鸟悲鸣，在这个无人可以言说的夜晚，明月、清风、孤鸿、翔鸟，映衬着不寐而弹琴的孤影，充当了那个深夜无眠者的知音。

从此，在夜色苍茫中，那个孤独的灵魂，带着他的八十多首咏怀诗，从魏晋走来，走过千年，撞击着无数生于乱世的士大夫文人的心扉。

钟嵘评价其诗："言犹耳目之内，情寄八荒之外。"应是精当之论。从这里开始，阮籍的思绪如脱缰的野马，驰骋在魏晋诗歌的舞台上。

咏怀诗（其十七）

独坐空堂上，谁可与欢者？
出门临永路，不见行车马。
登高望九州，悠悠分旷野。
孤鸟西北飞，离兽东南下。
日暮思亲友，晤言用自写。

从《诗经》开始，有一种情感始终深埋于文人墨客的文字之间。"知我者谓我心忧，不知我者谓我何求"，这是知音难觅的孤独感。"众人皆醉我独醒"，这是生于人海的孤独感。"同心而离居，忧伤以终老"，这是聚散无常的孤独感。"出户独彷徨，愁思当告谁"，这是无路可走的孤独感。身处魏晋易代的阮籍，深味着种种人世的孤独。在乱世，做一个清醒者，实在是一件痛苦的事情。何如那摇橹而去的渔夫？何如那渔樵江渚的农人？何如那遁隐江湖的侠客？乱世的名士，承担的何止是孤独与无奈，更多的是生命无以自处的悲辛与酸楚。

独坐空堂，独行大道的诗人，茫然而不知归路。独坐空堂，或许是真实生活的写照。独行大道，或许是精神生活的再现。没有同行之人，没有相谈之友。茫茫人海，竟然连一个可以亲近的人也看不见。茫茫大路，竟然连一个可以同行的人也找不到。即使登上高处眺望九州，也看不到一个能够入其法眼的人？那么竹林七贤的其他人呢？此时的阮籍，或许真的觉得他们亦是无法理解他深沉的孤独吧？无法理解他选择的左岸江湖右岸琴声的生活态度吧？

天地之大，旷野之间，有飞鸟西下，有走兽东奔。诗人是希望自己如那飞鸟，起码可以有一片飞翔的蓝天？是希望自己如那走兽，起码可以知道追逐奔跑的方向？是希望苍穹之下，洪荒之间，可以有寄予忧思的亲友，然而，他的诗句他的情思，仅仅只能流诸笔端，世无知音的悲凉，从此绘成一道苍凉的风景。

咏怀（其三十二）

朝阳不再盛，白日忽西幽。去此若俯仰，如何似九秋。
人生若尘露，天道邈悠悠。齐景升丘山，涕泗纷交流。
孔圣临长川，惜逝忽若浮。去者余不及，来者吾不留。
愿登太华山，上与松子游。渔父知世患，乘流泛轻舟。

“朝阳不再盛，白日忽西幽。”若非心内极热，若非珍爱生命，若真的是只知借酒买醉，又怎会为时间的流逝而伤怀，怎会为光阴不再而感叹万端。同为竹林七贤之人，阮籍与嵇康在人生观上其实是很不相同的。阮籍外表看似老庄之道，内心实则是孔孟之精神。慨叹时间易逝的背后是悲鸣自身的功业无成。想当初，阮籍傲视群雄，舍我其谁之势若在眼前，今日，却只是为了保全性命而借酒买醉，苟且偷生。内心之辛酸何人知？

“去此若俯仰，如何似九秋。”生命何其短暂，昔日的辉煌何其短暂。当初，曹魏天下，群英荟萃，帝国威风，何其壮观。今日却已是日落西山，风光不再。那些风云人物早已是过眼云烟，枯骨埋荒草。只是俯仰之间，一切皆为浮云。身处魏晋之际的阮籍，对远去的王朝充满留恋与怀念，可是，在司马时代，这种情感只能隐忍压抑，不能做半点流露。只能用自己的理想与抱负去祭奠死去的王朝，用自己的醉酒与狂妄去怀念那个远去的背影。内心之情怀何人知？

九秋之风物，九秋之岁月，满目疮痍，满目沧桑。阮籍心中，怀念的不只是自己飘零的岁月，不只是自己逝去的理想，也不只是王朝昔日的辉煌。此时，他一定看到了千年历史的轮回与命运的劫数，看到了荣耀与衰败只是瞬间之事。

“人生若尘露，天道邈悠悠。”天道虽遥不可及，天理虽隐而不显，天命虽难以捉摸，但是，人生与天道相比，个人何其渺小，个体何其脆弱，生命何其短暂。人生的悲剧总是在于想要寻求不可知不可捉摸的未来世界，于是，我们总是在漆黑的夜晚行走，总是在茫茫天地间想要给自己一个永久的安身立命之地。同时，我们又清楚地知道，没有什么是可以长久的。总是在短暂与长久之间徘徊与扼腕。人生其实就是如同尘露一般渺小而短暂。人总不能以平静的心态承认这样的事实。内心之烦忧何人知?

“齐景升丘山，涕泗纷交流。”齐景公，他希望自己可以有所作为，又希望可以同时安享富贵。“卧榻之侧，岂容他人鼾睡？”齐景公在巩固自己的政权上绝不手软。同样，在贪图享受上也绝不含糊。试想，想要两全其美怎么可能呢。一代君王，登丘山，看山林长存，看风物长新，想自己一代君王，依旧是无法阻挡岁月的老去，依旧是无法消解王朝的纷乱。位高权重者若齐景公，古代君王，可以在位58年，本应该是满足的了，可面对世事沧桑，依旧难免伤怀。人生之憾何其多?

“孔圣临长川，惜逝忽若浮。”智慧如孔圣人，面对流逝的江水，心中依旧倍增伤感。人生有聚有散，有生有灭，有长有短。面对常态的生活，人总是有着额外的要求，总是苛求完美，就连君王智者也不例外。

“去者余不及，来者吾不留。”当矛盾不可调和的时候，就发现老庄的思想才是我们坚不可摧的精神家园。活在当下吧，把握现在，人不能回到过去，同样，也不能留住将来。历史不能倒流，未来不能预知。阮籍是一个最为清醒的现实主义者，也是最清醒的哲学家。面对世事沧桑，人最终只能听天由命。

“愿登太华山，上与松子游。渔父知世患，乘流泛轻舟。”当我们看懂了人生，看懂了生命的本质之后，会发现，原来自己可以决定的只是一种生存的方式生活的状态。亦如赤松子一般神游仙境，亦如渔父一般泛舟江流。

只有毫无约束的生存方式才是真正的符合人性的生活方式。只是世人往往不能明白，只是我们往往生活于压抑的空间而不自知。只是我们不能为自己努力寻求安放心灵的所在，却总是乐于在夹缝中讨生活。

咏怀（其七十九）

林中有奇鸟，自言是凤凰。清朝饮醴泉，日夕栖山冈。
高鸣彻九州，延颈望八荒。适逢商风起，羽翼自摧藏。
一去昆仑西，何时复还翔。但恨处非位，怆恨使心伤。

阮籍《咏怀诗》中的飞鸟意象，时而寓其高洁之志，时而寄其逍遥之梦，时而抒其孤苦之思。一筹莫展的诗人，在无数个不眠之夜，仰望星空，眼睛望向那飞翔的凤凰，神思悠长。

凤凰展翅，飞往八荒，何其遥远？凤凰高歌，声震寰宇，何其嘹亮？凤凰栖息，夕阳下的高岗，何其高洁？凤凰求食，清晨时的甘泉，何其纯净？这样美妙而梦幻般的理想生活，又岂是可以久长？厄运往往在没有来得及准备的时候就从天而降了。

生活于天地之间的神鸟，看似自由自在，却也难免遭遇生活的不幸。当秋风起，当寒意近，这只自在的飞鸟，不得不选择远游，选择离开。看似可以保持自己高洁的秉性，可是若不懂得收敛锋芒，也不得不折断张开的翅膀。无论志向如何的高大，没有合适的位置，又能如何？在那个动荡的年代，要不就随波逐流，要不就以命相搏，要不就沉默不语，即使隐居，也难以清静自处。

嵇康只想要诗酒人生，最后还是被送上了断头台，同时被送上断头台的是大批士大夫文人坚守的理想与仰视的道德。阮籍在他的朋友走向刑场的时候，就懂得了那只凤凰是不可能再飞回来了。就懂得了一直选择的夹缝中的生存之道真的很难。所以，他只能一首接着一首地抒发内心的忧思与愁怀而无法停笔。

诗人希望有一个可以摆脱现实束缚的自由之乡，一个可以提供诗人精神自由驰骋的辽阔天地。希望有飞往西方世界的翅膀，希望有进入八荒之地的路径。如此，那只远走的凤凰，或许可以找到一个安身之地，立命之所。而阮籍知道，他的生命，随着《广陵散》的远去，也差不多走向尽头了。他只是希望后来者，不要如他这样活得如此艰难如此悲凉。

长达八十多首的咏怀诗中，传达的只有一个心声，生存的困苦，心灵的难安。他不能如庄子一般真正逍遥，亦不能如嵇康一般从容淡定。唯有用外在的狂放来装饰内心的虚弱。于是，他一直生活于矛盾与纠缠之中。

清代王夫之评阅《咏怀》“自是旷代绝作”，自是因为咏怀诗的上承楚辞，下启唐宋之诗风的杰出意义。也因为咏怀诗思想的复杂与丰盈，令后人诵读之余，浮想联翩，感怀不已。如此，也就够了。

病入膏肓时代的悲情诗人

——张华

张华，西晋文学家、政治家，西汉留侯张良十六世孙。这三个身份，只有第三种身份是与生俱来，有着些许的光环。但那毕竟太遥远而不足挂齿了。在张华后来的人生中也没有起到任何的作用。何况，真实性也还有待考证。

文学家、政治家这两种身份，在中国古代的读书人，总是如影随形。他们内心期盼着一种完美。可事实总不免令人失望。

中国古代，成功的政治家很多都是文人，他们可以写一手漂亮的文章，可更多的读书人只能借助文字抒发那些永远不被人知的政治理想。在乱世，能够颐养天年，已然是一种福分，而偏有许多文人总是不甘寂寞。最终落得满门抄斩下场的，不乏其人。张华就是其中一例。公元300年，赵王司马伦发动政变，张华被杀害，享年六十九岁。

无论是心忧天下的诗人还是玩世不恭的文人，要写诗，总也离不开千年不变的爱情主题，冷静理智的诗人，抒写深闺女子的情愫，别有一番滋味。

情诗五首（其三）

清风动帷帘，晨月照幽房。
佳人处遐远，兰室无容光。
襟怀拥虚景，轻衾覆空床。
居欢惜夜促，在戚怨宵长。
拊枕独啸叹，感慨心内伤。

不知是从何时开始，男子喜欢假借女子口吻描摹闺中少妇的情丝，而且写得婉转生动细腻。

“清风动帷帘，晨月照幽房。佳人处遐远，兰室无容光。”临风怀想，对月兴思。清风徐来，罗帐飘动，情思悠扬。晨月朦胧，闺房深幽，思妇怀远。晨曦微露，即使月朗风清，也是对景难排。佳人远游，即使兰室幽香，也是了无生趣。晨月而非夜月，甚是妙着。足见思妇彻夜遐思，魂牵梦绕之情态。

“襟怀拥虚景，轻衾覆空床。”那满身满襟满床满室的光和影，抹不得，甩不去，剪不断，理还乱。望月而起相思意，拥被而兴孤寂情。想见往日月下情意缠绵，今日独自对月伤怀。往日欢爱情浓，今日独守空闺。若非相思深，何来相忆苦。

“居欢惜夜促，在戚怨宵长。”离别的每一个夜晚都是那么的漫长，相聚的每一段时光都是那么的匆忙。足不出户的深闺女子，将自己一世的情感只能寄托于那偶遇的男子。或许这个男子薄情或寡意，亦或者这个男子只是生命里的过客而已。而深闺女子，却用一世的深情等待。

“拊枕独啸叹，感慨心内伤。”《汉书·吴王濞传》颜师古注“拊”为“轻击”，段玉裁《说文解字注》亦以为“拊轻击重”。重之于击，则失夫妻如水柔情；轻而至抚，则失哀怨娇嗔之态；拊而轻击，将留连之情、怅惘之感、冥想之态，恰如其分地传出。天将明，梦已断，情难捱。当女子用尽一生回忆那个短暂而浪漫的夜晚时，男子或许在异地他乡已经开始了新的爱情故事。过于深情的女子，最终在相思梦里迷失自己。

而张华，更多的还是一个儒生，他更关注的是社会民风。从文学作品中审视一个时代，或者比那些正统的历史书籍来得更真实更形象也更具体。《轻薄篇》是西晋上流社会生活的写实诗。

轻薄篇

末世多轻薄，骄代好浮华。志意既放逸，赀财亦丰奢。
被服极纤丽，肴膳尽柔嘉。僮仆余梁肉，婢妾蹈绫罗。
文轩树羽盖，乘马鸣玉珂。横簪刻玳瑁，长鞭错象牙。
足下金鑮履，手中双莫邪。宾从焕络绎，侍御何芬葩。
朝与金张期，暮宿许史家。甲第面长街，朱门赫嵯峨。
苍梧竹叶青，宜城九酝醝。浮醪随觞转，素蚁自跳波。
美女兴齐赵，妍唱出西巴。一顾倾城国，千金不足多。
北里献奇舞，大陵奏名歌。新声逾激楚，妙妓绝阳阿。
玄鹤降浮云，鲟鱼跃中河。墨翟且停车，展季犹咨嗟。
淳于前行酒，雍门坐相和。孟公结重关，宾客不得蹉。
三雅来何迟？耳热眼中花。盘案互交错，坐席咸喧哗。
簪珥或堕落，冠冕皆倾斜。酣饮终日夜，明灯继朝霞。
绝缨尚不尤，安能复顾他？留连弥信宿，此欢难可过。
人生若浮寄，年时忽蹉跎。促促朝露期，荣乐遽几何？
念此肠中悲，涕下自滂沱。但畏执法吏，礼防且切蹉。

“末世多轻薄，骄代好浮华。志意既放逸，赀财亦丰奢。”西晋王朝的时间表：公元265—316年。张华的时间表：公元232—300年。文章开篇就将这个时代定位为末世。在文字狱猖獗的时代，不能不佩服这样的胆识与勇气。轻薄、浮华、放逸、丰奢，末世的标签。这样的标签，任何末世都是合适的。这是他的高明处，也是他的清醒处。

轻薄，一个值得细细推敲的字眼。《南史·谢惠连传》：“轻薄多尤累，故官不显。”以轻佻之态待女子，骨子里是男子的浅薄。《汉书·王尊传》：“摧辱公卿，轻薄国家。”以鄙薄之态待家国，本质上是国家的混乱。《汉书·地理志下》：“其俗愚悍少虑，轻薄无威。”不懂思考没有知识的人，往往举止轻佻没有涵养。《北史·柳庆传》：“近代以来，文章华靡，逮于江左，弥复轻薄。”一个时代的文风浮靡，风气浮夸，就只能留下轻靡、浅薄。

那么，“末世多轻薄”应该包括所有这些意义在内的。世风浮夸，文风浮靡，人情轻浮，举止轻佻，生活奢靡，醉生梦死。这样的时代，是一个病入膏肓的时代。

“被服极纤丽，肴膳尽柔嘉。僮仆余粱肉，婢妾蹈绫罗。文轩树羽盖，乘马鸣玉珂。横簪刻玳瑁，长鞭错象牙。足下金鑮履，手中双莫邪。”从衣着的奢华，到饮食的精致，从僮仆的食不厌精，到婢妾的衣必锦绣。出行的豪车，身上的佩饰，足下的靴子，手中的宝剑，无一不是最讲究的，无一不是最奢华的。内心的虚空，只有借助于外物填补。过分的珠光宝气，不再是身份的标致，而是纸醉金迷生活的外化。

“宾从焕络绎，侍御何芬葩。朝与金张期，暮宿许史家。甲第面长街，朱门赫嵯峨。”房屋建筑：朱门庭院，高楼巍峨，飞阁流丹。结交人物：世家大族，皇亲国戚，贵胄子弟。第宅坐落：繁华大街，中心地带、贵族区域。这是一个热闹的地方，门庭若市。这是一个显赫的家族，侍御盈门。那些达官贵人，无所事事，乘坐高头大马，穿梭于各种门庭之间。

“苍梧竹叶青，宜城九酝醝。浮醪随觞转，素蚁自跳波。美女兴齐赵，妍唱出西巴。一顾倾城国，千金不足多。北里献奇舞，大陵奏名歌。新声逾激楚，妙妓绝阳阿。玄鹤降浮云，鲟鱼跃中河。墨翟且停车，展季犹咨嗟。”

“竹叶青”“宜城醝”，古代名酒。“齐赵”“大陵”盛产美女。“西巴”“北里” 善舞之乡。那些舞女，倾国倾城。那些美酒，芳香醉人。那歌声，轻柔动听，那舞姿，曼妙轻扬。名酒、美女、歌舞，三者的完美组合，令膏粱子弟，眼花缭乱，一掷千金，也不足惜。一幕幕豪华场景旋转而过，令人目不暇接。即使是墨子，面对此景，徒有感叹咨嗟了。即使是游鱼玄鹤，面对此景，也要闻声而动，流连不去。

“淳于前行酒，雍门坐相和。孟公结重关，宾客不得蹉。三雅来何迟？耳热眼中花。盘案互交错，坐席咸喧哗。簪珥或堕落，冠冕皆倾斜。酣饮终日夜，明灯继朝霞。绝缨尚不尤，安能复顾他？留连弥信宿，此欢难可过。”

淳于髡，滑稽而善饮，雍门周，鼓琴而助饮。有这样的清客助兴，三分酒量也要有七分醉意。孟公，每设宴必将客人之车辖投入井中，客人欲行不得，便做长夜之饮。有这样的好客主人，不喝到耳热眼花又岂会作罢！

“绝缨”用楚庄王宴群臣事：楚庄王与群臣狎客滥饮，适殿上烛灭，有人乘机拉扯美人衣裳，欲行无礼。美人在黑暗中将那人冠缨扯断，以便追查问罪。谁知楚王唯恐扫兴，反而下令让所有的人都将冠缨拉掉再点灯，以此遮掩那荒唐酒客。君王的妃子尚可调笑，那么，还有什么是不可为的。这样的场面，这样的主客关系，那么，酒宴之上，自可以随意喧哗，自可以提耳强灌，也自不必在意官帽歪戴，首饰堕落，酒多乱性，男女混杂，放浪形骸之举自不待言。这样的生活状态，就不只是歌舞升平的寻乐了。当寻乐没有了道德伦理的底线，将无药可救。

“人生若浮寄，年时忽蹉跎。促促朝露期，荣乐遽几何？念此肠中悲，涕下自滂沱。但畏执法吏，礼防且切蹉。”人生若梦，浮生短促，一如朝露。纸醉金迷的享乐又如何能带来长久的快乐？最奢华的生活背后，其实是最空虚的灵魂，最麻木的神经，最病态的心理。当一切都被颠覆了，当一切规矩章法都不存在了，再论礼法，再谈伦理，再言畏惧，岂非可笑？

《轻薄篇》，透过末世浮生，或许会给今天的权贵们带来一些反思。西晋，是一个没有是非没有规矩的时代，是一个玩弄权术一步登天的时代，也是一个充满陷阱的时代。这样的时代，机会是以冒险为代价，参与政治最终难免付出生命。张华，即使很有才，也很有政治头脑，最终还是死于非命，被夷三族。

一个张华，在历史的长河中，不过是一粒细小的沙子，微不足道的草芥。

就如同“张华”这个名字一样普通而毫不起眼。最终留下声名的还是那些文章。是文字，让我们记住了这个普通的名字。记住了这个病入膏肓时代的悲情诗人。

踏歌而行，沉醉万种风情

——陆机《罗敷艳歌》

罗敷艳歌

扶桑升朝晖，照此高台端。高台多妖丽，浚房出清颜。
淑貌耀皎日，惠心清且闲。美目扬玉泽，蛾眉象翠翰。
鲜肤一何润，秀色若可餐。窈窕多容仪，婉媚巧笑言。
暮春春服成，粲粲绮与纨。金雀垂藻翅，琼佩结瑶璠。
方驾扬清尘，濯足洛水澜。蔼蔼风云会，佳人一何繁。
南崖充罗幕，北渚盈軿轩。清川含藻景，高崖被华丹。
馥馥芳袖挥，泠泠纤指弹。悲歌吐清响，雅舞播幽兰。
丹唇含九秋，妍迹陵七盘。赴曲迅惊鸿，蹈节如集鸾。
绮态随颜变，沈姿无定源。俯仰纷阿那，顾步咸可欢。
遗芳结飞飙，浮景映清湍。冶容不足咏，春游良可叹。

三国时期，陆氏家族是江南望族。一门三代，个个英雄。今日苏州，依旧流传着许多当年的传奇与佳话。

陆逊，那个让刘备几十万大军顷刻间化为乌有的大将，养育着后辈无数的精英。他的儿子陆抗打败过西晋开国名将羊祜大军。他的孙子陆机、陆云令西晋文坛最出色的文人黯然失色。

这样的荣耀或许也只有曹氏家族可以媲美了。只是，英雄总是带着更多的遗憾与悲凉。年轻的陆逊由一介温文尔雅的书生而成为一代名将，其间的转换充满着传奇色彩，但最终依然没有逃过悲剧的命运。无意卷入立嗣之争，却难逃政治斗争的漩涡。累受孙权责罚，忧愤而死。政治游戏从来就是阴谋的较量。而年轻的儿子陆抗20岁即担当东吴大将，在东吴开始走向末路的时候，想要有所建树必定是身心俱疲的。年仅48岁病逝。英雄之梦终究没有实现。

生活于名门望族的陆机，其实并没有从祖父辈那里获得更多的荣耀。或许真的是血统高贵。陆机如他的祖父辈一般，天生就是一个将才。在父亲病逝后，14岁的陆机接替了父亲的统兵大权。男儿通常的建功立业的舞台在吴国灭亡之后，迅速地化为泡影。陆机与他的弟弟陆云隐居乡间10年。在这十年间，他完成了从武将到文人的转变。

最辉煌的生命总是在最灿烂的时候戛然而止。陆机不幸而生活于西晋初年的黑暗时期，他最终死于西晋王朝内部的权力之争“八王之乱”中，夷灭三族，可悲可叹。42岁的人生，短暂而辉煌。他留存的诗篇辞赋131篇，在那个战乱不断纸质匮乏的时代，可谓丰厚。

当朝大儒张华曾赞叹陆机之才：“人之为文，常恨才少，而子更患其多。”是的，他的《文赋》，依旧是今日读书人必读之文。他的《平复帖》是现存年代最早并真实可信的西晋名家法帖。他的《罗敷艳歌》第一次全力抒写女子之美貌而成为后代宫体诗之滥觞。在魏晋之际，文人辈出的时代，陆机都是一个不可不说的文人。

扶桑升朝晖，照此高台端。高台多妖丽，浚房出清颜。淑貌耀皎日，惠心清且闲。美目扬玉泽，蛾眉象翠翰。鲜肤一何润，秀色若可餐。窈窕多容仪，婉媚巧笑言。

从陆机的《罗敷艳歌》，我们看到了魏晋文人的风雅与他们的审美标准。看到他们内心深处的激情与个性追求的热望。魏晋时代，政治无限黑暗，思想极为开放。魏晋文人，有着超脱的气质，开放的思维，张扬的个性，开阔的胸怀。他们尊重自己的人格，于是尊重女子的人格。他们不求功名利禄，于是他们尊重生命的尊严。他们率性而为，于是他们张扬内心深处的个性需求。于是，他们看待女子，就如同看待一幅美丽的图画。欣赏女子，就如同欣赏生命的最佳存在方式。

在陆机眼中，那位居住在楼阁中的女子，就犹如居住在太阳升起的地方，是那么妩媚艳丽，那么的清丽优雅，那么的可望不可即。那面容，如海边初升的太阳。那神态，如仙女下凡间。那肌肤，如柔和的温玉。那眉宇，如青鸟的细羽。那姿容，犹如天外来客，却又是那么的令人想要亲睹芳雅，秀色可餐。哦，秀色可餐，该是怎样的一种心态，怎样的一种神往，怎样的一种情丝。她，婀娜多姿令人顿生爱恋，仪态万千令人顿生遐思，婉转柔媚令人顿生柔情。在陆机眼中，这个女子就是一个美丽的所在，没有任何附加的成分，没有任何猥琐的杂念。被人欣赏，被人赞美，是一种幸福。只要欣赏者与被欣赏者心理同样纯净而纯粹，情趣同样高雅与脱俗。

暮春春服成，粲粲绮与纨。金雀垂藻翅，琼佩结瑶璠。方驾扬清尘，濯足洛水澜。蔼蔼风云会，佳人一何繁。南崖充罗幕，北渚盈軿轩。清川含藻景，高崖被华丹。

这样的女子，走在三月的柳堤上，走在三月的春风里，走在洛水之滨，走在游春娱乐的行列中，那该是如何的惹人怜爱，那该是怎样靓丽的风景，那该会引来多少少男少女痴情羡慕的眼神。何况，在上巳之日，成群结队的美女从眼前飘过。身处其间，怎不忘情？

在上巳之日，那些深闺中的女子，在这一天，自由地游玩，穿上最靓丽的服装，尽情打扮自己。不得不佩服古人的智慧，选择这样一个充满诗情洋溢爱情的日子，选择这样一个春光明媚百花盛开的节日，让深闺中的女子，衣带飘飘，尽显华贵，尽展风姿，尽情嬉戏。不得不佩服古人的聪慧，他们知道，所有的美丽只有在尽情展示中才会有意义，只有在给人带来感官享受的时候才会变得异常迷人。穿城而过的洛水，在蓄积一年的思念之后，终于迎来了这一场美丽的盛会。

一个女子，一道美丽的景致。举手投足之间，无限风情。精良的美玉装饰，鲜艳的羽毛点缀。一袭长裙一路风情，一路欢歌一城春光。

那洛阳大道上，尘土飞扬，那是远去的车马，承载着盛装的女子。那洛水两岸，帐篷林立，那是悠闲的去处，承载着欢歌笑语。阳光潋滟，夹岸杨柳，迎风吹拂，杜鹃花开，娇艳绚丽，山崖倒影，波光粼粼。似梦中，似幻境，似仙境，似画卷。如诗如画的美景中，有了艳丽的女子，山光为之增色，山川为之添彩。春光因之明媚，春游更增雅致。

馥馥芳袖挥，泠泠纤指弹。悲歌吐清响，雅舞播幽兰。丹唇含九秋，妍迹陵七盘。赴曲迅惊鸿，蹈节如集鸾。绮态随颜变，沈姿无定源。俯仰纷阿那，顾步咸可欢。

若只是有了这样的风致，若只是有了这样的风物，依旧还是不够的。依旧无法呈现魏晋文人的风雅与魏晋女子的浪漫。

在山川之间，开始回荡着她们优美的歌声，开始荡漾起她们优美的舞姿，开始飞旋起她们奔放的激情。纤指轻弹，朱唇轻启，长袖善舞。那轻柔的歌声飞上云霄，那曼妙的舞姿摄人心魂，那浓郁的芬芳四溢播洒，那悠扬的琴音低回婉转。

那舞姿，轻柔曼舞，若凌空而来行云流水。那舞步，凌波微步，若凤凰踏歌飞越升腾。那舞曲，百啭千回，若风行水上千变万化。那舞女，俯仰之间，千娇百媚。看她们，沉浸舞曲沉浸音乐之间。忘却外在一切的烦忧，似与春光相追逐。这些美丽的女子，尽情享受着这一日的浪漫，尽情挥霍着这一日的盛典。尽情宣泄着聚集一年的喜怒哀乐。只有在这一天，我们毫无约束地看到了生命最本真的状态，看到了深藏于心底的最火热的生命激情，看到了人性中最热烈最奔放的张扬。

遗芳结飞飙，浮景映清湍。冶容不足咏，春游良可叹。

是的，感谢这一日的盛会，感谢这一日的自由与自在，让我们可以尽情地爱恨情仇，尽情地拥抱自然拥抱生命拥抱自由。自由地迷醉在歌女的歌声中，迷醉在舞女的舞步间，迷醉在春日的柔光里，迷醉在春日的浪漫里，迷醉在裙裾间的芬芳中，迷醉在春花的烂漫里，迷醉在洛水的柔波中。在夕阳中，在斜晖里，在女子们散去之后的冷清中，我依旧流连忘返，依旧凝思默想，依旧想念着那远去的芳容，那远去的娇艳，那远去的热闹。在这个稍纵即逝的春日里，我分明看到了落花流水春去也的悲凉，感叹青春不可常驻的无奈，深知红颜易逝的凄凉。年年春游当如此，来年的春日，来年的上巳之日，我还依旧可以想见今日这些女子的盛况吗？还可以想见今日那凌波微步的芳尘吗？

陆机此时，一定回想起了他的那个随着东吴而去的名门望族的衰败，一定想起了随着祖父辈的离世而远去的荣光与辉煌。那种亡国之悲 ，故园之思，始终难忘，长吟心间。一切繁华都成过去，一切美景都将消失，没有什么东西是可以留住的。明白了这，也就明白了珍惜眼前景，珍惜眼前人的禅理。也就明白了魏晋文人的坦率与直率。他们的敢爱敢恨，他们的率真张扬，他们的风骨风雅，都是为眼前为自己为心灵深处的渴望与渴求获得一种最及时的表达方式。当我们什么也没有的时候，当我们什么也不能祈望的时候，我们还有自己最为丰盈的内心世界等待着我们的回归。所以，任何时候，我们都不会一无所有。

纵浪大化中　不忧亦不惧

——陶渊明《拟挽歌辞》

在淫雨霏霏的日子里，诵读《拟挽歌辞》，当是应景之举。然吟咏再三，竟有豁然开朗之叹。许多年以来，纠结于中的那些关于生死的思考，似乎找到了出口，寻到了答案。心中没有了生死的界限，生死，都是人存在的一种状态。

中国文人一厢情愿地将陶渊明的桃花源作为自己的精神后花园，作为苦闷人生的最后归宿。其实，陶渊明自己，从来没有真正找到过自己的精神归宿地。中国文人看到了他所唱的“田园将芜胡不归”，听到了他所说的“采菊东篱下”，却忘却了他的理想王国是在他历经坎坷之后建立的。

从二十九岁初次出仕，四十一岁选择退隐，其间经历五次转折，五仕五隐，每一次的出与归，都是一次灵魂的拷问。每一次的仕与隐，都是一次精神的煎熬。每一次的离家与归家，都是一次无奈的选择。他深爱自己的妻儿，可是，他不能给他们最基本的生活保障。他珍惜家族的荣耀，可是，他无法读懂官场最基本的游戏规则。

四十四岁，仅有的聊以为生的资产毁于一场大火。这一场大火，将他所有的希望所有赖以为生的一切化为了灰烬，当他只能带着妻儿栖居于江舟之上，当他眼见着自己最宠爱的孩子饿死眼前，当他经历了十几年的举步维艰的生活之后，在他五十七岁，老病缠身，衰损不堪，面对死神之时，却用他理想主义的光芒为我们构造了一个自由王国，人间天堂。从此，桃源梦想历经千年，成为文人骚客永远的栖身之地，成为他们坚守信仰的最后归宿。

此时的陶渊明，成为我心中无法企及的一座山峰。这是一个真正的文人最后的高贵尊严与优雅风度。他可以在疾病缠身，可以在没有一寸安身之地，可以在衣食难安之时，写出桃源梦境。那么，他也自然是可以在死神将近，生命将走上尽头的时候，从容淡定地为自己唱一首挽歌。

拟挽歌辞（其一）

有生必有死，早终非命促。昨暮同为人，今旦在鬼录。
魂气散何之？枯形寄空木。娇儿索父啼，良友抚我哭。
得失不复知，是非安能觉？千秋万岁后，谁知荣与辱。
但恨在世时，饮酒不得足。

“魂气散何之？枯形寄空木。娇儿索父啼，良友抚我哭。”人死之后，果真有魂耶？抑或果真有灵乎？抑或果真魂魄脱离肉体升入空中，冷眼旁观周围发生的一切？这些假设，在陶渊明看来都是毫无意义的。生活在那个喜欢谈论生死喜欢空谈玄理的魏晋时期，陶渊明却有着唯物论者的清醒。人死之后，身形入棺木，灵魂散落大气，从此消散。妻儿友人的哭泣，只是为寄托他们的哀思，与死者已然没有任何的关系。

“千秋万岁后，谁知荣与辱。但恨在世时，饮酒不得足。”不禁莞尔一笑。生死事小，荣辱不足谈。历史长河之中，人生只是一瞬间。看懂生，亦会看懂死。只是，唯一遗憾的是，生时不能尽兴。喜欢饮酒，却无酒可饮，唯此引为憾事。

拟挽歌辞（其二）

在昔无酒饮，今但湛空觞。春醪生浮蚁，何时更能尝？
肴案盈我前，亲旧哭我傍。欲语口无音，欲视眼无光。
昔在高堂寝，今宿荒草乡。荒草无人眠，极视正茫茫。
一朝出门去，归来夜未央。

“在昔无酒饮，今但湛空觞。春醪生浮蚁，何时更能尝？”唉，与其等死后，将些果肴酒食祭奠于我，不如有生之年，就将些来享用，等死后，只需抛尸荒野，与天地同化即可，如此方好。明年春天，新酒上市，那些美酒，与我已相隔两个世界。没有对生的留恋，因为他知道，留恋是一种毫无意义的情感。没有对死的恐惧，因为他知道，恐惧是一种没有价值的情绪。唯有一生钟爱的美酒，他有着那份来自心底的痴迷，或许，这份痴迷，会让他获得当下的享受。

“昔在高堂寝，今宿荒草乡。……一朝出门去，归来夜未央。”由生趋死，似乎只是人生的一次远足，只是一次有准备的旅行。远足与宅居，不同的只是投宿的地方而已。想想不正是如此么？高堂与荒野，也只是投宿的地方不同而已。那么，生死之间的距离，也仅限于此了。只是，这一次的远足，或许就不再回来。因为长夜漫漫，投宿荒野的世界，太阳西下之后，将永远不会再升起。

拟挽歌辞（其三）

荒草何茫茫，白杨亦萧萧。严霜九月中，送我出远郊。
四面无人居，高坟正嶕峣。马为仰天鸣，风为自萧条。
幽室一已闭，千年不复朝。千年不复朝，贤达无奈何。
向来相送人，各自还其家。亲戚或余悲，他人亦已歌。
死去何所道，托体同山阿。

“荒草何茫茫，白杨亦萧萧。严霜九月中，送我出远郊。”在九月的风霜之中，看着为我送葬的队伍行走在荒野蔓草间，看着路边的白杨亦是萧萧哀鸣，我只是一个远游的行人。这样的场景，宜于离别。读者或许悲从中来，而在诗人，只是冷静的叙述。

“四面无人居，高坟正嶕峣。马为仰天鸣，风为自萧条。”归宿之地难免荒凉，马自哀鸣，风自萧瑟。马儿也好，风儿也罢，只为徒增伤情，它们何曾真的知道死亡的涵义，何曾知道这次的远足是只有开始没有结束的行程。那些邻居，来了就没有再回去的道理。也不可能找到归家之路。这就是生死之旅。四野茫茫，唯有高坟与秋风。死亡难免含着悲伤。而悲伤并不一定就是悲剧。死亡，只是一个结果，是所有的故事最终的结局而已。

“幽室一已闭，千年不复朝。”不只是归家之路阻隔，就是幽居之门，也再无打开的道理。即使等待千年，太阳落山了，也不会再升起，晚霞降临，朝霞不会重来。这是自然规律，不必哀叹，每个人都会有这样一次长久的旅行。

“千年不复朝，贤达无奈何。向来相送人，各自还其家。”在生死面前，平等是绝对的。无论富贵还是贫穷。无论显赫还是卑微。陶渊明一生深受贫穷与卑微的磨难，此时，他找到了解脱的途径。难怪，他可以看淡生死，也可以从容地为自己唱一曲真实而没有虚假的挽歌。

“亲戚或余悲，他人亦已歌。死去何所道，托体同山阿。”别人的生活还要继续，别人的世界还要上演各种故事。这是一种生活的常态也是人之常情。死时，有人不忘为你送行，与你告别，已经是一种特别的恩宠了。因为，谁都知道，这次的告别，是只有付出，没有回报的。孔夫子说：“子于是日哭，则不歌。”如果某一天参加了别人的丧礼，为悼念死者而哭泣过，那么他在这一天里面就一定不唱歌。这是一种温柔敦厚的君子风度。一般人，为人送葬不过是礼节性的应酬，感情上本无悲伤。葬礼一毕，自然可以歌唱了。这是陶渊明思想上的真正达观而毫无矫饰之处，也是陶渊明看透人生的通达之处。

在中国的文化长河中，陶渊明首创了许多第一。第一个为中国文人找到精神后花园的人，第一个将酒融入诗歌成就酒文化的人，第一个为自己写墓志铭的人，第一个为自己唱挽歌的人。“纵浪大化中，不喜亦不惧”，人生居天地之间如纵身大浪，沉浮无主，自己应以“不喜亦不惧”处之。待生死，亦当如是观。

第四卷　六朝的风采

世家子弟的孤独与悲情
——谢灵运

“旧时王谢堂前燕，飞入寻常百姓家”，这是一句著名的诗词，是当年王谢两家作为豪门之家的见证。而生活于这样家庭的谢灵运，人生经历并非坦途。谢灵运出生之时，谢家的辉煌已经接近尾声。而他的父亲据说比较弱智，母亲虽是著名书法家王献之的外甥女，但没有历史记载，不知道这位王献之的后人是否是一个聪慧的女子，想来两大家族联姻本来是一件浪漫的事，但是，这段婚姻因为男主人翁的短命而不慧，最后以悲剧告终。

但是，无论如何，这一段婚姻诞生了一位在中国文学史上举足轻重的山水诗派的鼻祖。是他将诗歌从魏晋之际的晦涩的玄言诗一变而为清新自然恬静的山水诗。在他身后，站立着许多大家，比如王维，比如孟浩然，比如李白，比如柳宗元，这些震古烁今的名字，曾经拜服在他的山水诗词之下，如今想来，该是怎样的辉煌成就。

一代名将谢玄，曾经因为以少胜多的淝水之战而声名鹊起，因为谢灵运这个孙子的聪慧而对他格外喜爱。在他临终之时，曾经告诫家人，一定要好好培养孙子。直到死，他也没有明白，一代名将怎么会生下那个生性迟钝的长子，而这个迟钝的儿子又怎么会有如此聪慧的儿子。

谢灵运寄情山水，寄情山水诗词的形成，一定有着主客观原因。门阀之家，到了谢灵运，已经开始呈现衰落之势。他一生中最为开心最为浪漫的时光是从15岁到21岁，这段时间，在那个著名的建康乌衣巷中度过。这一段与友人诗文唱和，富贵潇洒，无忧无虑的生活，是他未来20多年生命中一个永远无法企及的追求。之后，因为门第之争而被排挤，因为观念相左而遭流放，因为无辜及罪而被弃市。或许因如此巨大的人生落差，才造就了他杰出的诗才吧。他的诗歌情怀，除了寄情山水，还有着更为复杂的生命体验。

比如《石室山》，是他自在生命的内心表达。

石室山

清旦索幽异，放舟越坰郊。莓莓兰渚急，藐藐苔岭高。

石室冠林陬，飞泉发山椒。虚泛径千载，峥嵘非一朝。

乡村绝闻见，樵苏限风霄。微戎无远览，总笄羡升乔。

灵域久韬隐，如与心赏交。合欢不容言，摘芳弄寒条。

石室山，即今之大箬岩，浙江省温州市永嘉县楠溪江著名景区。今日的大箬岩早已经成为热闹非凡的风景区，而当年，当诗人乘着一叶扁舟徜徉在楠溪江时，唯见青山绿水，不见如织游人。这是一个宁静的所在，也是一个荒僻的所在。喜爱山水的诗人，正是在这样的山水间寻找着诗意，激发着诗情。兰草丰茂的沙洲，郁郁苍苍的青山，秀丽峭拔的峰峦，一泻千里的飞瀑，在这个晴明的晨光里，揉醉了诗人的眼，荡漾着诗人的情。

“虚泛径千载，峥嵘非一朝。乡村绝闻见，樵苏限风霄。”流过千年的楠溪江水，藏于深山的石室山林，在乡野村夫的眼中，不过是平常之物。在樵夫渔人的眼中，不过是凡山俗水。千载也好，峥嵘也罢，那不过是善感的诗人才会有的审美感受。无人赏识也好，孤寂冷落也罢，那不过是失意的文人才会有的生命体验。农人在这样的境遇里看到的是维系生活的资本，诗人在这样的风景里看到的是突围困境的出口。

“微戎无远览，总笄羡升乔。灵域久韬隐，如与心赏交。”此地有佳境，实在不必远游了。与世隔绝之地，岂非最好的韬光藏隐所在。年轻时的诗人，已经深味人世变幻的莫测，深味世家飘零的凄凉，而王子乔的修仙问道，似乎是在山水之外的另一种生命出口。诗人懂得山水，懂得人迹罕至之地的清幽，亦是懂得王子乔抛开世俗的繁华徜徉伊水、洛水间的那份潇洒。

“合欢不容言，摘芳弄寒条。”于是，合欢树下，摘取花瓣，带着寒意的枝条，带着忧伤的诗情，在这仙气缥缈的石室山中冥然契合。人在山水间，心在山水外。神游天地间，物我两相容。因着这样的情怀这样的思绪，诗人笔下的山水成就了一番诗情画意的古老神韵。

比如《庐陵王墓下作》，是他理想破灭的伤怀之作。

庐陵王墓下作

晓月发云阳，落日次朱方。含凄泛广川，洒泪眺连岗。
眷言怀君子，沈痛结中肠。道消结愤懑，运开申悲凉。
神期恒若在，德音初不忘。徂谢易永久，松柏森已行。
延州协心许，楚老惜兰芳。解剑竟何及，抚坟徒自伤。
平生疑若人，通蔽互相妨。理感深情恸，定非识所将。
脆促良可哀，夭枉特兼常。一随往化灭，安用空名扬？
举声泣已洒，长叹不成章。

这是一首伤心的政治抒情诗。庐陵王刘义真，宋武帝刘裕次子。刘裕死后，刘义真不容于长子刘义符被贬为庶人，进而被杀。后刘义隆杀刘义符继位，为刘义真昭雪，同时召回与刘义真交好的谢灵运，担任文人最为仰慕的清贵高官秘书监。在由故乡进京的途中，诗人特地去凭吊庐陵王墓，写下这首诗篇。

“晓月发云阳，落日次朱方。含凄泛广川，洒泪眺连岗。”云阳即今日丹阳，朱方即今日镇江，两地相距甚近。诗人写自己天未亮就出发，日落时分才到达镇江。按理，得到朝廷重新召见，将要得以重用，本该是一日千里。可是诗人却无法迈开沉重的步履，无法轻松自如地走马上任。当年，庐陵王刘义真，身为贵胄，死得悲怆。年仅18岁，被贬被杀。转眼之间，身死人手，少年梦断，繁华落尽。今日，当平反昭雪，当路经孤冢，岂不黯然神伤，泪洒孤坟。

“眷言怀君子，沈痛结中肠。道消结愤懑，运开申悲凉。”政治斗争从来就是遵循你死我活的游戏规则。往事不堪回首，故人已长眠孤岗。小人猖獗，君子道消。国运中兴，抒其哀悼。不该说时不能说时，只能积于胸中，只能保持沉默。逞一时之勇，至多留个薄名。生于世家的谢灵运，深味政治斗争的残酷与血腥。

“神期恒若在，德音初不忘。徂谢易永久，松柏森已行。”两年时间，对于阴阳两隔的人来说，已是天长地久。知遇之恩，于中国的读书人来说，是最大的恩德。而庐陵王之于谢灵运，似乎就是这样的交情。所以，即便阴阳两隔，在谢灵运，难忘庐陵王当年的恩遇。回首往事，音容笑貌宛若生前，字字句句依旧真切。故人已逝，岁月如梭。人生苦短，世事难料。唯有那松柏长存，唯有那逝者的坟茔不变。

“延州协心许，楚老惜兰芳。解剑竟何及，抚坟徒自伤。”春秋时的吴季札出使晋国途经徐国，徐君深爱他所佩之剑。但剑是使臣必佩之物，无法相赠。等吴季札出使回来，徐君已死，吴季札到墓前表达哀伤，将剑悬挂于墓前树上而离去。西汉末年的龚胜因不仕王莽绝食而死，隐居于彭城的高士前往龚胜墓地哭悼而去。人已亡，赠剑何意？人已死，哀悼何用？逝者已矣，生者徒悲伤。谢灵运顿感此去京城，故人不在，那个曾经要一起治理社稷的人不在了，自己的满腹才华是否还能够尽情施展？自己的一番宏论是否还有赏识之人？一切都是那么的渺茫，前路漫漫，唯有小心翼翼了。

“平生疑若人，通蔽互相妨。理感深情恸，定非识所将。脆促良可哀，夭枉特兼常。” 刘义真，身份如此高贵，死得如此冤枉，死时如此年少。高贵的身份与悲惨的遭遇是如此的不协调。又岂是人生常理可以解说的?

“一随往化灭，安用空名扬？举声泣已洒，长叹不成章。”一切终将随风而逝，留下的，唯有那一行行泣血的诗文。谢灵运懂得，悲哀之情，在政治斗争的漩涡之中，是不可能尽情发挥的。他只能是安之若命了，只能长歌当哭了。只能在简短的诗文中略表哀情了。即便如是，谢灵运最终依旧没有逃过政治斗争的迫害，终于在49岁被刘义隆以谋反罪杀害。

比如《斋中读书》，是他勘破红尘的精神花园。

斋中读书

昔余游京华，未尝废丘壑。矧乃归山川，心迹双寂寞。
虚馆绝诤讼，空庭来鸟雀。卧疾丰暇豫，翰墨时间作。
怀抱观古今，寝食展戏谑。既笑沮溺苦，又哂子云阁。
执戟亦以疲，耕稼岂云乐。万事难并欢，达生幸可托。

始宁，谢灵运心中永远的故乡，他的精神家园，他的灵魂归宿。两次归隐，前后六年时间，是他生命中度过的另一个值得怀念的时光。短暂的停留，留下的是永恒的记忆。这种宴仰啸歌的归隐情结在他的《斋中读书》中得到了最充分的体现。

乌衣巷，一个浪漫的地方，这里，安放着一个少年才俊充满幻想的美梦。

始宁庄园，一个幽雅的地方，这里，安顿着一个历经沧桑的中年人疲惫的灵魂。

乌衣巷，见证着门阀世家由盛而衰的历史。始宁庄园，见证着一个士大夫仕途坎坷的历程。《斋中读书》，见证着一代才子亦仕亦隐的心路历程。

“昔余游京华，未尝废丘壑。矧乃归山川，心迹双寂寞。”真是进亦忧退亦忧，身在曹营心在汉。身在京华名利场，心在丘壑逍遥境。实在是进退两难。若归隐山林，身心寂寞，无人交游。若寄身京华，身心疲惫，无人相悦。

“虚馆绝诤讼，空庭来鸟雀。卧疾丰暇豫，翰墨时间作。”或许在边地为官，也不失为明智的选择。处于繁华与化外世界之间，既可求得半亩方塘，又可远离纷争。既可舞文弄墨，又可衣食无忧。既可修养身心，又不必为琐事烦扰。谢灵运被发配远地，本是无奈的选择。可是，在他看透世事的心里，如此的安排实在是一种额外的恩赐。没有公务的烦杂，没有虚伪的应酬，门可罗雀的清净真是安宁生活的最佳状态。有的是闲散的时间，有的是读书的时光，有的是游历山水的闲情。

“怀抱观古今，寝食展戏谑。既笑沮溺苦，又哂子云阁。”当谢灵运历经二十年仕途坎坷，年近四十而曾经选择回乡隐居，前尘影事，颇似噩梦。于是，他将家族中那些荒废的庭院整修一新，准备在此终老，可是，这样的生活仅仅过了三年，因为他是出身名门的贵族而不是一般的士子。他的人生不可能真正从当权者的视线中消失，在需要的时候，他还是会被想起的。只是这样的不时的被惦记打破了他宁静的内心，他无法为自己安排一个真正的归隐之地。所以，他不能若沮溺一般躬耕陇亩，以此为生，他养尊处优的生活也不可能让他可以真正过着若陶渊明一般的耕读生活。那样的生活太苦而不会有更多的乐趣。或许，随着时间的推移，最后只剩下饮食男女，而不会有诗人的心境与诗人的境界。比如，陶渊明在这样的生活处境下，也只是做了短暂的停留，最终老病而死。比如那个《瓦尔登湖》的作者梭罗，也只是在山林中生活了三年的时光而不是一辈子。

“执戟亦以疲，耕稼岂云乐。万事难并欢，达生幸可托。”为官已感疲惫，耕稼太过辛苦。真是进亦难退亦难。因为我们不能离开真实的生活空谈理想，空谈灵魂。世事总是难以两全，那么，只有读书，只有在书斋中，我们可以做自由的选择。

我以为，只有谢灵运是真正理解山林的人，也只有他是山林真正的知音。山林，不是用来逃避的，不是用来消遣的，也不是用来归隐的。山林，是诗人心中的那一方净土，是士人心中的那一方桃源，是世事之外的一方乐土，是我们心灵真正的家园，是我们身心安放的所在。那些带着悲伤回去的人只是将山林当作疗伤的地方，并不懂得山林。

那些过于热衷名利场的追逐者，也并不真正懂得建功立业的真实意义。若为名利而失去品格，若为名利而失去自我，那么，只是徒有空名而不会有真正的成就感。就如同子云，只会留下笑谈，这样的故事自古以来何其多？只是前车之鉴总是不能引起后世的警醒。

是啊，若只是一味追求隐居而连起码的生活也难以保障，那么，这样的隐居是虚无的。若只是一味追求名利而连起码的品格也难以坚守，那么，这样的名利也是虚无的。

谢灵运为我们提出了第三种人生方式，在亦仕亦隐之间，我们将如何安放自己的灵魂。曾经，无数人在仕隐之间艰难选择，而在谢灵运看来，仕也好隐也好，心灵安放了，就是最好的生活方式。中国灿烂的古典文明，为后世准备了丰富的精神食粮，灿若星辰的典籍，有着我们心灵的养料，有着我们精神的花园，有着我们灵魂的皈依。是的，山林如何懂得我们内心复杂的情感？红尘如何懂得我们内心真实的追求？世人如何理解我们个体真实的生命？

古韵成绝调　孤步独往来

——萧统

读魏晋文章，品曹魏风骨，赏曹子建《洛神赋》，惊为天人。以为世上，再无人可与子建之风雅相媲美。而今读萧统诗文，悟萧统内质，感太子为人，追慕公子风骨，深憾生不当时。如若有缘，能一睹兰陵王风采，会晤昭明太子而坐谈奇文，谈经论佛，此生足矣！唉，痴人说梦。

今天的江南，在江阴，在义乌，在乌镇，在贵池，在镇江，在许多地方，关于昭明太子的任何遗迹，都成为后人津津乐道的话题。那一棵千年不死的红豆树，那一座曲径通幽的读书台，那一方万古流芳的太子垂钓处。无一不勾引起后人无数美丽的遐思与猜想。

你若有兴致，可以循着这些足迹去追寻昭明太子的心路历程，可以循着《昭明文选》去追寻他的文学理念。甚至可以在一池荷塘中，遥想当年太子落水之后不治身亡的悲情故事。

当真是天妒奇才，这一位几乎完美的太子，三十岁的生命戛然而止。令梁王朝无限遗憾，令仰慕他的后人无限遗憾，令中国历史因此而改写。

若太子不死，萧纲又何须要在他的阴影下继承王位而最终身死人手，累及子孙。若公子不是这般早死，今天的文坛，一定会增加更多杰出的作品。流传出更多美丽的悲情故事。

咏弹筝人诗

故筝犹可惜，应度几人边。
尘多涩移柱，风燥脆调弦。
还作三洲曲，谁念九重泉。

刘师培曾说："齐梁以降，虽多侈艳之作，然文词雅懿，体裁清峻者，正自弗乏。斯时诗什，盖又由数典而趋琢句，然清丽秀逸，亦自可观。"齐梁诗歌开启了唐诗的兴盛局面。昭明太子的这首宫体诗，抛开了一般宫体诗的柔靡之气，以生活中最真实的场景再现，直追生命的本真意义。

诗人的情愫往往于不经意间与自然万物达成某种契合。不涉及任何场景，也不涉及任何个人的故事，因一架古筝引发的诗情，传达的是一种普遍的生命状态。弹筝人，或许是宫廷女子，或许是风尘女子。无论岁月如何变迁，人世如何转换，古筝一直在的。只是那个弹奏之人，不知归往何处？而那首忧伤的《三洲曲》，还飘荡在这寂寞的空庭，那尘封的古琴，是否还能奏出当初的情韵。

不同时代的人，情感也似乎可以相同。人世间的许多生命哲学，都有着相似之处。即使古筝陈旧到再也调不出当年悠扬清脆的旋律，而只要弹奏者心境相同，《三洲曲》依旧还是忧伤哀婉的曲调。

有所思

公子无于隔，乃在天一方。
望望江山阻，悠悠道路长。
别前秋叶落，别后春花芳。

雷叹一声响，雨泪忽成行。

怅望情无极，倾心还自伤。

《有所思》，是他悲情故事的真实写照。江山阻隔，前路漫漫。阻隔的不止是江山，阻隔的更是身份、地位，是世俗的观念，是道德的戒律，是佛界的清规，是不可言说的心意。这样的相恋相知是何等辛苦，这样的相识相爱是何等渺茫。真是造化弄人，上苍总是以为自己是万能的，总是喜欢将人玩弄于股掌之间，将人的情感践踏得体无完肤。

《有所思》，是他孤独痛苦的心灵之旅。秋叶飘零，春花凋谢，亦如他短暂而无疾而终的爱情，亦如他短暂而灿若烟花的生命。亦如他来不及治理而衰落的王朝。人总是以为自己可与命运抗争，以为努力了就可以得到自己想要的一切，其实错了。人只是听命于自然，听命于上苍的安排。萧统过于完美的人生只能以遗憾告终。上苍不可能真正让人生完美无缺。个体的灵魂始终只能在各种缺憾中忍受煎熬。

《有所思》，是他深通佛理之后依旧无法解脱的无奈。那雷鸣之声似乎是万能的上苍的叹息，那降临的甘露也似乎是上苍的眼泪。身为凡人，心中的怅惘之情自然是无边无际，心中的伤痛之情更是无以复加。

咏同心莲诗

江南采莲处，照灼本足观。

况等连枝树，俱耀紫茎端。

同逾并根草，双异独鸣鸾。

以兹代萱草，必使愁人欢。

莲结同心，大自然偶然的一次杰作，启发着善感的灵魂，因此而生发出许多美丽的遐思。烟雨江南，采莲佳处，莲叶田田，莲花娇美，已是美丽至极的童话世界。而那一叶扁舟，行走池塘的采莲女子，是否有着同样娇美的容颜与娇羞的姿态呢？是否也足以令过客流连忘返心生爱怜呢？

萱草，感伤的文人给了它另一个更美丽的名字——“忘忧草”。人生若得完美，哪来忧伤？人生若无遗憾，哪来动人故事？人生若有佳人相随，唯有快乐。

在他的灿若星辰的作品中，这首《咏同心莲诗》应该是比较浅显而易懂的作品。相比唐代诗歌的繁荣与艺术成就的高峰，萧统的诗歌是最初的尝试，但是，这个尝试从一开始就站在很高的位置上，使得后人无法从低处落笔，于是，我们的唐诗才那么轻易地就走向了辉煌的顶峰。

长相思

相思无终极，长夜起叹息。
徒见貌婵娟，宁知心有忆。
寸心无以因，愿附归飞翼。

一千五百年前的某一天，于江阴顾山编纂《昭明文选》的萧统，一日下山偶遇一秀丽尼姑，无意中谈及释家精义，却相谈甚欢，多次相约畅谈。但因身份悬殊，难成眷属，尼姑相思成疾而终。太子闻讯，痛哭不已，含泪种下红豆树，至今犹如虬龙老树。

相思，是无法治愈的疾病，是前世今生的情债，是长夜叹息的纠缠。红颜薄命，是因为红颜总是过多地逗引多情公子的相思情怀。多情如昭明太子，写这样的情歌，应该是得心应手的吧。平实如话的诗句，没有刻意的雕琢，只是某一时某一刻的真情，只是自自然然的流露。这，是爱情的真谛，诗歌的真相。偶动凡心的尼姑最终不会有更为理想的结局。那一棵倾诉了千年的相思树，至今，依旧传唱着那位相思成疾的美丽而聪慧的女子哀怨的挽歌，他们美丽的故事终究消失在佛界之间。

萧统之情，千古悠悠。历代才子，只有他，可以将深情演绎到极致。至今，那一棵象征着爱情的相思树历经1500年，依旧花开花落，依旧倾诉着当年太子与尼姑之间的倾慕与眷恋。他们的心意相通又如何是那些凡夫俗子可以理解的。他们之间的关于佛理的对话与玄机，又如何是庸俗之人可以听懂一词半句的呢？只有古木参天，见证着这一段凄美的故事。

萧统之德，山高水长。历代王子，只有他，始终将百姓生死铭记心上。多次救百姓于水火。只有他，艰苦朴素到不如一般士人。他死后，梁王朝再也不可能找出一个合适的接班人，于是纷争四起，祸起萧墙。最终导致亡国。

萧统之才，贯通中外。历代文人，只有他，可以将那部艰深的《金刚经》化为易懂的经文。只有他，可以纵横古今，编辑《文选》。只有他，贵为太子，却不曾有一个歌姬。只有他，懂得山水之清音更胜丝竹之雅乐。

昭明太子，在中国古典文学史上，是一个奇迹般的存在，因他的才华，因他的地位，亦是因他的多情与多愁。古韵成绝调，孤步独往来，昭明太子，在古今文坛，自由穿行，一路走来，风景无限。

一代才子的诗情与浪漫
——萧纲

梁简文帝萧纲（503年—551年），梁武帝萧衍第三子，昭明太子萧统同母弟，由于长兄萧统早死，531年被立为太子。549年侯景之乱，梁武帝被囚饿死，萧纲即位，551年为侯景所害。生于乱世，身为贵胄，实在是一个悲剧。萧纲，若不是被推上帝位，也不至于死于非命，仅仅做一个清闲文人，布衣诗人，其实挺好。但是，面对宿命，人们往往无能为力。

萧纲自幼爱好文学，有“诗癖”之称。因为特殊的身份，以他为中心，形成了一个主张鲜明的文学集团。随着萧纲于531年被立为皇太子，这一集团的文学影响逐步达到登峰造极的地步，公开宣布并倡导文学史上著名的宫体文学，对后世文学产生深远影响。萧纲文学集团的后起之秀徐陵、庾信，甚至成为梁朝之后二百多年间文学的偶像。直至九世纪初叶，唐元和年间“元和诗变”的推动者们树立杜甫的典范地位时，才逐步被取而代之。萧纲，他高贵的身份，悲苦的命运，天赋的才情，完美地集于一身。

这首《咏内人昼眠》，是影响百年诗歌风格的滥觞之作：

咏内人昼眠

北窗聊就枕，南檐日未斜。
攀钩落绮帐，插捩举琵琶。
梦笑开娇靥，眠鬟压落花。
簟文生玉腕，香汗浸红纱。
夫婿恒相伴，莫误是倡家。

诗歌应该写什么不应该写什么，并没有具体的标准。一种真情，一幅画卷，一个场景，写来有美感，读来有神韵，皆是好诗。娇妻午睡，睡出一幅美图，夫婿忍不住用诗句描摹下来，不失为一种夫妻生活的乐趣。特别的是这位娇媚的女子，是内人，是娇妻，不是青楼女子，不是风尘女子。生活中不是没有美，只是没有发现美的眼光。生活中处处有诗，只是没有抒写诗的灵性。

省去一切修辞，只是平白如话。而他的描写似乎又不同一般，注意了多角度多方位的效果。动态描写：攀钩、插捩、举琵琶，写出娇妻的多才多艺夫婿的体贴关爱。静态描写：梦中笑靥、鬟边落花，写出女子的娇媚夫婿的多情。色彩的调配：云鬟、落花、玉腕、红纱，写出睡姿的美艳男子的喜悦。色香的交融：红纱、香汗，写出女子的柔情男子的蜜意。熟睡的女子，守候的男子，一切都是那么静谧那么和谐那么美丽。在某个夏日的午后，微风轻拂，鼓瑟吹箫，佳人相伴，月桂树下，和衣而眠，轻拢月纱，读着这样的诗句，依偎着相爱的伴侣，何尝不是人生快事！宫体诗，在许多时候，依旧带给善感的男女一份痴情与怀念。

这首《采莲曲》，是以齐梁上层文人审视民间生活情趣的代表作：

采莲曲

晚日照空矶，采莲承晚晖。
风起湖难渡，莲多采未稀。

棹动芙蓉落，船移白鹭飞。
荷丝傍绕腕，菱角远牵衣。

夏末初秋的傍晚，最是宜人。晚风轻拂，薄暮时分，燥热消退，凉意渐起。荷塘深处，莲叶田田，让人舒心而令人陶醉。荡舟湖面，水波荡漾，船在水中游，人在花中走，引人迷离而勾人情思。

江南采莲女，因为有着江南水乡的濡染，有着江南莲叶的净化，有着江南荷花的呵护，在文人笔下，剩下的就只有温婉与柔媚，娇羞与恬静。

她们，禁不住晚风的吹打，亦禁不住过密的荷叶羁绊。穿行莲池，惊起白鹭飞飞，惊动荷叶飘香。漂浮的菱角，竟然如此多情，牵住衣袖，深情挽留。幽香的荷丝，亦是如此好客，缠绕皓腕，依依不舍。

一代帝王，写起江南民间女子的生活场景，亦是如此生动有趣。想来宫中女子，何来这样的神韵这样的恬静这样的淡雅。多情文人与江南女子的相遇，成就了一份浪漫的诗情。

这首《怨歌行》，是以贵胄视角审视宫中女子悲剧命运的佳作。

怨歌行

十五颇有余，日照杏梁初。
蛾眉本多嫉，掩鼻特成虚。
持此倾城貌，翻为不肖躯。
秋风吹海水，寒霜依玉除。
月光临户驶，荷花依浪舒。
望檐悲双翼，窥沼泣王余。
苔生履处没，草合行人疏。
裂纨伤不尽，归骨恨难祛。
早知长信别，不避后园舆。

“十五颇有余”，暗指班婕妤貌美如罗敷。“日照杏梁初”化用司马相如《长门赋》中的典故，暗指班婕妤命如陈阿娇。“蛾眉本多嫉，掩鼻特成虚。”化用楚怀王宠妃郑袖设计陷害魏美人掩鼻而被楚怀王割鼻之事，暗指后宫争斗的残酷。

“持此倾城貌，翻为不肖躯。”汉成帝，这位最终死于淫乐的帝王，是无法懂得班婕妤的才情与涵养的，他唯一懂得的只是女子的美貌，当赵飞燕姐妹独宠后宫之后，班婕妤的失宠是必然的。

“秋风吹海水，寒霜依玉除。月光临户驶，荷花依浪舒。”深宫之中的池塘，无边无际，阶前霜露阵阵凉意，夜晚，月华初照。天明，荷花依浪。那无边的池塘之水，亦如婕妤满腹愁绪，那浓浓的玉阶秋霜，亦如婕妤凄凉的心境。那来去匆匆的月华，亦如婕妤无始无终的恩宠。那独自娇媚的荷花，亦如婕妤独自绽放的生命。

“望檐悲双翼，窥沼泣王余。苔生履处没，草合行人疏。”人世不如飞鸟，雁子尚可双栖双宿。而自己不过是被君王遗忘的弃妇。名利场，有的只是欢会时的热闹与喧嚣，而一旦失宠，门前冷落，荒烟蔓草，行人稀疏。冷宫生涯的蔓长凄清，唯有亲历过的人才得体味。或许，在某一个不眠之夜，婕妤也会有着这样的悲叹也会有着这样深沉的寂寞。

“裂纨伤不尽，归骨恨难祛。早知长信别，不避后园舆。”即便埋骨山丘，那被遗弃的伤痛也难以消解。后园舆，汉成帝为了能够时刻不离婕妤左右，特制大辇车一同出游，而她断然拒绝，并教训成帝，只有夏、商、周三代的末主夏桀、商纣、周幽王，才有嬖幸的妃子在座。早知今日长信宫的冷遇，当初就不该辞避君王的同辇之请。

班婕妤，有着显赫的家世，也有着杰出的才华。她的《女戒》是最早的闺阁女子的教科书。而她又是最有头脑的女子，在最得宠的时候不张扬，最失意的时候不迷失。赵氏姐妹受宠之时，她自请远离是非之地，得以善始善终。懂得急流勇退，自请前往长信宫侍奉王太后，将自己置于王太后的羽翼之下。

汉成帝死后，班婕妤要求到成帝陵守墓以终其生。与古墓为伴的五年时光，一个柔弱的女子，是如何度过那漫长的凄风苦雨的岁月。班婕妤，这是我所知道的最有涵养的宫中女子。

历代文人墨客，为她留下了多少首美丽哀婉的《怨歌行》，而萧纲的这首诗歌，没有脱离宫体诗的樊篱，或许，贵胄出身的男子，并不懂得一个女人，可以有如此独立的个性，特别是在男权时代。在萧纲笔下，班婕妤被写成了一个悲剧人物，一个被君王始乱终弃的宫中怨妇。一个妙龄美貌的女子，最终无法逃脱年长色衰的悲剧命运。这样的女子，是男子笔下眼中的那个千篇一律的话题。而班婕妤，其实有着超凡的见识有着深厚的文化修养有着出众的才华。

《被幽述志》，是进入萧纲心灵世界的一个契机。

被幽述志

恍惚烟霞散，飔飒松柏阴。
幽山白杨古，野路黄尘深。
终无千月命，安用九丹金？
阙里长芜没，苍天空照心。

简短的诗歌其实蕴含的却是萧纲一生极为显赫极为动荡极为悲苦的命运。君王的孤苦忧愤，文人的浪漫多情，公子的诗意才情，在他一生中，被演绎得淋漓尽致。

“恍惚烟霞散，飔飒松柏阴”，人生一切最终归于烟云，这样的道理并不高深。只是，我们总是很在乎那个过程，那个由生到死的过程。不管是个人还是王朝，不管是历史还是自然。诗人总是感叹人事苍茫山川依旧，其实，山川也并不能真正依旧。花开花落，此花非彼花，草木有情，一岁一枯荣。人生有憾，一世一生死。恍惚之间，还没有明白人生到底为何而生为何而死，却已经没有时间去考虑了，却已经万事转头空，最终只是空留孤冢。苍松翠柏间，阴风萧瑟，树影摇曳。

身居囚室的萧纲，此时，一定想起了他贵为东宫太子之时，身边文士如云，诗文唱和，那艳丽的词句渲染着内心的激情，香艳的丽词记述着生活的甜美。唱和的雅士营造着宫廷的文学气息。相比今日的阶下囚，想起当年的风花雪月，相比今日的命不保夕，想起当年的一呼百应，其间的身份落差，情感失落，又岂止是文字所能传达的，岂是外人所能说道的。

“幽山白杨古，野路黄尘深”，被推上权力的最高峰，是命运的安排。成为阶下囚，是天数的捉弄。囚居生活中，那个当年引领着一帮文人在诗词的殿堂里优哉游哉的东宫太子，早已经在历史的尘埃中看到了最终的归宿，在岁月的长河中看到了灵魂的栖息地，在一寸囚室之中看到了前路的黯淡。深山幽谷，古木参天，黄尘掩埋的荒凉小径，那是一个孤魂最终的去处。未死之人，已知前路荒凉。与萧纲一起掩埋的，将是南朝后梁的江山，是他的三十多个儿女，是萧氏王朝营建起来的文学集团，是宫体诗的戛然而止。历史演义因为有着这些因子而变得清晰起来变得丰盈起来变得厚重起来。

“终无千月命，安用九丹金”，人若生活安乐，那该多好。可人生往往祸福难料，时常死于非命。据说萧纲在囚居的两年时间，写下了几百首囚居生活的诗歌，没有纸笔，写在墙上、地上、夹板上，写在一切可以写作的地方。只是很可惜，这些诗歌被人为毁掉，被篡夺了他的政权又谋害了他的性命的侯景所毁。

“阙里长芜没，苍天空照心”， 想当年，阙里，孔子讲学之地，学子们云集于此，谈经论道，何其乐哉。后人在此建孔庙，面积几占全城之半。何其壮哉。今日，也早已经淹没于荒烟蔓草间。圣人之迹犹如此，况凡夫俗子乎。“阙里庙堂空旧物”，若从自然规律而言，就算是天长地久亦是虚言。敢问苍天，果真是善恶有报？果真是人同此心？果真是此心照汗青？敢问苍天，果真天道自在人心？果真人生而平等？果真万物皆是有灵？那么，为什么人事总是无常，人生总多难，人心总叵测？

人生之憾何其多啊？若当年的侯景有汉武帝的襟怀，那么，今日，我们还可以从那残留在墙壁板障上的多达几百首的狱中诗词中深味一代才子萧纲由君王沦为阶下囚的心路历程。留给我们的《被幽述志》将会是一笔何等丰富的精神财富。

作为王室家族，萧纲以及他的父兄，他们杰出的文学才能可与当年的曹操父子相媲美，也可与后世的李煜父子相呼应。若不是生为皇室贵胄，当可以颐养天年，可以将宫廷诗进行到底，可以为唐宋诗歌的创作提供更多的值得效仿的范例。这些才子们，尽情写诗尽情抒情的时间是那么短暂，随着萧纲的被囚，一切都戛然而止。即便如此，他们的文学创作所带来的文学影响，依旧成为梁朝之后二百多年间文学的偶像，直至九世纪初叶。

第五卷　唐诗的丰姿

海上明月共潮生

——张若虚《春江花月夜》

春江花月夜

春江潮水连海平，海上明月共潮生。
滟滟随波千万里，何处春江无月明！
江流宛转绕芳甸，月照花林皆似霰。
空里流霜不觉飞，汀上白沙看不见。
江天一色无纤尘，皎皎空中孤月轮。
江畔何人初见月？江月何年初照人，
人生代代无穷已，江月年年只相似。
不知江月待何人，但见长江送流水。
白云一片去悠悠，青枫浦上不胜愁。
谁家今夜扁舟子？何处相思明月楼？
可怜楼上月徘徊，应照离人妆镜台。
玉户帘中卷不去，捣衣砧上拂还来。

此时相望不相闻，愿逐月华流照君。
鸿雁长飞光不度，鱼龙潜跃水成文。
昨夜闲潭梦落花，可怜春半不还家。
江水流春去欲尽，江潭落月复西斜。
斜月沉沉藏海雾，碣石潇湘无限路。
不知乘月几人归，落月摇情满江树。

今人因喜爱《春江花月夜》，就将张若虚认定为诗歌由六朝浮华淫靡转而为盛唐之音的一个转折。将《春江花月夜》认定是以孤篇盖全唐的大作，将张若虚认定为初唐四杰之后将唐诗带入全盛时期的重要诗人。

其实，历史的真实并非如此。或许是因为《春江花月夜》脱胎于宫廷诗的缘故，所以并不被当时人看重。最早收录此诗要到北宋晚期郭茂倩的《乐府诗集》。此诗沉寂千年之久，一直到明万历年间才有胡应麟在《诗薮》中第一次正式论及此诗。或许是因《春江花月夜》由亡国之君陈后主陈叔宝首创，后又有臭名昭著的隋炀帝杨广附和同题诗的缘故，张若虚沿用了这个旧制，于是不为后人欣赏。让无数前人与此诗擦肩而过。

纵观唐诗，横绝古今的诗作蔚为壮观。无论从诗歌境界而言还是从情感抒发而论，《春江花月夜》并非是最杰出的作品。但是，千载之下，赏读之人无穷，追慕之人不尽。形成一道独特的风景，却是真实的。

春江、江流、江天、江畔、江水、江潭、江树，纷繁迷离。明月、孤月、江月、初月、落月、月楼、月华、月明，月色摇曳。这是怎样一幅色美情浓斑斓迷离的春江夜月图。《春江花月夜》一气贯通的还是诗人丰富的情感与哲学的思考。

因一轮孤月而天地相连，境界为之开阔，诗情为之涌动。

“春江潮水连海平，海上明月共潮生。滟滟随波千万里，何处春江无月明。江流宛转绕芳甸，月照花林皆似霰。空里流霜不觉飞，汀上白沙看不见。”

那渐渐初升的月儿恰似伴随着潮汐共生，那一泻千里的月华随波飘散，那一望无际的春江恰似月儿的温床，那浩瀚无垠的春水恰似温情的月辉迷蒙。春江千里，皓月万里。江海相连意境相生，天地相连诗意纵横。人月交融情相牵，水月相连意相随。

有谁见过，在那芳草萋萋的江边，春水伴随着月光延伸；有谁见过，在那月下芳甸的晚香中，月华随着芬芳挥洒弥漫；有谁见过，在那江上沙汀的洁静中，月色随着霜降在宁静中播撒清辉。纯净柔美的月光荡涤着世俗的繁华与脂粉。面对此情此景，遐思翩跹，神游八极。心境空明剔透，不染一丝杂念。

因一轮孤月而心境澄明，感叹为之兴起，情愫因之而深沉。

“江天一色无纤尘，皎皎空中孤月轮。江畔何人初见月？江月何年初照人？人生代代无穷已，江月年年只相似。不知江月待何人？但见长江送流水。”

月光下，只有大江急流，奔腾远去。仰望月轮高悬，俯瞰大江东流。江月似有恨，流水似无情。江水涌动，波澜顿生，恰似幽谷空音，浩叹古今。那高悬空中的孤月，来自何方？那纤尘不染的孤月，为何如此引动情丝？那万里东逝的江水，为何如此牵动思绪？对唯美境界的追求是亘古不变的诗情。月华照耀，谁是那最初的幸运儿。江畔思月，谁是那最初的诗人。是谁站在江畔，第一个惊诧月色的明媚？是谁站在江畔，第一个独享月华的温婉。清明澄澈的天地宇宙是那么轻易地引发着诗人的遐思冥想。那江月似乎又有情，她千万次地等待着那个相知的人。似乎那江水也有情，她千万年不知疲倦地追随着时光的脚步，送走了每一个春夏秋冬，迎来每一个值得期待的岁月。似乎那人生是有情的，虽然自己不能长久，也要千万年的让生命存续下去，见证沧桑，与月华同辉。人生短暂何需忧，生命总是生生不息，就如同这高悬天际的明月，永不坠落。

因一轮孤月而浮想联翩，相思因之而生起，哀怨为之而怅惘。

“白云一片去悠悠，青枫浦上不胜愁。谁家今夜扁舟子？何处相思明月楼。此时相望不相闻，愿逐月华流照君。鸿雁长飞光不度，鱼龙潜跃水成文。”

今夜，月儿如此皎洁，今夜，江畔如此宁静，今夜，人儿如此伤怀。今夜，我们举杯痛饮。让愁绪如那白云一般飘散。愿心儿伴随那一叶扁舟，随君远游。当年，也是这样的明月夜，也是这样的离情地，也是这般的惹人情思挥之不去的月华如水。两地情愁，一样相思。今夜，独登高楼，望穿秋水。却只见月光依旧，人儿早已远游天涯海角。月儿如何懂得思妇的情怀，如何懂得思妇的孤寂与哀愁。故意徘徊不去，故意撩拨着思妇的深深相思，故意逗引着思妇对红尘往事的回忆。看那月儿，独上楼台，入得闺房，照着玉户，黏着衣砧，拂之不去，卷之还来。月儿似乎故意与思妇开着这样的玩笑。

月儿啊，你可知道，那远去的游子此刻是否与我共赏一轮明月？月儿啊，你可否为我带去那最深沉的相思，让我的牵挂跨过千山万水？月儿啊，你可否带上我一起跋涉千难万难，让我如你一般追随郎君？我愿是那大雁，翱翔于天际。可是那善飞的大雁，也不能如你一般一泻千里。我愿如那善游的鱼儿，可是那潜跃的鱼龙也无法达到郎君的身边。那层层的波纹恰似我绵绵的思念。那高空中的孤雁恰似我孤单的身影。

因一轮孤月而缠绵悱恻。梦境因之而产生，游子顿起故园之思。

“昨夜闲潭梦落花，可怜春半不还家。江水流春去欲尽，江潭落月复西斜。斜月沉沉藏海雾，碣石潇湘无限路。不知乘月几人归，落月摇情满江树。”

恰如思妇盼归，游子亦念思归。看花落幽潭，觉春光将逝，人却依旧相距海角，情何以堪？看江水流春，觉青春易老人生苦短，人却依旧相隔天涯，情何以堪？看江潭落月，觉自身孤寂落寞何处是归路，人却依旧漂泊天各一方，情何以堪？

孤月沉入海雾之中，那是他最终的归宿。高悬的明月将要归家，而我的家在何方？我回家之路又在何方？看前路漫漫，征途遥遥。相思又如何？思归又如何？有哪一个游子愿意漂泊，有哪一个游子不恋家园？可是，又有几人可以归家，又有几人能够团聚？

那孤悬的明月，在陨落的最后瞬间演绎着多少的离愁别绪？荡漾出多少相思愁怨？那不绝如缕的思念之情，似乎将那月光之情、游子之情、思妇之情、诗人之情交织交融，洒落在江树之上，洒落在春江之上，洒落在读者心上。摇曳生姿，跌宕回环。情韵悠悠，意韵幽幽。

山水之间的诗情与禅意

——王维

若以今日的大师标准来衡量王维的话，他一定可以称得上国学大师。因为，他精通音律、书画、诗词、禅理。有许多的例子为证。

《旧唐书·王维传》记载：人有得《奏乐图》，不知其名，维视之曰："《霓裳》第三叠第一拍也。"好事者集乐工按之，一无差，咸服其精思。

今日读这段文字，直呼王维为天人也。单看画面，可以准确说出画中人物演奏的是什么曲子，可见他的绘画功力与音律修养。

王维又是一个真性情的人。他参佛也好，修道也好；他归隐也好，入世也好，全然出于性情，出于家学渊源。

王维母亲是一个虔诚的佛教徒，参禅修道三十年如一日。母亲的信仰成为王维兄弟共同的精神内核。母亲病故，竟至于柴毁骨立，殆不胜丧。没有哪一个人的孝道如同王维这般刻骨铭心出乎本心。

《旧唐书·王维传》记载："在京师，长斋，不衣文采，日饭十数名僧，以玄谈为乐，斋中无所有，惟茶铛药臼，经案绳床而已。退朝之后，焚香独坐，以禅颂为事。”

王维是大隐真隐。在同僚们走终南捷径的时候，他心静如水。在贵为给事中，尚书右丞的时候，他屏绝尘累，一心向佛。王维是一个特例，一个个案。他的人生轨迹无法复制无人效仿。

公元761年的一天，王维忽然索求笔墨，写信与在凤翔的王缙诀别，与平生亲故写了数张诀别书信，搁笔而死。终年六十一岁。如同一位得道高僧，预知归期。

在浮躁争斗的官场，却为王维留下了一条通往本心的捷径。自由来往于山野与朝廷之间。无须为五斗米烦忧，无须为居无定所烦忧，王维活得悠然潇洒。

王维诗歌，只有山水之美，没有仕宦沉浮；只有钟情自然，没有宦海抱怨。只有通透佛理，没有汲汲虚名。王维，身在朝堂，心在山野。他将官邸打造成陋室，怡然自得，潜心佛事。这就是王维。于是，他的诗歌，才会那么纯粹那么醇厚。他的诗歌是心灵与山水交谈的产物。他的诗情是山水与佛理交融的流露。阅读王维的这些诗歌，只能是在夜深人静，心无挂碍，最好是在幽静山野，陋室小巷之间，如此，身心皆融入其间。那才是一种艺术享受，一次美学之旅。

鹿　柴

空山不见人，但闻人语响。
返景入深林，复照青苔上。

一个叫鹿柴的村庄，被诗人直接用作诗题。不事雕琢之间，一派淳朴自然的味道。在不经意间达到一种禅境。

王维诗歌中反复出现的“空山”，有着多种意蕴。“空”是佛教里面出现频率很高的词，王维对此情有独钟。

“人闲桂花落，夜静春山空”，一夜落花，丹桂飘香，山野宁静幽美。举首之间，心神荡漾。

“空山新雨后，天气晚来秋”，一场秋雨，雨丝飘扬，山林空明纯净。眉目之间，静心养眼。

“空山不见人，但闻人语响”，一次邂逅，山人远行，山谷空寂清冷。静念之间，怡情怡性。

只听人声不见人影，想见山林幽深人烟稀少。这样的景致，在科技不是那么发达的时代，是随处可见的。今人再想要这样的诗句，只能是闭门造车，人云亦云了。

“空山不见人，但闻人语响”，一次与山林的亲密接触。山中有人，自然不空。即使无人，山中还有花鸟树木、清泉溪流，何来“空山”？空的是王维的心境与欲念。

空谷传音，空山人语，空谷之空，空山之寂。佛说“空即是色，色即是空”，王维是虔诚的佛教徒，即使他身居高位，依然是万念皆空。心无挂碍，于是，眼内心内皆空。这是王维的境界，是禅宗的境界，亦是自然的智慧。

“返景入深林，复照青苔上”，一抹余晖，一线光亮，一地青苔，一席树影，一脉深林，任你感觉迟钝，也读懂了画面的美丽与诗意的伸展。

诗歌的语言，是在有限的字词间见出无限意蕴。由意象而意境，是词语的组合，更是心境的转换。只是一抹淡淡的斜晖，深林因此有了一线光亮，青苔因此有了一丝暖意，空谷因此有了一点生意。面对此景，王维心中一定想到了自在观。今天，我们穿过空山，是否也一片空明呢？

辋川闲居赠裴秀才迪

寒山转苍翠，秋水日潺湲。
倚杖柴门外，临风听暮蝉。
渡头余落日，墟里上孤烟。
复值接舆醉，狂歌五柳前。

若诗题直接写成《辋川闲居赠裴迪》，感觉这样显得亲近亲切，也更自在更闲适。因为王维也好，裴迪也好，都是喜欢山野之人，都是喜欢山水多于喜欢朝堂之人。那么，抛开那些俗世的称谓，岂不更自然！唉，如此通透的王维，在这些生活的细节上，还是不能免俗。

辋川别业，王维在辋川山谷（蓝田县西南10余公里处）宋之问辋川山庄的基础上营建的这座园林，今已湮没。令人叹息。

唐代诗人宋之问，据说身材高昂，仪表堂堂。文采亦是了得。只是人品不如文品。谄事张易之兄弟，又谄事太平公主。又加为官贪贿，最终被流放赐死。史书以“倾心媚附”四字写尽宋之问的谄媚与阿谀。宋之问与王维，是行走在两条路上的文人，可是，他们却在辋川别业有了交集。王维将辋川山庄变成了辋川别业。改变的不只是外在的形势。当王维与裴迪在这里诗文唱和的时候，他们眼中心中只有山水，只有陶渊明，只有接舆。当年的那些斯文扫地的事情，并不能影响他们此刻的清净。

狂士也罢，隐者也罢，歌者也罢，酒鬼也罢，他们，不肯为保全世俗的负累而委屈半点，不肯为获取盛名而迁就半分。

王维如陶潜也罢，裴迪如接舆也罢，他们，只是活得真实活得自在。倚门独立的歌者，醉酒放歌的狂士，深藏山林的隐者，佯狂也好，真狂也罢，自有一份真性情，自有一份真浪漫。

寒山、秋水、夕阳、炊烟，这些司空见惯的风景，在诗人眼中，幻化成一幅精美的水墨画。竹杖、柴门、山风、蝉鸣，这些信手拈来的语词，在诗人心中，构建起一个世外的桃源梦。王维的辋川别业，相比陶渊明的桃花源，更令人神往令人忘忧令人顿入化境。

终南别业

中岁颇好道，晚家南山陲。

兴来每独往，胜事空自知。

行到水穷处，坐看云起时。

偶然值林叟，谈笑无还期。

近人俞陛云说：“行至水穷，若已到尽头，而又看云起，见妙境之无穷。可悟处世事变之无穷，求学之义理亦无穷。此二句有一片化机之妙。”（《诗境浅说》）这样的解说，自然有一番妙趣。可是，总觉着与王维彼时的心境不合。当王维从四十岁开始一味好道，晚年隐居辋川别业开始，已经与处世无关，与事变无碍，与义理无心。

山野之间，尘世之间，独来独往，兴起而往，尽兴而返。他一生没有家庭的负累，更没有名利的负累。他的诗歌，从来没有怀才不遇的抱怨，也从来没有春风得意的浮躁。即使他21岁高中进士，即使诗名远播，即使位居庙堂，依旧不慕虚名，不求富贵，唯有佛祖心中留。

“行到水穷处，坐看云起时”，读这句诗，想起了醉酒当歌的竹林七贤之一的刘伶，因为找不到出路，借酒买醉！提壶外出，身后一人，拿着铁锹。口称“死便埋我！”当然，刘伶的放浪形骸与王维的随遇而安有着一定的区别，而骨子里的天性却是相似相通的。王维云游山林，不受时空限制，不受环境限制，无路可走了，还可以仰望风起云涌时。只要空明澄净，也能在绝境中寻出快乐的理由。

人生，只是一场偶然的单程旅行。每个路人，不必在意偶然的相遇与偶然的分离。出生了，旅程开始了。出门了，旅游开始了。尽兴而返，尽情而归，这就够了。

人生处处偶然，如行云自由翱翔，如流水自由流淌，缥缈孤鸿影，来去无踪迹。犹如不食人间烟火的世外高人，不刻意探幽寻胜，却处处皆是圣境。

王维幸运地生活在一个诗歌的王朝。从上至下的诗歌热，让诗人们第一次也是最后一次扬眉吐气昂首阔步。如今，以诗名盛的时代成为许多诗人心中的一个遥远的梦想。这是一个呼唤诗意却拒绝诗歌的时代。

今天，我们不但盼望造就大师，也盼望造就伟大的诗人；盼望再次跨越王维李白的时代，那可遇不可求的时代。

今天的诗人，但愿不会潦倒与拮据。我们呼唤今天再找回诗歌的语言与诗歌的尊严，再找回诗歌的灵魂与诗歌的精神。

千古唐诗浪漫奇才

——李白

李白，是整个唐诗的骄傲，是千年诗歌王国成就的高峰。有着天纵之才的李白，在科考极盛的大唐，不屑于进入科场，以为在诗歌盛行的时代，凭借天纵之才，一定可以由白衣直入卿相。“归来入咸阳，谈笑皆王公。”进入权力中心的谪仙人，似乎也并没有免俗。他深为能够与王公贵族交往而自豪。此时的他，前路星光灿烂。

“王公大人借颜色，金章紫绶来相趋。”人生得意的李白，深为翰林供奉的身份而自满，并不将那些真正的权贵放在眼中。此时的他，如骄傲的野马，奔驰在长安街头那片狭小的天地之间。

“昔在长安醉花柳，五侯七贵同杯酒。”身居长安的诗人李白，并不懂得权力斗争的游戏规则。他错误地将长安等同于山林，却不知道，他身上的光环是可以随时被剥夺的，他荣耀的身份只是暂时的符号，只是君王一时的恩赐。

“当时笑我微贱者，却来请谒为交欢。”李白太高兴了，太忘乎所以了。他以为，那些权贵是出于真心要与之结交，却没有想到，政治游戏从来就没有真实可言。性情狂放的李白，如何能够在政治斗争的漩涡之中激流勇进，保全自己呢?

李白是幸运的。他生活在盛唐之时，生活在政治相对开明的时代，生活在热爱诗歌的时代，生活在君王懂得声律的时代。让他最终全身而退，让他带着千金云游四方。

客中行

兰陵美酒郁金香，玉碗盛来琥珀光。

但使主人能醉客，不知何处是他乡。

李白是对酒对月对诗有着一份深深的痴迷。对人生对理想对富贵有着清醒的认识。他不是一个酒徒，他是一个诗意的饮酒者。他不是一个及时行乐者，是一个懂得适时放下的人。他不是简单的消极避世者，是一个能够将悲苦人生过成诗意的人。如此，才不辜负了谪仙人的美名，如此，才不辜负了那一世的才情。如此，也才不辜负了那个造就天才的伟大而开明的王朝！这样的李白，是不会将那些小儿女的离别之悲、他乡作客之愁放在心上的。

“兰陵美酒郁金香，玉碗盛来琥珀光。”用香草酿制的美酒，散发着迷人的芳香；用玉碗盛放的琼浆，折射出晶莹的光艳。想来主人是好客之人，是知交之人，亦是懂得生活品位的文人雅士，更是能够将生活讲究到这个份上的人。李白在云游途中，遇到这样的好客之人，自然是满心欢喜。外乡异地的孤寂在这样的温暖中淡去了忧伤，淡褪了离愁。生性豪放的诗人，有美酒就觉得有了整个世界。

“但使主人能醉客，不知何处是他乡。”李白喝酒，是要美酒，不像落魄的文人，可以浊酒一杯尽余欢。有美酒还不够，还要有可以一起欢醉的友人，只要有酒，就真的可以乐不思蜀了。就可以身在他乡，亦如在故乡。

李白的饮酒，要有佳友相伴，要借助月亮，借助美酒，借助诗文。这样的人生，才是最符合李白性格的，才是诗仙想要的人生，能过的生活。此时的李白，才是真实的李白，才是那个可以劝主人饮酒的诗人，才是那个大碗喝酒，大口吃肉，没有一般人文的惺惺作态的谪仙。

将进酒

君不见，黄河之水天上来，奔流到海不复回。君不见，高堂明镜悲白发，朝如青丝暮成雪。人生得意须尽欢，莫使金樽空对月。天生我材必有用，千金散尽还复来。烹羊宰牛且为乐，会须一饮三百杯。岑夫子，丹丘生，将进酒，杯莫停。与君歌一曲，请君为我倾耳听。钟鼓馔玉不足贵，但愿长醉不复醒。古来圣贤皆寂寞，惟有饮者留其名。陈王昔时宴平乐，斗酒十千恣欢谑。主人何为言少钱，径须沽取对君酌。五花马，千金裘，呼儿将出换美酒，与尔同销万古愁。

漫步河边的孔夫子，无意间的诗情引发了后人无数的感叹。流逝的河水，成为一个永恒的生命意象。其实世间万物，总归还能周而复始。个体生命，却是单程之旅。李白看到流逝的河水，想到生命的无法轮回。

离开长安八年之后的李白，离开家人独自云游的李白，一生没有进入科场的李白，已过不惑之年的李白，千金散尽之后的李白，却说是他人生得意时。那么，他的所谓得意，不是官场得意，不是情场得意，不是科场得意。此时的李白，当是因为离开长安之后精神的洒脱，是千金散尽之后的身心自由，是亲近自然的云游之乐的得意了。这样的得意，才是恒久的，真实的，深具诗人气质的。这样的得意，才是可以尽欢的，可以尽兴的，可以豪情万丈的，可以率性而不必矫情的。

有谁见过，到主人家中做客，反客为主，高声呼唤主人饮酒，而且要不停杯的？有谁见过，大声说主人不要小气，酒喝完了，赶快拿出钱来去卖酒，接着再喝？有谁见过，大声要求主人，典当家产，换取美酒，要将万古之愁，从此消解。

我不知道那个主人是否也如李白一般如此旷达，也不知道李白的酒量到底如何，要一次将别人喝得倾家荡产才肯罢休。如此酒客，今后谁还敢请啊！

万古之愁，那一定不是李白个人之愁。在李白，他早已放下一切尘世的烦恼，早已在醉乡之中找到了精神的自由，早已在诗酒之中找到了灵魂的出路。早已在对月之中找到了回家之路。

此时的李白，似乎看到了来自千古的文人，带着怀才不遇的忧伤向他走来。似乎看到了来自万古的文人，带着深深落寞的情怀向他走来。他想邀请他们，与他一起，走入醉乡。进入佳境，一起回家。

李白喝酒，是要青史留名。因为他知道，唯有饮酒之后留下的诗文才是最长久最真实的，唯有饮酒之后吐出的真言才是最可靠最有价值的，唯有能够陪着他一起醉一起疯狂的友人才是真正的朋友，才是能够与他心灵交流的知音。

当然，李白不仅仅是诗酒人生，读李白的《长相思》，想见一代才子，应是风流倜傥，极具男神气质。可是，看李白几次婚姻生活，却是坎坷多于浪漫，现实的困顿多于情感生活的洒脱。潇洒行走江湖、行走诗词世界的李白，个人的感情生活实在很失败。李白，没有兴趣用诗词博取女子的欢心。他只是一个歌唱者，只是一个随兴的诗人。他的爱情诗，与他平淡无奇的爱情生活一点关系也没有。

长相思（其一）

长相思，在长安。
络纬秋啼金井阑，微霜凄凄簟色寒。
孤灯不明思欲绝，卷帷望月空长叹。
美人如花隔云端！
上有青冥之长天，下有渌水之波澜。
天长路远魂飞苦，梦魂不到关山难。
长相思，摧心肝。

长相思（其二）

日色欲尽花含烟，月明如素愁不眠。
赵瑟初停凤凰柱，蜀琴欲奏鸳鸯弦。
此曲有意无人传，愿随春风寄燕然。
忆君迢迢隔青天。
昔时横波目，今作流泪泉。
不信妾肠断，归来看取明镜前。

不知李白是在怎样的心境之下写下这两首《长相思》的。众人眼中的李白，总是那么地潇洒与飘逸，也总是那么地桀骜不驯与玩世不恭。没有人愿意关心真实的李白，也不愿去了解那些与诗仙李白性格与生活轨迹不相称的生活真实。

李白或许是幸运的，上天给了他天纵之诗才，恰好又生活于极其推崇诗歌的时代。生活于帝王酷爱诗歌懂得诗歌欣赏诗歌的时代。否则，只怕一生没有机会踏入京城，更没有机会在皇家园林吟诗畅饮。人们无限推崇高力士手中的那一双靴子，也很羡慕杨国忠手中的那一方砚台，以为这些是专门为李白准备的荣宠，给李白带来了无限荣耀。其实，这些荣耀，实在只是一种假象，给李白带来的实在是心灰意冷。好在唐朝是一个开明的时代，没有因为人文的轻狂而要置之死地。据说当年李白离开长安，唐明皇赏赐给他不少金银。于是，他一路歌唱一路潇洒到达山东，与一当地女子同居，并将自己所有的赏赐置买田产，交给这个女人打理，而自己继续云游。看来，李白不仅对女人无所谓，甚至于赖以生存的钱财也是不放在眼中的。

或许，这就是李白的秉性。他的诗歌那么纯粹，那么率真，那么高蹈，不仅仅在于他对功名的不屑，也在于他对钱财的轻视，亦在于他对女人的随性。他心中只有诗歌，只有山水，只有诗文唱和的朋友。其他，只是生活的附庸，生命的过客。所以，别人以为李白会因为离开长安而心灰意冷，以为离开妻子会辗转反侧，没有功名会借酒浇愁。若如此看待李白，是不能真正读懂李白的诗词，也不能真正理解《长相思》的，以为李白是身在山林，心向长安。美人如长安，或许在其他任何一个诗人笔下，都可以说得通，唯独对李白是误解。因为，在李白心中，他并没有将长安看得那么重要。离开长安，是他自由的选择，是心性使然。

曾经以为李白是不食人间烟火的，也以为他只要凭借诗词就可以云游四海。以为他的嗜酒也是一种潇洒，他的轻狂亦是一种风度与气韵。可是，当年他二十多岁，入赘妻家十年，而妻家还是一时的名门望族，对只有诗才别无所长的李白来说，这样寄人篱下的生活自然不会开心。在最浪漫最富有幻想的年龄，却没有幻想与浪漫的资本。所以，对女人，李白一直是若即若离甚至是敬而远之的。

两首《长相思 》，最为令人称道的是这样两句诗句："美人如花隔云端"，李白曾以平民之身两度高攀宰相之孙女，虽说是前朝宰相，也该是名门。所以，当李白只身在外，想念家中妻子，自然有种可望不可即之感。美人如花的比喻或许并不新颖，但是，相隔一如云端一如地下，信手拈来却是贴切无比。此处隔云端亦如"忆君迢迢隔青天"，千山万水，关山难越，那只是空间的距离，而相隔云端也好，相隔青天也罢，就不只是空间的距离，更是可望不可即的情感距离了。这样的距离更难跨越。亦如李白与他的几位妻子，情意恐怕难相通。

一个男人，嗜酒，桀骜不驯，会写几句歪诗，整天无所事事，其实是不适合结婚生子的。所以，我想李白内心定是寂寞的，他的相思曲才会抱怨之语多，钟情之语少。所以，看到许多影视剧中，将李白的《长相思》解读得深情婉约，以为这是李白的多情，以为才子总是风流。李白曾有一首诗歌，写他平日的生活状态："三百六十日，日日醉如泥，虽为李白妇，何异太常妻。"这样的男人，是不宜于为夫君不宜于有家室的。家，是现实的存在。诗，是浪漫的幻境。

"昔日横波目，今作流泪泉"，当年与今日对举，当年是含情脉脉，暗送秋波，两情相悦，自然是情意绵绵。今日，只怕是天各一方，佳期难料，唯有泪千行。世上总是演绎着痴情女子负心汉的故事，或许，前后跟随过李白的两位宰相之后代女子，对李白情有独钟，可惜，李白并没有如后世的苏轼那样写出悼亡妻的诗歌。唯一抒写相思的诗歌也是写得那么生硬。从这两首诗中，我们看到了一个走下神坛的李白。

登金陵凤凰台

凤凰台上凤凰游，凤去台空江自流。
吴宫花草埋幽径，晋代衣冠成古丘。
三山半落青天外，二水中分白鹭洲。
总为浮云能蔽日，长安不见使人愁。

“凤凰台上凤凰游，凤去台空江自流。”“凤凰台”在金陵凤凰山上，相传南朝刘宋元嘉年间有凤凰集于此山，乃筑台，山和台也由此得名。自古以来，凤凰被认为是吉祥之鸟。凤凰台依旧，凤凰早已经不知踪迹。江水涛声依旧，繁华六朝早已是过眼云烟。繁华易逝，圣时难再，惟山水长存。

“吴宫花草埋幽径，晋代衣冠成古丘”，文韬武略的东吴大帝，风流倜傥的六朝人物，今日又能留下什么呢？除了给后人带来无限伤怀之外，给登高的诗人一点诗歌的灵感外，别的意义实在很寥寥。吴宫，三国时孙吴曾于金陵建都筑宫。当年繁华的宫廷，今日已是荒烟蔓草，当年叱咤风云的帝王将相，今日也只是黄土垄中一抔土。断壁残垣间，一切成空。唯有花草蓬勃，天地依旧。

“三山半落青天外，二水中分白鹭洲”， 李白敢于藐视封建秩序，打破传统偶像的精神束缚，以至于轻尧舜，笑孔丘，平交诸侯，长揖万乘。这样的李白，诗情是不会沿着历史的悲剧走远的。他更多的是透过历史的迷雾看到了山川草木的壮观与恒久。三山高耸入云，犹如天外来客。白鹭洲犹如利剑，斩断绵绵江水。感受着自然力的伟大与恢宏的同时，感受着诗人强健的气势，宽广的襟怀，开阔的视野。

“总为浮云能蔽日，长安不见使人愁。”江山风光无限，现实却总是残酷的。当诗人从远古走来从天地间走来，眼光还是停驻在现实的土壤，伤感是难免的，毕竟李白还没有真正地做到出世。思绪还是停驻在浪迹的一生，愁怨是难免的，毕竟李白也曾经想要白衣卿相。

浮云悠悠，愁思无限，壮志难酬，哀怨如缕。他的痛苦，他的疾恶如仇，他的“与尔同销万古愁”的情结，他的无限情思，消融于水天一色的大江、巍峨峥嵘的青山与澄澈无际的天空当中。思接千载，发思古之幽情。江水悠悠，吟伤怀之思绪。

李白，以诗人的气质游走于官场，以孤傲的秉性结交达官，以自负的眼神傲视权贵，自然是无法入流的。被逐出长安，只是早晚的事情。

是的，李白并不是神，他只是一个凡人，一个会写诗，喜饮酒，爱吟月的诗人。只是一个有着喜怒哀乐的感情，有着狂妄傲岸的性格，有着超常气质的诗人。

苦吟诗人的别样情怀
——杜甫

许多文人，穷困潦倒一生，却在身后获得美名获得殊荣，这就是文人的悲哀。国家不幸诗家幸。对于文人来说，生活的困顿往往带来文学的兴盛。文人创作，需要炼狱的生活与超常的思维。才华与灵感，只是一种辅助剂而已。

杜甫之死，至今依旧是一个无解之谜。因为，他生活的时代，没有多少人了解他、阅读他、推崇他。他只是一个默默的独行客。往来天地间，抒写着沧桑岁月，抒写着大悲大悯。他的那些被后世无限推崇的诗句，在他生活的时候，并没有多少人愿意看。因为，他的诗歌太沉重了，他的情感太压抑了。阅读他的诗歌，会让人喘不过气来。

只有站在远处，回望他的诗歌，才能够平静下来去吟诵去思考。于是，当历史的车轮前行了将近三百年，一位巨人，同样有着悲悯情怀的文章巨子，他透过历史的重重尘埃，看懂了那位行吟诗人的忧思情怀。

苏轼，这个同样让人心生敬意的诗人，他慧眼独具："杜子美诗，格力天纵，奄有汉、魏、晋、宋以来风流。"在苏轼眼中，杜甫文章风流，贯通天地，纵横古今。

有时候，一个人的名气，只是因为另一个人的一句话而已。粉丝无数的苏东坡为他摇旗呐喊，杜甫在他死后三百年，声名鹊起，他诗歌的文学价值不断被发掘被延伸。于是，一个特立独行的诗人开始走进后人的视线。

漫游齐梁十载。幸遇浪漫诗人李白。李白，成为杜甫一生的偶像。他在许多诗歌中，不忘表达对这位天才诗人的思念与推崇。

京城滞留十载。当朝宰相李林甫为了达到权倾朝野的目的，向唐玄宗说野无遗贤。杜甫于此时进京谋取功名，自然以悲剧收场。

西南漂泊十载。因为好友严武相助，于是有了著名的成都草堂，有了暂时的安身之地。这种寄人篱下的日子也没过多久。他再次漂泊，居无定所。他一生最主要的诗歌都是这一时期创作的。

作为诗圣的杜甫，是高高在上的；作为诗人的杜甫，是低于尘埃的；作为诗史的杜甫，是冷眼旁观者；作为文人的杜甫，是甘洒热血者。他的诗歌，文字极冷，心内极热。

杜甫，在他与李白携手云游之时，还只是一个刚刚出道的诗人。相比李白的天纵诗才，那时的杜甫，只是一个追随者，一个仰望者，一个初学者。

杜甫，本以为，他可以与李白一样，成为一个浪漫的诗人，成为一个饮酒写诗的狂客，成为一个生活散漫的文人。

可是，他骨子里的那份热血，他秉性中的那份坚守，他家族遗传的那份担当，让他心忧如焚，让他放不下割不断。他总是在理想与现实之间游离徘徊。最终，他选择放下那些浪漫飘渺的幻想，站在现实的土地上，才找到生命的出口。他知道，自己不可能如偶像李白那样歌唱，那样狂放，那样洒脱。他曾经跟随李白访仙问道，而在没有李白的漫长日子里，他只能回归现实。

杜甫，这位苦吟诗人，是沉重的生活与冷酷的现实，让他丢弃了青年时期的浪漫与狂放。这个过程，是一种痛苦的蜕变。在他的众多诗歌中，可以找到这种改变的蛛丝马迹。

公元744年，杜甫与李白初次相逢于洛阳，李白经历了人生的大起大落，被唐玄宗“赐金放还”之后，李白的诗歌达到了文学成就的高峰。杜甫，此时还怀揣着激情，希望能够入长安有一番作为。

三十岁的杜甫遇上了四十岁的李白，四十岁的李白回归了他浪漫的本性，三十岁的杜甫正是浪漫幻想的年纪。于是，他们成为知音，他们同饮同醉，携手同游。

七绝·赠李白

秋来相顾尚飘蓬，未就丹砂愧葛洪。

痛饮狂歌空度日，飞扬跋扈为谁雄？

一个典型的浪漫主义诗人，一个本色的现实主义诗人，他们在公元744年相遇了。这两位代表了中国诗歌艺术最高峰的诗人，在那个诗歌的时代相遇了，成为文坛的千古佳话，成为一个充满故事的遇见。虽然最后他们沿着不同的创作道路愈走愈远。

很难理解，两个诗风迥异，性格悬殊的诗人，却能抵足而眠，携手同游。其实，浪漫也好，现实也罢，狂放也好，冷静也罢，这些，只是外在的形势。两个人是否成为知音，在乎的是心灵的相通，思维的碰撞，思想的交锋。

这首诗歌，杜甫写出了他初见李白之时的感觉。他看懂了李白身上的傲骨与狂气。他懂得，李白宁愿痛饮狂歌也不愿为御用文人，宁愿访仙问道也不愿屈居宫廷，宁愿放任自流也不愿为名为利而累。

这就是杜甫的眼光与见识，他用一首简单的诗歌，就读懂了李白身上的豪侠之气，他初见李白就知道，李白不会是池中之物，不会是笼中之鸟。他注定是要远游的。此时的杜甫，对于李白，是仰望的。

梦李白（其二）

浮云终日行，游子久不至。三夜频梦君，情亲见君意。

告归常局促，苦道来不易。江湖多风波，舟楫恐失坠。

出门搔白首，若负平生志。冠盖满京华，斯人独憔悴。

孰云网恢恢，将老身反累。千秋万岁名，寂寞身后事。

虽然他们似乎交游深厚，但是李白一生，没有片言只语评价杜甫诗歌。文人相交，不谈诗文，似乎是一件奇怪的事情。杜甫诗歌，如话家常。或许，李白不喜欢这样的诗歌风格？所以，他不评论不发言。

一个乘船而来，乘梦而来的诗人，飘然而至。行色匆匆，愁绪满怀，那份担忧，那份怅惘，那份惨淡，那份枯槁，如在目前，其形可见，其声可闻，其情可感。

如话家常的诗歌风格，是杜甫的繁华落尽之后的淳朴。自然流淌中，诗意慢慢散开。

“冠盖满京华，斯人独憔悴！”写李白，亦是自喻。李白离开长安，性情使然，亦是遭嫉排挤。杜甫离开长安，命运使然，亦是造化弄人。长安城中，来来往往的权贵们，有谁是能与李白比肩的？那华丽的服饰之下，掩盖着怎样的虚伪？那精美的车盖下，隐藏着怎样的无知？这是一个怎样的时代，名士没有出路，高士唯有困顿。杜甫人生中最重要的十年时间，淹留长安，无路可走，这是怎样的人生悲哀？因为杜甫与李白不同，李白能够迅速找到人生的出口，而杜甫是一个执著的人，是一个不到黄河心不死的人。

我们往往看到李白的狂放洒脱，而杜甫看到了李白的忧郁寂寞。

是的，晚年的李白，已经远离政治中心的李白，依旧被流放，被驱逐。纵使身后名垂万古，人已淹没黄土，夫复何用！其实，李白的诗歌，因为君王喜爱，在当时已是家喻户晓。杜甫的诗歌，一直沉寂将近三百年，才真正被发现其价值。而这一切，对于逝去的诗人来说，还有什么意义呢？

李白死于江湖，杜甫死于孤舟。李白死于贫病交加，杜甫死于贫寒饥饿。这样的命运，几乎是中国文人普遍的人生悲剧。所有纯粹的文人，总是很容易成为知己知音。

客　至

舍南舍北皆春水，但见群鸥日日来。

花径不曾缘客扫，蓬门今始为君开。

盘飧市远无兼味，樽酒家贫只旧醅。

肯与邻翁相对饮，隔篱呼取尽余杯。

这是一首温暖的诗歌。伟大的诗人，能够于清贫的日子里寻出幸福与快乐。

离群索居的鸥鸟，烟波浩渺的春水，花草遍地的庭院，蓬草编织的篱门，清幽僻静的草堂，这样的所在，对于颠沛流离的诗人来说，已是天堂般的美妙与安宁。

远离闹市的村野，隔年味薄的浊酒，简单欠丰的菜肴，隔篱相邀的邻翁，至情至性的客人，这样的生活，对于君子之交的朋友来说，已是天籁般的至纯与至性。

想见平日随性懒散的诗人，因为佳友到访，而殷勤打扫庭院的情景，想见诗人于篱门迎接友人的盛情，何等温馨何等真诚！

在居第荒僻之地，在诗人穷愁之时，能够到访的，一定是心意相通的佳友。诗人喜不自禁。平日难得温饱的诗人，嗜酒如命的诗人，将平日舍不得喝的浊酒，拿来招待客人。据说，白居易嗜酒，因为条件极好，非美酒不饮。杜甫生活困顿，即使浊酒，也是难得佳酿了。因为匮乏，愈见其真。

在这种邀邻助兴，如同陶渊明的“过门更相呼，有酒斟酌之”的那份热情与随和中，我们看到了古代儒士的风雅与中国文人的诗意。

由客至之喜到迎客之诚到待客之真，我们看到了诗人杜甫的真性情，那种没有矫饰没有客套的自然之乐。

这样的杜甫，与那个心忧苍生的杜甫，有着别样的情怀。

杜甫《曲江》（其一）

一片花飞减却春，风飘万点正愁人。
且看欲尽花经眼，莫厌伤多酒入唇。
江上小堂巢翡翠，苑边高冢卧麒麟。
细推物理须行乐，何用浮荣绊此身？

从这首诗歌来看，杜甫并非是一个不知通透的人，也不是一定要做个苦吟诗人。只是，现实带给他太多的苦难与残酷。他没有办法回避。就他自身来说，他并非不懂得进退。他只是放不下天下苍生。

作为清醒的现实主义者，他深知，一片春色转瞬即逝，万点红妆随风飘零，过眼春花徒惹伤怀。他深知，没有什么是不朽的，当年曲江人家，翡翠鸟筑起了窝巢，何等凄凉。当年高冢麒麟，倒卧在地，何等寂寞。他深知，人生苦短何必要如此辛苦，光华易逝何必要如此哀伤，荣华富贵只是虚名浮云，何必因此羁绊身心，不得自在？

杜甫，他若能让自己糊涂一点，他就可以用诗歌换取虚名换取生活，而不必这样苦吟这样让人压抑让人逃离，他的生活也不至于如此狼狈如此拮据如此无依无靠。一生创作三千多首诗歌留给后人一千多首诗歌的伟大诗人，今天，人们阅读他的诗歌，依旧感觉沉重感觉压抑。他的三吏三别，他的诗史也好诗圣也好，更多的是作为教科书的材料而很难成为寻常百姓的床头读物。

这就是杜甫，这个让人敬让人痛的诗人。他放不下的是苍生悲苦的命运，于是，他与他们一起哭泣一起流泪一起悲鸣。他放下了自己，拿起了苍生。他本也可以成为如李白这样的浪漫潇洒的诗人，但是，他最终还是成为苦吟诗人。

一场花事的地老天荒

——薛涛

三百年唐王朝，独领中国诗歌创作五千年。三百年间，每一个阶段都不乏引领诗坛的领袖人物。唐代诗歌创作，无论从创作群体还是创作数量，都达到了极盛。据统计，全部唐诗，有作者三千六百多人，诗五万五千多首。唐朝印刷术还不是十分的发达，散失的诗稿更是不计其数。盛唐重要诗人王之涣，只剩下六首诗。女性诗歌的流传，就更是难得。

生活于唐王朝，是幸福快乐的，也是诗意盎然的。以诗文唱和是生活的常态，也是风雅的事情。不只是文人墨客，街巷阡陌之中亦是如此。

我想，若武则天登上历史舞台之后，对女性开放科举制度，那该是令人神往的情景。若她的身边围绕几个女性政治家，朝堂之上该会一扫陈腐之气吧。而才华横溢的薛涛，想来也一定是有能力为自己争取一点功名，而不必依附男人讨生活了。

在印刷还很落后的情况下，薛涛的诗歌却广为流传。《全唐诗》中收录有一卷她的诗作，薛涛的诗歌是唐诗很重要的组成部分。

唐代，是诗歌的时代，政治哲学都透着诗歌的芬芳。唐代，是开放的时代，政治文化都带着女性的温润。唐代，是多姿的时代，社会生活都附着浪漫的情愫。

只有这样的时代，才给了薛涛施展才华的舞台，也只有在唐朝，才会有那么多的文人墨客与薛涛诗文唱和而无须顾忌。也只有在唐代，才会为身为官妓的薛涛在文坛留下一席之地。她的诗歌，在当时就从边缘的巴蜀之地流入京城成为流行歌曲。

唐代妓女分宫妓、官妓、家妓、民妓四种。充任官妓，必须要精通琴棋书画。迎来送往之人，皆为进士出身。若没有一定的水准，如何在宴会之上令学富五车的达官贵人开怀。

薛涛之才，薛涛之美，薛涛之诗，薛涛身世，都是当世后世津津乐道的话题。在群芳谱中，她是芙蓉花神，在古典文坛上，她是十大才女之一。在巴蜀腹地，她是巴中四大才女之首。在文人士大夫心中，她是惊世美女绝世才女。读薛涛之诗，去追寻那段尘封的往事。

谒巫山庙

乱猿啼处访高唐，路入烟霞草木香。
山色未能忘宋玉，水声犹似哭襄王。
朝朝夜夜阳台下，为雨为云楚国亡。
惆怅庙前多少柳，春来空斗画眉长。

宋玉写作《高唐赋》，本意是想要抬高楚王的君王风范，赞美君王的魅力，即使是神女也无法抵挡。能有资格与君王发生爱情的只能是神女了。

《高唐赋》中神女的自由奔放、大胆追求爱情的举动，那赤裸裸的原始激情和欲望的自然流露，不受任何封建礼教和伦理道德束缚的人性张扬，本应该是一种优美而浪漫的爱情誓言，却因为后世的不断解说，附加上许多言外之意，成为男女之间单纯的性爱符号。这，断然不是宋玉的本意。试想，他如何敢将楚王置于这样风流场是非地?

许多人因为薛涛的特殊身份，从这首《谒巫山庙》读出薛涛向蜀地封疆大吏韦皋暗抛媚眼。于是此诗被解读成打情骂俏的戏作。但我以为，薛涛此时还没有这样的胆量。也与薛涛的文学修养与她大家闺秀的出身不吻合。何况，她如何不懂，女人主动抛出的媚眼，初次见面的时候，言语就充满挑逗性，那只能是自降身价。

我读《谒巫山庙》，读出薛涛的身世之悲，读出薛涛独特的艺术美感。我更愿意相信还是少女的薛涛，内心是那么的纯净与美好。就如同那位神女，对爱情充满幻想，没有任何的礼法制约。唐代，本来就是一个相对开放的时代。在这样的文化熏陶下的薛涛，对未来一定充满着憧憬与向往的。

“乱猿啼处访高唐，路入烟霞草木香”，历经磨难之后，无限风光似乎已经呈现在眼前。她看到了自己未来生活的希望与依靠。

“山色未能忘宋玉，水声犹似哭襄王”，年仅15岁的薛涛，要靠自己一己之力讨生活，想到曾经父慈母爱的美好生活已然远去。内心的伤悲自然难以言表。

“朝朝夜夜阳台下，为雨为云楚国亡”，身世之悲难以忘怀，至今想来无时不是泪洒衣襟。那份执念，不只是因为对父母的怀想，不只是因为自己身处的孤寂，也是因为前路的茫然。还只是孩提时代的少女，失去父母就失去了一切的依靠，与失国之悲何其相似。

“惆怅庙前多少柳，春来空斗画眉长”，柳叶眉是公认的最美眉毛，以此代指美丽的女子。自古红颜多薄命，这似乎是红颜的梦魇。聪明如薛涛，似乎此时，就已经看到了未来的生活境况。想来一切或是成空。

这样的表达，肯定更容易打动男人。薛涛初出茅庐时年仅15岁，一开口就语惊四座，也因此诗确定了薛涛在男性世界中的地位。

她是才华横溢的女子，也是有着清醒认识的女子。

牡 丹

去春零落暮春时，泪湿红笺怨别离。
常恐便同巫峡散，因何重有武陵期。
传情每向馨香得，不语还应彼此知。
只欲栏边安枕席，夜深闲共说相思。

这首《牡丹》诗篇，想来是一首写给牡丹的最好最耐读的诗作。以女子特有的细腻笔法抒写着花事也抒写着心境，抒写着春天也抒写着爱情，抒写着一季花开花落的故事也抒写着一生悲欢离合的故事。

有谁会在乎去年花开一度，今年花落谁家？有谁会在乎一个女子今日飘零，明日何处是归宿？或许只有女子能够读懂花开花落的心语。或许，女儿的心事只有花知晓。或许，花开的芬芳只有心细的女儿能懂得。或许，泪湿衣襟泪洒离别时，最难排痴念。或许，夜深共说相思情同诉相思意，最易增伤感。

春望词

花开不同赏，花落不同悲。
欲问相思处，花开花落时。
揽草结同心，将以遗知音。
春愁正断绝，春鸟复哀吟。
风花日将老，佳期犹渺渺。
不结同心人，空结同心草。
那堪花满枝，翻作两相思。
玉箸垂朝镜，春风知不知？

“欲问相思处，花开花落时”，相思情深，无时不在。可是，世间总是演绎痴情女子负心汉的故事。与薛涛诗文唱和相互往来的才子有多少？可谁是那个最终可以守候她一辈子的人呢？只怕是花开花谢，只怕是春来春去，只怕是红颜易老，只怕是空有同心愿，依旧只会孤老终身，依旧只是对花空叹临风吟啸。薛涛写作这首《春望词》，仅仅只有二十多岁，却已经将自己的一生看透。

巴蜀之地，果真人杰地灵。薛涛，幼年随父亲来于兹，从此再也没有离开。因此，巴蜀之地，就更多了一点女性的温柔，多了一个绝佳的胜地，多了一份美丽的传说。

她至为聪慧。以浣花溪的水、木芙蓉的皮、芙蓉花的汁，制成了色彩绚丽又精致的“薛涛笺”，精美绝伦。那一方写满诗意的花笺，依旧飘荡在浣花溪，感动着多少善感的心灵。想见当年一位才貌双全的女子静静守候着一方土地，以心写诗以花笺抒情。纸美人美诗亦美。

她最懂风情。周旋于各色男人之间，懂得进退，懂得屈尊求全，懂得适时放下。无论是写给韦皋的《十离诗》，还是写给元稹的《寄旧诗与元微之》，都可看出这个女子内心的强大与现世生存智慧。

她深富才情。“薛涛才情，标映千古，细看其诗，直高中唐人一格”，在几千年的男权社会中，薛涛以她的诗才令无数男人叹服。和当时著名诗人元稹、白居易、张籍、王建、刘禹锡、杜牧、张祜等人都有唱酬交往。那些文人墨客，那些朝中大员，那些封疆大吏，心醉神驰拜倒于浣花溪。

她至为高贵。即使堕入风尘，笔下的诗歌依旧灵动优美，写意抒情依旧唯美。在达官贵人之间穿梭却始终保持一份自我。许多杜撰的风流韵事，不会降低她一以贯之的风雅，不会改变她与生俱来的高贵。

情到深处自难禁
——白居易

缀玉联珠六十年，谁教冥路作诗仙。浮云不系名居易，造化无为字乐天。

童子解吟长恨曲，胡儿能唱琵琶篇。文章已满行人耳，一度思卿一怆然。

白居易，百姓感佩他心系苍生而怀念至今，君王赞赏他如水才华而御笔题诗。他的一生，极为沧桑，极为纠结，极为落魄，也极为精彩，极为浪漫，极为潇洒。研究者说，白居易一生的生活轨迹与创作风格，以四十四岁写作《琵琶行》为界分为两个时期。果真如此么？

纵观其一生，他的头脑没有一刻停止过思考，他的大笔没有一刻停止过抒怀。只是因场景不同处境不同心境不同，而有了思考角度不同抒情对象不同诗歌风格不同。我读白居易的诗歌，觉着他的诗歌始终有着一份赤子情怀。我看白居易的生活，觉着他的内心始终涌动着一份赤子情怀。只不过，他前期的悲悯之心是对大众对君王，后期的悲悯之心是对朋友对家人。

从他三千首诗歌中，攫取零星点滴的诗句，梳理一下白居易数十年的心路历程，会清晰地看到，作为诗人的白居易，始终没有改变。作为臣子的白居易，确乎发生了很大的变化。这个改变，是从臣子到纯粹诗人的改变，是从社会的人向纯粹的人的改变。

买 花

帝城春欲暮，喧喧车马度。
共道牡丹时，相随买花去。
贵贱无常价，酬直看花数：
灼灼百朵红，戋戋五束素。
上张幄幕庇，旁织巴篱护。
水洒复泥封，移来色如故。
家家习为俗，人人迷不悟。
有一田舍翁，偶来买花处。
低头独长叹，此叹无人喻：
一丛深色花，十户中人赋！

《买花》是他心系苍生的代表。

今天，许多平民人家也能够在洛阳牡丹开放的时节，与亲友一起赏花游玩。今日朗诵这首诗歌时，内心涌动的，或许是一种审美的情愫，眼中荡漾的是花开一季的娇美，鼻息之间流淌的或许是牡丹的清香与芬芳。

在这个美好的日子，我们何曾见过那个悲伤的农夫，忧郁的眼神。何曾听到那个偶然路过花市的农夫，深深的叹息。何曾想见那些忐忑的种花人，艰辛的日子。在热闹的季节，在全城欢快的日子里，只有白居易，用那忧郁的眼神，注视着天下苍生。

是的，随着时间的推移，白居易当年的那份悲悯开始黯淡了。随着时代的变迁，长安城当年的繁华降落于百姓人家。今天，一掷千金为开怀的，不仅仅是达官贵人了。今天，大街小巷高谈牡丹正当时，竞相赏花去的，不仅仅是千金小姐了。今天，或许真的是“家家习为俗”了，赏花饮酒不再是贵族的特权了。今天，或许真的可以“人人迷不悟”了，沉迷春色沉醉花香也不再是文人雅士的特权了。今天，那些开满洛城的牡丹，是一个城市的标致，那些游走街巷的美女，是如花般香艳了一座城市。

今天，种花人可以得到丰厚的报酬，养花人可以得到高雅的情趣。今天，不再是“一丛深色花，十户中人赋”。人们重新诵读《买花》，内心涌动的是一种美丽的情愫，再也没有当年那个农夫的悲悯了，再也听不到白居易内心深处的忧患了。

农夫的叹息声远去了，那忧郁的眼神穿越古今，在《秦中吟》的一事一咏一诗一叹中，在《新乐府》的为君为臣为民为事中发酵升腾而化为香山居士悠远的诗魂。

放言五首（其三）

赠君一法决狐疑，不用钻龟与祝蓍。
试玉要烧三日满，辨材须待七年期。
周公恐惧流言日，王莽谦恭未篡时。
向使当初身便死，一生真伪复谁知？

《放言五首》是他汲汲入世的明证。

被贬江州的路上，白居易想到了自己的不幸。想到了有朝一日，君王或许会辨明忠奸。想到了自己的才华总有一天会重新得到施展的机会。

是的，此时，他很在乎名声，很在乎功利，很在乎权势，很在乎富贵荣华，很在乎君王权臣。毕竟，他在这个繁华之地淹留的时间太久了，毕竟，他养尊处优的生活过得太习惯了。他还不知道江州等待他的会是什么，也还不知道，被贬外放的罪臣将如何度日。

当他即将弃舟登岸的时候，他听到了那首哀怨的琵琶曲，看到了那个娇羞愁怨的商妇，他还没有踏上那片荒瘠的土地，他开始明白，那个商妇不可能再回到繁华之地。歌女的身世昭示着诗人自己的命运。他突然醒悟，人生总是无常的，当时那么在意的真伪忠奸，今日想来，一切不过只是虚无而已。

或许他也从贵妃马嵬坡之悲中看到了自己最终的命运。某些时候，于君王而言，臣子与妃子，并没有本质的区别。

外放的白居易，在南行路上，开始关注自身，关注身边人，关注个体生命意识，关注内心真实的需求。于是，他将一贯的诗情，献给了知己友人，献给了钟情的女子，献给了佳酿的美酒。

江楼月

嘉陵江曲曲江池，明月虽同人别离。
一宵光景潜相忆，两地阴晴远不知。
谁料江边怀我夜，正当池畔望君时。
今朝共语方同悔，不解多情先寄诗。

《江楼月》是他高山流水的华章。

元稹，是白居易一生的知己。他们用诗文唱和表达那份相知相惜的真情。他们用发自肺腑的诗词，表达对诗歌的理解，对友谊的诠释，对仕途的体察，对人生的感悟。

有人从元白的相知中读出了猥琐。却将那一段高山流水的知音故事糟蹋殆尽。

有人从元白的唱和中读出了不堪。却将那一段文人雅士的审美情趣忽略掉了。

没有任何的资料证明，元白是同性恋。因为，他们对美丽的女子，有着相同的爱好。他们诗歌中，最直白的爱情宣言都是写给女性的。

“谁料江边怀我夜，正当池畔望君时。”白居易也好，元稹也好，相聚日短，离散日多。人在江湖，身不由己。聚散无常，朝令夕改，臣子何得自在？何得自由？

元白之间，有许多的诗文唱和，今天，这样的不带任何杂质的单纯的友谊，是何等珍贵？今天，这种不带任何功利的相知是何等难得？唯有性情中人，才能够真正跳出是非圈，退出名利场。

问刘十九

绿蚁新醅酒，红泥小火炉。

晚来天欲雪，能饮一杯无？

《问刘十九》是他散淡闲情的特写。

据说，当白居易远离官场的是非之后，他晚景美好，生活惬意，家境优越。他从来不会饮劣质酒，他有的是亲自酿制的新酒。每次饮酒，必有丝竹伴奏，僮妓侍奉。酒友亦是社会名流，文人雅士，山林高人。

在文化娱乐远没有今日丰富的古代，在风寒雪飞的冬日，在暮色苍茫的向晚，新酒初酿，酒香四溢之时，最可心的是三两知己，围炉对坐，饮酒话诗，此情此景，何其美妙！

这是白居易闲居生活的一个侧面，诗酒人生的一次重现，回归山林的心灵自适。此景此境的白居易，最大限度地放大了生命意识的存在。

夜　筝

紫袖红弦明月中，自弹自感闇低容。

弦凝指咽声停处，别有深情一万重。

《夜筝》是他一缕红尘的牵挂。

白居易一生不缺少女性陪伴，因为他能成为她们的知音，就如同贾宝玉，大观园中的女孩子都以能得到宝玉的眷顾而心喜。因为他懂她们，尊重她们，呵护她们。白居易亦是如此。即使是沦落风尘的女子，即使是容颜淡去的女子，无论是身在闺阁还是身在陋巷还是藏在深宫，他都能读懂她们内心的密码。

“紫袖红弦明月中，自弹自感闇低容。”宁静的月夜，清辉散落于女子的衣袖间。“紫袖红弦”，在月光中，更有着一份迷人的色调。低首抚琴的女子总是美丽的，月下弹奏的夜曲总是悠远的。何况那音乐是出自灵魂的，何况那曲子是带着故事的。

就如同真正的心酸是无言流淌的泪水，音乐的高潮是于无声处的倾诉。唯有知音，能够听出“别有深情一万重”！白居易，在他的生命中，成就了多少杰出的女性。那些女子，因为他的诗歌，至今诗坛留芳名。

池上竹下作

穿篱绕舍碧逶迤，十亩闲居半是池。
食饱窗间新睡后，脚轻林下独行时。
水能性淡为吾友，竹解心虚即我师。
何必悠悠人世上，劳心费目觅亲知？

《池上竹下作》是他人生圆融的顿悟。

懂得舍去，就能从自然的安宁中悟出散淡的诗意。懂得放下，就可从平淡的日子里过出幸福的味道。篱笆、农舍、田野、池塘、小路、林木，哪一样不是有着画意的？临窗而卧、春睡初醒、竹杖芒鞋、林间漫步，哪一样不是有着诗情的？何须刻意寻找知音人，何须刻意求得知心者，绕舍的清水即是知音，四维的竹林即是知己。

他的一生，若非要分为前后时期，那么，可以这样说，前期，他始终想要一个名分，想要获得一定程度的社会皈依感，儒家情怀引领着他在寂寞的路上踽踽独行。

“向使当初身便死，一生真伪复谁知”，他真的很在意别人的看法，特别是君王的认同。他需要作为文人士大夫的身份认同，作为中国读书人的集体意识的皈依。

“面上灭除忧喜色，胸中消尽是非心”，在历经沧桑身心疲惫后，在政治漩涡中争斗而寻求身退时，他开始明白，是非何时有定论？真伪何时有界限？忧喜何时有虚实？

从此，他开始醒悟一些道理，他思想深处的佛道意识开始觉醒，引导着他向着虚空通透的高处走去。

半缘修道半缘君

——元稹

国学大师陈寅恪有一本研究考证元稹诗稿的书籍《元白诗笺证稿》，这是迄今研究元稹诗歌的唯一专著。陈寅恪凭借他的博学与严谨，为后人提供了进入元稹精神世界的钥匙，为后人接近元稹搭建了一座桥梁。

恃才傲物的陈寅恪，能够入他法眼的文学家似乎并不多，可是，他却是如此钟爱元稹："微之以绝代之才华，抒写男女生死离别悲欢之情感，其哀艳缠绵，不仅在唐人诗中不可多见，而影响及于后来之文学者尤巨。"

在灿若星辰的唐代诗坛，元稹并不是那个最耀眼的明星。而作为爱情诗人的元稹，应该是最光彩照人的。

因为，他是唐代诗坛第一个大量抒写爱情的诗人，是第一个将自己的爱情故事写进诗歌的诗人，是第一个凭借多愁善感的诗句获取众多女子芳心的诗人。

妙龄的女子，拜倒在他的诗才之下甘愿付出傲气，比如韦丛。多情的女子，拜倒在他的潇洒之下而甘愿付出美貌，比如双文。多才的女子，拜倒在他的风流之下而甘愿付出声誉，比如薛涛。

元稹一定是一个特立独行的士人。他不需要士大夫们假装的矜持。他将那些香艳的场景化为笔下的诗句，令卫道士们暗自叹息。

元稹一定是一个风流倜傥的才子。他凭借着肆意飞扬的才气，以情诗为器，让那些即使只是擦肩而过的女子，也甘愿与他演绎一曲爱情之歌。

元稹一定是一个落拓不羁的浪子。他以真心待每一位遇见的女子，即使只是生命里的匆匆过客，即使是逢场作戏的风尘女子，他也显出至情至真。

于是，他感觉到了疲惫，感觉到了无趣。最终，他选择了逃离。开始在禅学与情爱中寻找平衡。

在那影响深远的《莺莺传》中，有着许多感人肺腑而惹人情思的诗句。这是元稹对初恋的祭奠。即使是始乱终弃。双文内心一定眷恋过那一场曾经轰轰烈烈的爱情。

“莺藏柳暗无人语，唯有墙花满树红”，哪个少女不怀春？是诗人，唤醒了双文萌动的情丝。外面已经是姹紫嫣红开遍，青春总是稍纵即逝，走出深闺，外面即是一片新天地。

“戏调初微拒，柔情已暗通”，哪个少女不多情？是诗人，撩拨着少女羞涩的柔情。那份娇羞与妩媚，刹那嫣红，有着无限美感。

“气清兰蕊馥，肤润玉肌丰”，文人士大夫，一般不愿将自己的一夜风流用如此直白的语言表露。此时，我们似乎看到了元稹的真性情。

“留连时有限，缱绻意难终”，遮遮掩掩的审美情趣，未免显得猥琐而俗气。热恋中的诗人，用内心最真的感受表达对双文的那份痴恋。

人生总不过如此。欢会短暂，人生无常。一切美好的日子，最终只是化为一种记忆，甚或连记忆亦将模糊。

元稹一生，身边始终有女子相伴。而他将那最美的诗句，留给了初恋。将那最痛的情思，留给了发妻。即使如薛涛这样能够给他带来激情带来遐思的才女，也只能成为他生命的过客。似乎，他是多情以至于滥情。先恋双文，又娶成之，丧妻未几即纳妾，又续娶柔之，并非用情专一之人。

然而不专未必不真，“其于韦氏，亦如其于双文，两者俱受一时情感之激动”（陈寅恪），亦缘自真实。当日情人劳燕分飞之后，那些美好的瞬间化为他笔下美妙的诗句，依然温馨动人：

杂忆五首（节选）

忆得双文通内里，玉栊深处暗闻香。

忆得双文人静后，潜教桃叶送秋千。

忆得双文笼月下，小楼前后捉迷藏。

忆得双文独披掩，满头花草倚新帘。

忆得双文衫子里，钿头云映褪红酥。

分别后的情人，依稀记得当初的点点滴滴。被抛去的双文，读到这样的诗句，想来也将那份情思勾起了，将那份闺怨抛洒了，将那份痴迷深埋了。

元稹的诗稿中，有许多诗歌写给了初恋双文，也有许多诗歌写给了亡妻韦丛。今天吟诵这些诗句，你很难分辨，他心中，爱谁更多一点。

“朝从空屋里，骑马入空台。尽日推闲事，还归空屋来。月明穿暗隙，灯尽落残灰。更想咸阳道，魂车昨夜回。”元稹因公务原因，没有亲自护送韦丛灵柩安葬咸阳，当他独自坐在洛阳的寓所中，感觉到的唯有空虚与空洞，唯有冷寂与孤苦。那绝望的暗夜，那飘忽的恐惧，那刻骨的相思，深入骨髓，痛彻心扉。

元稹潇洒而多情，英俊而多才，情场得意，官场风光。他的身边从来不缺少女人。可是，他那些写得最动人的诗句，只写给两个人。一个是初恋的情人，一个是结发的妻子。

“曾经沧海难为水，除却巫山不是云。取次花丛懒回顾，半缘修道半缘君。”当激情早已黯淡，当深爱已然成灰，当沧桑亦是阅尽，元稹开始寻求一种心灵的皈依。他开始进入禅的境界。

“马踏红尘古塞平，出门谁不为功名。到头争似栖禅客，林下无言过一生。”纵横疆场也罢，博取功名也罢，聚散无常也罢，到头来，一切皆为空虚，一切归为梦幻。情场官场，最终难逃生命无常。

“莫笑风尘满病颜，此生原在有无间。卷舒莲叶终难湿，去住云心一种闲。”“生死即涅槃，烦恼即菩提”，于一切有无之间大彻大悟。莲于水中，“不生不灭，不垢不净”，任云去云住。晚景将至的诗人，开悟了人生禅机。

繁华过尽，终于明白，一切成空。这，就是元稹的一生。这，就是元稹的智慧。这，亦是元稹的顿悟。“半缘修道半缘君”，相遇，乃是缘分。修道，亦是缘分。

悲情诗人的心灵呼唤
——李贺

李贺，生活在一个思想相对开明的时代，一个寒士充满希望的时代，一个科举极为兴盛的时代。这样的时代，对于出身寒门而饱读诗书的寒士来说，是具有诱惑力的。他们独坐书斋时，似乎已经看到了美好的未来，相信将有一番作为，也将前程似锦。

李贺，当年也一定是踌躇满志地踏上进京赶考的长路。可是，他还没有进入考场，就被取消了考试的资格。只是因为他父亲的名字“晋”与进士的“进”同音。

李贺所有的理想与遥望，因为父亲的名字而止步。这是古代文人的最大悲凉。当然，他奔腾四溢的才华，最终成就了中国诗坛的另一道风景。

“黑云压城城欲摧，甲光向日金鳞开”，十八岁的少年似乎预知了自己坎坷的命运，诗句显得如此苍凉而悲壮。

“我当二十不得意，一心愁谢如枯兰”，风华正茂的诗人初入社会便不堪一击，诗句显得如此消沉而通透。

“男儿何不带吴钩，收取关山五十州”的豪气，“少年心事当拿云，谁念幽寒坐呜呃”的自信，永远只能留驻笔端。

致酒行

零落栖迟一杯酒，主人奉觞客长寿。
主父西游困不归，家人折断门前柳。
吾闻马周昔作新丰客，天荒地老无人识。
空将笺上两行书，直犯龙颜请恩泽。
我有迷魂招不得，雄鸡一声天下白。
少年心事当拿云，谁念幽寒坐呜呃。

飘零的人生，需要烈酒浇灌生活的虚空。内心的凄苦，需要麻醉冲淡苦痛的滋味。初入京城的诗人，遭遇了没有对手的失败。幸亏留宿的友人表现出了极大的热情。否则，如何走出京城，如何走出困顿的日子？

所谓长寿，只是相对诗人想到的即死吧？所谓一杯酒，只是相对无处申诉的委屈吧？

然而，人不能一直活在悲伤与绝望中，人生需要在困顿与潦倒中看出希望，寻出光明。

透过醉眼，诗人似乎看到了那个来自西汉的主父偃，一路北游，屡遭排斥，常年漂泊。家人如何地望断秋水，如何地思念牵挂，也只是不见游人归来的身影。人至中年，终于被汉武帝重用，成为一代名臣。封建时代的帝王，可以在瞬间改变人生轨迹。

透过迷雾，诗人似乎看到了那个来自初唐的马周，出身世代贫寒之家，胸藏济世之才，初入京城，却因囊中羞涩，备受店主讥笑。偶遇唐太宗，从此青云直上。

主父偃也好，马周也好，李贺也好，出身贫寒，颠沛寥落。李贺此时心中升起无限希望。大凡成功者，无不历经磨难。想来自己初入京城，遭此劫难，抑或是一种考验?

“天荒地老无人识”，马周经过长久的等待，等到了唐太宗的赏识与青睐。并没有真正地等到地老天荒。而这样的预言，却不幸成为李贺自己的宿命。

李贺，终其一生，没有等到天亮之时，没有等到抒怀壮志之时，没有等到柳暗花明之时。最终，他的人生，只是在叹息中抒写当年的落寞，在悲鸣中吟唱着旧日的情怀。

高轩过

华裾织翠青如葱，金环压辔摇玲珑。
马蹄隐耳声隆隆，入门下马气如虹。
云是东京才子，文章巨公。
二十八宿罗心胸，元精耿耿贯当中。
殿前作赋声摩空，笔补造化天无功。
庞眉书客感秋蓬，谁知死草生华风。
我今垂翅附冥鸿，他日不羞蛇作龙。

韩愈、皇甫湜，文章巨公、东京才子联袂到访，给失意中的李贺无限想象。他似乎看到了一条新的人生之路慢慢延伸开来。

当世名人到访，那种气势，那样华贵，那么高雅，马蹄声声，如雷如鸣。金铃环佩，玲珑悦耳。踏步入户，犹如天降。

今日，是真正的蓬荜生辉啊。韩愈，文起八代之衰的领袖人物。皇甫湜，据说他气貌刚质，为文古雅，恃才傲物，性情偏执。不与凡俗交往。他们，可以将天地宇宙包容于胸腹之人，将天地精华集于一身的大家。他们的才华，可超天地神功。他们的人格，可补自然不足。如此尊贵的客人，愿自降身份，来到名不见经传的李贺寒舍。

这件事，是李贺进入人们视线的一个象征，走出穷乡僻壤的一个机会。本以为自己已经如秋天的蓬草那样，无望地等待枯萎。本以为自己如死草一般毫无生机，绝望地等待死亡。可谁知，绝境逢甘露，深秋遇春风。垂死之人，却看到了生的光明。从此之后，僵死之鸟，依附着大鸿，展翅高飞。

李贺毕竟年轻，不懂官场的复杂。无论是韩愈，还是皇甫湜，究其一生，潦倒为多，得意寥寥。他们的联袂到访，只是文人之间的惺惺相惜，何谈仕途的提携与依靠？

不愿只做蛇的李贺，现实很快就告诉他，想要成龙，只是幻想。这是中国官场的游戏，也是中国士人的悲哀。他们总是将理想寄托官场，而官场其实最不适合单纯的诗人。科举取士，看起来公平，而所有的公平都是相对的。

梦　天

老兔寒蟾泣天色，云楼半开壁斜白。
玉轮轧露湿团光，鸾佩相逢桂香陌。
黄尘清水三山下，更变千年如走马。
遥望齐州九点烟，一泓海水杯中泻。

找不到出路的诗人，只有将自己的视线投向天空星月。只有在梦中忘却现实的悲凉。一场秋雨，似乎是月宫中的玉兔、蟾蜍洒下的孤寂之泪。那飘落的寒雨，有一股广寒宫中的寂寞与幽冷的味道。云儿也染上了凄凉悲伤的色彩，慢慢黯淡下来。浓云渐渐散去，月色带着忧伤濡染着周遭的云层。

云层裂开了，幻成了高耸的楼阁；月亮出来了，显出了白色的轮廓。月色洒落人间，漂浮起庭院中那个独步的诗人。诗人乘上月轮，踏着月露，在桂花飘香的月宫小路上，诗人和仙女邂逅相遇，天空出现了一幅美妙的幻境。凡间失意的诗人，在天界找到了可以对话的知音。这是人与神的一次心灵沟通。

黄尘变清水，沧海变桑田。山中方七日，世上已千年。由月宫看人间，千年如走马。由天宫看人间，九州如烟尘，东海之水杯中倾。

天上人间的极大落差，诗人突然之间有着一种顿悟。人间烦恼，不过转眼之间，何必计较，何必较真。一场梦境，诗人似乎看懂了人世沧桑也不过是一场梦而已。于是，悲喜随着飘落的雨丝散落一地。

李凭箜篌引

吴丝蜀桐张高秋，空山凝云颓不流。
江娥啼竹素女愁，李凭中国弹箜篌。
昆山玉碎凤凰叫，芙蓉泣露香兰笑。
十二门前融冷光，二十三丝动紫皇。
女娲炼石补天处，石破天惊逗秋雨。
梦入神山教神妪，老鱼跳波瘦蛟舞。
吴质不眠倚桂树，露脚斜飞湿寒兔。

在盛产诗歌的时代，音乐自然也是得到了空前的尊重与发展。一位音乐人，可以仅仅凭借他高超的演奏技艺，自由地出入皇宫贵胄之家。身价非凡，声名远播。

唐代，真是一个浪漫的时代，是一个具有艺术气质的时代，是一个适宜诗人生存的时代。“天子一日一回见，王侯将相立马迎”，一位梨园弟子，因善弹箜篌，受到如此礼遇。

箜篌之音，空灵婉转，悠远深沉。箜篌之乐，宜于深秋，宜于月夜，宜于山间，宜于竹林，独坐静弹，手指滑动之间，心灵随之飘飞。

李凭，一代箜篌高手，手中所有的，自是名贵乐器。弦歌声出，原野空旷，山云凝滞。天地之间，唯有音乐在流动。山谷之间，唯有余韵缭绕。

他的音乐，婉转凄美。令不思人间烟火的湘娥泪洒斑竹，素女引动愁绪。

他的音乐，美妙绝伦。桂树下的兔子伫立聆听，月宫中的吴刚彻夜难眠。

他的音乐，清脆悦耳。如美玉击碎，如凤凰鸣叫。乐声幽怨，芙蓉在露水中饮泣。乐音悠扬，香兰在春天里开怀。

他的音乐，使人们忘却了深秋时节的风寒露冷，使天帝留恋起人世之间的梵音雅乐。

他的音乐，高昂激荡，补天的女娲听得入迷。直冲云霄，逗落了漫天绵绵秋雨。

《李凭箜篌引》，如此完美，如此高妙。将音乐的最高境界化为一种丰富瑰丽的想象。将听众的审美愉悦化为虚幻而空灵的抒写。

他写诗歌，是苦吟，是融入心灵的歌唱，是渗入灵魂的呐喊，是真正呕心沥血之作。不为谋生，不为功名，不为任何目的。

他写诗歌，是一种习惯，一种生活方式，一种随性而为又随意挥洒的才情，是一种看似诗意生活的外化却是痛苦心灵的呐喊。

他写诗歌，其实就是写他的生活，写他看到的生活，写他感悟的生活，写他对现实的失望，继而写他对那些未知世界的期待与想象。

这就是李贺的诗歌，他的诗歌，犹如李凭的箜篌之音，此曲只应天上有。他的诗歌，可以直达天庭，直抵灵魂。

往事如梦立残阳

——杜牧

“旧第开朱门，长安城中央。第中无一物，万卷书满堂。家集二百编，上下驰皇王”（《冬至日寄小侄阿宜诗》）。杜牧在这首写给家中子侄的诗中，自豪地历数家族当年的盛况。

这是真正的书香门第，亦是真正的贵族之家。远及魏晋时期，已是名门望族。至中唐时期，曾祖杜希望，玄宗时边塞名将，文学造诣极深，亦可称为儒将。祖父杜佑，中唐著名的政治家、史学家，三朝宰相，博古通今，著有《通典》二百卷。

如此显赫的家庭背景，如此深厚的家学渊源，造就了杜牧不同寻常的成长环境。他的才华，不只是文学的，亦是政治的，不只是文人的舞文弄墨，亦是士大夫的谈古论今。于是，他的诗歌，既有着文人的浪漫，亦有士大夫的深邃。

杜牧一生，若非生于晚唐时期，当会有他的一番作为。若非家道中落，也当有着更为美好的政治前途，定然不会将大好的时光浪费在烟花柳巷之间。

杜牧一生，若非仕途坎坷，就不会有那些杰出的怀古伤今诗传世。若非才子多情，就不会有那些婉约的情歌传唱至今。

杜牧一生，真的很短暂。许是辉煌的人生，往往短暂？人生太长，难免要降低生命的浓度与厚度？四十九年的人生，对于才华横溢具有经天纬地之才的杜牧来说，何其短暂。

善感的诗人，何处是自己真正的舞台？

遣 怀

落魄江湖载酒行，楚腰纤细掌中轻。
十年一觉扬州梦，赢得青楼薄幸名。

人生若无望，那么，总是要寻找一些其他的生活方式来了此残生的。譬如，文人最喜欢的方式，美酒与美女，在他们眼中，就只是一种暂时的慰藉。据说，唐人是以丰满为美的，杜牧诗歌中，却出现了以瘦弱轻盈为美的女子，难道是晚唐文人的审美习惯发生了变化？抑或是晚唐已经没有了盛唐文人的温柔敦厚与大气磅礴，于是审美观也开始显得小家子气了？

十里扬州，自古繁华地。扬州的轻歌曼舞，抵消了多少惆怅失意人的落寞与凄凉？十年扬州的艳遇生活，始终还是难以忘怀苦苦挣扎的政治怀想。否则，日日沦陷温柔乡，夜夜情迷风月场，何等快意？何来落魄？

十年光阴，相对历史长河，弹指之间。相对杜牧四十九年的人生，何其漫长。

醉生梦死里，十年人生如一梦。梦醒之时，却没有了当初的深情缠绵。那些曾经怜之惜之爱之的女子，依旧是责怪自己薄情负心！此心谁知？算是深情错付，算是缠绵成空。算是落魄人生无人理会！

烟花柳巷，本非久留之地，诗人的一番深意，只有错付成流水！

伤感的诗人，何处是自己真正的归宿？

清　明

清明时节雨纷纷，路上行人欲断魂。

借问酒家何处有，牧童遥指杏花村。

路上行人，是旅居之人？是祭扫之人？是踏春之人？身份难定，于是，就有了丰富多样的美学意义上的猜测。

若是旅居之人，在清明时节，在本来春光明媚的季节，偶或有了闲情，却不料细雨纷纷，惹动了思情，怅然若失，以至于失魂落魄起来。

若是祭扫之人，在清明时节，在本该阖家团圆，踏青赏春的好时光，却只能独自一人，回忆往事。纷纷细雨，如同那飘落的泪花。这里，或许，含着一个凄美的故事。或许，含着一个悲苦的人生。或许，含着一段不舍的生死之情。

若是踏青之人，看着春花耀眼，春景极艳，想来是可以一饱眼福，想来是可以寄予一个冬天的思绪。却谁想，一场春雨，将那些含苞欲放的花蕾，扼杀殆尽。本是为舒展心中的郁积之情，却谁想，不减愁绪，反增伤感。

美酒佳肴，在中国文人的笔下，是可以用来化解愁绪的，是可以用来化为诗句的。当情感无处宣泄的时候，当诗句无法接续的时候，酒，总是带给他们无穷慰藉无限灵感。

比如，登高之时的酒，欢宴之上的酒，对月之时的酒，对饮之时的酒，赏花之时的酒，记忆梦里的酒，都是可以入诗的，让诗歌情感一波三折的。或化为愁肠药，或化为相思泪，或化为解愁语，或化为销魂曲……

牧童真是知己者，解语人。他似乎看懂了行人的心思，似乎听懂了行人的独白。于是，无须多言，他知道，行人需要的是一个远离闹市的僻静所在，需要的是一个可以寄托愁绪的酒家，需要的是有着一片杏花所在的乡村。孤独的行人，是否会邀上牧童，共饮一醅呢？

酒乡深处，本非长居之地，诗人的满腹惆怅，只有寄托于虚空！

敏感的诗人，何处是自己真正的栖居？

金谷园

繁华事散逐香尘，流水无情草自春。

日暮东风怨啼鸟，落花犹似坠楼人。

这里，包含着一个极为奢靡的故事，也含着一个极为凄凉的故事。在中国，富可敌国的人，永远不是炙手可热的权贵的对手。西晋，斗富的石崇，即使他的财富可以将君王比下去，但是，他依旧没有能力保全自己心爱的女人。

当权倾朝野的孙秀想要绿珠的时候，他，没有选择。一场因为女人的阴谋，很容易就形成了，一纸诏书，可以将富可敌国的石崇收监。那个香艳的女人，就轻易成为囊中之物。只是，绿珠，竟然是一个烈性女子。或许是因为石崇过于的宠爱，她不愿成为第二个男人的玩物。于是，在那个落花飘飞的季节，她的纵身一跃，成为许多男人心中的偶像。

今日，当多情的诗人，踏入这个当年的繁华艳丽之地，眼中唯有草木依旧葱葱郁郁，春光依旧袅袅娜娜，啼鸟依旧凄凄切切。在这个暮色渐起的春天，在这个繁华散尽的园林，在这个惹人怀旧的青楼，思绪飞舞起来。流水无情，草木自生，落花无意，绿珠有情。山川草木，何曾需要知道人事的纷纷扰扰。山川草木，何曾需要追随历史变迁的脚步。

吊古伤今的人类，总是希望长长久久，总是希望永生永世。其实，若懂得了人事轮回之理，就不会有那么多的烦愁与无奈了。自古以来，那些怀古诗，总是自作多情的多，真正是文人痴念，呆子逻辑。如此想来，人生在世，还不如当初即为草木，即为山水，就少却了许多愁怨，少却了许多呻吟。

繁华之地，本非永葆之地，诗人的悲天悯怀，只有徒增愁怨徒唤无奈。

漂泊的诗人，何处是自己真正的家园？

南陵道中

南陵水面漫悠悠，风紧云轻欲变秋。

正是客心孤迥处，谁家红袖凭江楼？

杜牧的七律诗歌，可以写得如话家常，却又意蕴深远。可以做到自然天成，却又独具匠心。只有大家笔法，才会在不紧不慢之间，在娓娓道来之间，将意境慢慢勾勒出来，将诗意慢慢流淌出来。

天涯孤旅，独自远行，自是难免之事。若碰到风和日丽的季节，碰到阳春三月时节，那自然是一路顺畅。只觉得江水悠悠，江面漫漫，风也可爱，水也可亲。天也和暖，云也缠绵。

只是，人在旅途，总是有着意外的变故。比如，那瞬间降临的风月变化。比如，那突然来临的季节变换。

风吹散了浓云，云儿因稀薄而轻盈，刚刚还觉得和暖的春日，开始有了秋日的清冷。于是，一丝淡淡的孤寂悄悄弥漫开来，荡漾开来。引动着独行客那份悠悠愁绪。正在百无聊赖之时，举目远望，忽见一幅绝美的水乡风情画。“梳洗罢，独倚望江楼”， 那位痴情的女子，那位红袖添香般温婉的女子，凭栏远望，是望穿秋水？是等待归人？是遥寄相思？是数点帆船？

正是惆怅客，正见多情女。一样相思，两处闲愁。孤舟遥望，独自凭栏。在那个西风乍起的江岸，在那个秋意渐浓的季节，在那个天涯孤旅的扁舟，在那个临江洒泪的高楼，勾勒着一幅绝美的画卷，咏唱了一首动人的情歌。

江山漂泊的游子，于江水浩渺之间，于孤舟独行之际，于天地茫茫之时，忽见如此温馨的瞬间，诗人突然明白了，自己一生漂泊云游，却始终没有找到那个真正的家园。其实，家园就在眉宇之间，就在心头眉上。于是，诗人开始找到了回家之路。

或许只有智者才会通透人生，才会预知自己的命数。杜牧，在他大限将至的时候，为自己写下了墓志铭，将本来辉煌的一生，写得平淡无奇。被今人视若珍宝的诗词歌赋，他亲自焚毁十之八九。

是他不想让后人过度知道他家族兴衰的秘史？是他不想历史从他的诗歌中读懂晚唐王朝覆亡的真实内幕？是他不想文坛深究他心底的隐痛？

他不想让自己的人生，被后人解读得不留余地？不想将自己的内心暴露在历史的天空任人阉割？不想让自己的情感被后人作为茶余饭后的谈资以供娱乐？

杜牧，出身名门望族的杜牧，一定有着内心隐秘的事情，不愿意为外人道。于是，他情愿亲自提前盖棺定论，不想后人指指点点。

我们还是尊重他吧，如果喜欢他的诗歌，那么，就只阅读他愿意留给后人的诗歌。而不要去谈论他的生活，不要将他的隐私拿来作为我们卖弄文字的武器。如此，才是对古人的真正尊重。

清怀如约寄春色，往事如梦立残阳。他将一生的才情赋予了春色，将一生的往事赋予了烟火。在晚唐的残照中，我们似乎看到了踽踽独行的背影，依旧缓步行走在夕阳的余晖之下。

留得枯荷听雨声

——李商隐

宿骆氏亭寄怀崔雍崔衮

竹坞无尘水槛清，相思迢递隔重城。

秋阴不散霜飞晚，留得枯荷听雨声。

隔着千山万水，相思的热度依旧不减，隔着千万城池，相思的思绪迎风飞扬。在那个清澈的早晨，在那月华照水的夜晚，在那竹林幽幽的山谷，在那绿水池塘的岸边，有美一人，情意深深，雨意蒙蒙。

萧瑟秋雨，池塘残荷，夜晚霜飞，旅居之地，不眠之人。该是何等伤心地，何等伤心时，何等伤心境。而诗人竟可在这样的场景中，体味一种凄美，表现一种神韵，感悟一种生命的状态。

李商隐一生，与那池塘残荷，与那萧瑟秋雨，与那晚景秋霜，何其相似。

从那些迷离恍惚的诗句中，从那些欲言又止的典故中，李商隐，将他一生的坎坷，一生的悲哀，一生的磨难，化为笔下的绝唱。将那些付诸东流的努力，那些被人误解被人误读的心痛，化为心灵的歌声。

是的，李商隐一生，似乎如同那衰败的残荷，留下来，只是为了体验苦难，为了将这些体验化为文字，为了将晚唐诗歌推向一个新的高度。

李商隐，他以自己娴熟的驾驭心象与物象的能力，为诗歌开辟了一条崭新的写作之路。让唐代诗歌，在晚唐时期，再次达到一个高度。历史真的是那么的巧合。代表盛唐诗歌高峰的是“李杜”，代表晚唐诗歌高度的也是“李杜”。

李商隐，他用一种别人不能轻易看懂的语言，诉说着内心隐秘的情感。

重过圣女祠

白石岩扉碧藓滋，上清沦谪得归迟。
一春梦雨常飘瓦，尽日灵风不满旗。
萼绿华来无定所，杜兰香去未移时。
玉郎会此通仙籍，忆向天阶问紫芝。

不知道来自太虚幻境的红楼女子的奇妙构思，是否来自李商隐的“圣女下凡”的暗示。被罚或者是偷偷下凡的圣女，降临人间，总是历尽孤独寂寞之苦。如同红楼梦中的女子，几乎无一善终。

天上神女谪降人间，凡人以为那是一个美妙的故事。天上人间，怎么可能真的演绎爱情故事？神女下凡，只能体味旷古的孤独寂寞。

白石清幽、碧藓滋生，这是一个长久无人来往的寂寞之地，这是一个被人遗忘的角落。来自上清宫的仙女，不是因为人间美妙而是因为被罚下凡，久久难以归去。

春天，本应该是享受春光的日子。圣女，却只能凝视霏霏春雨，倾听雨滴屋瓦打发寂寞时光，虚度年华。

春雨如梦，如梦春雨，这是何等聪明的比喻，何等超脱的想象！春雨霏霏，若有若无，若断若续，雨若梦幻，雨丝若梦般缠绕缠绵，若梦境般扑朔迷离。一如那圣女的悠悠情思，一如那圣女的绵绵幽情。来自天上的女子，又如何在人间寻找相知？

那来自神灵的微风，荡漾着圣女悠远的情丝，升腾着圣女久远的思绪。遥不可及的追忆，悠远绵长的思绪，都化为了霏霏丝雨，化为了淡淡清风。

萼绿只是因为好玩，而偶降凡间，且可自由往来仙界人间，且可引领凡间朋友同升仙界。杜兰香因为有过而被谪人间，在湘江边被渔夫收养，长大后，仙界接引升天而去。她们沦落尘世，不需困守一地，竟可来去自由。圣女却只能枉自叹息，迟迟难归。虽然同为仙界，境遇竟然如是不同。人生命运，何尝不是如此呢？

遥想当年，职掌仙籍的玉郎仙官曾帮助圣女登上仙界。那时的圣女，曾在天宫的台阶上采取紫芝，过着悠闲自在的仙界生活。此时却沦谪尘世，凄寂无托，黯然神伤。“天阶问紫芝”与“岩扉碧藓滋”正是天上人间各不同啊。

那缥缈之景，那朦胧之情，共同构筑成幽渺迷蒙之境，似有雾里看花之美，极富象外难明之韵。这是李商隐的诗词境界，亦是他的美学风格。

想来，李商隐的人生，也似乎如同这位圣女一般，有着旁人无法解开的心结。他的孤独之感，似乎亦是与生俱来，无处言说。假托贵胄之后，一如假托上清宫中的圣女。

夜雨寄北

君问归期未有期，巴山夜雨涨秋池。

何当共剪西窗烛，却话巴山夜雨时。

在李商隐的诗歌中，写得如此明白如话的诗歌并不多。以他情感的深度，自然也是能够从平淡中见出微妙清空来，从朴实中溢出荡漾多姿来，从简洁中流出婉转缠绵来。

历来的诗评家总是要在细微处揣摩与玩味。欣赏诗歌，最怕的就是坐实了诗歌的意蕴。夜雨寄北，所寄何人并不重要。巴山夜雨，诗人此时是身在巴蜀间，还是诗人的一种臆想，也并不重要。

若能读出诗歌中的那份遣怀与情深，那份孤独与期盼，那份留恋与神往，就够了。若能读出闺中女子深夜难眠寂寞难解遥寄书信盼望归期未有期的失落，若能读出羁旅男子黑夜迷茫，雨骤风狂池水涨满，人事寂寥，遥想当年柔情共话西窗难长久的感伤，就够了。若能读出巴山夜雨的美学意象，读出诗人细腻缠绵的情韵，那么，就已是义山知己，就是雨夜情怀了。

赠　柳

章台从掩映，郢路更参差。
见说风流极，来当婀娜时。
桥回行欲断，堤远意相随。
忍放花如雪，青楼扑酒旗。

郢路，在楚辞中，特指通往国门之路。章台，在唐诗中，喻指歌妓聚居之所。莺歌燕舞的章台，掩映在百娇千媚的柳条之中。或许是因为留恋烟花之地，而淡出了回归朝堂的路径。或许是进入国门的路途太多崎岖，而只好淹留歌舞之场。

人人都说，莺歌燕舞之地，风月淫靡之所，最易销魂，也最易忘忧。人人都说，那些美女，犹如柳条般风姿绰约。

果然如是啊，你看那婀娜多姿的丽人，一如柳条般体态轻盈迎风起舞。那蹁跹的枝条宛若妙龄的女郎，那迎风飞舞的柳絮宛若追慕丽人的情郎。何等浪漫迷情的诗意场景！

青楼酒旗，艳极柔极妩媚至极，可毕竟只能暂借忘忧，愁怀难解。

花飞似雪，美极盛极繁华已极，可毕竟是好景不常在，转眼成空。

任凭弱水三千只取一瓢饮，任凭阅尽天下繁华美色，总不如那条通往都门之路来得酣畅淋漓。天下的读书人，总是愿以天下为己任，却也总是被时代远远抛弃而徒叹无奈。这不仅仅是生于晚唐之时的李商隐的无奈，也不仅仅是无端限于牛李党争的李商隐的隐痛。

有人说，赠柳亦是自赠，赠物亦是赠人，赠佳人亦是赠友人。到底哪种才是真实的情景呢？到底哪种才是真实的题旨呢？

李商隐一生，在烟花与朝堂之间徘徊而始终没有一个明确的选择。因为，他实在难以选择。他不愿意放弃年轻时的梦想，于是，他只好将那些梦，寄托在他的所有诗歌中，于是，他的诗歌，总是带着一层梦幻色彩。

无　题

昨夜星辰昨夜风，画楼西畔桂堂东。
身无彩凤双飞翼，心有灵犀一点通。
隔座送钩春酒暖，分曹射覆蜡灯红。
嗟余听鼓应官去，走马兰台类转蓬。

昨夜今晨，时间只是早晚之间，情景只是筵席离散，故事或是友人酬唱。无题诗，题旨总是在若隐若显之间。

是诗人对一位佳人的怀想？

精美画楼的西畔，桂木厅堂的东边，该是一个怎样旖旎的所在呢？这样的场所，或许真的很适合幽会。何况是在无眠的夜晚，是在微风吹拂的星夜。那漫天的星星，似乎是佳人多愁善感的思绪。良辰美景，佳人相伴，诗人多么希望能够沉醉不醒，多么希望能够与佳人心意相通，情意相融。即使不能比翼齐飞，能够心心相印已是足矣！

是诗人对一场宴会的留恋？

春光融融的夜晚，人们玩着隔座送钩、分组射覆的游戏，觥筹交错，灯红酒暖。那欢乐的场景似乎就在昨夜，欢声笑语似乎还在耳畔回响。筵席或许还在继续，而诗人，已经奔走在走马兰台的路上，虽是官位卑微，仍旧是身在江湖，即使厌倦，也无力真正放下。

是诗人对一生奔波的无奈？

昨夜晚风习习，星光闪烁，更添一份朦胧。在画栋雕梁的华屋，佳友相聚，饮酒嬉戏，开怀畅饮，甚是喜悦。一夜狂欢，何其快哉！无奈天明即要走马兰台，为生计奔波，不能尽兴。无奈鼓声响起即要点卯报到，为仕途忙碌。李商隐一生，行走仕途几十年，东西飘荡，恰如蓬草，随风飘舞。

他曾经希望自己血统高贵，在诗文中多次提及自己与李唐王朝同宗。即便如此，时代已经久远，那种血脉关系也已经相当遥远。

他曾经希望自己成为家族的骄傲，可是，无论他多么努力，命运似乎总是与他开着一个个的玩笑。不幸父亲早逝，家境艰难。无辜陷于党争，百口莫辩。

李商隐一生，怀抱远大抱负，却终生在幕府与低级官位中游离徘徊。在赋闲与出任中奔波忙碌。最终，抑郁而终。

李商隐一生，交友甚广。他以赤子之心示人，却无端陷入牛李党争，备受诟病。生于晚唐，已是生不逢时。家世艰难，亦是命运不济。仕途坎坷，实乃天也运也。

与生俱来的多愁善感，无处倾诉。如水才华，无处挥洒。唯有用那高深的诗句，诉说那难以言明的哀伤。唯有用那远去的故事，隐喻内心深藏的波澜。

于是，李商隐的诗歌，后人如同猜测谜语一般，往往不得要领。因为，李商隐写作之时，就不想将那些隐秘的心事随意说出，他只想说给看得懂读得懂他的人。读不懂他的人生，读不懂他的内心，又如何读懂他的诗歌。诗歌，本就是灵魂的外化。

据说，李商隐写诗，查阅大量书籍，屋子里到处是随手放置的书籍。他在心象与物象之间，寻求一种新的审美方式。他的诗歌，尽得中国文化古典雅韵，尽得诗词意蕴之美。似是而非的诗歌，似懂非懂的阅读，才是诗歌的最高境界。

亡国之音哀以思

——李煜

那个唱出“人生若只如初见，何事秋风悲画扇”的纳兰性德曾经这样评价李煜的诗词：“花间之词，如古玉器，贵重而不适用，宋词适用而少质重，李后主兼有其美，饶烟水迷离之致。”若说李煜词超出花间词派，应该是公允之论，若要将李煜词成就放在整个宋词之上，明显是有抬高之嫌。当然，艺术的品鉴，往往是一家之言，个人之论。纳兰性德喜欢李煜词胜于宋词，有此一说，也无可厚非。因为这只是评判标准的不同。

李煜词之美，深有“饶烟水迷离之致”，恰当地道出李煜词风，纳兰性德应该是懂得李煜的那个人。

史书记载，“生于深宫之中，长于妇人之手”“性宽恕，威令不素著”“好生戒杀，死后，江南人闻之，皆巷哭为斋”。李煜的文人气质，让他在南唐末年迅速消亡。他过于丰富的情绪，最终将他以及爱他的小周后推向死亡。不想当皇帝的李煜，最终成了亡国之君，这是李煜的命运悲剧。

史书记载他“为人仁孝，善属文，工书画，而丰额骈齿，一目重瞳子”，当年舜、项羽皆是一只眼睛有两个瞳仁的人。这些人，都是可能改变历史的人。而李煜，作为一代词帝，改变的是花间词以来的淫靡之风。或许真的是具有特别禀赋的人，上帝在造人的时候，做了特别记号。

975年，北宋向南唐发动了全面进攻，李煜为了不使金陵成为涂炭战场，按照宋兵的要求，率领王公后妃、百官僚属在江边码头集结，登上宋船北上。为了后唐百姓，他肉袒而出城投降，以换取百姓平安，他骨子里的文人气质让他有着悲悯苍生的深远情怀。

做了亡国之君的李煜，有着比一般帝王更多的悲哀。因为他过于敏感的性灵，过于唯美的追求，过于伤怀的处境。他无法做到如刘禅那样乐不思蜀。于是，自从踏上宋朝的土地，他的诗情挥洒开来。

那首著名的《渔父》是为他远去的理想而写：

渔父（其一）

浪花有意千重雪，桃李无言一队春。
一壶酒，一竿纶，世上如侬有几人？

不求威仪天下，万古不朽，但求诗酒人生，率性而为！才华横溢的李煜，在他四十二年的悲剧人生中，他知道帝王之家的残酷与冷漠，他希望从牢笼中挣脱，却越陷越深。他想要的是风花雪月，最终给他的是山河破碎。

渔父（其二）

一棹春风一叶舟，一纶茧缕一轻钩。
花满渚，酒满瓯，万顷波中得自由。

李煜常自诩“隐士”，他需要的是春风沉醉，花酒飘香，碧波荡漾的诗性人生，可最终，他只能在家国的沉沦中迷失自己葬送自己。“花满渚，酒满瓯，万顷波中得自由”只是一种简单的生命追求，就如同许多士人苦苦追求着建功立业，他想要的是文人的单纯快乐，最终给他的是痛彻心扉。

那首著名的《喜迁莺》是为他不能保全的小周后而写：

喜迁莺

晓月坠，宿云微，无语枕频倚。
梦回芳草思依依，天远雁声稀。
莺啼散，余花乱，寂寞画堂深院。
片红休扫尽从伊，留待舞人归。

当陪他一起踏上北宋王朝的小周后出现在宋太宗赵光义的眼前时，她的悲剧就已经注定了。赵光义的寡廉鲜耻让娇艳欲滴的小周后无地自容。她被迫一次次在众人面前受尽赵光义的凌辱，只是为了还给李煜一个生存的空间。小周后隐忍不语，唯有以泪洗面。每一次小周后被召见，就意味着李煜要独自度过漫长而煎熬的等待。每一次的等待，都不知道结局会如何？

许多研究者以为这首词写于李煜前期。而我以为，这首词若是放在每次小周后从赵光义的寝宫归来之时最为恰当。

频频欹枕，默默无言。静对窗外，却见晓月坠沉，宿云消散。梦回故国，恰似天涯芳草无归路，恰似雁阵惊寒无归期？

仅仅是一墙之隔，仅仅是咫尺却似在天涯。夜夜等待，佳人何时能归？是否还有归期？是否要辜负了一季的花开，是否要辜负了一辈子的等待，是否要辜负一地相思一片残红？

花开花谢，不忍扫去的残红，只是为了与相爱的人儿再次携手共度春光，共赴春季。

归来的小周后，早已经没有了往日的娇媚与柔美。当美人在深宫受尽屈辱的时候，李煜心如刀绞却无能为力。一代词帝，只能在哀叹与悲悯中让自己心爱的女人生不如死。

那首著名的《相见欢》是为不能重回的春天而写：

相见欢

林花谢了春红，太匆匆，无奈朝来寒雨晚来风。

胭脂泪，留人醉，几时重，自是人生长恨水长东。

李煜生命的春天，自从赵匡胤踏足南唐，就注定没有回归之路。凄风苦雨中，凋零的不只是林华，还有诗人心中的春天以及那个繁华的故国。春去秋来间，逝去的不只是日子，还有诗人深爱的美人以及那个耀眼的朝堂。惜春伤春，是平常人的心思；若兼家国沦陷，匆匆之间，顿悟一个国家的由盛及衰，也不过是一季花开花落而已。人生难以圆满，生命总是在轮回之间演绎悲欢离合的剧情。悲剧是生命的常态。李煜一定是懂得这点的，所以，他浩叹“自是人生长恨水长东”。无论身处何时身临何地，人生的缺憾总是相伴相随，至今永恒。历经磨难的文人，才能够写出具有深度与厚度的作品。

那首著名的《虞美人》是为不能回去的故国而写：

虞美人

春花秋月何时了，往事知多少。

小楼昨夜又东风，故国不堪回首月明中。

雕栏玉砌应犹在，只是朱颜改。

问君能有几多愁，恰似一江春水向东流。

纵观中国历史，由一国之君而沦为阶下之囚，可以举出许多例子。比如汉献帝，从九岁开始，长达30年的傀儡生涯。比如三国时期的刘禅、孙皓。他们在国破家亡之际，在别人的土地上或者麻木或者享乐。与李煜命运才情相似的宋徽宗赵佶，这位痴迷金石字画的皇帝，将北宋带入到万劫不复之地，也将自己带入到三千公里外的朔风怒吼的遥远东北。八年之后，病死在黑龙江一栋破烂房屋中。李煜的内心，其实比这些前辈后辈更深远。有诗词为证。

李煜之愁，无以言说。

以文人自居的李煜，最终却不能不面对朝堂的复杂争斗与后宫的繁花似锦。李煜其实更适合拥有爱情而不是拥有无数女人。周后的离世，他以鳏夫自称。小周后的到来，他小心呵护。最终，他爱的女人，没有一个他能够保住。周后病故，小周后受辱。往昔的爱恨情仇，往昔的雕梁画栋，往昔的君临天下，一切都化为云烟都成空。

李煜之悲，无以复加。

李煜若可以选择自己的生活方式，我想，他一定愿意携美人之手，浪迹天涯。或者携一卷书一张琴，唱和山林。可是，他只能生于宫中长于妇人之间。他的柔弱与浪漫，给他带来的只能是灾难。当我们诵读“问君能有几多愁，恰似一江春水向东流”的时候，没有亲历的人只能站在远处看风景，并不能真的心领神会。若阅读至此而泪流满面，若眼前心中幻化出李煜的凄凉与孤独，若眼前幻化出厅堂草芥满目苍凉，此时，才是懂得了那个行吟的诗人内心真正的悲苦与悲凉。

李煜之苦，无处倾诉。

以“钟山隐士、钟峰隐者、白莲居士、莲峰居士”一系列的名头号称自己，无非是为了表明自己无意权力。作为第七子的他，却没有悬念地登上了帝王座椅，真是命运弄人。他的哥哥，那个祈望当帝王的哥哥，却在十九岁就死去。或许是命运注定的。这样的安排，只是为了让他来担当这个亡国之君，为了让他抒发才情诗情，为了让他发千古哀音。生于帝王家，人生轨迹已经注定，没有选择的权力。

他善书法，“遒劲如寒松霜竹”；他善绘画，“远过常流高出意外”，惜无书画传世于后；他善诗词，“作个才人真绝代，可怜薄命作君王”，流传下来的三十二首诗词，无一不是上品。

才华横溢的李煜，却无法为自己寻找一个灵魂的出口。文人学会在自然、文学与宗教中安放自己的灵魂，这是一种生命的智慧和策略，李煜缺少的正是这样的智慧和策略，他无法面对现实生活，却不停地把目光投向生命的终极。缺少一种因生命磨难而带来的悲剧意识，于是，他的诗词无论如何凄美，似乎难以直抵灵魂，只是一种情绪的宣泄，情感的悲鸣。

第六卷　宋词的风雅

才子词人　自是白衣卿相

——柳永

柳氏家族世代为官，官至公卿。父亲、叔叔、哥哥、儿子、侄子皆为进士。先天的浪漫气息与后天儒宦出身交结纠缠，令柳永奔波忙碌于情场与科场，既不忘醉里眠花柳的悱恻，又有着失志之悲、宦海无望的深思。既抒发自己怀才不遇、命运艰舛的痛苦，自封“白衣卿相”，又流连忘返于烟柳之地，钟情于女子的温婉与缠绵。他是仕途的失意者，又是情场的得意者。

柳永，一个将才华赋予诗词的士人，一个为心中所爱抒写真情的词人。一个科场失意情场得意的才子。

那些多才多艺又多情的女子，即便知道柳永只是一个浪荡公子，即便知道他喜欢烟花巷陌。依旧愿意向他托付终身，依旧愿意为他生为他死为他舍弃荣华为他隐姓埋名。她们说：“不愿穿绫罗，愿依柳七哥；不愿君王召，愿得柳七叫；不愿千黄金，愿得柳七心；不愿神仙见，愿识柳七面。”

鹤冲天·黄金榜上

黄金榜上，偶失龙头望。明代暂遗贤，如何向。未遂风云便，争不恣狂荡。何须论得丧？才子词人，自是白衣卿相。

烟花巷陌，依约丹青屏障。幸有意中人，堪寻访。且恁偎红倚翠，风流事，平生畅。青春都一晌。忍把浮名，换了浅斟低唱！

自隋朝实行科举制度以来，有无数的才俊考场失意。唯有柳永，将考场的失意化为情场的诗词，获得了无数美丽女子的芳心。柳永用他全部的才华抒写浪漫的情歌。他的每一首情歌都是流行歌曲，流传了千年，最终成为经典。

金榜题名，状元及第，不过是自己偶然的错过。词人自信地以为，自己是那个清明时代的遗贤 。戏谑地自我调侃，错过了，就不再纠缠。错过了，就转身离开。错过了，就换种活法。做一个风流才子浪迹烟柳之地又何妨？做一个自封的王者自封的卿相又何妨？柳永深信，只要愿意，他的江山还在，只要他的才华还在，他随时可以回来，回到那个无数读书人梦寐以求的仕途。可是，君王在他自封为王的同时，无情地关闭了那扇门，君王如何容许一个自负的文人挑战他的威权！

从此，柳永的一生再也走不出歌姬的街巷、画屏的绣房。他的视线再也无法望得更高更远，他的诗情再也无法引向更深更悠。倚红翠，意中人，风流事，平生畅。刚从科场出来的浪子，此时还不知道，这首词，成了他一生的定数，成了他回不去的见证。“忍把浮名，换了浅斟低唱”，我们是否读懂了诗人转身离开之时的失落与伤悲，退却名利场的那份无奈与徘徊？

为了得到柳永的一次眷顾而甘愿独守寂寞，被士人玩弄又被士人唾弃的女子，在柳永这里，却得到了人格的尊严。他给予她们最真诚的牵挂，最刻骨的思念，他将自己的满腹才华倾情奉献给这些女子。在她们的闺房，在她们的心中，柳永的诗歌成为一种时尚，成为一种情感的寄托。柳永的才华可以让他的诗歌如此迷人，让这些女子感觉那些充满深情的诗歌都是为自己而写。深闺中的女子，是将柳永的那些缠绵悱恻的词当作了生活当作了寂寞情感的寄托与空虚心灵的归宿。

柳永，从此成为一个纯粹的情歌王子。那首迷人的《雨霖铃》至今荡漾着悠扬而哀伤的旋律。

雨霖铃

寒蝉凄切，对长亭晚，骤雨初歇。都门帐饮无绪，留恋处，兰舟催发。执手相看泪眼，竟无语凝噎。念去去，千里烟波，暮霭沉沉楚天阔。

多情自古伤离别，更那堪，冷落清秋节。今宵酒醒何处？杨柳岸，晓风残月。此去经年，应是良辰好景虚设。便纵有千种风情，更与何人说！

“雨霖铃”，本身就是一个忧伤的故事，那个多情的帝王，真的是沉迷于杨贵妃的美貌而误国误民的吗？安史之乱，携带贵妃一起逃亡，近日归国，孑然一身，在凄风苦雨中，思念之情油然而生，此时的明皇，一定是愿意舍去帝位不愿贵妃长眠马嵬坡的吧？

柳永此时一定是想起了那个多情的唐明皇，那个不要江山要美人的帝王。可是，命运很多时候并不掌握在自己手中，即便如帝王又如何？拥有整个江山却无法拥有无法保护心爱的女人。晚年才博得一个举人的柳永，又如何真正掌握自己的命运。柳永在这样的悲悯之中找到了现实的生活。

在北宋词坛政坛上，柳永相比那些声名显赫的词人来说，实在是卑微至极。在名利场，烟花地，柳永一贫如洗，依旧赢得无数知己红颜。那些脂粉女子，那些被认为只重权势的女子，却对落魄的柳永付出了无限深情。

或许真的是因着“衣带渐宽终不悔，为伊消得人憔悴”的衷情告白，也或许是因着“系我一生心，负你千行泪”的温情倾诉，也或许是因着“想佳人、妆楼颙望，误几回、天际识归舟”的缠绵悱恻。柳永一生，混迹青楼而执迷不悟，深信歌妓的情深。每一次的离别，都是那么难舍难分，每一次的远离，都是那么的痛彻肺腑。

苦等四年才可高声歌唱的寒蝉，才有一个月太阳底下的歌唱。同苦守漫长空闺寂寞岁月的女子，才有相聚日短的欢会。长亭的荒芜与前路的茫茫，相守如此艰难。

雨过天朗气清，正是漫步牵手之时，正是窃窃私语诉说衷肠之时，正是相看日落月出，细数岁月如歌，共度良宵之时。可是，兰舟已备，登程已紧，想前路渺茫，想旅途孤寂，想天涯海角，想心爱之人天各一方。思绪纷乱，从何说起？

伤离别，在通信交通都不发达的时代成为一种常见主题。我们不难看到为亲人为朋友而写就的伤别诗，除了柳永，谁会为了一个青楼女子如此伤怀？

从那秋风悲鸣，我们读出了诗人的难舍；从那夹岸杨柳，我们读出了诗人的留恋；从那晓风凄冷，我们读出了诗人的伤怀；从那残月孤照，我们读出了诗人的担忧。相见时难别亦难，欢会之日恐怕更是遥遥无期。

此去便是漂泊，便是远离，便是浪迹天涯，便是无穷无尽的思念和悲愁了。万种情思，千种风情，谁人能懂？何人能会？若非真情，若非深意，如何令后代无数人读之黯然神伤？“语不求奇，而意致绵密”，字字写景又字字含情，如风行水上，起伏跌宕而不着痕迹。

八声甘州·对潇潇暮雨洒江天

对潇潇暮雨洒江天，一番洗清秋。渐霜风凄紧，关河冷落，残照当楼。是处红衰翠减，苒苒物华休。唯有长江水，无语东流。

不忍登高临远，望故乡渺邈，归思难收。叹年来踪迹，何事苦淹留？想佳人，妆楼颙望，误几回、天际识归舟。争知我，倚栏杆处，正恁凝愁！

柳永，当他带着一身才华浪迹于花街柳巷，注定了他一生的悲欣交加。他用才情换得女子无限深情，同时付出的是安身立命之本。从此他的眼中心中，唯有秋天的寒意与秋日的凋零。从此他的生活生命，唯有沦落的遗憾与踪迹的飘零。从此他的一生，注定是一个悲剧故事。只是为了那些缠绵的诗词而活着。他的一生，在女人的温柔中沉沦与哀叹，在烟花柳巷之中，消散了他的才情消磨了他的生命。

暮雨潇潇，江天寥廓，而自己亦如那漂泊的一叶扁舟无处安身。西风凄紧，北雁南飞，而自己亦如那南飞的离群归雁无路可走。残日余晖，花落叶败，而自己亦如那秋日的枯枝落叶了无生趣。万物皆休，唯有江水东流，流逝的还有时间与生命与理想与一切的抱负。

一时的情感冲动，一时的牢骚之语，最终葬送了一切仕进之路。当他清醒之时，当他站在异乡的楼头，他不知道以一介布衣，如何面对故土的亲人如何面对官僚的家族。归家的急切与前路的迷茫，红粉佳偶的挽留与天际归舟的呼唤，倚栏眺望的乡愁与仕途失意的幽怨，令潇洒的柳永成了纯粹的词人，他的生活不再单纯，从此，在一份宁静中多了一份纠缠，在一份浪漫中多了一份悲凉，在一份喜悦中多了一份辛酸。

少年游

长安古道马迟迟，高柳乱蝉嘶。
夕阳岛外，秋风原上，目断四天垂。
归云一去无踪迹，何处是前期？
狎兴生疏，酒徒萧索，不似少年时。

人生暮年的柳永，顿感岁月如梭。曾经的冶游饮宴实在只能是年轻时的荒唐事。今日，当长安已成古道，当骏马不再奔驰，当蝉鸣不再嘹亮，当夕阳不再辉煌，当秋风不再停歇，我知道，在那遥远的天涯海角，将是我最终的归宿。

旧友寥落，红颜散去，欢宴不再，当一切终成过往，当我再也找不到当年的意气风发的模样，当我再也回不到那风流倜傥的好时光，我知道，我是应该回去了。

如此落寞的词句，却偏要用《少年游》这样的词牌，不知道是否是柳永的有意为之还是造化弄人，平添许多伤感与悲叹。

柳永，他一生所钟爱的那些女子没有辜负他的才情。晚年穷愁潦倒，死时一贫如洗，出殡时，东京满城名妓相约送行，半城缟素，一片哀声。北宋初年，还不是一个礼法森严的时代，否则，这样的历史或许早已湮没于尘土。

小园香径里的婉约情

——晏殊

无论是得意也好失意也好，文人要写出几首婉约情诗调情小令，是信手拈来的小事，并不需要刻意为之，也不需要多少生活体验。由晚唐到北宋初年的婉约词，格调是定好的，情调也是定好的，不同的词人，只需要在遣词造句之间做些文章就可以了。所以，此时的词人，有轻松的心情慢慢修炼，有宽松的时间细细锤炼。

晏殊就是这样的文人。他做了五十年的高官，处事谨慎，自奉俭约，没有流传出什么风流艳事。与当时的许多文人雅士一样，常“以歌乐相佐”（《避暑录话》）。家中蓄养歌妓，留客宴饮，是为官者的普遍现象。如晏殊这样的生活境遇与人生况味，本不该有多少幽怨伤感，但他的词作中，写离愁别恨却颇多。或许只是酒筵歌席上信手挥写，以付歌妓，艺人歌唱，以助酒兴，别无深意。

中国古代文人，需要在出世与入世之间徘徊，总是艰辛的。真正做到洒脱的自在，过得潇洒而不必纠结的，过得开心而不必痛苦的，只有王维与晏殊。

王维还需要以苦行僧式的生活完成内心的修炼，在山野与朝堂之间奔走。而晏殊，春风得意五十年，没有什么大的波折，也不需要有什么为民请命的压力。他是那种命运特别好的人。

十四岁时就因才华洋溢而被朝廷赐为进士。第三天复试“赋”时，看题后奏道：此赋题自已以前曾做过，请求另改它题。晏殊的这种诚实与才华，为他日后的仕途铺平了道路。官场并不一定就需要阴谋。晏殊一生磊落，一生平坦。多年身居要位，却平易近人。唯贤是举，举贤不避亲。范仲淹、孔道辅、王安石、韩琦、富弼、欧阳修等皆经他栽培、荐引，这些人，在北宋日后的政治舞台上呼风唤雨。

晏殊的政治才能并没有得到很好的发挥。而他提拔推荐的几位文臣，都成为北宋名臣。他兴办官学，结束了五代以来学校屡遭禁废的局面。《宋史》本传说：“自五代以来，天下学校废，兴学自殊始。”晏殊的名头，虽然没有他的学生们响亮，而作为教育家与北宋初年词作家的晏殊，是应该享有盛誉的。

浣溪沙

一曲新词酒一杯，去年天气旧亭台。夕阳西下几时回。

无可奈何花落去，似曾相识燕归来。小园香径独徘徊。

诗词的魅力，首先表现的是一种美学意义的追寻。哲理是在其次的。读这首词，我独爱“小园香径独徘徊”的那份优美与悠然，独喜那份寂寞与忧伤，独恋那份幽深与芬芳。

词境全在这小园香径之中次第开放。楼台亭阁的深沉心事，暮春季节的悠悠往事，清歌美酒的崇文尚雅，潇洒安闲的文人意态，在以歌侑酒的清怀之间沉醉。

词意全在这独自徘徊之间伸展开来。去年风物今日景，夕阳西下昨日情，花开花落惹情丝，燕子归来人去也，悲歌闵怀的伤怀恋旧，在人事全非的叹惋之中幽咽。

“无可奈何花落去”，淡淡的文字，透着浓浓的诗意。“似曾相识燕归来”，浅浅的文字，藏着深深的痴念。

归来的燕子也只能是似曾相识，重归时，已不是当年的模样。一季的花开也只能等待来年的相遇，重开时，亦是此花非彼花。

感知迟钝的人，看到夕阳西下，想到新的一天来临，联想的是初升的朝阳。而善感的词人，总是在朝夕之间，日子的来来往往之间，感知诗意，生发灵感，抒写情怀。古人对于夕阳，对于归燕，对于落花，有着无限伤怀，无穷诗意。

鹊踏枝

槛菊愁烟兰泣露，罗幕轻寒，燕子双飞去。明月不谙离恨苦，斜光到晓穿朱户。

昨夜西风凋碧树，独上高楼，望尽天涯路。欲寄彩笺兼尺素，山长水阔知何处。

菊花如烟，兰花含泪，菊花与炊烟，相似的是那份梦幻的神韵。兰花与眼泪，相似的是那种珠玉的晶莹。“槛菊愁烟兰泣露”，读着拗口，却有着扑面而来的纯粹静美。词人眼中那秋晓庭圃中的景物，竟也如人一般多愁善感，情意缠绕。词人眼中之物已然如是，词人心境自然更是愁肠百结，思绪万千了。

天气微冷，帘幕低垂，只是因为，自知远行不归，怕见燕子双飞，怕望明月澄明，怕看月光照孤身。明月何尝知道离人的寂寞。明月既已不解风月，那菊花那兰花那帘幕那燕子自然也是不懂风情的。它们在词人的笔下相聚，仅仅是因为词人内心的一种思绪的呼唤，仅仅是词人一次情感宣泄的渠道。

“昨夜西风凋碧树，独上高楼，望尽天涯路。”这样的佳句，可遇不可求。需要修炼的灵感，也需要文学的悟性。一夜西风，绿树摇曳，风吹落叶，吹落的是春天，吹老的是爱人，吹走的是相思。孤独的人，萧索的景，这样的天地之间，情感需要一个出口，视野需要一种境界。高楼只是相对的，天涯只是意念的，音书只是虚幻的。但是，在词人笔下，那高楼是无限的，天涯是无穷的，音书是可以翻越迢迢山水的。

古典诗词，翻译成别国的语言，一定是索然无味的。只有汉字之美，才会有这样的艺术感染力。感谢那些敏感的文人，将汉字魅力演绎得如此美丽。只有深具文化底蕴的中国人，才能读懂这样的佳作，平常百姓的日子，在咏叹诗词中变得悠远而绵长。

诉衷情

芙蓉金菊斗馨香，天气欲重阳。远村秋色如画，红树间疏黄。

流水淡，碧天长，路茫茫。凭高目断，鸿雁来时，无限思量。

芙蓉、金菊、枫林、黄叶，有花香有艳丽。秋天的日子，显得格外悠长。山村的秋色，显得格外淡远。想来，古典的天空，因为没有现代的污染，没有如今的雾霾，没有汽车尾气，那水天一色，碧空万里，视野辽阔，至今引人遐思无限。

从花到树，从溪水到碧天，从近景到远景，从周围到乡村，色调是丰富的，画境是绚烂的，秋景是浓烈的。

鸿雁归来，是登高所见。思量无限，是秋日所叹。天地之间，山水之间，草木之间，秋水无波，清光澄净，水淡天长之间，只觉着一尘不染。因此，视野开阔，路途延伸，情意蔓延开来。

“一切景语，皆情语也。”思量什么，为什么思量，读者心境不同，处境不同，修养不同，思维不同，那么，景语看似相同，情语可以有别。不能不佩服这些士大夫文人，能够在那些被无数次重复使用的词语之间，不断翻出新境界。

踏莎行

碧海无波，瑶台有路。思量便合双飞去。当时轻别意中人，山长水远知何处。

绮席凝尘，香闺掩雾。红笺小字凭谁附。高楼目尽欲黄昏，梧桐叶上萧萧雨。

若没有波涛阻拦，海上仙山也是可以抵达的。若愿意架设天梯，王母瑶池也是可以造访的。若念真情，可以借助爱的翅膀，一起飞往神仙眷侣的桃源梦境。人生有憾，是因为懂得时，待回首，已是事过境迁。若重离别，就不会让“意中人”轻易离开，更何况是不知投往何处？若轻别离，就不会有这么多的愁思缠绕，更何况是远隔天涯无音讯。人生总是在矛盾与纠结之间心痛徘徊。

“绮席凝尘，香闺掩雾”，爱人远离，宴席不再，香闺冷落，无心洒扫庭院，无心拂拭积尘，无心燃起熏香。自别后，慵懒而无趣。“绮席”“香闺”，暗透闺怨情，用词香艳。“凝尘”“掩雾”，凝结相思意，用语清冷。不同风格的词语，组合在简短的词语里，形成回肠荡气之韵味。

“高楼目尽欲黄昏，梧桐叶上萧萧雨”，李清照有“梧桐更兼细雨，到黄昏，点点滴滴”，温庭筠有“梧桐树，三更雨，不道离情正苦。一叶叶，一声声，空阶滴到明”，许多词人发掘出黄昏梧桐细雨的美学意象，它们的完美结合，共同造就出审美意蕴。

古典诗词，许多时候，写作的目的，并不是为了表达情意，而是为了营造一种美学意义上的诗词境界。晏殊的婉约词，就是这样的代表。文人不一定非要“我手写我心”，照样写得精彩写得迷人。晏殊的婉约词，就是这样的代表。

六一居士的婉约情怀

——欧阳修

无论是仕途还是学问，欧阳修都站在那个时代的高地上。他的存在，影响了北宋百年政坛与文坛。他受到许多人仰慕，也遭受许多人倾轧。而真正与他对话的人，却很少。高处的欧阳修其实是孤独的。备受猜忌与陷入政治漩涡的他，亦是痛苦的。身为一代大儒，朝廷忠臣，学子楷模，却三次大起大落，两次陷入不伦绯闻，让他身心俱疲。

少年孤苦。4岁丧父，随叔父在湖北随州长大，母亲郑氏是他最初的启蒙老师，常用芦苇在沙地上写字、画画，教他识字。欧阳修常从城南李家借书抄读，书不待抄完，已能成诵。叔父曾对欧阳修母亲说：“嫂无以家贫子幼为念，此奇儿也！不唯起家以大吾门，他日必名重当世。”欧阳修能够走出穷乡僻壤，得益于他智慧的母亲与识才的叔父。

青年得志。23岁中进士，可谓年轻得志。30岁左右政坛文坛，可谓意气风发。苏轼、苏辙、曾巩，在欧阳修主持的一次科举考试中同时录取。当年，进京学子，若能得见欧阳修，就算是踏上了成功的阶梯。

晚年彻悟。藏书一万卷，金石一千卷，琴一张，棋一局，酒一壶，吾一翁。悠游于经文金石，神游于古琴古韵，醉心于美酒，博弈于围棋。经历过人生的大起大落，彻悟后的欧阳修，为自己找到了最佳生活形势，只是，这样的生活，等待了几十年，仅仅享受了一年。

诗意浪漫。当欧阳修行走在江南的烟雨迷蒙中，那些风花雪月的艳词丽语是如何地醉倒情感丰富的词人士子佳人。“月上柳梢头，人约黄昏后”成全了后世多少有情人。“离愁渐远渐无穷，迢迢不断如春水”勾引起多少思妇相思的情愁。“醉翁之意不在酒，在乎山水之间也”逗引起多少游子故园之情避世之念。

总以为位高权重者如欧阳修，一定是道貌岸然令人生畏甚至令人生厌的学究腐儒，可是，当我们带着最浪漫的情愫进入欧阳修的词作，却是另一番情景。或者心领神会产生共鸣，或者掩卷沉思神游八极，或者低回击节情不自禁，或者起坐彷徨思绪飘渺。他的婉约词，不知有多少人为之转辗反侧，不知有多少漂泊游子低首扼腕，不知有多少闺中女子思绪难宁。

蝶恋花

庭院深深深几许，杨柳堆烟，帘幕无重数。玉勒雕鞍游冶处，楼高不见章台路。

雨横风狂三月暮，门掩黄昏，无计留春住。泪眼问花花不语，乱红飞过秋千去。

“庭院深深深几许”，三个“深”字，占尽风流。汉语言的魅力在古典诗词的语义重复之中得以尽显。庭院深锁，闺阁幽深，寂寞深闺。三个“深”字，极富韵律。等待日久，伤怀日深，幽怨难消。闺中女子的心事在这无限伸展的幽远意境中得以流淌。

在极为讲究用词简练的词作中，语词的复沓需要慎重，何况“深”字何其平常。却因为词人很好地假设了意境，假设了故事，于是，枯燥的词语变成了鲜活的语言。

这是一个养尊处优的多情女子。环境幽静，装饰豪奢，对一般的女子而言，能有这样的处所，当是幸福的事情。而对思春的少妇而言，仅仅有着优渥的生活是不够的。她们还要奢望男子的怜爱，心灵的抚慰。

这是一个被冷落遗忘的深阁女子。她爱的人却留恋烟花柳巷。当三月的风雨来临的时候，当春花渐渐零落的时候，当容颜慢慢老去的时候，年轻的女子，忍不住内心的那份担忧与怨怼。

这是一个扑朔迷离的深闺女子。很难判断这位女子的真实身份。是一夜风流的弃妇怨女？是男子一时兴起的金屋藏娇？是明媒正娶的结发妻子？

男子寡恩女子痴情，千古不变的文学主题。女子的眼泪，仅仅是对花而言。独自泪眼问花，何时是归期。寻欢的男子不会在意这样的等待与痴问。

女人，只有找到了自己，才能让别人看到自己的存在。而这样的理论，在文化禁锢的时代，对女子来说，是天方夜谭。孤独的女子，深藏闺中的女子，就只能登高远眺，失意徘徊。

踏莎行

候馆梅残，溪桥柳细，草薰风暖摇征辔。离愁渐远渐无穷，迢迢不断如春水。

寸寸柔肠，盈盈粉泪，楼高莫近危栏倚。平芜尽处是春山，行人更在春山外。

西汉时淮南小山有《楚辞·招隐士》：“王孙游兮不归，春草生兮萋萋”，从此，萋萋春草带有了惜别伤别的韵味。

南北朝时陆凯有《赠范晔》：“折梅逢驿使，寄与陇头人。江南无所有，聊赠一枝春。”从此，折梅寄远成为古典诗词的经典场景。

盛唐时李白有《忆秦娥》：“年年柳色，霸陵伤别”，从此，霸桥折柳赠别成为一种风俗，成为诗词中的常用意境。

草绿的罗裙、柳细的眉黛、花好的容貌，“花似伊，柳似伊，花柳青春人别离，低头双泪垂”，如此唯美如此诗情，有着无穷的韵外之致。

中国古典词人，最懂得浪漫也最懂得审美最懂得抒情也最懂得煽情。他们笔下的痴男怨女，恩恩怨怨，他们笔下的每一次离别，每一种相思，都写得那么深情那么伤怀那么婉转。

每一次的离别，每一次的远行，都似生离死别一般。用自然的风物，用他们的深情，用他们的才情，倾注于一个“情”字。带领今天的读者穿越时空，去身临其境，感悟千年文脉，享受千年清欢。

聪明的词人，将他们的离别设在候馆，设在春天，设在溪桥，设在梅林，设在柳树下，设在芳草间，而所有的这一切意象，经由千百年文人不断叠加伤别的情绪，让词境有了厚度有了深情有了韵味。它们共同搭建了一个别离的舞台。

有了前面的众多铺垫，“离愁渐远渐无穷，迢迢不断如春水”，才不显突兀，才是水到渠成。愁如春水，绵绵不绝。分别之际，已是难耐，离别渐远，自然更兼伤怀。

柔肠也罢，粉泪也好，是情绪催生的自然结果。登楼远眺，倚栏等待，是渐行渐远渐无穷的自然流露。

一首好词，难以起笔高，结尾依然可以呼应。而这首词，起笔不凡不俗，结尾更是精彩绝伦。望尽平芜，望断春山，不见行者，行人还远在春山之外，飘渺无踪迹。思绪无限延伸开来，相思渐渐弥漫开来，缱绻深情缠绵悠长。

一座春山，间隔着行人与居人。一座春山，阻隔着视野与归路。一座春山，预示着远去与思情。一座春山的适时引入，全词境界顿然脱俗超绝。

诗以景胜，词以情胜。而这首词，情胜景亦胜。

南歌子

凤髻金泥带，龙纹玉掌梳。走来窗下笑相扶，爱道“画眉深浅入时无？”

弄笔偎人久，描花试手初。等闲妨了绣功夫，笑问“鸳鸯两字怎生书？”

阅读古典诗词，感觉中国古典美女，都是在头饰与眉间做足文章，她们的美，也主要集中在这里。文人心意也只是在眉目之间流转文人才情，也只就头饰眉目抒写，侧重的也是意态与神韵。而现代美女显得直白、直接而直露，只可远观不耐近看，只可眼观难以细品。

一代大儒欧阳修写情诗，在今天似乎难以想象。今天网络上，突然有了一首国家领导人的情诗，怕是会引起极大的轰动效应。而欧阳修却写了不少这样的闺怨诗送别诗甚至艳情诗。中国文人的浪漫深入骨髓，并不因为身份地位而有所减损。

有这样一位新娘，盛装打扮之后，笑语盈盈，携手夫君，做最后的眉间修饰。夫君亲自为她描眉，边谈笑边欣赏。成为早间最美好的情事。而这样的日子，似乎成为一种习惯一种常态。凤髻、金泥带、龙纹、玉掌梳，雍容华贵之态即由头饰一端尽显无疑。新婚女子如此娇艳美丽，新婚燕尔如此和美温情。

娇娘的笑说笑问，娇娘的相扶相依偎，如此娇羞如此调皮如此温柔，面对这样的娇娘，男子唯有静静享受柔情，久久难以离去。“弄笔偎人久”，一个“久”字，柔情蜜意尽显。恐怕是要惹得旁人妒了。

阮郎归

南园春半踏青时，风和闻马嘶，青梅如豆柳如眉，日长蝴蝶飞。

花露重，草烟低，人家帘幕垂，秋千慵困解罗衣，画梁双燕栖。

风和日丽，马嘶声声。结伴郊游，沐浴春光。过眼处，花时已过，青梅结子。柳尽舒青，如眉剪黛。日长气暖，蝴蝶纷飞。即便是暮春之际，依旧要踏歌而行，尽兴而归。这是古人的风流，亦是少妇的浪漫。

郊外，明媚春光里，或者是有着携手相伴的人，或者是有着寄托思情的事，或者是有着流连忘返的景。直待晚露起，直待烟草飞，直待帘幕垂，依旧恋恋不舍，直待秋千架下睡意来临，方才作罢。

这是一位贪玩的女子，她踏青游赏戏罢秋千，依然意犹未尽。

这是一位多情的女子，她留恋春光抓住春色，实在别有用心。

这是一位慵懒的少妇，她游归小憩轻解罗裳，实在美妙动人。

“双燕”的点缀，让这幅画面，陡然之间生出无限情趣。女子的心思，女子的举止，女子的暧昧，全都在归巢的双燕身上得到了诠释。于是春景芳情，浑然莫辨。

总以为古人生活乏味，情调全无。却原来，他们比今天的你我，更懂得享受爱情享受春天享受自然美景。他们的行为更洒脱更自在更真实。没有刻意作秀没有刻意逢迎，一派天真淳朴。

当我们忘了那个高坐朝堂的欧阳修，就走近了欧阳修的婉约情怀。这些游戏之作，带着古典韵律，延续下来流传下去。

痴情文人多情梦

——晏几道

晏几道有一个非常成功的父亲，也有一个显赫的家庭。但是，晏几道从来没有沿着父亲的足迹走他的人生之路，也没有依靠父亲的门生走他的仕途之路。在讲究裙带关系的官场，没有人举荐与扶持，就只能默默无闻。晏几道一生只做过颍昌府许田镇监、开封府推官等小吏。但这些，并不影响他的地位。因为他的文才令许多才子仰慕。即使孤高的苏轼，也很想走后门拜见晏几道。

据史料记载："元祐中，叔原以长短句行，苏子瞻因鲁直（即黄庭坚）欲见之，则谢曰：'今日政事堂中半吾家旧客，亦未暇见也。'"当时苏轼在京，正受帝、后赏识，迁中书舍人、翰林学士。而苏轼的才华横溢亦是众所周知的。旁人想见苏子一面，恐怕亦非易事。而在晏几道这里，苏子却被拒之门外。仅此一例，晏几道的孤高令人侧目。

他特立独行的个性直接导致了晏氏家族最后的衰落。而他从不后悔。因为，他没有想过走什么捷径。不愿意利用裙带关系而失去诗人的单纯。所以，他的诗词内容纯粹，他的诗词意境柔美，他的诗词情感丰赡。

黄庭坚在《小山词序》说："仕宦连蹇，而不能一傍贵人之门，是一痴也。论文自有体，不肯作一新进语，此又一痴也。费资千百万，家人寒饥，而面有孺子之色，此又一痴也。人皆负之而不恨，已信之终不疑其欺己，此又一痴也。"不愿傍贵人，是孤高。不肯写新词，是守拙。不懂谋生计，是简单。不想防欺诈，是忠厚。

文人与社会，是一个很难说清楚的关系。一方面， 他们总是用最简单的思维处理现实的人际关系，用理想状态看待复杂问题，一方面，他们的作品中，往往有着深广的内涵，对社会人生看得最清醒的，往往是文人。他们一方面单纯着，一方面复杂着。比如沈从文，他八十岁回故乡，坐到地上大哭不愿起来，说是不想离开家乡。比如晏几道，即使被骗千万次，也不会改变最初的判断。而同时，他们的作品，却有着深远的主题表达。

汪曾祺说："《边城》是一个温暖的作品，但是后面隐伏着作者很深的悲剧感。"写作《边城》的沈从文是复杂的，日常生活的沈从文是简单的。

或许是文人的心思都用在了他们的创作上，用在了他们关心的性灵上，与现实人生，他们总是不愿意多费神思吧。

晏几道于现实生活，几近白痴，而于诗词书画，几近天才。有人评价他的诗词"出元献（晏殊）、文忠（欧阳修）之右……措辞婉妙，一时独步"（《白雨斋词话》）。这样的评价，是否有失公允，且看他的几首诗词，再作评判。

临江仙·斗草阶前初见

斗草阶前初见，穿针楼上曾逢。罗裙香露玉钗风，靓妆眉沁绿，羞脸粉生红。

流水便随春远，行云终与谁同。酒醒长恨锦屏空，相寻梦里路，飞雨落花中。

据《荆楚岁时记》："五月五日，四民并踏百草。又有斗百草之戏。"斗草之戏起源无考，远古先民艰苦求存，生活单调，暇余以斗虫、斗草、斗兽等为戏自娱。斗草有武斗文斗之分。比赛双方先各自采摘具有一定韧性的草，然后相互交叉成十字状并各自用劲拉扯，以不断者为胜，称为武斗。对花草名，女孩们采来百草，以对仗的形势互报草名，谁采的草种多，对仗的水平高为胜者，称为文斗。

《红楼梦》第六十二回中，宝玉生日那天，众姐妹们忙忙碌碌安席饮酒作诗。各屋的丫头也随主子取乐，薛蟠的妾香菱和几个丫头各采了些花草，斗草取乐。看来斗草之戏，不只是民间女子的游戏，贵族女子也热衷于此。如此，这位让词人牵挂的女子身份难以确定。不知是深闺女子还是风尘女郎。

《西京杂记》载："汉彩女常以七月七日穿七孔针于开襟楼，人俱习之。"七夕节最早发端于西汉宫廷，后流散到民间，以"乞求女子巧慧"为主。如此，这位让词人思慕的佳人身份依旧难以确定，不知是小家碧玉还是大家闺秀。

斗草阶前的偶遇，穿针楼上的巧遇，引发了一段浪漫的爱情故事。女子的绫罗长裙飘逸生尘，女子的葳蕤头饰熠熠生辉。淡妆初成，眉间翠黛，粉脸娇红，让词人情不自禁，心生爱慕。娇羞的女子，有着恒久的美丽，荡漾着诗人的春情。

被挑逗的爱情来得快也去得疾。那个远去的女子，原来是行踪不定。爱情如水流，日子如春去。远去的女神，此时不知倚在谁的怀抱？失意的词人在酒醒之时，在梦境之中，在空房之间，依旧数着当年的繁花，依旧循着记忆的足迹，追着花飞花落，寻着似水流年。

无论结局如何，爱过恋过开心过欢乐过，就够了。相守也罢，分手也罢，梦境依旧，思念依旧，就是爱的境界。

蝶恋花·醉别西楼醒不记

醉别西楼醒不记，春梦秋云，聚散真容易。斜月半窗还少睡，画屏闲展吴山翠。

衣上酒痕诗里字，点点行行，总是凄凉意。红烛自怜无好计，夜寒空替人垂泪。

为离别而设的酒会，自是伤怀伤情。词人却说醒后不复离别之伤。是真的忘却了还是情感本就淡漠？“春梦秋云，聚散真容易”，却原来人生经历过无数次的悲欢离合，似乎麻木了，似乎薄情了，似乎寡恩了。看惯风云变幻，就不会在乎微风细雨了。

若说真忘怀，又何来填词吟唱呢？若说真寡情，又何来深夜难眠呢？看来，词人只是为了说自己想忘，其实却不敢忘，难以忘。于是，当初的欢会之景，悠然展开。床前画屏，窗台红烛，窗外青翠，没有明说的是这样的场景之下，那个相依相偎的有情人。酒醒之后，当初的情景如诗如画进入眉眼之间。那份伤怀，何须记何须忆，融入血脉融入生命之中。

宴会之上的诗文，点点滴滴，真真切切，满是凄凉意，满是难舍情。佳人已经远去，良友已经远行，唯有那窗台的红烛，泪滴到天明。唯有流泪的红烛，陪伴度孤夜。词人似乎看懂了爱的真谛，当相爱的人选择离开，就不要奢望再次聚首。因为，即使重逢，亦不复当年。

鹧鸪天·彩袖殷勤捧玉钟

彩袖殷勤捧玉钟，当年拼却醉颜红。舞低杨柳楼心月，歌尽桃花扇底风。

从别后，忆相逢，几回魂梦与君同。今宵剩把银釭照，犹恐相逢是梦中。

不知从何时开始，文人出入烟花之地，是公开的秘密。而烟花巷中的女子，必须懂音律懂辞赋会饮酒会舞蹈，如此，才能配上才子的诗情与浪漫。

与诗不同，词为艳科。写词的文人，几乎都为那些烟花女子写过几首艳词。晏几道、柳永，是惯于写艳词的。他们将自己一生的诗情都给了那些风尘女郎。

舞女与酒徒之间的爱情故事，本没有多少真情可言。而浪漫的词人，硬是将这如烟花般的爱情写得动心动情。酒徒只是为了博取红颜一时欢悦，舞女只是为了博取才子一时青睐，虽则只是一时的寻欢，也要一个殷勤一个拼命。一个殷勤劝酒一个拼命买醉。风月场中的那些情感，到了词人的笔下，成为美丽的神话。

伊人舞姿曼妙，歌声婉转，杨柳的柔曼，桃花的娇艳，月落西山，羽扇轻摇，一曲舞罢，意兴阑珊。随之而去的，或许还有那份柔情蜜意。

相聚相离，梦境现实，到底哪一个才是真实？哪一个才是眼前？今宵昨夜，文人，用他们如簧之舌，用那些美艳的语词，撩拨着女子的芳心。文字并不等于真实的爱情，也不等于现实的生活，可是，深陷其中的男女，总是愿意相信语言的魅力，而淡忘现实的残酷。

魂牵梦萦也好，刻骨相思也好，都只是文字表述而已。古往今来，有几个经典爱情故事呢？文人，活在自己的浪漫里，活在自己的理想中，忘却了现实的残酷，忘却了生活的本真。

阮郎归・旧香残粉似当初

旧香残粉似当初，人情恨不如。一春犹有数行书，秋来书更疏。

衾凤冷，枕鸳孤，愁肠待酒舒。梦魂纵有也成虚，那堪和梦无。

词人化用女子口吻，化身闺中女子，细细品味寂寞女子负心汉的心路历程。这样的诗词，并不少见。晏几道的这首词，似乎有着特别的味道。

情感表达直白，相对于讲究内敛与含蓄的诗歌来说，似乎是败笔。而细节的选取却掩盖了情感的直露。“旧香残粉”，闺中女子常用之物，信手拈来，有场景感，具真实性。阅读者若有着无限想象力，这一意象，就开始生动丰满起来。

“旧香残粉”，当年，女子为博取欢心而精心打扮，男子为讨好女子而临窗画眉。今日，女子因情人远去而无心打扮，男子因美人迟暮而爱意阑珊。当年，粉状妖娆幽香沁人，今日，胭脂留醉人不同。物是人已非，人在情缘逝。仅仅是寻常之物，到了词人笔下，含着千丝万缕千言万语。

寒夜寂寥，孤枕难眠，愁肠百结，美酒亦是浇愁物，欲待消愁恐怕只能是愁更愁，寂寞更兼心痛。若走远的人不想回家，若相爱的缘分已尽，还不如不要入梦来，还不如从此两不相忆不相欠。然则，负心的男子总是多，痴情的女子总是傻。宁愿从此不相见，却不愿从此不入梦中来。

爱，是一份坚守，即使是单方面的游戏，也总是要玩到最后，玩到极致。世间，总是有着这样痴情人，才有了那些凄美的诗词，流转百代，流传千年。

官场失意而情场诗意，晏几道将他的才情都献给了那些美丽的女子。抒写她们的性灵，她们的命运，她们的凄美。抒写自己的婉转情事，个人的前尘往事，人世的悲欢离合。于是，他的诗词，独步北宋诗坛。

巴山蜀水走出来的文化巨子

——苏轼

有谁知道，在公元1037年的某一天，一个降临在四川眉山偏僻村庄的弱小生命，会在未来带给中国文坛巨大的震动。他那精彩绝伦的人生至今如同一部经典巨著，每一个走近他的人，只要翻开这本书，都会被那荡气回肠而波澜起伏的故事深深吸引，沦陷其中，无法自拔。苏东坡，一个全能型的文化巨子。他的一生，多姿多彩。在千年的时空中，放射出奇异的光彩。照耀着无数追随他，爱慕他，崇拜他的生前身后人。

巴蜀之地，自古以来，英才辈出。苏东坡，是天府之国送给历史的珍稀之宝，为中国文化树立了一座新的丰碑。中国文化史，因为有了苏东坡的横空出世而异彩纷呈。其文，与欧阳修并称欧苏。其诗，与黄庭坚并称苏黄。其词，与辛弃疾并称苏辛。其书画，与黄庭坚、米芾、蔡襄并称宋四家。后人不知如何定位他的天纵之才。只能用这样简单的比方，将各个领域中最杰出者与之比肩，以此来颂扬他，褒奖他，赞美他。

苏东坡，只需在某一个无法安睡的月夜，遥望星空，故国家园的一草一木，就会如影随形伴随他一路远行。只需在某一个突然醒来的清晨，推窗而望，故国风物的一山一水，就会接踵而来陪伴他浪迹天涯。只需在某一个突然降临的困境，思绪飞扬，巴蜀文化的一招一式，就会如约而至化解他心中烦忧。

巴蜀之地的文化内质，始终留存在他记忆深处。在无数个白天夜晚，无数次遭遇人生窘境之时，是流贯千里的蜀水带给他灵动的性情，是延绵千里的巴山带给他通达的思维，是孕育于此的普贤文化带给他心忧苍生的悲悯情怀，是发源于此的道家哲学带给他心灵自适的处世智慧。唯有真正的物华天宝之地，才会造就苏子这般的人物。巴蜀文化的兼收并蓄而博大精深，一定对苏子的思想性格文风的形成产生过深远的影响，这是一个值得研究的论题。

若论仕途，以苏子之才识，何事不成？那么，巴山蜀水的文化之源，阻碍了他前行的脚步，让他过于自由散漫的心性无法适应官场的规则。若论人生，以苏子之秉性，何处不欢？那么，巴山蜀水的文化之流，流淌于苏子血脉之间，流淌于苏子的灵魂深处，让他无处不安适，无处不快乐。令他的诗情在每一次的困厄之中，发挥到极致。

无论是在朝堂为官，在地方为政，还是在山野务农，他都是一样地充满达观的态度与充满激情的生活。任何外在的处境，都无法改变他。四十五岁被贬黄州，五十九岁被贬惠州，六十二岁被贬儋州，每一次被贬，只会让他的人生更精彩。没有私欲，没有权力野心，无论身在何处，都一样地潇洒自在。那些政敌，那些千方百计要将东坡排挤出京城的政要们，又如何懂得他内心的光明坦荡与一尘不染。青年的意气风发，中年的愈挫愈勇，老年的达观淡泊，竟然如此完美地融合在苏子身上，连绵千年依然余音绕梁，就如同那些流传久远的诗词。随便的吟诵几句，都是口齿留香。

定风波

三月七日，沙湖道中遇雨。雨具先去，同行皆狼狈，余独不觉，已而遂晴，故作此词。

莫听穿林打叶声，何妨吟啸且徐行。竹杖芒鞋轻胜马，谁怕？一蓑烟雨任平生。

料峭春风吹酒醒，微冷，山头斜照却相迎。回首向来萧瑟处，归去，也无风雨也无晴。

苏东坡，每到一处，只要是手中有权，他都将这个权力发挥到极致，造福一方百姓。守城，退洪水，平定边乱，开荒，种地，抚养孤儿，教化百姓，这所有的一切，只是在谈笑之间，举重若轻，轻易达成。他只是一任自己的本心做官做事，不带任何名利之心，心忧苍生的情怀始终不改。

“莫听穿林打叶声，何妨吟啸且徐行。”人生何处无风雨，风也好雨也好，心若无挂碍，又有什么是可以影响的呢？莫听，莫问，莫言，任它风雨如晦，我自逍遥坦荡。这就是苏子的气度与胸怀。有谁见过，风雨之间，依旧漫不经心。泥泞之间，依旧吟啸放歌。荒野之间，依旧悠闲喜乐。这，不是有意为之的诗意，更不是附庸风雅的诗情。而是生命本真的再现，是洞彻人世苍凉与人情悲欢的淡定。

“竹杖芒鞋轻胜马，谁怕？一蓑烟雨任平生。”苏子的洒脱，是来自对生命的通透，来自对名利的彻悟。他的为官，只为证明自己的价值，于是，无论身在何处，无论身处高位还是低阶，他都能有所作为都能造福一方百姓。面对生活的凄风苦雨还是政治的腥风血雨，他都能坦然面对。我行我素，自有笑傲人生的轻松喜悦的豪迈之情。

“料峭春风吹酒醒，微冷，山头斜照却相迎。”一般的文人，酒醒时分往往坠入愁更愁的深渊。而苏子在酒醒时分，在春寒料峭中，在雨过初晴时，在醉酒朦胧间，却见斜阳初照的光芒，却见山林葱绿的清新，却感天人合一的融洽。

“回首向来萧瑟处，归去，也无风雨也无晴。”一路走来，来时风雨潇潇，归时阳光明媚。人生不也是如此吗？风雨潇潇也好，阳光明媚也罢，不过是不同的生命体验不同的人生感受。何必在意何必有分别心何必执念某一种形势某一种生命状态？

临江仙·夜归临皋

夜饮东坡醒复醉，归来仿佛三更。家童鼻息已雷鸣，敲门都不应，倚仗听江声。

长恨此身非我有，何时忘却营营。夜阑风静縠纹平。小舟从此逝，江海寄余生。

苏东坡，是如此地不染半点尘埃，又是这般地才学超绝。他的才能不只是在文化领域。他敏锐的政治见解，令占据朝堂的要员心虚。他们千方百计排挤他，诋毁他。从他的字里行间寻找蛛丝马迹，作为罪证。由此，著名的乌台诗案，开了中国文字狱之先河。苏子一肚子的不合时宜，无论是谁当政，都无法见容于他。他只有远离是非之地，远离权力中心。他一生漂泊，每一个生活阶段，看似人生低谷，却将每一天过得精彩绝伦。他的政敌正得意地将他一贬再贬，却发现他，不论身处何地，总是能找到生活的乐趣。总是过得游刃有余。这是禅宗的人生哲学，也是道家的处世智慧。

元丰三年（1080）春苏东坡因“乌台诗案”被贬黄州后，住在面临长江的寓所临皋亭，次年（1081）又在黄州城东建一所小屋，取名雪堂。这首词是写他秋夜从东坡雪堂醉酒后，回归临皋住所的情景。

夜深人静，家僮鼻息如雷，苏东坡谛听江声，历尽宦海浮沉的苏东坡，在这个远离政治中心的小镇，在这个涛声依旧的江边，感受到了深深的寂寞。整日相伴左右的家童，如何知晓苏子的世界？思想单纯的僮仆，鼾声如雷中有着一份生活的宁静与安然。才情四溢的苏子，夜半醉酒中有着一份失意的清醒与喟叹。此时，不正适合忘却尘世的负累忘却功名的羁绊？为这一身的牵绊为曾经的追求曾经的生活相忘于江湖？但愿从此是另一个“我”，但愿从此是那个可以在江湖之间来去自由的“我”。

“小舟从此逝，江海寄余生。”若无立足之地，若来去无路，只要无欲无求，那么，一叶小舟，随波逐流，飘荡江海之上，终了一生，有何不可？人生苦厄，大莫过于心累。而所有的负累，在东坡眼中，也只当是蛛丝一般，他照样高朋满座，照样对酒当歌，照样吟诗作画，照样思绪飞扬，照样躬耕陇亩而怡然自得，何其快哉！有谁可以禁锢真正自由的灵魂呢？

卜算子·黄州定慧院寓居作

缺月挂疏桐，漏断人初静。谁见幽人独往来，缥缈孤鸿影。

惊起却回头，有恨无人省。拣尽寒枝不肯栖，寂寞沙洲冷。

“缺月挂疏桐，漏断人初静。”在漏壶水尽，更深人静时，在月挂疏桐，庭院空明时，苏子步出庭院，唯有明月相伴，唯有夜幕苍茫，唯有思绪纷飞。在这份宁静中，曾经的喧嚣与纷扰都可以忘却，如今的贬谪与沦落都不必计较。在这天地之间，唯有清风明月唯有疏影斑驳唯有禅院深深。

“谁见幽人独往来，缥缈孤鸿影。”东坡有诗云：“人似秋鸿来有信，去如春梦了无痕。”人生来去如鸿雁，代代往复，生生不已。穿越千年，诗意之间的空灵与幻境，依旧浓烈醇厚，依旧感人心魂。东坡，就如同一位独自往来于古今的幽人，生于凡俗，不染尘埃。就如同一只轻舞飞翔于天宇的孤鸿，来自山林，超绝尘世。

世无知音，孤苦难耐，情何以堪？那只飞翔的孤鸿，在惊吓之后，在寒风之中，在逡巡之间，终于找到了最终的归宿。他知道，任何一棵可以安身的树桠，都是短暂的栖身地。当那棵树不复存在的时候，当狂风来临的时候，树桠就不再属于某一个特定的生命。于是，在这个无人的夜晚寂寞寒冷的夜晚，一片黄原般的沙洲，可以任由栖息飞翔。词人深深懂得，生命若要求得安逸，就难免委曲求全。

黄庭坚所说：“语意高妙，似非吃烟火食人语，非胸中有万卷书，笔下无一点尘俗气，孰能至此！”此言甚是。正是在黄州，作者完成了自己处世哲学的构建。从此，苏子不再纠缠于红尘与山林的界限，不再纠缠于出世入世的矛盾。从此，苏子无论身在何方，都是那样的淡定从容都是那样的潇洒自在。

水调歌头·丙辰中秋

丙辰中秋，欢饮达旦，大醉，作此篇，兼怀子由。

明月几时有？把酒问青天。不知天上宫阙，今夕是何年。我欲乘风归去，又恐琼楼玉宇，高处不胜寒。起舞弄清影，何似在人间？

转朱阁，低绮户，照无眠。不应有恨，何事长向别时圆？人有悲欢离合，月有阴晴圆缺，此事古难全。但愿人长久，千里共婵娟。

儒释道三家思想，是中国传统的主流文化。而中国释道两家思想最早的传播之地皆为巴蜀。这不能不是一个奇迹。生养于斯的苏东坡，更是将三家思想融会贯通于他生命始终。苏东坡，六十六年的人生，大半漂泊异乡，最终客死异地，至死没能回归故里。即使如此，青年时代的文化烙印，已深深镌刻在了他记忆深处，化为他生命与精神的血脉。

“明月几时有？把酒问青天。”仰问苍天，只为世间难有知己，只为唯一懂他的弟弟远在异地。把酒问天，只为把酒之间心性自适，只为醉酒之间精神自在，只为对月饮酒率性无拘。中秋之夜，定格在了千年之前的那一场酒会上。这一场延续千年的盛大酒会，只有两位酒客，苏子与明月。这是一次旷世交流。至此，中秋之诗，成为绝唱。

对明月的向往之情，对人间的眷恋之意，对亲情的不舍之情，对高处的不胜之寒，对月圆人难圆的遗憾之意，对人世的悲欢离合的纠缠，种种情义种种缺憾，在这一场与月对饮中，绵延不绝。那份浪漫婉转的情愫，那份潇洒自适的风格，那份行云流水的语言，在这次对月抒怀中，借一次天问，借一次质疑，借一个美丽的愿望，完成了一个极富哲理与人情的对话。

林语堂是我尊敬的现代学者，苏东坡是我仰慕的古代学者。两位巨人，在二十世纪初有过一次亲密接触。留下了林语堂先生笔下的《苏东坡传》。林先生眼中的苏先生是这样的人：“岁月失于道路，命运困于党争，生活寄于风雨，襟怀奉于苍生”。天国的东坡先生若看到这样的评价，也一定会额手微笑吧。今天，不知他们是否达成所愿，跨越千年时空，相会于天际呢?

苏子，是我所熟知的唯一纯粹的人。心内极热，眼中极热，心内无私，笔下坦荡。人生之憾，唯憾不能生于苏子之时!

只恐花深里　红露湿人衣
——黄庭坚

清朝诗人袁枚的《随园诗话》中的“书到今生读已迟”，认为，如苏轼、黄庭坚这样的大才，仅仅用一生读书，无法达到诗词书画俱佳的境界，唯有前世的修炼，才有今生的高才。据说，苏轼前世是一位僧人，黄庭坚前世是一位喜爱读书的闺阁小姐。

野史将这一段公案记载得惟妙惟肖。进而用黄庭坚自建亭台一座，以记当日梦见前世生母祭奠那位二十六年前去世的小姐之事佐证。说是黄庭坚一日梦见一位老妇人在庭院中，桌上供着一碗芹菜面。黄庭坚走近前去，看那面热气腾腾，不觉端起来吃，吃完回衙。一觉醒来，梦境很清晰，嘴里还有芹菜香味。但他并未在意，以为只是一梦罢了。次日午睡，再梦如昨，菜香幽幽，梦境历历。

梦醒之后，寻访梦境，行至一村落，景物依稀，进得一个院落，仿佛回到故乡一般。叩门而入，正是梦中所见老婆婆，便问她梦中之事。老人答道：“昨日是女儿忌日，因她生前喜欢吃芹菜面，所以我在门外喊她回来吃面。”

黄庭坚感到惊奇，问道："你女儿死去多久了？"老人答："已经26年了。"黄庭坚突然想到，自己今年正是26岁，昨天恰是自己的生日。二十六年前的这位小姐，生前酷爱读书，信佛吃素，很是孝顺，不肯嫁人。发愿求来世转男身，做文学家。

野史记录不像官修历史那样，一锤定音，而是找出许多佐证，提高可信度。进而记载，黄庭坚也曾自题像曰："似僧有发，是俗无尘，参梦中梦，悟身外身。"以此证明山谷的转世故事真实不虚。这个故事，今人看来，更多的是为了印证佛法无边的。

故事无论真假，总算是给黄庭坚单调的人生注入了一些浪漫的文学元素，因为黄庭坚的生活如苦行僧一般，没有多少亮色的故事可写。他一生一板一眼，作为江西诗派的祖师爷，他诗风冷硬，使得江西诗派的后学者，沿着这条路，慢慢走进了诗歌创作的死胡同。

据说黄庭坚开始文学创作时，喜欢作艳词。笃信佛教的他，交往许多禅师，这些禅师叱责他有好的文笔，却要"艳语动天下人淫心"，于是顿悟，从此发愿不写艳词。这故事，看来也是为了印证佛法无边。却多少道出了黄庭坚词的特征。北宋词坛，如欧阳修，如范仲淹，如苏轼，这些身居高位的文人，也难免写婉约词。宋词，是那种能够让人心底柔软的艺术。而黄庭坚的词，大致少婉约多刚硬。

水调歌头

瑶草一何碧？春入武陵溪。溪上桃花无数，花上有黄鹂。我欲穿花寻路，直入白云深处，浩气展虹霓。只恐花深里，红露湿人衣。

坐玉石，攲玉枕，拂金徽。谪仙何处？无人伴我白螺杯。我为灵芝仙草，不为朱唇丹脸，长啸亦何为？醉舞下山去，明月逐人归。

某个悠闲的春日，贬谪外乡的词人，沿着漫山遍野的春草，来到武陵溪涧。春天似乎就在那桃源深处，等待着疲倦的游子归来。

桃花盛开的地方，是中国文人的精神依恋之乡。这个家园，是从陶渊明构建开始，历经千年，屹立在中国文人的精神高地。

中国文人是幸福的，当他们无路可走时可以退守在桃源中。中国文人又是不幸的，建功立业的政治理想让他们始终徘徊在文学与政治的边缘地带，始终无法给自己一个正确的定位。中国历史上，没有被贬经历的文官少之又少。

黄庭坚就是这样的文人。他围绕在苏轼身边，难免受到牵连，尽管他小心翼翼，也还是难逃被贬谪的命运。

这首词，黄庭坚想表达自己一时的轻松自适。想从武陵溪涧，从桃园花季，从树上黄鹂，去寻找一个世外的乐园，暂时安顿疲惫的身心。想要穿越鲜花盛开的桃园，直抵山顶，直抵白云深处，直抵高山之巅。只是，当词人真的沿着这条路走下去的时候，他的境界就开始低落下来。

“只恐花深里，红露湿人衣。”他忘不掉霓虹的缤纷，忘不掉花红的诱人，忘不掉花丛深处的美景。官场的诱惑，成为文人的一种致命武器，让他们不能真正走出去。在这里，黄庭坚没有他的老师苏轼“竹杖芒鞋轻胜马”的自在，没有“小舟从此逝”的旷达。他想要桃花源，也想要“浩气展虹霓”。

既想神游物外，又犹犹豫豫，既想孤芳自赏，又眷恋红尘。所以，他只能在古人与今人之间，在灵芝仙草与溪上桃花之间，在高华超逸与坠落尘俗之间苦苦挣扎。他想表明静穆平和、俯仰自得的仙风道骨，却又纠缠于权诈机心、纷纷扰扰的尘世。“醉舞下山去，明月逐人归”，最终，他只能回到尘埃里，去经受苦难，去修行，去完成俗世的使命。

鹧鸪天

黄菊枝头生晓寒，人生莫放酒杯干。风前横笛斜吹雨，醉里簪花倒著冠。

身健在，且加餐，舞裙歌板尽情欢。黄花白发相牵挽，付与时人冷眼看。

黄庭坚一生笃信佛教，侍亲至孝。生活拮据而严谨。没有文人的浪漫故事流传。读他的史传，想见他的为人，一如他的名字般刚硬冷峻。这首词，想要表达狂士形象，表达傲世情怀，却又难以彻底，最终落入两难境地。

醉时狂放，醒时谨慎。醉酒时姿态纵横，醒来时满脸忧伤。

菊花开放，重阳过后，即是冬天。古人希望借登高，寄寓诗情；借诗酒，排解苦闷；借笛箫，抒发豪迈。希望在酒醉中，在狂放中，在不拘小节中，释放身心。希望在横笛吹箫之中，见出一些文人的雅趣与性灵的本真。而现实，却总是在提醒做着美梦的词人。只要还生活在尘世，就需要面对尘世的繁杂。人生于世，无法做到既在此处，亦在别处。无法做到身在此岸，心在彼岸。这是儒学与道学的矛盾，出世与入世的矛盾，伴随中国文人始终。

这个看似潇洒的狂士，看似放浪的文人，心底里，始终无法摆脱尘世的嘈杂。于是，只能以自乐自娱的方式，自我调侃，自我抚慰。不管世上白眼，不管风雨如晦。幸为文人，可以用一支笔，写尽心中最隐蔽的想法。文人们，躲在自足的世界里，暗自疗伤。

清平乐

春归何处？寂寞无行路，若有人知春去处，唤取归来同住。

春无踪迹谁知？除非问取黄鹂。百啭无人能解，因风飞过蔷薇。

在黄庭坚的词作中，这首词知名度最高，也最平民化。将诗词写得如话家常，又不乏诗词意境。“春”犹如自己的玩伴，她走了，我茫然不知所措。四处打听，“春”去了哪里。惜春、恋春、伤春之情，溢于言表。

从追寻“春”离去的脚步，到明白“春”的无迹可寻，从问行人可知“春”去处，到问黄鹂可知“春”归处。问人，希望人们看到“春”，替自己唤回春天。以为春天只是属于自己。问鸟，希望飞翔的鸟儿，告知春的踪迹。鸟语千回百转，却是另一个世界的声音。鸟儿自由地飞翔，它飞过蔷薇，追寻春的踪迹，而我，只能站在院落中，独自落寞。

人生的春天，稍纵即逝。而人类始终无法同鸟儿一样轻松自在地飞翔。人，从自然的状态进化到社会的状态，附加了许多负累，被贬谪十年的黄庭坚，深谙禅理的黄庭坚，也无法真正看透看懂人生虚无的本质。

虞美人·宜州见梅作

天涯也有江南信，梅破知春近。夜阑风细得香迟，不道晓来开遍向南枝。

玉台弄粉花应妒，飘到眉心住。平生个里愿杯深，去国十年老尽少年心。

词人因写《承天院塔记》，被指为“幸灾谤国”而贬谪地处西南的边地宜州。宜州地近海南，去京城数千里，实乃天涯之地。词人故乡江西修水，地处江南。漂泊天涯的失意人，一个细小的物件，就能勾连起思乡的情怀。

乡情，往往最容易在失意者，沦落人，天涯客心中慢慢滋长。于天涯，思江南，一枝梅花，也是可以寄托眷恋之情的。

含苞欲放的花蕾，传递的是惊喜，传达的是春讯。“夜阑风细得香迟”，因夜深，声息俱绝，暗香易闻。因风细，微风吹拂，暗递幽香。一份意外的惊喜，一份独处的静谧，恰到好处地从暗香浮动中透露出来。

沉静在梅花静谧中的词人，早已经忘掉了边地的索寞与凄凉，联想起了《杂五行书》中“宋武帝女寿阳公主，人曰卧于含章殿檐下，梅花落公主额上，成五出花，拂之不去”的典故。想起了女子眉心的梅花印，想起了宫廷中的那些婉约事。词人就此觉着，日日醉酒，忘掉年少之时的理想，忘掉十年宦海沉浮的辛酸，忘掉老之将至的苦闷，忘掉身在天涯的孤独，就在一杯薄酒中，就在一份诗意中，了却乡情，了却少年心事。

《老学庵笔记》记载，黄庭坚在宜州，居住在城楼一间窄小的屋子里，暑天闷热难忍。一天下小雨，黄庭坚喝得微醉，坐在胡床上，光着脚伸出栏杆外受雨，对友人说：“吾平生无此快也！”不久便去世。

人生最大的快乐，永葆一颗童心，如孩童般天真，如孩童般容易满足，如孩童般没有心机没有名利的负累。这首词，成为他的绝笔。想来彻悟太晚，等到明白一切皆空的时候，他已经走到了生命的尽头。

桃源望断天涯路

——秦少游

苏门四学士的黄庭坚、秦少游、晁补之和张耒，在苏轼一贬再贬的几十年宦海沉浮间，这些追随者们同样历经坎坷与磨难。但是，没有人背叛过苏轼，也没有人抱怨过苏轼，更没有人后悔过当初的选择。这是苏轼的人格魅力，也是苏门四学士的人格操守，是中国文人的道德操守。

1078年，29岁第一次科考失利。在北宋官场， 29岁初次科考已经不算年轻，欧阳修23岁已经入朝为官，苏轼20岁已经名动京城。恃才傲物的少游只能“杜门却扫，日以诗书自娱”。 在耕读的日子里，他不知多少次设想过未来的美好。北宋，是一个适宜文人驰骋的时代。宋太祖赵匡胤建国之初下令，不杀言官。北宋时代，没有一个文人因为文字而遭杀戮。这一年， 秦观并没有得到预期的成功。

1079年，30岁初遇苏轼，这次相遇，让少游的人生发生了很大的变化。处于人生低谷的秦观，因为苏轼，重新燃起了追求仕途的希望与勇气。

1081年，秦少游再次应试，依旧名落孙山。对于这一次的失利，史书没有记载详情，少游亦无诗文抒写。心灰意冷自是更胜于前。

1084年，苏轼过扬州，弯道看望少游，当时文坛名人孙觉、王巩亦在高邮，乃相约游东岳庙，载酒论文，吟诗作赋。这次与偶像的会面，再次激发起少游的科举热情。

1085年，36岁的少游考中进士。想来前一年与苏轼相见，定是谈到了这次考试。这次的顺利，已经没有了春风得意马蹄疾的张扬。

1087年，因苏轼引荐为太学博士，迁秘书省正字，兼国史院编修官。平静的日子没过多久，就开始了十年宦海沉浮，七年被贬岁月。五十一岁时，被召回京。途中，与苏轼再度相遇。此时，他们都已经走到了人生末路。史书记载："秦观复命宣德郎，放还横州。当年五月行至藤州，出游光华亭，索水欲饮，水至，笑视而卒。"而苏轼，同样也没有走完回归京城的路。

张耒曾作《祭秦少游文》："呜呼！官不过正字，年不登下寿。间关忧患，横得骂诟。窜身瘴海，卒仆荒陋。"

这样的人生经历，似乎很难与那个被奉为北宋几百年词坛第一流正宗婉约词人联系起来。今天，他与苏小妹的浪漫爱情，是许多影视剧作家热衷的话题。多灾多难，一生命途坎坷的少游，成了温柔俊男，浪漫文人，多情才子。

明代冯梦龙的《醒世恒言》，杜撰了"苏小妹三难新郎"的故事，因为故事本身的生动有趣，蕴含文人风雅趣事而广为流传。因此引发了苏小妹身份的文化研究。

苏洵的《族谱亭记》和《自尤》记载，苏小妹嫁给了他的表哥程之才，婚后夫妻感情不和，苏小妹抑郁而终，以悲剧收场。更导致了苏程两家断绝来往。苏洵因此而倍加自责。更据史书记载，苏小妹确乎有才，只是当四川蜀中的苏小妹出嫁为人妇的时候，秦观远在江苏高邮，还只是一个六岁的孩童。他俩在活着的时候没有一朝一暮的相会，死后在民间被附会了千年情缘。这，是文学的魅力。中国，实在是一个浪漫的国度。

一位英俊潇洒的风流才子，一位堪比咏絮才的苏小妹，一位"也无风雨也无晴"的苏东坡，也确乎是可以玩点穿越演绎一些故事出来。秦少游，这个名字，在许多闺阁女子眼中，是唯美的代称。“两情若是久长时，又岂在朝朝暮暮！”化腐朽为神奇，成为祝愿美好爱情的象征符号，成为一流婉约词人的佐证。即使他的生活，远没有那么浪漫也远没有那么轻松，即使他的诗词内蕴更为丰富更为深沉。他最杰出的诗词，不只等同于爱情主题闺怨情怀。

桃源忆故人

玉楼深锁薄情种，清夜悠悠谁共？羞见枕衾鸳凤，闷则和衣拥。

无端画角严城动，惊破一番新梦。窗外月华霜重，听彻梅花弄。

近代江西派词人夏敬观曰：“少游词清丽婉约，辞情相称，诵之回肠荡气，自是词中上品。”读少游词，有此荡气回肠之感，方不辜负了一代婉约词宗。

男人总是薄情寡恩，女子依旧执迷不悟。这，似乎成为一种爱情类型。也因此演绎了多少凄凉故事？多少凄美诗文？

男子外出寻欢，女子深闺软禁。男子可以花天酒地，女子只能深闺寂寞。寒夜岑寂，寂夜悠长，女子只能在单相思中，度过寂寞的日日夜夜。凤凰和美，鸳鸯成双。这些唯美的刺绣，照见着当初的情意缠绵。

独对空房，和衣而卧，那些美丽的瞬间，只是一场没有醒来的春梦。

身锁玉楼，心在窗外。思绪翻飞，欲罢不能。深闺女子，唯有心灵与思绪可以驰骋。

画角，一般在黎明和黄昏之时吹奏，发音哀厉高亢。梅花弄，一般在离别与伤情之时演奏，表现怨愁离绪。

月华惨淡，霜露凝重，画角悲慷，笛声哀怨，搅动着彻夜难眠的深闺女子的情丝。所有的怨与愁，所有的徘徊与低回，只是因了当初的承诺与欢悦，因了今日的孤寂与思念。

少游，只是将日常生活习见的细节，以男子的心思与情感，就细致入微地把握住闺中女子的内心世界。只是将日常生活习见的场景，化入词中意境，不能不佩服少游的细腻与多情。难怪，后人要将那美丽的爱情故事给他，让他声名远播。

满庭芳

山抹微云，天连衰草，画角声断谯门。暂停征棹，聊共引离尊。多少蓬莱旧事，空回首，烟霭纷纷。斜阳外，寒鸦万点，流水绕孤村。

销魂，当此际，香囊暗解，罗带轻分。谩赢得青楼，薄幸名存。此去何时见也，襟袖上，空惹啼痕。伤情处，高城望断，灯火已黄昏。

“山抹微云”是如此出名。据说他宴席前遭冷眼，遽起叉手而对曰：“某乃山抹微云女婿也！”以少游才华与性格，不至于如此浅薄。然而，这个传说，却道出了中国古典诗词讲究炼字之美妙，中国文人善于欣赏炼字之雅趣。

传说，唐德宗贞元时阅考卷，遇词理不通便“浓笔抹之至尾”。爱美的女子，出门要涂脂抹粉，掩盖素面本容。“抹”字，掩映掩盖之意，韵味又不止于此。

“山抹微云”，语出新奇，着一“抹”字，不止写其高，更是写其远。高峻，故可接天。旷远，故可山岚苍茫。山被云遮，云因山翠。“天连衰草”，视野随山势随云岚走向远方。天涯芳草，是词人的想象。山云相接，是眼见的实景。虚实相生，是古典诗词的常用之法，寻常笔法中，意象的独特意境的韵味，才是词人的本事。

画角声起，分别在即，远行的船只要起航了。相聚苦短，让我们开怀畅饮吧，暂时忘却往事的悲伤吧。让我们暂得片刻的美景吧，与友人做最后的道别吧。在这个薄雾笼罩的江岸，在这夕阳西下的傍晚，在寒鸦纷飞的林间，在流水孤村的郊外。凄美的离情之中，寥落的悲欢之中，心中唯有美酒与别情。

自屈原《离骚》开始，君臣关系比喻成男女之爱。屈原以爱情的单纯来比喻君臣之间的理想状态。我总是怀疑，后人的许多诗词，写爱情，同样也是写抱负。

少游此词，上片气势恢宏，并非儿女浓情，下片看似香艳之词，应有深意在。

当年杜牧，官满十年，弃而自便，一身轻净，万分感慨，借“闲情”而抒“十年一觉扬州梦，赢得青楼薄幸名”，看似浪荡公子，实则无限伤怀。

少游与杜牧，似乎有着诸多相似，如同少游与柳永，亦是可以成为知己之人。他们的诗词，以香艳胜却不限于香艳，涵着不尽之意。

古代文人，对君王，往往是一种执著的单相思。如同女子对自己钟爱的男子，愿意主动奉献一切。不管对方是浪子也好痞子也罢，义无反顾。“销魂”的自我陶醉，“罗带轻分”的一往情深，“赢得青楼”的一厢情愿，这是文人的浪漫，亦是文人的政治幼稚。

由山林微云的傍晚到“纷纷烟霭”的渐重渐晚到满城灯火的夜色沉沉，惜别停杯，流连难舍之意尽在不言中。而那份痴念与执著，却是随着岁月随着远行而愈加浓烈。

踏莎行·郴州旅舍

雾失楼台，月迷津渡，桃源望断无寻处。可堪孤馆闭春寒，杜鹃声里斜阳暮。

驿寄梅花，鱼传尺素，砌成此恨无重数。郴江幸自绕郴山，为谁流下潇湘去？

公元1091年，少游因苏轼被弹劾受牵连，于是找相关官员疏通，苏轼兄弟政治操守因此遭政敌攻讦。少游此举不甚明智，关系没有疏通，却因此落下心病。文人的幼稚与天真，在政治斗争中表露无遗。《踏莎行·郴州旅舍》，是少游在流放岁月中，通过同为苏门友人的黄庭坚，向苏轼表白当年的无心之过。苏轼读之，伤怀无限。追慕苏子的四学士，政治前路与老师一样黯淡。

这，并不是老师的本意。以苏子的为人，他不会剥夺学生选择政治前途的自由。

“桃源望断无寻处”，一种绝望情绪弥漫词境。少游虽然没有如民间传说那样成为苏子的妹夫，当然，果真若是，自是少游的福气与造化。少游因自己的政治幼稚而令苏轼处境雪上加霜。这样的后悔，难以言表。在流放途中，他心生归隐之意。可是，即使是归隐，却也找不到归路。真正的归隐，是心的宁静。词人此时，如何能够全身而退？如何能够心安自适？他找不到出路，更找不到归宿。

“雾失楼台，月迷津渡”，月下楼台，雾中渡口，雾中楼台，月下渡口。楼台、渡口，隐没在月下雾中。朦胧凄迷之美，有着别样的美丽。在无可无不可之间，在若即若离之间，隐喻的意象，有着无限神韵。

不知前路何在？更兼斜阳西下，孤寂之地，料峭春寒，杜鹃哀鸣。“楼台”“津渡”，在中国文人的心目中，被赋予了文化精神上的内涵。是精神空间的向上与超越，是通向“桃源”的秘道。然而，在这样的迷茫与困顿中，一切只是水中望月雾里看花。

“郴江幸自绕郴山，为谁流下潇湘去？”是对当初的冲动做解释？是向苏子表明心迹？是感悟人生不可预知？透过眼前实景，玩味内在意蕴，方为读诗之趣。

王士祯称之为千古绝唱。与少游悲剧性一生同升并黜的苏轼，同病相怜更具一份知己的灵犀，绝爱其尾两句，自书于扇面以志不忘。及闻其死，叹曰：“少游已矣，虽万人何赎！”以苏子为人苏子胸怀，如何会在乎当年的无心之举。少游离世，苏子悲恸不已。

江城子

南来飞燕北归鸿，偶相逢，惨愁容。绿鬓朱颜，重见两衰翁。别后悠悠君莫问，无限事，不言中。

小槽春酒滴珠红，莫匆匆，满金钟。饮散落花流水，各西东。后会不知何处是，烟浪远，暮云重。

读这首词，有一种苍凉凝滞的感觉。眼泪似已无法表达伤痛之感。一位豪放词风宗主，一位婉约词风代表，在公元1100年，被贬蛮荒之地的两位文坛巨星，重逢在内迁的途中。而这次的重逢，定格成了一种永恒的记忆。

叶梦得《避暑录话》记载：“苏子瞻于四学士中最善少游，故他文未尝不极口称善，岂特乐府。”以苏轼之才，能够成为北宋名相。他有过很多次这样的机会，但是，因为他的耿介，因为他的政治良知，他始终不愿改变自己，让当权者嫉恨交加，让君王爱恨纠结。苏轼不断被贬谪被流放，苏门四学士始终是他的追随者。少游是他们中最受宠的学生。

这次见面之前，少游已做好了客死异乡的打算。苏子又何尝不是。在他们的垂暮之年，不约而同地预知死亡的降临。这次会面，亦喜亦忧亦悲亦叹。久别重逢，却又来日无多。历经坎坷却又了无痕迹。人生不过飞鸿踏雪泥，当往事如烟，一切皆空。

这首词，是少游生命的绝唱。

相逢应喜，却因为蛮荒之地多艰苦两鬓成霜而愁容满面。已经不复当年的英姿勃发，不复当年的容光焕发，亦不复当年的雄心壮志。

同道中人，无须客套。悠悠往事，不言自明。回望往昔，徒增伤怀，徒增愁思。还是举杯开怀吧，还是对酒当歌吧，还是诗酒唱和吧。因为，晚景凄凉，蛮荒之地，今日一别，各奔东西，何日再见，亦是难料。

别后两个月的八月二十日，少游便于藤州光华亭上中暑而卒。苏子闻之，叹曰：“少游不幸死道路。哀哉！世岂复有斯人乎？”声泪俱下，痛何如哉！次年，苏轼也在常州与世长辞，终年六十六岁。两颗巨星陨落，北宋文坛从此失色！

在迷离的意境中沉醉

——贺铸

北宋词人贺铸，又名贺三愁。自号庆湖遗老。从称谓看，贺铸历经沧桑之后，似要看破红尘，希望归隐。一说归隐，我就担心陶渊明的悲剧要重演，陶渊明是宁要浊酒也不管妻儿的温饱，不愿为五斗米向权贵折腰却要靠朋友接济。女人选择嫁给文人，就选择了清贫与寂寞。每次看这些文人的生活轨迹，看他们赋闲抑或被贬流放，专意写作著书，就担心他们的生活来源。人总是要先活着，才能去思考去创作。贺铸有过几次的归隐经历，每一次时间不长，又重新入世。他需要心灵安适，却难以脱离尘世。

贺铸少年之时读书，博学强记，很是有才，性格豪放，任侠喜武，善谈世事。志向远大而命运卑微。一生沉抑下僚，怀才不遇，只做过右班殿臣、监军器库门、临城酒税之类的小官，所任皆冷职闲差，最后以承仪郎致仕。自称贺三愁，看来不虚也。

他的性格本近于侠，以雄爽刚烈见称于士大夫之林。然而，他的豪侠之气，从无施展的舞台。他诗词文俱佳，然则让他声名远播的还是婉约词。想来一个充满豪侠之气的人，笔端流露的是风花雪月的婉约情怀，才子佳人的卿卿我我，真是一件极具幽默与反讽意味的事情。当然，他也有过如苏轼那样的悲壮激昂的爱国忧时之作，这些词作，似乎没有引起多少回应。而那些浓丽哀婉的春花秋月之作，却成了人们精神的甜品。或许是因他经历不够，磨难不够，境界不够，要写出苏子那样的风味，火候不够，而写婉约词，回归内心，总是更轻松容易些。

青玉案

凌波不过横塘路，但目送、芳尘去。锦瑟华年谁与度？月桥花榭，琐窗朱户，只有春知处。

碧云冉冉蘅皋暮，彩笔新题断肠句。试问闲愁都几许？一川烟草，满城风絮，梅子黄时雨。

曹植笔下的洛神，涵盖了古典美女的所有靓点。那句“凌波微步，罗袜生尘”，写足了女子的轻盈柔媚。这样柔美的句子，是怎么从笔下流淌出来的？

贺铸晚年定居苏州，横塘是他居室外的一条幽僻的小路。在某一个瞬间，一次不经意的凝神远眺，立刻被飘忽而去的一抹倩影留住了视线。只可惜，那位女神，在路的那边飘然而过。没有停留，更没有回眸。美艳女子，激发起词人怜爱之情。凝神间，遗憾于一次邂逅的匆忙，抱憾于一次艳遇的失败。不免浮想联翩，如此青春美艳的女子，如此不食人间烟火的女子，是谁与之共度韶光？是谁有如此艳福消受？

那一抹倩影，她从何处来？将往何处去？这样的女子，不应该轻落红尘。她应该来自月下桥边花院，应该去往花窗朱门大户。她来去无踪迹，犹如飞鸿踏雪泥。只有春天来临，她才会偶然一现。她飘忽不定的身影，只是春天里的惊鸿一现。

这样的艳遇，即使只是一次眼缘，也是幸福的，也会留下无限遐思。即使只是一次偶遇，也是美好的，也会出现在梦境中。

想人生种种境遇，竟也如同一次偶然的邂逅短暂的艳遇一般。于功名，于人事，竟是一理。往往是可遇不可及，往往看似近在眼前，实则难以触摸。

回首往事，难免伤怀。一望无垠的烟草，满城翻飞的柳絮，梅子黄时的细雨，竟似半生荣辱，半世飘零，半辈辛苦，在眼前，在心中，迷漫开来，延伸开去。

踏莎行·杨柳回塘

杨柳回塘，鸳鸯别浦。绿萍涨断莲舟路。断无蜂蝶慕幽香，红衣脱尽芳心苦。

返照迎潮，行云带雨。依依似与骚人语。当年不肯嫁春风，无端却被秋风误。

文人往往有着敏感的心思敏锐的触角。前人谓贺铸“戏为长短句，皆雍容妙丽，极幽闲思怨之情”。读这首词，可见端倪。

一池荷塘，荷叶翩跹，荷香四溢，堤岸杨柳，戏水鸳鸯，这样的景致，其实并不鲜见。而敏感多情的词人，从这些习见的物象之中，造出别样的意境，读出别样的情味，带出别样的情丝。阅读者若眼中所见，只是荷塘、柳岸、花香、垂柳、鸳鸯、莲舟，再无别样情怀，那真是辜负了词人的一番苦心经营。

若从荷花的独自凋零中读出一位幽洁贞静、身世飘零的女子形影，若从荷花的清亮绝俗读出一位沦落不遇、孤高雅洁的君子形象，若从荷花的芳心自现读出幽情盘结、不愿媚俗的才士情态，那么，贺铸或许将引之为知己了。

绿柳环绕、鸳鸯游憩的池塘，莲舟路断、绿萍四合的水面，粼粼波光、照映浦口的水波，夕阳余晖、略带雨意的行云，窃窃私语、诉说情怀的荷花，侧耳倾听、心领神会的骚人，是他们，共同见证了美人的幽洁贞静，君子的孤高清雅。这是古典词人带给我们的审美愉悦，是古典神韵带给我们的艺术享受。这样的艺术境界，唯有生长在中国的土壤之上，才能生根发芽，才能引起千百年来广泛的情感共鸣。

鹧鸪天·半死桐

重过阊门万事非，同来何事不同归？梧桐半死清霜后，头白鸳鸯失伴飞。

原上草，露初晞。旧栖新垅两依依。空床卧听南窗雨，谁复挑灯夜补衣！

当年旅居苏州，即使仕途不顺，有娇妻相伴，有美景入目，尚可逍遥。今日重回故地，却是物是人非，甚或连景致风物亦是不同。实在是人已亡，万事非，心念灰。斯人独憔悴，半夜起徘徊。相伴到老一生相随，是多少失偶者的奢望。有些人，没有能力走过人生的严冬，就如同那经霜的梧桐，一半残败，一半犹存。亦如那本要白首偕老的鸳鸯，到头来，却只能独自守望生命的尽头。

人生如此脆弱，一如那原野里的草芥。生命如此短暂，一如那初阳下的夜露。年轻时，为了理想，轻易离家。想着年老了，可以回家了，可以相守相伴了。许多事情，总是在等待中错过。许多想法，总是在未来的空想中计划。当爱人离开时，当孑然一身时，当回归港湾时，才发现，那个家已经不在了。那个在夜晚挑灯补衣的人再也唤不回了。

一夜秋雨，一夜相思。一夜雨打南窗，一夜泪落青衫。旧栖与新垅之间，生离与死别之间，阴阳似乎无法阻挡思念如潮。生死无法阻隔情意绵绵。这，是爱的誓言，是爱的恒久，是爱的神圣。

减字浣溪沙

秋水斜阳演漾金，远山隐隐隔平林。几家村落几声砧。

记得西楼凝醉眼，昔年风物似如今。只无人与共登临。

晚清学者陈廷焯曾赞叹贺铸词风：“贺老小词，工于结句，往往有通首渲染，至结处一笔叫醒，遂使全篇实处皆虚，最属胜境。”其实不止是贺铸有这样的小聪明。许多词人，都擅长用这种方法吊足读者的胃口。

秋水斜阳，远山平林，村落砧声，美则美矣，确乎没有多少新意。想起梁元帝的“登楼一望，唯见远树含烟。平原如此，不知道路几千。”这样的句子，读起来感觉更有韵律感。想起李白的“平林漠漠烟如织，寒山一带伤心碧。暝色入高楼，有人楼上愁。”这样的诗句，读起来更有画面感。

读“秋水斜阳演漾金，远山隐隐隔平林”，觉着这个“演”字显得突兀语义牵强，“隔”字用得平实韵味似乎不足，何况，夜半捣衣声也非首创。

“记得西楼凝醉眼”，西楼之上，饮酒赏景，醉眼相望，情意绵绵。当年情景，如在目前，景生情生，相谐相容。这份诗意，是全词最为让人赏心悦目的地方。读着读着，就觉得醉了，眼醉心醉神思具醉。

登楼处，曾经演绎过一个美丽浪漫的故事，曾经拥有过让人魂牵梦绕的知己。今日，独对眼前景，回首往昔事。词人喜欢在现实与过往之间徘徊，寻找诗意。人生，总是活在过去的阴影下而忘了当下的时光。我们阅读古典诗词，总是难得轻松，也总是要被诗人词人弄出几滴眼泪，勾起几许伤怀。

好好的一幅景致，只为衬托哀情。轻松的一次登高，总要带着忧伤。“良辰好景虚设”被模式化为一首诗词的场景。中国文人，在这样的多愁善感中，始终在路上徘徊忧伤而无法找到回家的路。当读者的审美彻底疲劳之后，诗词开始式微了。

据说贺铸长身耸目，面色铁青，外表看似乎与文人不搭界，人称贺鬼头，不像称李贺为诗鬼那样是一种雅称。在别人眼中，贺铸外表粗犷，更容易联想起戍边的武将。而贺铸一生，最成功的身份是文人。文官武官，都没有寻到合适的位置。

贺铸是一个勤奋的人。他一生笔耕不辍，三十年间诗歌逾五六千首。晚年退居苏州，闭门校书。家藏书万余卷，手自校雠，以此终老。或许，这，才是贺铸的本色。他生来就是一个文人，只是外表让人误解为一介武夫而已。

水面清圆，一一风荷举

——周邦彦

周邦彦的人生似乎很简单，也似乎运气很好。虽早期有过潦倒奔走，但仕途一直处于上升状态。虽生逢北宋末年，但国家惨变发生在其身后。周邦彦死前一年，方腊起义；死后六年，宋徽宗被俘，北宋沦亡。他虽是国家衰亡的见证者，却沉静在自己的世界中唱着散淡的歌谣。这些歌词给他带来了盛名，南宋词人不断地模仿他超越他，可总是难以达到理想的状态。

他的词很少涉及政治，更少唱出末世哀音。似乎远离时代，但并不影响他引领北宋末年的词风，并不影响他成为婉约词风的无冕之王。他将文人的敏感与无奈，一一化解在他的艳词之中，化解在无关痛痒的风花雪月之中，这是周邦彦的聪明，亦是他的智慧。

他生活在君王特别钟爱诗词的时代，于是，他因为诗词而得到君王的提拔，成为宋徽宗设立的大晟府的音乐官员，为朝廷制礼作乐。在礼乐文明的社会，音乐官员地位很高，又不会受到政治倾轧。他可以生活得悠闲自在。在还没有专业作家词人的时代，他过着专业创作的生活，不需为生计发愁。即使是今天，依然是许多文人羡慕的诗意生存。

就文学而言，“悲愤出诗人”，而周邦彦一生，平静而平淡。但他是天才的音乐家，他的文学才华自由伸展。于是他，成就一代词风，成为“词家之冠”。宽松的生活，让他有时间不断打磨自己的诗词终成大家。

抛却了时代的限制，蕴含了更久远的艺术魅力。抛却了政治的因子，蕴含了更多样的人文情怀。抛却了官场的黑暗，蕴含了更丰富的审美愉悦。这是周邦彦的美学观，亦是他的创作观。

唐圭璋《唐宋词鉴赏词典·前言》说：“北宋婉约作家，周最晚出，熏沐往哲，涵泳时贤，集其大成。”周邦彦，站在巨人的肩膀上，将北宋婉约词风，引领到一个新的高度。开南宋姜夔、张炎一派词风。

王国维《人间词话》说：“美成深远之致，不及欧、秦，唯言情体物，穷极工巧，故不失为第一流之作者，但恨创调之才多，创意之才少耳。”王国维的评价是到位的。周邦彦，因着他的精通音律，创制了许多词律格调。因着他的艺术修养，创作语言曲丽精雅。却因为过于狭窄的生活圈子以及过于单纯的思想境界，他的词风，创意不够，意境不深。

一落索

眉共春山争秀，可怜长皱，莫将清泪滴花枝，恐花也，如人瘦。

清润玉箫闲久，知音稀有。欲知日日倚栏愁，但问取、亭前柳。

据说这首《一落索》是为北宋名妓李师师所作，也据说这首词让一笑倾国的师师小姐顿起以身相许之意。

男女之情的传说总是那么美艳，而这首婉约词更多的是哀婉。

男女之情的诗词总是那么浪漫，而这首思妇词更多的是无奈。

红颜薄命，似乎是永久的命题。所有的思妇诗词中的女主人都是美艳而清冷的。都是身藏闺中，心驰千里。都是相思成病，独守空房。都是幽怨凄苦，懒梳红妆。这样的诗词，读得多了读得厌了读得审美疲倦了。

若不能翻出新意，难以引人耳目。难以在浩如烟海的诗词中留下一鳞半爪。几千年的文明古国，那些被淹没的好诗好词好文章不计其数。

“眉共春山争秀”，黛眉比青山，并不少见，新意只在一“争”字。词人不是为了说黛眉如青山，而是黛眉更比青山美。让读者从她的眉峰之秀去想象她的容貌之美。

“莫将清泪滴花枝，恐花也，如人瘦。”以花喻女子，并不少见。泪滴花枝，也非首创。白居易用过“玉容寂寞泪阑干，梨花一枝春带雨。”杨贵妃泪流满面，好像春天一枝雨中梨花。冯延巳写过“愁眉敛，泪珠滴破胭脂脸”。那少妇娇嫩清瘦的脸上，似乎禁不住几滴清泪。无论是白居易还是冯延巳，格调已经很高，意境似乎很深。韵味亦是够足。而周邦彦的这句词，还是翻出了新意来。

他抛开了人与花，泪滴与美人的关系。而是将关注点放在花上，美人若依旧如此伤怀，依旧泪流满面，怕是会影响花儿心情，惹出花儿的伤心事。人比黄花瘦是担心人，而恐花比人瘦，是担心花。看似违背常情，却也正是在这个反常理的写作中，翻出了诗的新意。

“欲知日日倚栏愁，但问取、亭前柳。”以“柳”喻离愁，并没新意。凭栏远眺，亦没深意。只是，将场景化入意境之中，就翻出了新意。将问答融入简单的词句之中，就有了创意。

问答之间，青山长皱，泪滴花枝，花如人瘦，玉箫闲久，都得到解释，都有了答案，文脉于是一气贯通。

王昌龄的《闺怨》：“闺中少妇不知愁，春日凝妆上翠楼。忽见陌头杨柳色，悔教夫婿觅封侯。”日日倚栏凝望的少妇，日日凝望杨柳的少妇，离愁自然是越积越多，越积越厚了。

少年游

朝云漠漠散轻丝，楼阁淡春姿。柳泣花啼，九街泥重，门外燕飞迟。

而今丽日明金屋，春色在桃枝。不似当时，小楼冲雨，幽恨两人知。

周邦彦之所以成为“词家之冠”，成为北宋词集大成者，是因为他的独特艺术表现形势。周邦彦之前，宋词在艺术视角的广度与深度上相比前朝已经有了长足的发展。周邦彦另辟蹊径，将述事融入情景之中，让单纯的写景抒情有了一个可以述说的故事，完成了情景事之间的自由转换。

若没有“不似当时，小楼冲雨，幽恨两人知”的交代，这首词，只能当成一般的写景词理解。而其中的题意，又不知要做多少种猜测与解读。人事的交代，就将情与景勾连起来，让景物有了服务的对象。也让景物有了场景感，让诗意有了真实感，让情感有了画面感，让诗词有了故事感。

“朝云漠漠散轻丝，楼阁淡春姿”。因为楼阁是当年故事发生之地，于是，我们知道，漠漠朝云，轻轻细雨，淡淡春色，小小楼阁，都是为主人翁的出场渲染气氛的。

“柳泣花啼，九街泥重，门外燕飞迟。”因为春天是激情张扬的季节。于是，我们知道，柳絮飘飞，落花满地，燕子低飞，满街泥泞，都无法阻挡相爱的人儿暂得偷欢。即使欢聚短暂，即使分离在即，即使春色迟暮，即使愁云惨淡，即使花柳深情、如泣如啼，什么也无法阻挡阁楼幽会的脚步。

“丽日明金屋，春色在桃枝。”愿望达成之后，似乎没有惊喜，风和日丽，桃花明艳，金屋藏娇，悲剧却在这样的美好生活中悄然升起。相聚不如相思，这是周邦彦带给我们的诗意情怀。

苏幕遮·燎沉香

燎沉香，消溽暑。鸟雀呼晴，侵晓窥檐语。叶上初阳干宿雨，水面清圆，一一风荷举。

故乡遥，何日去？家住吴门，久作长安旅。五月渔郎相忆否？小楫轻舟，梦入芙蓉浦。

隔夜的细雨并没有缓解暑热，室内依旧闷热，即使是雨后的清晨，还是觉着烦闷而燥热。随着沉香的清幽，心情似乎开始明朗起来。鸟雀无论怎样，也是喜欢阳光明媚的。或许一夜宿雨，打湿了双飞的羽翅。天晴了，起风了。窃窃私语的鸟儿诉说着这个夏日清晨的阳光与昨夜的雨露，诉说着远方的蓝天与树林。鸟雀欢呼着相约相伴着飞向远方。鸟儿的自在自由勾引起词人无限遐思。

室外，一池荷叶，在初阳下，在微风中，在初夏的清晨，在宽阔的水面，迎风轻扬。水滴的晶莹，荷叶的圆润，荷叶的碧绿，水滴的清雅，交替生辉，相映成趣。如此美丽的景致，如此清丽的画面，如此美妙的早晨，心情应该是愉悦的，心境应该是和美的。

写作这首词的时候，词人的仕途正处于上升期。笔下之境美妙而轻松。虽则有闷热之感，但是，并不影响欣赏美景的情趣。美好的时光里，乡思情怀如影随形相伴相随。

在外的游子，在最孤独、最安适、最迷茫、最得意的时候，家永远在前方。

记忆中的故乡总是特别美丽，梦境中的故乡总是带着故事。人对故乡的眷恋之情，随着渐行渐远，随着漂泊日久，随着年岁增长，越来越深。儿时的记忆总是出现在年长者的梦境中，儿时的欢乐成了一种难以割舍的心灵抚慰。

同样的五月夏季，同样的一池荷塘，同样的小楫轻舟。故乡异乡，相同的场景相异的处境，相同的归宿感相异的漂泊感，因为一池荷塘，因为鸟雀呼晴，因为故乡渔郎，而让异乡的词人，梦入芙蓉河塘，相思随波荡漾。

虞美人·疏篱曲径田家小

疏篱曲径田家小，云树开清晓。天寒山色有无中，野外一声钟起、送孤蓬。

添衣策马寻亭堠，愁抱惟宜酒。菰蒲睡鸭占陂塘，纵被行人惊散、又成双。

这首充满田园气息的《虞美人》，犹如乡间美人一般，淳朴而敦厚。给人清新可人之感。田间小院，篱落参差，曲径通幽，树荫婆娑，云淡风轻，组成一幅清静淡雅的乡村风俗画。山野的清晨，山间的疏林，山峦的雾霭，山寺的钟声，远逝的孤蓬，组成一幅浓淡相宜的感伤送别图。

假设这是野外送别之地，那么，词人只是在送别的路上偶然遇见了一幅乡村美景，这样的景致，正好为别情做一个注脚。

假设这是词人淹留之地，那么，词人定然是在寻常的日子里倾心于一种田园风情，这样的景致，正好是文人最好的素材。

假设这是一个臆造之境，那么，词人定然是在心灵某个地方安放了一个宁静时空，这样的情境，正好是旅人神往的归宿。

别情是伤怀的，景致是静雅的。送别是伤感的，心境是清淡的。这样的矛盾统一，造就了《虞美人》的别样情味。

相比而言，下片的策马扬鞭，借酒驱寒，就显得单薄而寡味了。似乎太露太直，想象力受到了限制。充斥其间的寒意袭人之感，愁意缠绕之叹，读之，顿有急促之感，有突兀压抑之感。

当词人的视野回到乡野，情趣就生发开来了。马蹄声声，池塘水草中，惊散了熟睡的鸭子，但很快，它们又成双地聚在一起相安相稳。细节的生动来自生活的真实。细节的韵味来自情感的体验。

“愁抱惟宜酒”，生活圈子狭窄的文人，以为借酒浇愁是最好的解忧方式，总是将别情看得那么深那么重。若能多懂得一些随遇而安的道理，或许，中国文人的诗词就不会总是写得那么凄凄惨惨戚戚。就不会有那么多的无病呻吟之作。过于关注个体内心世界，就只能在原地打圈而走不进更加广阔的天地。这是中国文人的另一层悲哀。于是，周邦彦的诗词，就只能在艺术境界上反复揣摩反复修炼。艺术上超越前人情感上难以突破前辈。

花自飘零水自流
——李清照

从李白到李煜到李清照，词家三李，诗才自不必说。他们的人生同样充满传奇色彩，令后人在欣赏诗歌之余，还可以满足许多猎奇的心理。李清照，以女子身份立足于男权社会，她的诗才，她的两次婚姻，她高贵的身份，她的经逢乱世，她的特立独行，她固执的性格，开放的思维，另类的生活方式，都让她的人生格外丰富，成为一种言说不尽的文化现象。过于顺利的人生是不可能有故事的。过于平静的生活，是简单乏味的，比如芸芸众生。

“大河百代，众浪齐奔，淘尽万古英雄汉；词苑千载，群芳竞秀，盛开一枝女儿花。”这一朵女儿之花，不仅开在宋朝的天空，也开放在几千年的文坛，经久不败。她的故事，如同她的诗词一般让人浮想联翩，欲说还休，心生哀怜，亦让人扼腕叹息。

这是一个奇特的女子。不只是因她的才情。

她写诗，只为抒写自己的性情，并不局限于任何的形势。信手拈来，寻常生活，皆可入诗，却又往往翻出新意，自然天成。她的诗词，“看似寻常最奇崛，成如容易却艰辛”，令那些诗才有限的文人爱恨交加。“闾巷荒淫之语，肆意落笔，自古缙绅之家能文妇女，未见如此无顾藉也。”令那些搔首弄姿之人心生嫉妒。

“烹茶猜书、诗酒酬答”易，“宁愿饭蔬衣简，尽天下古文奇字”难。不是真正的喜欢，又如何能甘于平淡。

大家闺秀与小家碧玉是有明显区别的。大家闺秀，往往心境与底气，学识与眼光，气度与心胸，都要远胜于一般的小家碧玉。小家碧玉往往随遇而安，对生活不会有太高的期望，一旦嫁入豪门，就将那庸俗而见识短浅的一面显露了出来。

她，出身名门，嫁入豪门，却不满足于慵懒的贵妇人生活，徜徉在艺术的海洋中游刃有余。我对李清照的钦慕，不在于她的才情，而在于她高雅的艺术追求。她自觉的脱去了贵妇人的脂粉气，代之以审美追求的自觉性。这样的心性，相比今人的以奢侈品抬高身价，以一入豪门就庸俗相比，她的生活方式就是一种高雅艺术。

这是一个钟情的女子，不只是因她的婚姻。

一剪梅·红藕香残玉簟秋

红藕香残玉簟秋，轻解罗裳，独上兰舟。云中谁寄锦书来，雁字回时，月满西楼。

花自飘零水自流，一种相思，两处闲愁。此情无计可消除，才下眉头，却上心头。

养在深闺中的女子，并不知道外面的世界如何艰难复杂。那个独坐闺中的女子，身披罗衫，手摇香扇，兰舟独游，眼望长空，心生哀怨。还以为，相思之苦最难排解，花自飘零最引伤情，眉间心头最懂情思。当她被迫走出书斋，走出闺房，经历种种变故，饱受人间辛酸之后，也并没有改变自己一贯的追求与爱好，只是多了一份忧国忧民的情怀，这是易安的执著，也是她的可爱可贵处。以自己的方式改变着以前一成不变的安居生活，终其一生，完成丈夫未竟事业，将他的金石字画整理成册，于兵荒马乱、辗转流离中，所收藏文物丧失殆尽之际，最终却将《哲宗皇帝实录》与《金石录》一同保存下来，给后人一个交代。

她爱一个人是那么的彻底，爱赵明诚，也爱他的爱好。而更重要的是，她的才情甚至超过了作为太学生的赵明诚。她的“莫道不消魂，帘卷西风，人比黄花瘦”，令赵明诚闭关三天也难以超越。她的钟情，不在于婚姻的形势，而在于婚姻的根本。二十九年，期间虽有波折，但大致是夫唱妇随，琴瑟友和，成一时佳话。

这是一个矛盾的女子，不只是因她的遭际。

武陵春·风住尘香花已尽

风住尘香花已尽，日晚倦梳头。物是人非事事休，欲语泪先流。

闻说双溪春尚好，也拟泛轻舟。只恐双溪蚱艋，载不动许多愁。

李清照结婚二十来年，膝下始终无儿无女，纵然两人感情再深厚，赵明诚也难免要重新考虑婚姻生活。据说，除李清照之外，赵明诚还有妾室。昔日的亲密恩爱开始渐行渐远。年近四十的李清照，遭遇了最严重的一次婚姻危机。这首词，或许是她此时心情的最佳注脚。当年的一种相思，两处闲愁，如今，只变成了独自难以承受的许多愁。二十年的岁月，改变的不只是容颜，还有曾经的两情相悦。而赵明诚在为官之时，因为金人入关，自己缒墙而逃，让深有侠肝义胆的李清照很失望，据说那首著名的“生当作人杰”就是用来讽刺赵明诚的。而赵明诚的过早病逝，也似乎与这首诗歌有关。以这样的思路来看待李清照的第一次婚姻，也似乎并不是那么的完美。只能说，他们之间，有过十年的琴瑟友和的蜜月期。那么，她在丈夫去世之后，因为孤苦无依而开始另一段感情生活，似乎也是情理之中了。“风住尘香花已尽，日晚倦梳头。”此时她心中，一定是心灰意冷，深知不复当年了。

“旧时天气旧时衣，只有情怀不似旧家时。” 千古第一才女的词人，心中自然明白，此时改嫁与当年初嫁，早就是时过境迁。四十八岁的李清照心中也一定明白，这段婚姻会给自己的名誉带来什么样的影响。但是，特立独行的她，依然还是接纳了凡夫俗子张汝州。这段维持不到三个月的婚姻，在她的人生中本不该有的这一段小小的插曲，犹如身上的肿瘤，让人生厌却又挥之不去，给李清照的一生带来了言说不尽的痛苦，也让那些饶舌之人有了茶余饭后的佐料。

其实，一个人想要什么样的生活，是他自己的事情。只要他的追求与人生状态不会给他人带来麻烦就行。但因为李清照是名人，名人的个人行为往往成了公众的问题。这段短暂的婚姻，饱受当时主流社会的非议。

此时，她心中的愁绪，恰如春江之水绵绵悠长。

这是一个独特的女子，不只是因她的身世。

声声慢·寻寻觅觅

寻寻觅觅，冷冷清清，凄凄惨惨戚戚。乍暖还寒时节，最难将息。三杯两盏淡酒，怎敌他，晚来风急。雁过也，正伤心，却是旧时相识。

满地黄花堆积，憔悴损，如今有谁堪摘？守着窗儿，独自怎生得黑。梧桐更兼细雨，到黄昏，点点滴滴。这次第，怎一个愁字了得！

独坐窗台的李清照，此时，回顾着自己的一生，寻寻觅觅之间，转头白发，人生梦一场。冷冷静静的日子，显得悠长而悠远，内心的凄惨悲切随着赵明诚的去世已经落入尘埃，无人可解。眼前的飞雁，早已不是当年“雁字回时，月满西楼”的模样。凋零的秋菊，雨中的梧桐，萧瑟的秋风，此情此景，悲情的词人，只能黯然神伤。

长相思怎比生死相隔？孤寂独对怎比与狼共舞？晚景凄凉怎敌家园残破。有人说，李清照与张汝州之间的恩怨难以说清，毕竟，我们今天所看到的关于张汝州其人，只是李清照的一面之词。似有为张氏辩解之意。但我想，以李清照的为人，以她鲜明的个性，以她赤子之心，以她甘愿坐牢也要揭穿张氏谎言的举动，决然结束这段为期三个月婚姻的决心，可以想见情非得已，何须如此大动干戈？这样的闪婚闪离在今天都是惊世骇俗的，李清照被人诟病的不在于她的改嫁，而在于她对待这次婚姻的态度。若是有违自己的秉性，绝不肯将就过日子。

这就是她的与众不同！就如同当年，当一般的贵妇人满足于珠光宝气的时候，她只以荆钗布衣示人，内心却丰盈无比。这样的女子是有着永久魅力的。她本人，就是一道亮丽的风景。她并不是不食人间烟火，也无须自视清高。但是，我们依旧只能仰视她。她的爱恨情仇，都是那么鲜明。她的人生追求没有半点尘埃。今天，我们评断历史人物，总以为他们生活在封建礼教的云雾之下。我们只在乎只研究那些教义，却忘了他们首先是具有鲜明个性的人，尤其是才子才女们。

人世几回伤往事

——陆游

北宋时期，是文人的天下，是造就杰出文官与宰相的时代，也是贫寒子弟可以通过苦读而追梦的时代。南宋读书人，一定非常羡慕这样的时代。

陆游，他出生的第二年，金兵攻陷北宋都城汴京，他于襁褓中随家人颠沛流离。他骨子里的刚性与果敢，来自于家族，也来自于时代的影响。

据说，他曾经与猛虎搏斗，曾经血洒疆场，曾经三起三落。他一生经历宋高宗、孝宗、光宗、宁宗四朝，无论是谁上位，都不愿真心抗金只想苟安。而陆游却不改初衷，一定要表达“壮心未与年俱老，死去犹能作鬼雄”的浩气，一定要坚守“镜里流年两鬓残，寸心自许尚如丹”的执著，一定要浩叹“死去元知万事空，但悲不见九州同”的苍凉。收复中原的理想，贯彻生命的始终，几近狂热，近乎宗教意味。

南宋，是一个需要英雄却又排斥英雄的时代。陆游的执着一念，只能是一个悲剧。陆游的固执，总是用错对象。对南宋朝廷，他始终不识时务地抱着幻想。对被休的唐婉，他始终不得要领地存着柔情。

在他流传下来的近万首诗词中，除了几首写唐婉写沈园，除了少数写隐居写闲散，留下的诗词里，流淌的都是一股豪气侠气硬气，都是意难安情难抑绪难平。他的想要收复中原的愿望，贯穿于他诗词的始终，就如同他将自己对唐婉的爱情，贯穿于他生命的始终。这样的男人，是值得尊敬与仰望的。作为女性阅读，我青睐他的柔情多于侠骨。因为，他的侠骨只能是苍凉悲怆，而他的柔情另具梦幻迷离，这种痴迷之境，是许多女子心中的梦想。

据说，陆游之母，命他休妻，是因为他们夫妻太恩爱。陆游一生，固执刚硬。对母亲，却无能为力。

卜算子·咏梅

驿外断桥边，寂寞开无主。已是黄昏独自愁，更著风和雨。

无意苦争春，一任群芳妒。零落成泥碾作尘，只有香如故。

这是陆游在沈园中写下的第一首词。这一年，陆游二十岁。这一年，陆游与唐婉喜结秦晋之好。《卜算子·咏梅》，却意境萧索，格调悲壮。全没有青年才俊喜得佳偶之时的安宁与欣慰。这一枝野外开放，无人赏识，凄风苦雨中的梅花，似乎就是唐婉未来命运的象征。陆游若知道，他需要用六十年的岁月，来守护这一枝饱经沧桑的梅花，他怎肯写这样悲凉的词作？

仅仅两年时间，唐婉已经无法在陆家立足。即使是别院中，陆母也坚决地斩断他们之间任何的情丝。今天的人，很难理解陆游母亲的固执与霸道，也很难理解陆游的软弱与迁就。

或许这就是人性的复杂。在家庭关系，陆游的内心柔软如水。在民族大义，陆游的忠诚坚硬如石。这两者，如此完美地融合在他的生命中他的诗词中。

或许是审美期待的差异，我更喜欢阅读那种散淡而柔美的诗词。总觉得诗歌，就是解决寂寞心灵的鸡汤。内心深处，总是喜欢那种宣泄个人情感的诗词。因为，普通百姓，并不需要过多的激情浪费在民族大义上。我还是希望，诗歌仅仅拿来怡情养性，而不必充满杀伐之气。诗歌被称为诗余，是有道理的。

或许我格调太低。我依旧还是喜欢写《游山西村》的陆游。

游山西村

莫笑农家腊酒浑，丰年留客足鸡豚。
山重水复疑无路，柳暗花明又一村。
箫鼓追随春社近，衣冠简朴古风存。
从今若许闲乘月，拄杖无时夜叩门。

偏安一隅的南宋，延续了150年。在政治外交上，不断让步不断退却，伤透了无数仁人志士的心。可是，南宋时期，却是文化经济高度繁荣的时期。文化的渗透远远比军事的侵略来得有效果。这，或许是虎视眈眈的金人无法消灭取代南宋的根本原因。

于是，陆游的晚年，还可以有着如此纯净的农家诗歌。

丰收季节，有酒有肉，何其丰盛！生活环境，山重水复，何其幽美！人情世故，古风依旧，何其淳朴。没有华服艳装，却有柳色浓绿。没有阳春白雪，却有鼓箫和鸣。没有高朋满座，却有春社佳节。

“山重水复疑无路，柳暗花明又一村。”如此优美的诗句，被今人功利化世俗化之后，显得如此地牵强如此地乏味。全然没有了当初的意境与心境了。

“从今若许闲乘月，拄杖无时夜叩门。”借月光闲游，在这个夜夜霓虹闪烁的城市，竟至成为一种奢望。科技的无限发展，侵占了我们多少诗意的生活空间。网络的无限延伸，占有了我们多少邀约的生活情趣。趁着月光，拄着拐杖，随意叩响隔壁人家的门扉，并没有必须要谈的事情，也并没有必须要说的话。今天，很难再有这般淳朴的生活场景。

这是陆游生活的时代。于是，他才可以不那么浮躁，才可以永远相信爱情，才可以将一份感情延续一辈子，直到生命的尽头。时间将见证一切。所有的激情，只是时间的附属物。那些不会消退的，才是真正的爱情。

钗头凤

红酥手，黄縢酒，满城春色宫墙柳。东风恶，欢情薄。一怀愁绪，几年离索。错！错！错！

春如旧，人空瘦，泪痕红浥鲛绡透。桃花落，闲池阁。山盟虽在，锦书难托。莫！莫！莫！

唐婉，是那种能够将日常生活过出诗意的女子，是那种能够与陆游心灵交通诗文唱和琴曲和鸣的女子。新婚燕尔的浪漫情侣之间，有着浓浓的情意。在南宋程朱理学盛行的时代，在存天理灭人欲的时代。这样的爱情至上观，自然遭致陆母的横加阻拦。陆游无从反抗，仅仅两年的幸福时光，匆匆离索。

几年离索，27岁的陆游，年轻的诗人，心中依然留存着那个美丽的梦境，那个温情的画面，那个倾心相爱的女子。

“红酥手，黄縢酒，满城春色宫墙柳。”中国男人非常懂得审美，尤其对女子。他们有着独特的审美方式。当女子在头饰在脸部在身材大做文章的时候，男子从女人的手来观察她的美丽与身世。当女子以为肤色以白净而细腻为美，男子是从身体的圆润与血色来观察女子的朝气与年轻。是的，新婚燕尔的唐婉，因为爱情的滋润，年轻而妩媚，娇羞而殷勤。

那是一个春色满园的季节，是一个佳侣携游的节日，是一个人面桃花相映红的美丽场景，是一段美酒伴随着诗情与爱情的幸福时光。

“东风恶，欢情薄。”欢情总是短暂，一切完美的幸福总是会招致嫉恨与排挤，即使是亲人。后人无限的猜测那个心胸狭窄的母亲，到底是出于什么原因，一定要拆散相爱的情侣。或许这里面不需要太多的理由，仅仅是因为母亲的霸道与自私，就如同刘兰芝与焦仲卿的故事一般，并没有太多悬念。当27岁的陆游重游沈园，当唐婉再次出现在他的视线中的时候，他内心对母亲的抱怨与责备，难以抑制。

“一怀愁绪，几年离索。错！错！错！”此时陆游，内心有着太多的悔恨。若知今日之痛，当初绝然不会选择离去。我似乎看到了那个多情的诗人，神情落寞，目光凝重，深深叹息。错在当初的软弱与放手，错在以为唐婉是可以被替代的，错在以为自己是拿得起放得下的。可惜明白太晚。

“春如旧，人空瘦，泪痕红浥鲛绡透。”春光依旧，物是人非，事事难休！伤心的陆游，遇见当初的挚爱，却发现，那个女子，依旧在心灵的某个地方，等待着他的归来。“为伊消得人憔悴”，只是，这是一个没有希望的约定。劳燕分飞，姻缘难续，纵然旧情难断，相思不舍，又有何益！此时唐婉，虽已嫁做他人妇，可是，“曾经沧海难为水”，旧园重逢，念及往事，难抑伤情，鲛绡湿透。“桃花落，闲池阁。”美艳如花的唐婉，此时那样憔悴与消瘦，让诗人痛彻心扉。

“山盟虽在，锦书难托。莫！莫！莫！”想起当年的海誓山盟，言犹未尽，意犹未了，情犹未终。然则此份情意，即使依旧，也只能徒唤奈何！散落一地的相思，只能在未来的漫长岁月中，独自咀嚼。

沈园，是一个象征，一个符号，一个美的所在。沈园，成为一首诗，成为一个经典，成为永恒的画面。因为陆游，因为爱情，因为诗词，而流芳百世，流传千年。沈园重逢，只是一场旷日持久相思之旅的开始。

沈园怀旧

其一

城上斜阳画角哀，沈园非复旧池台。

伤心桥下春波绿，曾是惊鸿照影来。

其二

梦断香销四十年，沈园柳老不吹绵。

此身行作稽山土，犹吊遗踪一泫然。

夕阳西下，画角哀鸣，一位75岁的老人，独自漫步沈园，回首往昔，恍如隔世。才华横溢的曹植在他的《洛神赋》中，开创了中国文学史上美女的标准，翩若惊鸿的娇羞，凌波微步的轻盈，这样唯美的女子，是陆游心中的唐婉。即使年逾古稀，即使半个世纪的风霜洗礼，这样的记忆，依旧清晰明朗。

当年的“曾是惊鸿照影来”，经历半个世纪的沧桑岁月，今日“犹吊遗踪一泫然”。即使“此身行作稽山土”，即使“沈园非复旧池台”，即使“沈园柳老不吹绵”，即使地也老天也荒，也依旧有着亘古不变的情与爱！

当赋闲回家的诗人，再次重游沈园，已经是75岁的老人。当年的偶遇，令唐婉伤心过度，相思成疾，不到两年，竟至香消玉殒。经历过人生大风大浪，大起大落的陆游，到晚年，依旧有着那份痴情与痴念，依旧有着那份执著与守望。这，是一种赤子情怀，是不变的深情！

梦游沈园

其一

路近城南已怕行，沈家园里更伤情；
香穿客袖梅花在，绿蘸寺桥春水生。

其二

城南小陌又逢春，只见梅花不见人；
玉骨久沉泉下土，墨痕犹锁壁间尘。

晚年陆游，寄住在沈园附近，常去沈园追寻旧迹。每一次的故地重游，都是一次心灵的刺痛。人老怕伤怀，此时的陆游，已经耄耋之年，再也经不起伤痛，再也无法面对曾经的沈园，再也无力走进沈园，再也无法直面沈园的花草树木，再也无心梅香无意春水。只能借助梦境，聊寄相思与牵挂。

“玉骨久沉泉下土”，60年的风霜雨雪，当年的红酥手，当年的惊鸿美艳，只是人间的一抹微尘。即便如此，在痴情的诗人那里，依旧是“墨痕犹锁壁间尘”。这是令所有人仰视与企慕的爱情。唐婉地下有知，何其幸福！

春　游

沈家园里花如锦，半是当年识放翁；

也信美人终作土，不堪幽梦太匆匆。

缘聚缘散谁人来相和，或许，能够理解陆游的，只有沈园。只有这静静等候游子归来的沈园。“不堪幽梦太匆匆”，60年梦幻人生，60年的相思苦恋，竟如幽梦一般匆匆而逝。84岁的老人，在生命的终点，依旧有着这样的浪漫情愫。沈园，成为陆游一生的精神栖息地，成为他晚年灵魂的皈依，成为他一生至死不渝的牵挂。

仅仅因为当年的偶遇，仅仅因为当年的错过，仅仅因为当年的放手，仅仅因为当初的“错”随后的“莫”。若当初知道，唐婉会成为相伴他一生的精神恋人，会成为他心中永远的伤痛，会成为那个永远无法忘怀的记忆，他还会放手么？

陆游这几首写给唐婉抒写沈园的诗词，晓畅明白，不事雕琢。娓娓道来，如同口语。似乎只是与唐婉的一次心灵对话，一次精神相恋，一次心语流露。近人陈衍在《宋诗精华录》曾感叹：“无此绝等伤心之事，亦无此等伤心之诗。就百年论，谁愿有此事？就千秋论，不可无此诗。”真是剥蕉见心之论。千载之下，引为知音。

知音少，弦断有谁听

——辛弃疾

沁园春

风雨中欲诣稼轩，久寓湖上，未能一往，因赋此词以自解。

斗酒彘肩，风雨渡江，岂不快哉！被香山居士，约林和靖，与坡仙老，驾勒吾回。坡谓“西湖，正如西子，浓抹淡妆临镜台。”二公者，皆掉头不顾，只管衔杯。

白云“天竺飞来。图画里、峥嵘楼观开。爱东西双涧，纵横水绕；两峰南北，高下云堆。”逋曰：“不然，暗香浮动，争似孤山先探梅。须晴日、访稼轩未晚，且此徘徊。”

——刘过

风雨如晦的长江、淡妆浓抹的西子、峥嵘图画的楼观、暗香疏影的梅花。斗酒彘肩的樊哙、梅妻鹤子的林逋、旷达诗性的苏子、青衫泪湿的居士。

扫空万古，大开大合，气象万千。这些不同风格，不同时代的景、事、人，被刘过巧妙地组合在一起，只是为了表达自己急于过江面见刚刚被启用准备大展宏图的辛弃疾，而香山居士、林和靖、坡仙老纷纷劝说，暂且欣赏风月，且慢晤会稼轩。但看风月，少管闲事。刘过是终身流落江湖的一介布衣，据说，辛弃疾数次巨资周济，但刘过屡随手荡尽。一个浪荡文人，一个栏杆拍遍的志士，他们之间，自然会发生许多传奇故事。

辛弃疾，无论从哪个方面来说，都是一个独特的人。辛弃疾在金人统治下的北方长大，身上有一种燕赵奇士的侠义之气。而他的祖父辛赞虽在金国任职，却常常带着辛弃疾“登高望远，指画山河”（《美芹十论》），使他在青少年时代就立下了恢复中原、报国雪耻的志向。

从文，人称词中之龙，与苏轼合称“苏辛”，与李清照并称“济南二安”，影响深远，辛派词人，成就斐然。

从武，少年横槊，手持利剑，跃马驰骋，史书记载，对待敌人，对待叛徒，凶猛似青兕。

从政，“劫禾者斩，闭粜者配。”仅仅八字，迅速解决饥荒问题。成为历代救荒史上的典型案例，一代理学名家朱熹为此登门看望辛弃疾，赞其有才。

史书记载，辛弃疾，长相凶狠，与文弱书生一点不搭界。《宋史》记载，辛弃疾在北方参加耿京义军，并介绍友人义端和尚加入。后义端偷了义军的大印逃跑。辛弃疾单人独剑，纵马飞奔，追捕义端。义端恐慌之中，对追上来的辛弃疾说：“我识君真相，乃青兕也，力能杀人，幸勿杀我。”其友人陈亮形容他：“眼光有棱，足以照映一世之豪；背胛有负，足以荷载四国之重。”

辛弃疾不是那种可以“一箪食，一瓢饮，在陋巷，人不堪其忧，回也不改其乐，贤哉回也”的人。即使他将自己的隐居之地称为瓢泉山庄，即使他赋闲40年，他内心涌动的那份驰骋疆场的热情始终不减。

一个有意思的时间是，南宋1127年建立，辛弃疾出生于1140年。南宋灭于1279年，辛弃疾死于1207年。出生于金的辛弃疾，按理，他不应该如岳飞那样对靖康之耻有切肤之痛，但是，终其一生，他希望收复失地的愿望与急迫的心情，丝毫不亚于岳飞那一代武将。

南宋150年，科技经济文化都极为繁荣；外交，是南宋的一个痛一根刺。而辛弃疾，是插入南宋苟且偷安的君臣心中的一根刺。于是，活了68年的辛弃疾，有40年赋闲在家。期间有过短暂的起用，每次欣然出山，迅速无功而返，徒增伤怀。

有能力冲锋陷阵，有能力收复失地，有能力出将入相的辛弃疾，最终只能将自己所有的才华倾注于笔端，成为一个最不甘做文人最不像文人的行伍出身的文人。

摸鱼儿·更能消几番风雨

淳熙己亥，自湖北漕移湖南，同官王正之置酒小山亭，为赋。

更能消几番风雨？匆匆春又归去。惜春长怕花开早，何况落红无数。春且住。见说道、天涯芳草迷归路。怨春不语。算只有殷勤，画檐蛛网，尽日惹飞絮。

长门事，准拟佳期又误。蛾眉曾有人妒。千金纵买相如赋，脉脉此情谁诉？君莫舞，君不见、玉环飞燕皆尘土！闲愁最苦。休去倚危栏，斜阳正在、烟柳断肠处。

梁启超称赞此词道：“回肠荡气，至于此极。前无古人，后无来者。”若此词仅是伤春之作，梁先生不会有此评价。辛弃疾词作中，看似婉约的词作，依然透着豪迈之气。梁先生如此评价，当为稼轩千古知音。

词人怕的不是春天的匆匆来去，惜的不是春天的无处可留，伤的不是落红的飘飞零落，叹的不是芳草的无处可归。这些，只是些小儿女的伤心事，文弱书生的相思情。

稼轩心中，始终难忘那个南归之后的梦想。春去春回，日子在慢慢流淌，金兵的铁蹄踏破关山，朝廷收复失地的壮志不断消磨。而自己，就如同那只檐下殷勤的蜘蛛想要留住飞絮，留住春天，想要留住河山美好，想要收复失地。

然而他，辛苦奔忙却无人会意，骁勇善战却无用武之地。

在许多的影视剧中，后宫争斗都是津津乐道的题材。陈皇后的失宠，赵飞燕的被黜，杨玉环的缢死，又如何是一句“闲愁最苦”可以囊括的？遭人嫉妒也好，不断上书也好，不断流放也好，无人领会也好，只是初衷不改，热泪沾襟。

“休去倚危栏，斜阳正在、烟柳断肠处。”暮色苍茫中，点出南宋朝廷日薄西山、前途暗淡的趋势。看似婉约，实乃热烈。告诫自己“休去倚”，正是说明难免不去倚，无法不去想。

“肝肠似火，色貌如花”，可谓是这首词的精当之论。借伤春惜春，借宫女宫怨，借婉约情深，表露为国殷勤织网的耿耿忠心。历史的风云如烟，来去无影，然而，自古以来的那些志士仁人，他们血脉之中流淌的那份激情，总是感动着濡染着后来人。

菩萨蛮·书江西造口壁

郁孤台下清江水，中间多少行人泪！西北望长安，可怜无数山。

青山遮不住，毕竟东流去。江晚正愁余，山深闻鹧鸪。

“郁孤台”，因为汉字的独特魅力而具有了一种审美的韵味。“清江水”，因为词人的独特造境而具有了一种想象的空间。“行人泪”，因为字词的组合而具有了一种伤怀的情愫。江水如泪水，连续不断。泪水似江水，汪洋恣意。

因金兵南侵，百姓流离失所。因金兵追杀，隆祐太后舍舟以农夫肩舆而行。史称隆祐：“国有事变，必此人当之 。”《宋史·后妃传》记其言曰：“今强敌在外，我以妇人抱三岁小儿听政，将何以令天下？”于是迎回康王。南宋150年基业，全因隆祐太后的英明果断。这位受人尊敬的隆祐太后为江西造口留下了一个伤痛的历史记忆，为辛弃疾的这首词定下了一个悲壮的基调。

相望长安，青山遮眼。江水东流，浩浩汤汤。收复失地，难以付诸行动，难以得到认同。可是，那份忠诚那份愤懑之情，却是如江水东流一般，不可遏止不可阻断。

“江晚正愁余，山深闻鹧鸪。”江晚山深，暮色苍茫，喻写词人沉郁苦闷。山路艰险，喻写词人孤愤难抑。鹧鸪声声，是呼唤词人莫忘南归之怀抱？是逗引词人志业未就之忠愤？是如青山外中原父老同胞之哀告？

辛弃疾，在南宋的政治风雨中，他没有成就盖世功名的机会，没有成就出将入相的舞台。但是，因他的性格，因他的经历，因他的才华，最终成就了一个杰出的词人。就如同杜甫，他并不想成为诗人，最终却成为诗圣。历史，总是将一个人放错位置，留下人生遗憾。

南乡子·登京口北固亭有怀

何处望神州？满眼风光北固楼。千古兴亡多少事？悠悠。不尽长江滚滚流。

年少万兜鍪，坐断东南战未休。天下英雄谁敌手？曹刘。生子当如孙仲谋。

中原文化，历史久远。中原山河，风光无限。京口之地，曾经是驰骋的疆场，曾经是立业的地方，曾经是少年的基业。如今，成了君臣苟安的缓冲地带。

往事悠悠，英雄往矣，只有这无尽的江水依旧滚滚东流。翘首遥望，江北金兵占领区，风景不再、山河变色。壮丽的自然山水淹没于历史的烟云。

曹操曾对刘备说：“今天下英雄，惟使君（刘备）与操耳。”孙权19岁继父兄之业统治江东，西征黄祖，北拒曹操，独据一方。赤壁之战大破曹兵，年方27岁。吊千古英雄，叹当今无智勇之人执掌乾坤！

辛弃疾，坐等年华老去，空叹自己生不逢时，空怨自己岁月蹉跎。南宋、金、辽的对峙局面，与三国时期何其相似，然而，不再是三国时期英雄辈出的时代，更不是英雄惺惺相惜的时代。辛弃疾，感觉到了一种彻底的孤独与悲凉。他的理想他的热望成了他一生的负累。叹世无英雄，更叹英雄无人意会。

水龙吟·登建康赏心亭

楚天千里清秋，水随天去秋无际。遥岑远目，献愁供恨，玉簪螺髻。落日楼头，断鸿声里，江南游子。把吴钩看了，栏杆拍遍，无人会，登临意。

休说鲈鱼堪脍，尽西风，季鹰归未？求田问舍，怕应羞见，刘郎才气。可惜流年，忧愁风雨，树犹如此！倩何人唤取，红巾翠袖，揾英雄泪？

30岁的辛弃疾，一直在政治舞台的边缘徘徊，根本无法实现当年南下的抗敌报国的志向。登楼远望，想起北方沦陷的国土，激动万分，热泪滚滚，思绪万千。

水天一色，何等壮阔。凄清秋意，甚是寥落。遥望远山，无限忧愁。山水之中，无限哀愁，恰如多愁善感的女子。远山似女子的发髻，词人敏感的心灵亦如那善感的女子。远山似女子的玉簪，江山风光亦如女子般美丽迷人。婉约的表象，依旧无法掩盖内心的深沉。

词人本不想做一个江南游子，在温柔里沉沦。但是，他一生的美好时光，几乎都被迫消磨在江南的山水之间。他一生的理想抱负，几乎都被迫隐没在日常的杂事杂物之中。

本想仗剑走天涯，本想驰骋在疆场的词人，最终只能在登高远望中，空等年华老去。只能在刀剑生锈后，徒然捶胸顿足。这是时代的不幸，亦是词人的不幸。不幸的词人，只能借此写出千古绝唱，写出锦绣文章。当年，知音少，弦断有谁听？今日，听懂之人也仅是笔墨间的唱和而已。

古往今来的文人墨客，没有人真的能够与辛弃疾相比。辛弃疾，君王将他遗忘在历史的角落，他依然要发出时代的最强音。时代将他抛弃在苟安的尘土中，他依然要喷薄出自己的一腔热血。社会将他扔回到归隐的路途，他依然要不断地怒目圆睁重出江湖。即使他的每一次重出，都是一次彻底的失望，都是一次灵魂的煎熬，都是一次心灵的刺痛，依然不改初衷依然无怨无悔。这是一个令人肃然起敬的灵魂！

“倩何人、唤取红巾翠袖，揾英雄泪！” 这是一个胸怀大志而沦为幕僚的英雄人物，其实，唯有如辛弃疾这样的英雄，才配拥有真正的佳人。只不知道，那个佳人是否懂得流泪的英雄内心的那份深情？

每次想起辛弃疾，眼前出现的是一位仗剑隐居的文人，一位填词酬唱的武士，一位揾巾拭泪的英雄，一位忧愁伤怀的侠客，一位执著一念的志士。与苏轼相比，我更喜欢苏子的那份才情与旷达，而读辛弃疾的词，看他的生平，想见他的生活，他的思想，他的内心，会有一种无法呼吸的疼痛之感。辛弃疾，是一个让人敬仰让人无法亲近的复杂的文人。是的，他身上最明显的符号，就是一介文人，只是，他是一个独特的文人！

江湖名士的前尘往事

——姜夔

姜夔，一个孤独的行者。他少年孤贫，屡试不第，终生未仕，一生转徙于江湖。

姜夔，一个俊朗的词人。他人品秀拔，体态清莹，气貌不俗，望之若神仙中人。

姜夔，一个精湛的乐人。他自度琴曲，标注旁谱，借此谋生，乐谱流传至今。

姜夔，一个冷落的才子。他的才情不亚于苏轼，诗词、散文、书法、音乐，无不精善，是继苏轼之后难得的艺术全才。而他的名头，远没有苏轼大。

姜夔一生，没有仕途经济的阅历，在讲究师徒关系裙带关系的中国，姜夔是孤家寡人，他的才情只是为自己换得一时的温饱。

就宋词流派而言，婉约派、豪放派，如雷贯耳。而在这两派之外，还有一个不容忽视的"骚雅派"的存在。若从艺术角度论，这个流派的诗词歌赋，更具文人气质，诗人气息。以雅相标榜，以雅为理想。以诗人笔法入词，走出新路，创出新意。姜夔是其主要代表。在文学史上，“骚雅派”也没有得到应有的重视与研究。

姜夔曾以诗自嘲：“南山仙人何所食，夜夜山中煮白石，世人唤作白石仙，一生费齿不费钱。”在一贫如洗的岁月中，依然有着诗情与诗意，这，是文人的境界，亦是中国知识分子坚持操守的思想基础。姜夔，不会因为贫穷而出卖自己的才华，更不会因为流离而出卖自己的品格。这是中国知识分子的榜样，亦是中国文人的骄傲。姜夔一生，以诗文为友，以诗文求生，以琴谱为乐，以琴曲会友。生活虽然拮据，亦乐在其中。

江梅引

予留梁溪，将诣淮南不得，因梦思以述志。

人间离别易多时。见梅枝，忽相思。几度小窗幽梦手同携。今夜梦中无觅处，漫徘徊，寒侵被，尚未知。

湿红恨墨浅封题。宝筝空，无雁飞。俊游巷陌，算空有、古木斜晖。旧约扁舟，心事已成非。歌罢淮南春草赋，又萋萋。漂零客，泪满衣。

多情才子，难免伤情。有宋一代，被称为情种的，一是陆游，一是姜夔。陆游一生，在怀念与唐婉的错过中苦度。姜夔一生，在追忆与合肥女子的偶遇中度过。

陆游是因为母命难违，姜夔是因为穷困潦倒。当文人无法养活自己时，他只能选择离开，只能在流浪漂泊中空度时光，在浪迹天涯中倾泻诗情。

唐婉对于陆游，那是一种真实的存在。而合肥女子对于姜夔，只是虚无缥缈的幻影。彼此之间，只是匆匆过客。深情的词人，却将萍水相逢演绎成悲情绵长的故事。

梦里梦外，但见梅枝，顿起相思意。小窗之下，伊人几度入梦来。仿佛当年，携手同游，荡舟赏灯，移筝拨弦，其乐融融。今夜竟是，梦也孤独，思也凄凉。寒夜起徘徊，唯觉相思苦，空负相思情。离别日长，依旧一往情深。梦境不同，依然一样痴心。

相思成疾，泪滴成书，而知音之人不再，鸿雁传书不再。姜夔的深情，是那样的唯美。思念之人，不知天涯海角，只是不负相思意，只是不负相爱情。即使天涯海角，即使天各一方，即使从此不相见，即使从此不相闻。那份深情依旧，那份忠贞不变。唯有不求回报，不问代价的爱情，才是至真至美至性至情的。

烟柳巷陌，当年携手同游之地；斜阳枯树，今日徒然增人悲思。离别之时，定然有着无数的海誓山盟，定然有着无尽的互道珍重。离别之后，身不由己。姜夔一生，生活无以为继。仰人鼻息，过着艰辛日子。实在难以实现当年许下的诺言。只能一次次在梦中在词中不断回忆不断伤怀。

"王孙游兮不归，春草生兮萋萋。"春草萋萋，何日是归期？迷离之感，弥漫心头。梦已醒，人不归，唯有泪沾襟。既恨相见难，兼叹漂泊苦。白石一生布衣，若是平常百姓，也还有可以为生的方式。百无一用是书生，只会吟唱填词的姜夔，就只能在温饱之间挣扎。那个合肥女子，就只能成为记忆成为梦境。

踏莎行

自沔东来，丁未元日至金陵，江上感梦而作。

燕燕轻盈，莺莺娇软，分明又向华胥见。夜长争得薄情知？春初早被相思染。

别后书辞，别时针线，离魂暗逐郎行远。淮南皓月冷千山，冥冥归去无人管。

燕子轻盈，黄莺娇软。燕子、黄莺，即是春天的象征，亦是美女的象征。夜也相思春也相思，多情浪漫的文人，喜欢将一份感情散落在生命的整个过程，喜欢将女子写得特别娇柔温婉。然后，站在远处，慢慢欣赏慢慢玩味慢慢抒写。让自己的思绪，在分别的日子里，将那梦境无限濡染，浸透日后的光阴。让寂寞慢慢升腾起来，让诗意慢慢荡漾开来。那些美丽动人的情诗，就是这样被制造的。

“离魂暗逐郎行远”，借用富于浪漫情调的倩女离魂事，将一份缥缈的情丝写得出神入化。魂魄相依，不离不弃。身影无法追随，思绪可以飘飞，真是深情赋佳句，情真才动人。

“淮南皓月冷千山，冥冥归去无人管”，王国维品鉴诗词，是最为挑剔也最有眼光的。他读姜夔词，唯喜这两句。王国维品鉴诗词，最为看重的是诗词意境。姜夔词，写意境，更写心境，兼写情绪。这样的意境构筑，就比单用客观的“外物”来造境要高出许多。月光皓洁，千山冷寂，自然静谧，这样的背景，已是静美到极致。倩女离魂，踽踽独行，伶仃无依，这样的画面，已是冷艳到极致。词人负疚，魂牵梦萦，惜玉怜香，这样的挂念，亦是怜念到极致。梦里梦外，一样相思。聚散离合，一样珍重。生生死死，一样挂怀。此情有谁知，唯有天与地。

暗　香

辛亥之冬，余载雪诣石湖。止既月，授简索句，且征新声，作此两曲。石湖把玩不已，使工妓隶习之，音节谐婉，乃名之曰《暗香》《疏影》。

旧时月色，算几番照我，梅边吹笛。唤起玉人，不管清寒与攀摘。何逊而今渐老，都忘却春风词笔。但怪得竹外疏花，香冷入瑶席。

江国，正寂寂。叹寄与路遥，夜雪初积。翠尊易泣，红萼无言耿相忆。长记曾携手处，千树压西湖寒碧。又片片吹尽也，几时见得。

吟唱“夜雨滴空阶，晓灯暗离室”的何逊渐趋老矣，那香飘千年的梅花扰乱了多少离人的愁思。月色何来新与旧，变化的只是人与事。词人之心，是恬淡安闲？是怡然自适？是心有幽怀？是黯然神伤？是柔情蜜意？凡此种种，全在“旧时”与“几番”之间。

月华初照的那份清光，月下相约的那份柔情，月夜徘徊的那份离情，全都在玉女梅边吹笛声中幻化成一幅绝佳的景致。月色下、梅林边、笛声里，天气之清寒，月色之清美，梅花之清香，玉人之清婉，全都在才子填词吟唱中幻化成一种深远的意境。“梅边吹笛”的画面美，清韵美，情调美，穿越古今，不知勾起过多少善感的心灵，不知带来过多少审美愉悦。

吹笛的佳人，填词的才子，暗香浮动的梅花，清瘦淡雅的修竹，折梅闻香的闲情，风雅儒士的宴会，在这个清冷寒瑟的季节，演奏出一曲悠远悠扬的暗香曲。

人生的意义，总是被一些外在的无关紧要的追求掩盖了生命本初的模样。今天，我们再也不能听到这样悠长的吟唱，再也难以营造这样和美的画面。这样幽美的场景，只能成为一种文人雅士共同的桃源梦境。

“忘却春风词笔”，才华横溢的词人，没有过江郎才尽的担忧，只是，那份悠悠往事，那份痴痴念想，任凭豆蔻词工，难赋伤怀心事，难赋老去之悲，难赋独上高楼望尽天涯路的惆怅。

上片词境，太过完美，下片想再上层楼，实在太难。词人心事，只能荡漾开来，从寄情出发，寻找新的天地。

翠玉酒杯、红梅绽放、寒波澄碧、梅林苍翠、落红满地，这一片天地，在词人笔下，成就了一幅色彩斑斓的画面，在一叹、一泣、一忆之间，演绎成一个忧伤的故事，当年的一次携手，怀念到如今。

那个合肥女子，成为他的心灵期盼，成为另一个自己。他活在自己的世界中，活在自己营造的相思里。这样的相思，无人会意。折梅寄远，空叹无处寄。

写作此词，姜夔寄居在南宋名臣范成大致仕之地苏州石湖，江南风物，自古有诗情。范成大对这位飘零的词人有着独特的欣赏。而这样的欣赏，最多也只是以歌词助兴，以歌诗玩味人生而已。一生布衣的姜夔，内心的期盼与隐痛，无处诉说。一生飘零的词人，内心的压抑与凄苦，无处倾诉。静寂的江南水乡无法抚慰词人躁动的思绪。

疏影·苔枝缀玉

苔枝缀玉，有翠禽小小，枝上同宿。客里相逢，篱角黄昏，无言自倚修竹。昭君不惯胡沙远，但暗忆、江南江北。想佩环、月夜归来，化作此花幽独。

犹记深宫旧事，那人正睡里，飞近蛾绿。莫似春风，不管盈盈，早与安排金屋。还教一片随波去，又却怨、玉龙哀曲。等恁时、重觅幽香，已入小窗横幅。

梅妻鹤子的林和靖，清高自许，“疏影横斜水清浅，暗香浮动月黄昏”，是如此干净清爽，如此俏丽可人，读来口齿生香。而姜夔，将这种审美意味衍生出两首优美的曲调，配以新词，唱出新意。

范成大《梅谱》说有古梅“苔须垂于枝间，或长数寸，风至，绿丝飘飘可玩”。这样的美景，如今只能在古典诗词中寻找了。一株古老的梅树，丝丝飘飞的绿带，朵朵晶莹的小花，树上开满梅花的场景，并不少见。不多见的是遒劲苍凉的古树上，生发出的如苔绿丝。为古树增添柔媚的情调。

据柳宗元的《龙城录》记载，隋代赵师侠游罗浮山，夜梦与一素妆女子相遇，但闻芳香袭人。又有一绿衣童子，笑歌欢舞。醒来时，发现躺在梅树下，梅花盛开，翠鸟欢鸣。美人如花，花如美人，是约定俗成的审美情趣。赵师侠所梦美人即是花神，所梦童子即是翠禽。一树梅花，因了翠鸟而有了无限生机。一袭梅花，因了词人而有了无穷诗意。

“客里相逢”，将过去与现在，现实与幻境勾连起来。当年携手同游，共赏花下。今日异地相逢，一样的花香侵人，一样的孤绝超尘，只是当年同宿同起，今日独自飘零。当年翠玉满枝头，今日遗落于篱角黄昏。当年相偎话深情，今日无言倚修竹。

想佳人，若昭君出塞，虽然远隔万里，虽然音讯不通，虽然天长日久，而那份深情，那份牵挂，那份追忆，总是越过千年万年越过千里万里，魂归故里魂归旧乡。昭君，不仅有绝代佳人的姿容，更有始终萦怀于心的故国之恋。月色迷蒙，花香暗袭，环佩叮咚，那是昭君归来的魂魄，那是日日相思的英魂，那是化为梅魂的仙子，应约而来，相约花下。昭君、花神、梅花，合而为一。

深宫旧事，有着神秘的美丽。北魏寿阳公主的梅花妆，倾倒过多少驿动的心。额头梅花印，女子的那份娇美在淡红里孕出妩媚的情调。直到唐朝，梅花妆依旧是女子的美丽妆容。蛾绿点缀眉黛，梅花点画眉心，美丽的女子，在春风荡漾的时光里，娇艳妩媚。美丽总是伴随着深深的忧伤，当年的金屋阿娇何在？当初的梅花公主何在？曾经的前尘往事何在？

梅花飘落，梅花曲起，姜夔的心事，在悠悠岁月中，蔓延成一种风姿。皮日休说，听《梅花落》曲，“三奏未终头已白”，怨又如何？哀又如何？到那时，想要重觅幽香，唯有等来年，唯有等来生。只是，花香一季，花开一时，来年的重逢，已是换了颜色变了模样。

“数峰清苦，商略黄昏雨。”湖上数峰清寂愁苦，黄昏时分，酝酿一番雨意。人生愁苦，来自心底，融入血脉，雨意又如何洗去清愁。姜夔一生，寄情怀远，而他真正的理想，只能在诗文买醉中遗落。那个永远无法忘怀的合肥女子，是他内心最柔软的地方，最伤痛的地方，最想忘又最难忘的地方。

潇潇暮雨寄幽情

——蒋捷

蒋捷，在才子辈出，巨星闪耀的有宋一代，不是一个成就斐然的词人。他的词作，颇受争议。有人认为其词“炼字精深，调音谐畅”（《四库全书总目》），有人认为其词“词旨鄙俚、不可谓正轨”（冯煦）。陈廷焯认为其词“竹山虽不论可也”，刘熙载认为其词“竹山其亦长短句之长城欤”。文学欣赏，实在是仁者见仁。蒋捷，在宋词人中，或者不是那么才华横溢，但是，仅仅那首《听雨》，就已经让我痴迷其间。从余光中笔下的那一场冷雨开始，就对雨滴雨声有着莫名的激动。

“待把旧家风景，写成闲话”，从蒋捷的那些闲话中，去追寻一个失意人的心路历程，感叹一个亡国者的内心隐痛，体悟一个文化人的悲凉萧寥，应该是一次不错的文化之旅。

南宋亡于1279年，蒋捷于1274年中进士。作为一个寄托科考的读书人来说，最大的悲哀，莫过于在春风得意时，突然间，十年寒窗换来的只是一个空洞的名头，那个王朝早已经日落西山了。

蒋捷，这位有着坚贞秉性的词人，从此，选择了归隐，选择了逃离新朝。当关汉卿以自己的如椽大笔抒写着戏剧历史的时候，只会写作婉约词的蒋捷，只能站在南宋的废墟上，看着那些活跃在元初文坛上的曲作家游刃有余而独自疗伤，看着新朝的风起云涌而无奈退隐。他既无法融入新朝，亦无法融入新的文坛。

宋元之交，已经不是词作的时代，而是元曲——一个新的文学样式兴起的时代。蒋捷的悲剧，是双重的悲剧。尽管如此，我们还是记住了这位踽踽独行的流浪者以及他的那些忧伤的歌词。

一剪梅·舟过吴江

一片春愁待酒浇。江上舟摇，楼上帘招。秋娘渡与泰娘桥，风又飘飘，雨又潇潇。

何日归家洗客袍？银字笙调，心字香烧。流光容易把人抛，红了樱桃，绿了芭蕉。

蒋捷，江苏宜兴人。途经吴江，家乡咫尺之遥，却是匆匆而过。不知词人因何原因，不能去舟登岸？在大家辈出的宋词文坛，蒋捷研究资料寥寥，不知此词作于何时何境。也正因此，留下了无限的解读空间。

因山林之约而附会？因家园寥落而逃离？因身陷困境而漂泊？人总是活得那么矛盾。人在路上，心在家里。难以抵御路上的风景，又难以安顿漂泊的灵魂。蒋捷在宋末元初的风云中，看不到家园。于是，总是在诗词深处，寄寓那份漂泊。

蒋捷的春愁，不只是春天的逝去，不只是年华的渐老，不只是家园的寥落。更是生命的失意，理想的破灭，心境的难安。

“江上舟摇，楼上帘招”，扁舟飘荡，飘荡的还有天涯浪子的情怀。酒旗招摇，招摇的还有探帘而望的酒女。人在江上，江风凄切。心在酒楼，酒香四溢。最是这样的时光，这样的情景，词人心事，思绪如麻。

秋娘渡、泰娘桥，渡口柔美，河桥妩媚，江南山水如娇娘。身为江南的才子，心中的那份愁绪，如水如雨般丝丝蔓延。这份柔情和暖了浪迹天涯的孤客。

家，似乎就在前方，似乎听到了笙箫的悠扬，似乎闻到了熏香的芬芳，似乎看到了娇娘为自己清洗沾满尘土的旧袍。可是，春光已逝，家却难归。在樱桃醉红里，在芭蕉翠绿中，词人只能遥望故土，一路前行。到底是什么，阻止了词人归家的脚步？亦或者，他只是想梦回那个曾经的故国家园，只是想魂归那个精神的依恋之乡。可是，家园不再，归向何方？

贺新郎·秋晓

渺渺啼鸦了。亘鱼天，寒生峭屿，五湖秋晓。竹几一灯人做梦，嘶马谁行古道。起搔首、窥星多少。月有微黄篱无影，挂牵牛数朵青花小。秋太淡，添红枣。

愁痕倚赖西风扫。被西风、翻催鬓鬒，与秋俱老。旧院隔霜帘不卷，金粉屏边醉倒。计无此、中年怀抱。万里江南吹箫恨，恨参差白雁横天杪。烟未敛，楚山杳。

由听觉而视觉，由鸦啼声渐行渐远，到窗外空中白云渐渐泛起，由眼前的太湖秋意，到梦中的打马古道，由眼前的临窗慵懒，到梦中的依竹而眠，溢满一种离愁一种伤怀。

星夜早醒，透着一份不安。残星点点，透着一股凄清。人生若沿着这样的思路下去，只怕要走入绝境。于是，淡淡的青光里，总算是见到一点别样的风景。那篱墙上的点点青花，虽不是那么醒目，依然还是给黎明中的失意人一点亮色。那枣树上的红色枣儿，虽不是那么耀眼，依然还是给秋日里的流浪者一点温暖。

心境或许依旧凄苦，而敏感的词人为自己寻找到了秋日里的一抹亮色，为自己寻找到了生命的安宁。

于是，有了一种奢望，以为可以借助西风，一扫郁结的愁情。词人何尝不知，这是一种痴念一份痴情。当西风渐起，当秋意渐浓，当冬日来临，词人，只能独立西风啸晚歌。只能在日益苍老的时光里，独自抚摸伤痛。当年的诗酒人生，只能成为一种记忆。

“烟未敛，楚山杳”，天色渐明，在烟雾轻笼、楚山迷蒙之间，词人完成了一次心路历程。江南本为故园，今日，却成了家乡的浪子。只能流露街头，囊中羞涩，只能吹箫乞食，聊以度日。遥望天际，白雁横空。大雁尚归，而自己的家园，又在何方?

贺新郎·旦饮

雁屿晴岚薄，倚层屏、千树高低，粉纤红弱。云际东风藏不尽，吹艳生香万壑。又散入、汀蘅洲药。扰扰匆匆尘土面，看歌莺舞燕逢春乐。人共物，知谁错。

宝钗楼上围帘幕，小婵娟、双调弹筝，半霄鸾鹤。我辈中人无此分，琴思诗情当却。也胜似、愁横眉角。芳景三分才过二，便绿阴门巷杨花落。沽斗酒，且同酌。

江滨山岛上，有着一幅迷人的春景图：淡淡的烟岚氤氲弥漫，苍翠的树木高高低低，亦如薄烟笼罩，亦如丝雨迷蒙，亦如屏障叠翠。这是一个迷离的所在。含苞欲放的春花，浅红淡粉之间，婀娜多姿起来。春风吹拂，四处散发着淡淡的幽香，似乎千山万壑之间，汀洲芳蘅之中，都是弥漫的春色。真乃是良辰美景赏心悦目。只可惜，如此莺歌燕舞的江南春色，却遇着一位满面尘土的词人，实在是有煞风景。

亦或是风景不解人意，全然不顾词人悲伤，独自轻舞独自绽放。抑或词人不解风情，全然不懂止步欣赏，独自忧伤独自流浪。

是美景不该遇着落魄的人，还是落魄之人不该遇着春光美景。亦或者是春光不该有，浪子不该来。似乎一切都是错，似乎一切都生怨。到底是物是人非还是人事两茫茫？这样的疑问，相比那种呼天抢地的呐喊，更显沉痛，更易抒怀。

姿态美好的女子，古筝弹出的商调，冉冉盘旋的熏香，当年浪漫温馨的生活如何惬意。富贵公子的绮丽，歌舞升平的富足，琴棋书画的生涯，已经不是亡国遗民所能拥有的。若不遗忘，徒增伤怀。

回想过往的生活，成为南宋遗民的一种精神抚慰。蒋捷，有着自己的坚持。心念故国，终究不愿出仕，最终成为社会底层的流浪者。而曾经的富贵生活，就成为后来流浪生涯中的一部永远没有结尾的伤感默片。

“春色三分，二分尘土，一分流水。细看来，不是杨花，点点是离人泪”，蒋捷从命途坎坷的苏轼词中，读出了自己的命运。春天还没逝去，绿荫犹在，杨花已是漫漫洒落。人生于世，难求完备。何必执于一念，逝去的终究不会重来，还是今朝有酒今朝醉吧，还是斗酒十千恣欢谑吧，还是与君歌一曲，与尔同销万古愁吧！当然，蒋捷的旷达不敌苏轼，更难敌李白。只是，在艰辛的日子里，有诗酒为伴，也算是没有辜负了一世来去。

虞美人·听雨

少年听雨歌楼上，红烛昏罗帐。壮年听雨客舟中，江阔云低断雁叫西风。

而今听雨僧庐下，鬓已星星也。悲欢离合总无情，一任阶前点滴到天明。

这是一位深谙世事沧桑的词人。他用一生写就了这首杰出的小令。今天许多人还能记起那个徘徊在宋元之际的孤魂，还能想起阅读那些凄怆的词作，那是因为那位听了一生雨声的词人，用生命造就了52个字。

雨夜黄昏，红袖添香，罗幔轻扬，那是一个浪漫的地方，少年的心思在雨声中淡雅与悠然。

江中客舟，水天之际，孤雁南飞，那是一个伤怀的所在，壮年的孤苦在雨声中漂流与蔓延。

荒凉僧庐，白发老者，暮雨潇潇，那是一个凄凉的处所，暮年的萧索在雨声中流转与麻木。

由少年歌楼听雨，到壮年客舟听雨，到暮年僧庐听雨。雨声依旧，人事茫茫。即使是清净之地，即使是暮年迟钝，即使是一任雨滴，却依旧是难忘痛楚，依旧是难掩不平，依旧是彻夜难眠，依旧是听雨到天明。

当年读余光中的《听听那冷雨》，那份凄风苦雨的情怀，那份故国家园的相思，就此弥漫开来，萦绕不去。

余光中，在那一场淅淅沥沥，缠缠绵绵下着的雨丝中，寻找到了回家之路。在寻觅的路上，他与蒋捷相遇，共听一场穿越千年的丝雨。那一场雨，滴落了游子多少的相思，滴湿了多少浪子的眼眸，融化了多少文人的诗情。

在这个初冬的夜晚，我遇见了这样的一场隔空对话。以诗歌为介，他们的心灵之语，融入了我的心灵，写下这篇文字，让这位宋季的孤魂，找到回家的路。

第七卷 元曲的冲淡

良辰美景奈何天

——元好问

元好问，字裕之，号遗山，金代文坛巨擘。坎坷丰富的人生经历，造就了一代文学巨匠。从十六岁进入科场，到三十五岁得中科举，开始步入仕途。以宏词科登第，被任为国史院编修，留官汴京，但生活清苦。此后仅做过县令以及幕僚等小职务。中年亡国被俘，晚年隐居故里，五十岁后潜心编纂著述。

元好问的人生经历堪称复杂，前期处于金宋对立，后期处于金元交替，复杂的时代背景形成了他复杂的文化思想。关于元好问的气节问题，成为学术界广为争议的焦点。他融合了鲜卑族、女真族、蒙古族的文化因子。民族身份的复杂，成为元好问研究的另一个话题。他自幼接受儒家正统思想的教育，又生长于"夷"邦金朝，晚年又经历朝代的变换。复杂的教育背景形成了他复杂的文化心态。

元好问，是宋金对峙时期北方文学的主要代表，又是金元之际在文学上承前启后的桥梁，他的诗词曲赋，受到不同研究者的共同首肯，被尊为"北方文雄""一代文宗"。研究元好问，是一个浩大的工程，也因此形成了诸多的元好问研究会。今天，我们只是想在浩如烟海的著作中，攫取一二首诗歌品评欣赏一代文宗的文学境界。

摸鱼儿·雁丘词

乙丑岁赴试并州，道逢捕雁者云："今旦获一雁，杀之矣。其脱网者悲鸣不能去，竟自投于地而死。"予因买得之，葬之汾水之上，垒石为识，号曰"雁丘"。同行者多为赋诗，予亦有《雁丘词》。旧所作无宫商，今改定之。

问世间，情为何物，直教生死相许？天南地北双飞客，老翅几回寒暑。欢乐趣，离别苦，是中更有痴儿女。君应有语：渺万里层云，千山暮雪，只影向谁去？横汾路，寂寞当年箫鼓，荒烟依旧平楚。招魂楚些何嗟及，山鬼暗啼风雨。天也妒，未信与，莺儿燕子俱黄土。千秋万古，为留待骚人，狂歌痛饮，来访雁丘处。

"问世间，情为何物，直教生死相许。"汤显祖在《牡丹亭·题词》中所说："情之所至，生可以死，死可以复生，生不可以死，死不可以生者，皆非情之至也。"情，深藏心底，难以言喻。若非懂得生死相许的深意，就谈不上深情。亦如梁山伯对祝英台的那份情，亦如林黛玉对贾宝玉的那份痴，亦如帕丽斯对海伦的那份恋，亦如罗密欧对朱丽叶的那份爱，完美的爱情总是难以完满，悲情的爱情故事总是格外打动人心。亦如那只被射杀的雁与那只徘徊不去终而殉情的雁的生死相随。

"天南地北双飞客，老翅几回寒暑。"寒来暑往，天南地北，他们相依为命，比翼双飞。那些离别的日子，总是格外的伤怀。无论时空如何转换，不变的是生死相依的深情。人世间的真爱夫妻，不也应该如此么？

"欢乐趣，别离苦，是中更有痴儿女。"相聚时欢，离别是苦。平淡的生活，在苦乐相伴的日子里慢慢流淌。绵延的爱情，在痴男怨女的故事中慢慢流转。

“君应有语：渺万里层云，千山暮雪，只影向谁去？”当罗网惊破双栖双飞的佳梦后，那只孤独的飞雁心中当是有过生与死、殉情与偷生的矛盾。转念之间，爱侣已逝，至爱远去。从此后，前路坎坷，形孤影单闯天涯。从此后，征途遥远，风霜雨雪奈何天。从此后，千山难越万里难飞层云难度暮雪难挨！唯有生死相随，自投死地。这样的深情，如此的相随，便是人间真情，怕也要黯然失色。那一只殉情的大雁，从此，成为千古一问的开端，成为痴男怨女的情感寄托。

“横汾路，寂寞当年箫鼓。荒烟依旧平楚。”据历史记载，汉武帝曾率文武百官至汾水边巡祭后土，武帝作《秋风辞》：“泛楼船兮济汾河，横中流兮扬素波，箫鼓鸣兮发棹歌。”箫鼓喧天，棹歌四起，山鸣谷应，可见当年盛况。今天却早已是荒烟衰草一片萧索。显赫的威势最终成空，唯有真情，如天地日月般万古长存。

“招魂楚些何嗟及，山鬼啃啼风雨。天也妒，未信与，莺儿燕子俱黄土。”《楚辞·九歌》中《山鬼》篇，描写山中女神失恋之悲。逝者已去，招魂何用？悲啼何益？生死相许的大雁抛却了世间的哀怨抛却了莺儿燕儿的庸俗。

“千秋万古，为留待骚人，狂歌痛饮，来访雁丘处。”殉情大雁的真情，不会随着肉身的消去而消散。他们，活在自己的世界中相依相随，活在人世的爱情里千年万年，活在文人的文采间演绎延伸。他们的爱情故事，将成为文人骚客笔下最美丽的爱情诗篇，成为他们案头最精彩的爱情故事。他们的深情，在文人骚客的狂歌痛饮之间氤氲开来，流传四方，蔓延千年。

［双调］骤雨打新荷·绿叶阴浓

绿叶阴浓，遍池亭水阁，偏趁凉多。海榴初绽，朵朵簇红罗。乳燕雏莺弄语，有高柳鸣蝉相和。骤雨过，珍珠乱撒，打遍新荷。

人生百年有几，念良辰美景，休放虚过。穷通前定，何用苦张罗。命友邀宾玩赏，对芳樽浅酌低歌。且酩酊，任他两轮日月，来往如梭。

词人的临终遗言只是希望家人在他的墓碑上刻下“诗人元好问”几个字，他或许只想做一个纯粹的诗人，可是，总是天难遂人意。于是，他的诗歌中，总是带着哀伤。即使是面对良辰美景，也总是感怀伤痛。

“绿叶阴浓，遍池亭水阁，偏趁凉多。海榴初绽，朵朵簇红罗。乳燕雏莺弄语，有高柳鸣蝉相和。骤雨过，珍珠乱撒，打遍新荷。”

水榭楼台，四个字，就是一幅景致。再有绿叶成荫萦绕其间，即使是盛夏之时，也不会有燥热的感觉。更何况有及时而来，不期而遇的骤雨，打湿了骄阳，打湿了空气，也打湿了人们干渴的心田。

石榴花开，花香四溢，在如此纯净的天地间，似乎花开的声音也是可以耳闻的。妖娆娇艳，燕莺鸣唱，似乎那些鸟儿也是懂得珍惜这大自然的恩赐，在窃窃私语，该如何才不会辜负这美好的时光。

栖居柳枝头的蝉儿，最懂得生命的可贵与短暂，它们花费了四年的时间，终于可以在阳光下歌唱一个月的时光。这样的歌唱一定来自心底，为这个凉爽的夏日增添无限情趣。只有在这样的场景下，那一场骤雨才会幻化成珍珠散落人间，才会让一池的新荷翩然起舞。

总以为盛夏，除了给人燥热之外，不会有其他任何的艺术享受。却原来，善感的心灵，无论是哪一种情景，都是可以发现美，抒写美，进而欣赏美的。

“人生百年有几，念良辰美景，休放虚过。穷通前定，何用苦张罗。命友邀宾玩赏，对芳樽浅酌低歌。且酩酊，任他两轮日月，来往如梭。”

多愁善感的诗人，往往在最享受的时候，伤感突然来袭，没有任何的准备，没有任何的预期。诗人也总是最易患得患失，良辰美景，本当是欣悦神往，身心沉醉。可往往眼见美景，心念苍凉。

及时行乐，许多时候，并不是一种消极的生活方式，而诗人们总是更愿意辜负这些快乐的时刻而空谈人生无常，命运顺逆。本可以借酒助兴，却变成了借酒浇愁，以愁铸就文词。元好问，他的多愁善感几乎是与生俱来的，他独特的生活轨迹，他独特的命运走向，让他的诗歌总是带着深深的哀愁。

秋　怀

凉叶萧萧散雨生，虚堂淅淅掩霜清。
黄花自与西风约，白发先从远客生。
吟似候虫秋更苦，梦和寒鹊夜频惊。
何时石岭关头路，一望家山眼暂明。

秋叶萧萧，秋雨淅淅，秋虫悲鸣，寒霜清冽，四壁皆空的租房里，一个漂泊异乡的孤魂，心生苍凉，白发早长。诗人的心绪在秋虫的悲鸣中蔓延，诗人的梦境在寒鹊的惊飞里搅动，诗人的乡情在秋月的异乡浓重。

黄花在西风中独自开放出娇艳，远客在西风中独自憔悴成病容。黄花在西风中生机勃勃，远客在西风中未老先衰。实在是百花无情人有情。实在是花儿永远开放在自然的风中，而人却难以永存于一个不变的时代。实在是花儿有人间的轮回，而人儿却只能是单程之旅。

即使是客居异乡，即使是朝代更替，即使是物是人非事事休，而不变的依旧是那一份乡恋，那一份乡情的温暖，那一份家园的情怀。家园情结，是可以给远游的人光明，给迷路的人方向，给孤寂的人温暖，给将死的人归宿。无论身在何处，无论世态炎凉，无论人情冷漠，家园永远在前方，家乡永远在梦里，亲人永远埋藏于记忆深处。这，就是一种不变的情怀。这，就是人类永恒的栖息地。

人月圆·卜居外家东园

玄都观里桃千树，花落水空流。凭君莫问：清泾浊渭，去马来牛。谢公扶病，羊昙挥涕，一醉都休。古今几度，生存华屋，零落山丘。

公元1239年，元好问回到阔别二十多年的故乡秀容。此时金朝已亡，生母张氏久故，“外家”人物零落殆尽，于此感时伤怀。一连串寓意深沉的典故，替代了词人内心的苍凉之叹。

刘禹锡于公元815年春，由贬所召回京城，见京城人争相去玄都观赏花，于是感叹“玄都观里桃千树，尽是刘郎去后栽”，他的这种离京十年、旧地重回的感受，被君王看成是才子的张狂与对满朝文武的不屑，于是再次被贬，实乃命运无常，人生多艰。亦如一生颠沛流离的词人。

史载谢安晚年受到司马道子的排挤，离开建康，出镇广陵。公元385年，谢安扶病还京，过西州门，自叹“吾病殆不起乎！”不久果然病逝。其外甥羊昙素受谢安恩重，从此悲戚辍乐，不忍心再行经西州门。所谓“一醉都休”，不过自我麻醉而已。词人此次回乡，而亲人凋零，实在也是不愿再见亲人离去之后的冷落情景，却因无处容身无奈独对苍凉。

江山易主，故里非昔，世事纷纭，红尘中的孰是孰非，实在难以言明难以分辨。历经人生磨难的词人，在国破家亡的沧桑剧痛中，懂得了残生的苟延是命运最后的安排。在至亲至性的家人渐次凋零中，懂得了生命的消失是人生最后的命数。在叱咤风云的伟人埋骨荒丘中，懂得了人世的荒凉是生命最后的归途。

孤独的文人，依旧活在他的那些不朽著作之中。

曲尽人情字字本色的文人

——关汉卿

关汉卿，因不屑仕进，长期生活在市井青楼勾栏之中，与倡优为伍，以编撰杂剧为业。当年，是如何令父亲大人失望，而今天，他站在元代文坛的高地，令后人无数次地仰视。他的流传后世的杂剧作品，撑起了一代文坛的天地。

明初贾仲明赞叹他是“驱梨园领袖，总编修帅首，捻杂剧班头”。关汉卿，自有风流才子的风格，亦有心忧天下的风骨。今天，《窦娥冤》《单刀会》《救风尘》《拜月亭》依旧是传统的曲目。

经历了唐诗宋词的发展阶段，古典诗歌达到了至臻之境。元曲有了前人的成就，想要一个更高的高度似乎很难，但是元曲，脱胎其中，总是不输于大家风范。元人小令，往往用词极为简练，寥寥数语，却意境极为深远。写景抒情不落俗套，另有一番韵致。作为元曲四大家之首，关汉卿的词曲自是上品。

写别情是古典诗歌中常见的主题，而这首《梧叶儿·别情》另辟蹊径，以伤别之外，更多一份担忧。这首小令，写得玲珑剔透，隽永耐读。

[商调]梧叶儿·别情

别离易，相见难。何处锁雕鞍？春将去，人未还。这其间，殃及杀愁眉泪眼。

“别离易，相见难”，若离别是命中注定的劫，我如何能挽住那远离的脚步？离别与相见，何曾有难有易？只是，相对女子而言，别离之日可知可感。相见之期却是遥不可及，难以把握。别离之日，尚有深情缱绻，相见之期，不知情归何处？别离之时，情意缠绵，相见之时，许已咫尺天涯。可知与不可知间，愁了日子，添了殇情，离了心儿，伤了情意。

“何处锁雕鞍？”正是女子日夜担忧，却又无可奈何的心曲。这一份担忧，远胜相思牵挂。这一份心痛，远胜离情愁绪。此一去，天涯海角信音稀，有多少爱情是可以经受时间与诱惑的考验？自古以来，总是痴心女子负心汉啊。天涯何处无芳草，今夜，不知是否会有佳人温婉如水，让流浪的游子驻鞍留恋？停驻留恋处，温柔富贵乡，不知游子是否会想起远方，有位佳人，对月起相思呢？

那个饱受相思苦的女子，此时或许后悔当初的离别，抑或担忧男子运去的不只是身影还有那颗游离的心是否能够抵挡住外面世界的诱惑。这种担忧无不出于深情而患得患失。

“何处锁雕鞍？”若非有了这句诗词，这首伤离别的小令，恐怕也只是湮没于众多的离别相思之曲中了。因有了这样的担忧，因有了这样的情丝，于是，在别离之外，更多了一层意蕴，令人回味不已。品读之时，不要错过了这样的审美过程。

“春将去，人未还”，春天，一个相思的季节，我思念的人儿还没回来。“愿得一心人，白首不相离”，此时，这样的愿望是那么的奢侈。花开花谢，春去春回，美丽的女子，有多少青春的容颜可以用来等待？有多少美丽的日子可以用来空守？无尽的等待是一种痛，更痛的是守候的遥遥无期。

落日的余晖洒下，细碎的尘埃飞起，落红飘落水中，带走一片痴情。今夜，那洒落一地的相思泪，是否能唤回思念的人儿……

［双调］大德歌·春

子规啼，不如归，道是春归人未归。几日添憔悴，虚飘飘柳絮飞。一春鱼雁无消息，则见双燕斗衔泥。

杜宇魂化为啼血的杜鹃鸟，年年啼鸣，声声沥血。杜宇，相传古代蜀国开国君主，他发展生产，带领蜀地人民走出了茹毛饮血的蛮荒时代，得到人民爱戴。在岁月的长河中，在人们的口耳相传中，慢慢变成了一个英雄悲剧，幻化为啼血的杜鹃鸟，从此，子规，成为文人骚客寄托相思情怀的载体。

“子规啼，不如归，道是春归人未归。”春天，一个宜于相思的季节，也是一个多情的季节，一个多愁的季节。闺阁女子，走不出传统家庭的樊笼。男人，成为她们生命的中心，情感的归宿。而远游的浪子，总是迷恋着外面的世界。忘归的浪荡游子，空等的痴情女子。这是中国古代诗歌中恒久的母题。预示着春天来临的杜鹃啼叫，却成为催生悲情的悲剧意象。人类的丰富情感，发于自然归于自然，离人未归，思妇怀远，皆在春归与人归之间，达到天人合一的生命境界。

“几日添憔悴，虚飘飘柳絮飞。”柳絮的飞舞，女子的憔悴，外在的憔悴，内心的担忧。飞舞的柳絮，飘忽不定。浪迹的游子，行踪无定。女子的空等，游子的忘归，都在这满城飞絮中荡漾开来，都在这满腹愁绪中蔓延开来。

“一春鱼雁无消息，则见双燕斗衔泥。”燕归人未归，春归人未归。燕子双飞，斯人独憔悴。杜鹃啼血，思妇空闺孤寂。那个远游的浪子，不知此时身在何处？是眷恋着某个温柔乡还是迷失在某个午夜街角？是徘徊在仕进的途中还是奔波在某个山间小路？是寻觅着归家的帆船还是魂归某处异乡他方？思妇绵绵不绝的相思情怀化为了种种无法自持的苦涩与哀怨。

[双调]大德歌·秋

风飘飘，雨潇潇，便做陈抟睡不着。懊恼伤怀抱，扑簌簌泪点抛。秋蝉儿噪罢寒蛩儿叫，淅零零细雨打芭蕉。

关汉卿，这位铁骨铮铮的男子，能够在柔情与阳刚之间自由穿梭，在四季的花香与风雨之间自由来去。春天的思念，经过夏日的发酵，到了秋天，已然凄切竟至煎熬。

“风飘飘，雨潇潇，便做陈抟睡不着。”秋风秋雨愁煞人，从伤春到悲秋，那萧瑟悠长的风雨声声，浸透思妇辗转难眠的愁绪。陈抟老祖，主张以睡眠休养生息，时常一眠数日，人称睡仙。在思妇眼中，即使如陈抟老祖这样的世外高人，若被私情纠缠，亦是难以自持。

“懊恼伤怀抱，扑簌簌泪点抛。秋蝉儿噪罢寒蛩儿叫，淅零零细雨打芭蕉。”“梧桐声，三更雨，不道离情正苦。一叶叶，一声声，空阶滴到明”。晚唐诗人温庭筠的梧桐雨芭蕉声，慢慢衍生出思妇的泪眼迷蒙。慢慢延伸出思妇的忧思怀抱。蝉噪蛩鸣，雨打芭蕉。久别之苦，空闺寂寞，全在这凄风苦雨，雨打芭蕉之间。此时此刻，窗内依旧枕冷衾寒，形单影只。窗外依旧是秋蝉寒蛩，轮番聒噪。物我之间，无以自适。

双调·碧玉箫

秋景堪题，红叶满山溪。松径偏宜，黄菊绕东篱。正清樽斟泼醅，有白衣劝酒杯。官品极，到底成何济？归，学取渊明醉。

悲秋的文人，因为懂得秋天来临，预示着一年过半，顿生人生匆匆之叹。而无欲无求的隐者，懂得在这个收获的季节，酿制美酒，对景抒怀，深味“三径就荒，松菊犹存”的幽静，眺望“红叶满山溪”的迷人，懂得“悠然见南山”的旷放，这样的诗词，是在文人不如娼妓的时代抒写的情怀。

中国的读书人，往往在严酷的政治环境中，亦懂得不失初心，不忘本心。

关汉卿，他不需要颓废，不需要消沉，因为，他的前面有老子有陶潜，他的生命里有戏剧情怀。高官如何？白衣又如何？唯有美酒是真实的，唯有田园是现实的，唯有满山的红叶满眼的菊黄是存在的，唯有陶渊明的醉酒是丰满的，唯有荒芜的田园等待着游子的归去。

中国的读书人，在强权统治的元朝，地位很低。蒙古人基本不会汉话，不识汉字，官员亦是如此。所以，元朝戏曲发达，散曲亦是口语化的写作。因为，掉书袋就只能孤芳自赏。诗歌，依旧可以在最低微的泥泞中开放出灿烂而娇艳的花朵。

关汉卿，在勾栏瓦舍之间，挥洒着诗情。在市井与文学之间，自由地穿梭。在山野与田园之间，寻找着失去的精神家园。中国的读书人，在儒道之间来来往往，进退有路，灵魂自适。即使是在元朝，依旧可以借助一本书，让低微的生命过得高贵过得美丽。元朝文学，并没有在卑微里消失，就是最好的明证。

轻烟飘渺感秋怀

——白朴

白朴，是元代文坛上以文采见长的作家，也是终身拒绝出仕的文人。诞生于金王朝走向灭亡、蒙古帝国兴起的时候，自小历经人生离乱。他7岁时，金朝为蒙古所灭，此时父亲随金哀宗出奔在外，母亲在变乱中丧命。幸得其父密友、著名诗人元好问照顾，才得以平安。白朴聪明颖悟，从小喜好读书，元好问对他悉心培养，教他读书问学之径，处世为人之理，使他幼年时就受到了良好的教育。

白朴，自幼聪慧，善于默记，早年习诗赋，后精于度曲。是元代著名的杂剧作家，元曲四大作家之一。元好问待其如子，赞赏他说："元白通家旧，诸郎独汝贤。"有才之人往往清高，也往往不合时宜，白朴就是一个典型。生于乱世的白朴，走了一条远离政治的布衣文人之路，应该是一个比较明智的选择。

白朴，放浪形骸，寄情山水之间，却不能真正遁迹世外，足迹所至，往往是曾经繁华一时，而今被兵火洗劫后的荒凉之境。理想与现实的极大反差，成为他情感抒发的基调。

天净沙·秋

孤村落日残霞，轻烟老树寒鸦，一点飞鸿影下。青山绿水，白草红叶黄花。

《天净沙·秋》，写尽秋意，却不着一“秋”字。太阳渐渐西沉，天边的晚霞逐渐消散，只残留几分黯淡的色彩，映照着远处安静的村庄，拖出长长的影子，那么的孤寂，那么的落寞。

炊烟淡淡飘起，几点乌鸦栖止在偻佝的老树上，时不时发出几声令人心寒的啼叫。忽然，远处的一只大雁飞掠而下，划过天际。遥望处，远山青翠、溪水清澈；近处看，霜白的小草、火红的枫叶、金黄的菊花，在风中摇曳，颜色几近妖冶，秋色正浓！意象的叠加，仿佛信手拈来，却是别开生面。情从景中来，心随意境游。

“孤村落日残霞，轻烟老树寒鸦”，六种自然景物：村、日、霞、烟、树、鸦，再用孤、落、残、轻、老、寒等六个感情色彩一致的词加以点染，整幅画面笼罩着一派萧瑟的气氛。秋日黄昏的冷寂，人们心境的悲凉，从那一声寒鸦中传来，穿透落日的残霞，显得格外寂寥。

“落日残霞”，点明时间，同时传递着“夕阳无限好，只是近黄昏”的无奈惆怅。村庄孤寂，树木枯老，乌鸦出没，轻烟飘渺，了无生机。“一点飞鸿影下”，飞鸿的到来，打破了晚霞的宁静，给阴冷的静态画面带来活力。飞鸿的到来，有了一种灵动，一种开阔，一点浮想。于是，诗情开始昂扬起来，思绪开始跳动起来。

“青山绿水，白草红叶黄花”，用青、绿、白、红、黄五色，由远及近、由高到低，秋日美丽的景象，在色彩斑斓中次第展现。心中没有落寞，眼中就没有肃杀。秋日迟暮萧瑟之境化为了秋天明朗绚丽之景。

景色从萧瑟、寂寥到明朗、清丽，同样的秋天之景，一首诗歌之中，为什么有如此大的反差？作者到底是想表达什么样的思想感情呢？联系白朴不愿在元朝做官的态度，答案就不难明白了。白朴不愿在朝廷中谋职，却希望自己像一只展翅高飞的鸿雁，飞离那种萧瑟、冷清、没有生气的地方，寻找有生机的乐土。因此“影下”的这片“青山绿水、白草红叶黄花”之地，可以是作者的归隐之地，词人的心中之景，是隐居生活的热爱。不露痕迹地把“心中之景”与“当下之境”放在一起，含蓄地表达爱憎之情。

[越调]天净沙·冬

一声画角谯门，半庭新月黄昏，雪里山前水滨。竹篱茅舍，淡烟衰草孤村。

冷月、黄昏、雪山、水滨，清寒凛冽；淡烟、衰草、茅舍、孤村，寂寥冷落。流淌诗词间的，是一种情调，一种意绪，一种心态。白朴生于动乱之年，长于亡国之邦，年幼之时经历家国破亡之变，在兵乱中逃难，于流离中失母。父亲白华先仕于金，后降于宋，终归顺于元，这样的人生经历，造就了他独特的生命意识。他的《[越调]天净沙·冬》是生命的悲凉之音。白朴，看透自然万物的四季轮回，看过人世繁华的凋零衰落，他在生命的秋天，已经预知了冬天的必然降临，而冬日，让他懂得了安稳的重要。他只愿意待在一个安静的所在，细数衰草荒烟，倾听画角吹寒，任日落黄昏，看新月高悬。任冰雪世界繁花落尽，看荒烟衰草孤村寂寥。

在一个冬日的黄昏，在某个寒风吹彻的山间，在一间竹篱环绕的茅舍，在一轮新月的背影里，在皑皑积雪的山溪间，在一个孤独身影的叹息中，一个远古村落从水墨之间走来，一个消失的冬季从古典诗词里复活，一个失落家园的诗人从荒烟蔓草间，带着他深深的哀怨，倾诉着不朽的故园之思家园之痛生死之悲。文学，是生命存在的另一种方式。生命，因为文字而长久永恒。

[双调]沉醉东风·渔夫

黄芦岸白蘋渡口，绿杨堤红蓼滩头。虽无刎颈交，却有忘机友。点秋江白鹭沙鸥。傲杀人间万户侯，不识字烟波钓叟。

江岸，芦苇金黄得格外任性。渡口，蘋花飘荡得异常耀眼。江堤，杨柳翠绿得格外醒目。滩头，野草红艳得异常妩媚。深味人世悲凉的词人，为何笔下的风物竟是如此艳丽而明媚？为何在无数文人笔下的悲秋情怀，到了白朴这里，却变成了一幅清丽无比的秋江图？读书最怕的就是先入为主。其实词人只是要写一位垂钓的渔夫，一位抛却人世纠缠的独钓者。这，是一位真正的渔夫，不是与屈原唱和摇橹而去的渔夫，不是“醉时方休，醒时扶头”的归隐者，亦不是傲视万户侯的狂放者。

这位渔夫，眼中所见，只有秋天的艳丽而不懂悲秋的情调。心中所想，只有鸥鹭的忘机而不需刎颈的深情。心怀所及，只有白鹭的点活秋江而不知封侯的尊贵。这位渔夫，站立江头，静心垂钓，只为了口腹之欲，只为了不辜负一江秋水的馈赠，不辜负白鹭沙鸥相伴的洒脱与自在。

白朴明白其间的真意。因为他懂得，李白“明朝拂衣去，永与白鸥盟”的独白，懂得黄庚“不羡鱼虾利，惟寻鸥鹭盟”的深意。而不识字的渔夫，不用考虑这么多，不用想那么多。渔夫，只需要在这天地之间，优雅而自在。管他九儒十丐，何论风波千丈，妄谈人生忧患。

[双调]庆东原

忘忧草，含笑花，劝君归早冠宜挂。那里也能言陆贾？那里也良谋子牙？那里也豪气张华？千古是非心，一夕渔樵话。

由于时代的原因，元代的文人参与政治的意识淡薄。白朴劝人挂冠，抛却官场的负累，如那忘忧草没有烦忧，活得坦荡自在。如那含笑花笑对生活，活得轻松惬意。如那忘忧草，食之如饮香醇，令人陶然如醉。如那含笑花，沁香扑鼻，花开常不满，对人生不求圆满。人生，若没有了功名的羁绊，本可以活得闲适旷达。这样的境界，无数的文人表达过抒发过却从来没有真正抵达过。

“那里也能言陆贾？那里也良谋子牙？那里也豪气张华？”在一唱三叹抑扬顿挫的旋律中，历史人物从历史的尘埃中走来：陆贾，力倡儒学第一人，倡导“行仁义、法先圣，礼法结合、无为而治”，为西汉前期的统治思想奠定了基本模式。儒雅书生，刘邦和文帝时，两次出使南越，说服赵佗臣服汉朝，安定汉初局势。吕后时，和陈平、周勃同力诛吕。

姜子牙，历代典籍都公认他的历史地位，儒、法、兵、纵横诸家皆追他为本家人物，被尊为“百家宗师”。西周初年，被周文王封为“太师”，尊为“师尚父”。周文王倾商，武王克纣的首席谋主、最高军事统帅，西周的开国元勋。

张华，西晋政治家、文学家、藏书家。曾劝谏晋武帝伐吴，灭吴后持节都督幽州诸军事，虽为文人而有武略，时称豪气张华。他的政治才华，为稳定西晋政治局面起到了积极作用。

这些曾经叱咤风云纵横天下的英雄人物，今日，到哪里去寻找他们的踪迹？他们，早已经散落在历史的某个角落而无人问津。他们的是非曲直，仅仅成为凡夫俗子的闲话谈资。他们，只是成为文人墨客笔下的一首诗。

身在朝堂时心在山野，身在山野时心系朝堂，这是中国读书人的宿命，是几千年儒家文化浸染的必然。桃源情结是永远无法抵达的前方。历朝历代的风云人物成为文人一个说不完的话题。

孤独的旅人

——郑光祖

郑光祖，生卒年不详，由此可见，他的生活当是穷愁潦倒的，他与苏杭一带的伶人有着紧密的联系，他死后，由伶人火葬于杭州灵隐寺中。他的知名度仅限于民间艺人。一生从事杂剧创作。

他是一个纯粹的文人。他的《倩女离魂》，堪与《西厢记》相媲美。他的《醉思乡王粲登楼》，是元代文人漂泊未遇心境的写照。

在他死后，作品开始备受关注，声望开始逐步上升。后人将他与关汉卿、白朴、马致远并列，称为元曲四大家。如同许多真正的大家一样，都是在死后很多年得殊荣有名气，他们活着时，只是尘世中一个微不足道的过客，行色匆匆，默默无闻，朝不虑夕，人生失意。他的生命静如草芥一般，来于尘埃归于尘土，历经千载，唯文学永恒。

[正宫]塞鸿秋

雨余梨雪开香玉，风和柳线摇新绿。日融桃锦堆红树，烟迷苔色铺青褥。王维旧画图，杜甫新诗句。怎相逢不饮空归去。

今天，窗外正是好春光。雨后的阳光很干净空气也很干净，宜于外出踏青赏花会友饮酒赋诗。古代的文人，少有物质的享受，他们的诗歌中多了许多自然的味道。

梨花如雪般开放在雨后初霁的春光里，娇媚如美玉，清香似幽兰。柳丝如青丝般摇曳在春日的微风里，娇羞如少女，多情似恋人。

娇艳的桃花，是春天里最靓丽的色彩。烂漫如锦，花团锦簇，分外妖娆。

大地的碧苔，是自然界最淳朴的衣衫。清新如雾，嫩绿体贴，格外清新。

这样的春光，可以用来写诗作画，可以用来呼朋唤友。纵情山水的王维，一脸愁苦的杜甫，在春光里，在自然中，流露的是一样的诗情画意。因为春光，因为诗歌，因为文人的敏感，不同的时代，不同的心境，不同的理想，却可以穿越时空，淡化隔膜，产生强烈的情感共鸣。

今天，即使孤身一人，只要携一卷书一幅画一杯酒，就可与志同道合之人，共赏一地春光，共赏一季春景。人生得意须尽欢，得意失意只在一念之间。莫负春光，莫负时光，莫负好酒，莫负好诗，即是得意人生。

[双调]蟾宫曲·梦中作

半窗幽梦微茫，歌罢钱塘，赋罢高唐。
风入罗帏，爽入疏棂，月照纱窗。
缥缈见梨花淡妆，依稀闻兰麝余香。
唤起思量，待不思量，怎不思量！

当年，苏小小，这位南齐时钱塘第一名伎，她的才情与美貌，在婉转的歌声里流传至今。楚怀王，这位战国时期的楚国君王，一生爱好美色，后宫佳丽无数，却依旧梦中与仙女欢会于高唐台。

苏小小的才貌，神女的妩媚，曾经入过多少痴情才子的幽梦？曾经逗引过多少相思爱恋的故事？这是一首深情款款的爱恋歌，一首情意缠绵的相思曲。那位梦中的情人，似乎有着苏小小般的美貌与才情，似乎有着神女般的仙姿与脱俗。

一帘幽梦，半窗残睡。夜风吹拂，轻起罗帐。窗棂半掩，月光如水。碧纱窗下，美人如兰。这是一幅完美的画卷，亦是一幅完美的意境，佳人多情，公子有意。在若即若离之间，在缥缈轻纱之间，在梦境现实之间，那相思情愫，那前尘旧影，那兰麝般散发的余香，那如梨花般淡妆的女子，穿越梦境，逗引相思勾起深愁。

[正宫]塞鸿秋·门前五柳江侵路

门前五柳江侵路，庄儿紧靠白苹渡。除彭泽县令无心做，渊明老子达时务。频将浊酒沽，识破兴亡数，醉时节笑捻着黄花去。

中国文人，在任何一个时代，都希望心灵自由身心自在。元朝的文人，依然要在微尘里活出生命的本真来。五柳先生，就是那个渊明老子，在一个紧靠白苹渡的古庄，安度日月。虽则常常为一壶浊酒而愁容满面，也不愿意为一斗米而侍奉权贵。从此，陶渊明，桃花源，成为一个中国符号。

宁愿采菊东篱下，也不愿弯腰彭泽令。宁愿在乡野食不果腹，也不愿在朝堂强颜欢笑。宁愿与柳叶为伴，也不愿与奸臣为伍。这样的精神自恋，源于读书人道德的自律，亦是读书人最后的精神洁癖。

郑光祖应该是懂得元代文人的困境与困顿的。而桃花源，也只是一个暂时的忘忧药，最终，当他们脚踏实地的时候，孤独与寂寞依旧会如影随形。人，并不能只生活在虚幻的桃源世界。

蟾宫曲·梦中曲

敝裘尘土压征鞍，鞭倦袅芦花。弓箭萧萧，一竟入烟霞。动羁怀，西风禾黍，秋水蒹葭。千点万点，老树寒鸦。三行两行，写高寒、呀呀雁落平沙。曲岸西边，近水涡、鱼网纶竿钓艖；断桥东下，傍溪沙、疏篱茅舍人家。见满山满谷，红叶黄花。正是凄凉时候，离人又在天涯！

残破不堪的衣裘，疲惫困顿的游子，尘土飞扬的征途，凄凉嘶鸣的马儿，一切都笼罩在烟霞迷蒙之间。此情此景，勾引起游子无限乡愁。

西风中，荒草蔓延。秋水间，蒹葭苍茫。远望处，天地悠远。老树寒鸦随处可见。空中雁阵惊寒，寻觅晚宿之处。远处长桥在烟霭中若隐若现，东岸边，茅舍星星点点。山谷间，红叶黄花随处可见。此情此景，怎不牵引游子伤怀之情。

诗人总是善于煽情，文人总是喜欢无病呻吟。或许是因了这，文学才在生活中占有一席之地，在那些细节之处显示出艺术之美。才赋予外在的物象以丰富的情感因子。

秋天，可以是金色浪漫的时节，那些迷幻的色彩，引人遐思。

“秋水、长天、西风、寒鸦、老树”，秋水连绵，可以是西风吹拂，可以是拂去浮躁的天使。长天澄碧，可以是心旷神怡的诱因。寒鸦鸣叫，可以是气定神闲的乐曲。老树伸展，可以是引人沉稳的所在。

可是，流浪的诗人，却总是难免悲秋。

“秋水、长天、西风、寒鸦、老树”，秋水迷蒙，一如那思念的愁绪无穷无尽。长天漫漫，一如那回乡之路无边无际。西风凄清，一如那漂泊的征途孤独苍茫。寒鸦哀鸣，一如那游子心中的哀歌弥漫天地。老树沧桑，一如那憔悴的容颜寂寞苍老。

在悲秋的流浪者眼中心中，秋景，无一不是牵动相思的，无一不是勾引自叹的。

破旧的衣裘，疲惫的鞍马，飞扬的尘土，无力扬起的马鞭，嘶鸣声断的老马，这样的主角再配以秋水、长天、西风、寒鸦、老树，一切都笼罩在烟霞迷蒙之间，一切都在诗人的思绪中徘徊往复。

诗词至此，已经够了，不只是游子的情怀，连带读者的悲情也被逗引得弥满心间。在这样的渲染之后，再要翻出新意，再要写出新意，若非大家手笔，断是难以为之了。

而郑光祖真就不愧是大家笔法，他的诗词文笔清丽典雅。被誉为："锦绣文章满肺腑，笔端写出惊人句。"实在是名副其实。

天空中，雁阵惊寒，三两成行，急遽而下，"呀呀"地降落在沙滩上，寻觅晚宿之处。河岸边，渔人撒网，钓夫泛舟，纶竿轻垂，宛若神仙高士。弥望处，远处长桥在烟霭中若隐若现，为苍茫一色的秋天带上了诗情画意。近村旁，茅舍星星点点，每一个茅舍都是一个温暖的家。满山遍野，已经是深秋的季节，而我还将飘向何方？何时，才是归家的期限？

心无定所的游子，累了，疲了，或许只想一个可以垂钓的地方，一个可以安息的地方。

不论是哪里，只要是心有所安，皆是归宿。

诗人自己，即是这样的流浪者。

漂泊异乡，最终也魂归异乡。

病卒葬于西湖灵隐寺。

西湖，该是一个不错的归宿。

为民请命的散曲大家

——张养浩

张养浩，出生于一个富裕的平民家庭。其父张郁弃儒从商，后因子贵，追封正三品之官衔。母亲亦因此而追封济南郡夫人。富裕的家庭生活，让张养浩可以两耳不闻窗外事。上自儒家经典，下至诸子百家，唐诗、宋词、笔记小说，无所不读。诗赋、文章无所不能，尤长于散曲。

据说19岁时游济南白云楼，作《白云楼赋》，一时洛阳纸贵。山东按察使焦遂读此诗，破例接见了张养浩，并推荐他做了东平学正。从此，张养浩不断遇见生命中的贵人，一步步登上权力舞台。他利用手中的权力，为读书人求出路，为灾民求生路，为天下苍生求福祉。

“大哉乾元”，建国之初的元朝，希望第一次由汉族之外的民族建立大一统的朝代，是繁盛美好弘大朝代的开端。而事实就如同秦王朝那样，希望万古长存，最终却并不长久。元朝，并没有成为中国历史真正大一统的美好时代，却成了许多读书人的梦魇。读书人，被认为是仅强于乞丐的劣等人。

张养浩，在这样的时代，得到了一个读书人的尊严与地位。因为他，改变了元朝一些士子的人生轨迹。经过两年的努力，终于说服元帝国最高统治者，使停止了半个世纪之久的科举考试，再次恢复。公元1315年，由张养浩与元明善等人主持这次考试，最终录取护都答儿、张起岩等56人为进士。公元1318年，张养浩再次主持当年科举考试，忽都达儿、霍希贤等56人及第。

张养浩从51岁开始，赋闲故里八年之久，决意不再涉仕途。这段时间，他享受生活的闲适与安宁，亦更多地亲见百姓生活的疾苦。他一方面寄傲林泉，纵情诗酒，一方面慨叹人世疾苦，忧心如焚。

公元1329年，关中大旱，饥民相食。毅然以衰弱之年，散尽家财，登车就道，星夜奔赴任所。终因劳累过度卒于任上。亲睹人民的深重灾难，感慨叹喟。于是，他的系列怀古诗，叹人世，叹功名，叹家国。悲百姓辛酸，悲历史成空，悲江山难永。

山坡羊·未央怀古

三杰当日，俱曾此地，殷勤纳谏论兴废。见遗基，怎不伤悲！山河犹带英雄气，试上最高处闲坐地。东，也在图画里；西，也在图画里。

西汉王朝的建立，是中国历史的一个奇迹。一个村官，带着几个随从，最终结束了纷乱的时代，开创了大汉四百年的基业。刘邦，一个具有远见的政治家，他的周围人才济济。于是，张良的每一次计谋得以完美实现。萧何的每一次后方行动得到充分信任。韩信的每一次军事战略得到有力支持。

君臣如此完美的配合，造就了大汉帝国，也造就了他们辉煌的人生。即使最终韩信被杀，张良退隐，萧何被猜忌，但是，他们实现了政治抱负，成就了人生辉煌，完成了历史使命。他们，改变了无数人的命运，结束了纷争的局面，改变了中国历史的进程。从此，我们有了共同的名字——汉族。

未央宫，曾经是无数人神往的舞台，曾经演绎了多少传奇故事，演绎了多少悲情人生。今天，唯存废墟，于寒风中叹息。而那叹息声中，在充满悲悯情怀与社会担当的词人看来，依旧散发着英雄气概，是那些曾经的英雄，让山河如画，让江山永存。

山坡羊·潼关怀古

峰峦如聚，波涛如怒，山河表里潼关路。望西都，意踌躇。伤心秦汉经行处，宫阙万间都做了土。兴，百姓苦；亡，百姓苦。

雄关漫漫的潼关，从来就是兵家必争之地，从来就不缺少悲伤的故事。当一位历史老人，肩负着拯救苍生的重任走在这条充满悲剧意味的古道，他看到了那些群峰的威严，看到了那些大浪的无情，看到了稳固的山河让多少百姓命丧黄泉。秦汉王朝，哪一个不是建立在无数的血肉之躯上？巍峨的宫殿，哪一个不是建筑在百姓的血泪哀怨中？

由潼关往西绵延三百里江山，延伸的尽头是西京长安。遥想当年，秦之阿房，汉之未央，规模宏大，弥山纵谷。落日苍茫之中，当年，那一座座巍峨壮观的古都，那一座座富丽堂皇的宫殿。今日又在哪里呢？

从秦汉到隋唐，多少帝王将相、英雄豪杰曾在那里龙争虎斗，那些硝烟弥漫的场面，今日在哪里呢？盛极一时的将相，辉煌如炬的朝代，今日又在哪里呢？或许，他们只是散落在历史尘埃间的一粒微尘，只是消散在历史长河里的一缕轻烟。

千载之下，那些屈死的冤魂，那些枉死的贱民，又有谁，会在意他们的存在？有谁会关心他们的生命？从潼关要塞到古都长安，驰骋千里。从万间宫阙到历代兴亡，上下千年。唯有张养浩，深知百姓的辛酸，深知百姓的卑微，“兴，百姓苦；亡，百姓苦”。兴则大兴土木，亡则兵祸连结，不论“兴”与“亡”，受苦的都是百姓，真是千古一叹。从此，一切替天行道一切为民请命的语言都显得苍白与多余。

在元朝统治者歧视读书人的国策之下，当士人失去了“为知己者用”时代背景之后，他们的内心脆弱无比。他们感伤王朝覆亡、感叹古今巨变、感怀岁月流逝，抒发沉沦不遇之忧思，难有时代的沉重感与沧桑感。张养浩，是那个时代的一座丰碑。让元朝文学，承担起了时代的责任。

山坡羊·洛阳怀古

天津桥上，凭栏遥望，舂陵王气都凋丧；树苍苍，水茫茫，云台不见中兴将。千古转头归灭亡。功，也不久长，名，也不久长。

洛阳，这座曾经活跃在不同历史时期的古都，留存了多少悲辛故事。今日，当年的传说不复存在，当年的帝王之气早已消散在历史长空。今日，唯有千年古树依旧，唯有江水长流。人生何处再相逢？曾经的丰功伟绩曾经的叱咤风云，只是人类历史长河中的些许微澜浪花。长久的唯有天地洪荒，许多人热衷的功与名，只不过是历史进程中偶然出现的插曲。

自是人生常恨水常东，建立丰功伟绩的一代中兴之主，多么希望基业永存，多么希望从此天下太平，多么希望百姓安居乐业。可是，一部人类发展史，就是一部战争史一部血腥史。功与名的难以长久之中，暗喻着纷争与角逐。生于乱世的张养浩，深味洛阳古道，千百年来不断上演的是一部悲壮的历史剧。

当词人站在洛阳古道的那座横跨洛水的天津桥，思接千载，神游八极。他多么希望，历史不再重复血腥与野蛮。从此，天地清明，日月朗照。

山坡羊·北邙山怀古

悲风成阵，荒烟埋恨，碑铭残缺应难认。知他是汉朝君，晋朝臣？把风云庆会消磨尽，都做北邙山下尘。便是君，也唤不应；便是臣，也唤不应。

北邙山山势雄伟，水深土厚，伊、洛之水自西而东贯洛阳城而过。立墓于此，符合古人所崇尚的“枕山蹬河”的风水之说。北邙山被视为殡葬安冢的风水宝地。自后汉建武十一年城阳王刘祉葬于北邙山，其后王侯公卿多选墓地于此。现存有秦相吕不韦、汉光武帝刘秀、西晋司马氏、南朝陈后主、南唐李后主的原陵，有唐朝诗人杜甫、大书法家颜真卿等历代名人之墓。词人路过此地，自是感慨万千。

所有的繁华最后都只是散落在历史古道上的尘埃。只是，经历其中的人，又何曾明白这样的道理，又何曾看透这样的生命哲学？北邙山，安顿了多少躁动不安的灵魂？见证了多少繁华落尽的沧桑？包容了多少风云际会的故事？

北邙山，是生命的最终归宿之地。这里，生命体现了真正的平等，褪去了所有的光环与卑微，消散了所有的名利与角逐。这里，君臣消失了界限，历史淡退了色彩，悲喜失去了意义。

当夺取江山政权的厮杀声渐远，当王朝建立之初的辉煌散去，当悲风渐起，当荒烟蔓延，当碑铭残缺，当朝代转换成空，当死亡笼罩四野，北邙山就如同一个寓言，故事其实早已经结束，历史最终不过是一场场闹剧，重复的演绎却永远没有尽头。

从未央遗基走来，他深知，一个知识分子的历史使命。

从潼关古道走来，他深味，历朝历代百姓的辛酸悲苦。

从洛阳洛水走来，他深感，人类血战前行的悲壮悲悯。

从北邙山下走来，他深叹，悲欣交集人生的转头成空。

张养浩的存在，让我们从散曲中不只是读到个人的喜怒哀乐，不只是读到无病呻吟。因关中受灾，年过半百闲居在家的词人，再次奔走在救灾路上，胸中激荡起强烈的责任意识。这次，他没有回到温暖的家，他为了灾难中的百姓，为了江山永固，积劳成疾，卒于任上。这是一位知识分子的自觉担当，这是为民请命官员的最高境界。

独立西风意自闲

——杨维桢

元朝初年，蒙古族建立了严格的等级制度。游牧民族在马背上得天下，自然地认为文化是最没用的东西。他们将人分为十个等级，一官、二吏、三僧、四道、五医、六工、七猎、八民、九儒、十丐。读书人不如农民不如手工艺者不如狩猎者，只是比乞丐好一点点。然而，当元朝灭亡的时候，依然有许多读书人为他们尽忠为他们守节。中国的读书人，中毒太深。

杨维桢出生于1296，元朝建立于1271年。杨维桢逝世于1370年，元朝灭亡于1368年。从这个时间表来看，杨维桢的一生，是伴随着元朝的兴起与灭亡的一生。一个人的一生，就是一个朝代的一生。杨维桢最后保留的对元朝的效忠与墨守，或许是他的生活轨迹决定的。

元朝，是中国历史上学院文化最沦落的时代，也是民间艺人兴起的时代。是中国历史上文字狱最猖獗的时代，也是文人最不受名利约束的时代。元朝废除科举，文化人进入仕途的道路被堵了，他们的读书，不再用来换取功名，没有了明确的功利性。于是，他们走出书斋走向民间，他们用最浅易的语言抒情，最直白的语言吟诵，实现了象牙塔与田间地头的融和。

元曲的兴起与流行，是文学走下高坛走向民间的一个标志。杨维桢是那个站在高坛上的文化人。杨维桢在诗、文、戏曲方面均有建树，为元代诗坛领袖，因“诗名擅一时，号铁崖体”，在元文坛独领风骚40余年。

“尧舜与许由虽异，其得于自然一也。”杨维桢似乎不是那种固执一见的人。出世与入世，没有高下之分。只要出自秉性自然，就是正确而合适的人生方式。

杨维桢出身宦门，家有藏书数万卷。在那个读书人被彻底解构的时代，杨维桢依然在少年时代，独坐高阁五年，足不出户，闭门读书，实在难得。当然，有远见的还有那个撤去下楼梯子的父亲。

元末农民起义爆发，杨维桢避寓富春江一带，与朱元璋抗衡而苦心经营苏州十几年的张士诚，屡召不赴，隐居江湖，在松江筑园圃蓬台。周游山水，头戴华阳巾，身披羽衣，坐于船上吹笛，或呼侍儿唱歌，酒酣以后，婆娑起舞，以为神仙中人。今日想来，当年的那些个文人，看似为一朝尽忠守节，内里或许还有文人的放浪形骸、散漫狂放的性格使然。

明洪武二年，召至京师，议订各种仪礼法典。事成后，即请归，朱元璋命百官于京都西门外设宴欢送，归后不久逝世。从这段历史记载看，杨维桢并非完全迂腐。他懂得适时进退，懂得如何逍遥，懂得如何自守。

杨维桢，即使不与新朝合作，日子依旧悠游自在。即使不与世俗同流，家中照样宾客盈门。这是家庭的殷实亦是才子的诗意，这是文人的聪明亦是文人的洒脱。且看他的几首诗，想见当年的生活追寻当年的心迹。

题春江渔父图

一片青云白鹭前，桃花水泛住家船。
呼儿去换城中酒，新得槎头缩项鳊。

隐居江湖，在松江筑园圃蓬台。门上写着：“客至不下楼，恕老懒；见客不答礼，恕老病；客问事不对，恕老默；发言无所避，恕老迂；饮酒不辍车，恕老狂。”懒，因其散漫；病，因其癫狂；默，因其孤傲；迂，因其耿介；狂，因其任性。杨维桢想让世人明白，他是一个独特的存在。尽管他最后并没有如他所写的这样孤高自傲。《题春江渔父图》是他的这种人生理想的最好注脚。

自从屈原的《渔夫》问世，渔夫意象，成就了无数美文佳句。杨维桢将隐居生活的悠游自在，通过一个渔夫的日常生活情景清晰地展现出来。这里，没有功名利禄的诱惑，只有温馨和美的父子。没有惊心动魄的风云变幻，只有恬淡悠闲的青云白鹭。

川谷冰融，春水猛涨，江波浩渺，渔船荡漾，翻转涟漪，激起浪花。一片春光，一派江景。诗情洋溢。

江水为生活的土壤，渔船为栖身的屋舍，江鱼为换酒的凭据。呼儿换酒的自足，新捕江鱼的喜悦，全在这几句简短的诗句中，全在那一幅不事雕琢的画面里。

进入自然，融入自然，诗人感受着天地万物的和美温馨，感受着质朴生活的宁静安详、无拘无束。诗句亦是天然去雕饰。“槎头缩项鳊”，没有刻意猎奇，只是信手拈来，天然成文。饱读诗书的诗人，没有如唐宋时期的读书人那样喜欢掉书袋。因为，过于典雅的文字，元朝的大部分百姓听不懂也读不懂。

题芭蕉美人图

髻云浅露月牙弯，独立西风意自闲。

书破绿蕉双凤尾，不随红叶到人间。

头饰之美，眉目之秀，是男子笔下的美女范本。男子欣赏美女，无不关注于此。当然，这样的审美趣味，只是初级阶段。女子之美，若仅限于此，真真要怨煞天下奇女子了。

题画诗，需要绘画的功力，需要诗歌的功底。拓展画面的意境，隐喻画面的意趣。杨维桢诗画俱佳，他写题画诗，自然是美妙精到。

画面中，那位女子迎风而立，若有所思，傲然独立。因画面的局限，也因诗歌的限制，选取最具代表性的一个镜头来表现女子的神韵气度。

姿态、神韵、风姿、气度，这些，才是一个女子真正的美丽。

画中女子，不是普通的居家女子，也不是躲进深闺，一味愁怨的女子。这是一位以芭蕉为纸的女子，她有高雅的追求。一纸芭蕉，尽显清高脱俗，尽展娴静典雅。

芭蕉树叶，随着节令变化而由绿转红，但不会如一般秋叶随风飘零。一树芭蕉，历尽风霜，依然傲立枝头，不坠人间。

“芭蕉绿润偏宜墨，戏就明窗学草书。”陆游不会因为贫穷而就芭蕉练字，女子亦不会因为缺乏纸张而就芭蕉习书法。他们一样懂得芭蕉独特的美学意蕴。

美人、绿叶、草书、晚风，美丽定格在一幅画里，神韵荡漾在一幅画外。杨维桢亦诗亦画亦书，所以，他的题画诗，可以写得这么到位这么有韵味。

庐山瀑布谣

银河忽如瓠子决，泻诸五老之峰前。
我疑天孙织素练，素练脱轴垂青天。
便欲手把并州剪，剪取一幅玻璃烟。
相逢云石子，有似捉月仙。
酒喉无耐夜渴甚，骑鲸吸海枯桑田。
居然化作十万丈，玉虹倒挂清泠渊。

“甲申秋，八月十八夜，予梦与酸斋仙客游庐山，各赋诗。”这首诗，即是应和之作。酸斋仙客即是云石子。

仅仅是一次梦游，就写出如此充满奇思妙想荒诞奇诡之作。亦或者，正因为是梦境，所以可以无限想象，思维不受限制想象不受制约。

“飞流直下三千尺，疑是银河落九天”，李白的诗歌，意境已是高远，想象已是新奇。而这首《庐山瀑布谣》，更有雄奇险峻之势。银河忽如黄河决堤一般落入人间，一起奔腾到五老峰前。洁白透明的瀑布，竟然是天上织女织成的白色丝绸。惹得诗人想用锋利的剪子，剪取一幅烟笼雾锁的绝佳图画。

“玻璃”“烟”，这样两个意象，被诗人组合在一起，成就了一种独特的审美意味。玻璃晶莹透明，烟雾，迷蒙缭绕。写出瀑布飞溅的浪花，飞流的水幕，当然，梦境中的情景，总是带着梦幻的色彩。

与我同游的云石子，犹如捉月投江的诗仙。酒醉夜宿的云石子，肚量之大，竟然可令大海变桑田。那一肚子的海水，最终化为了千万丈飞流而下的瀑布，如长虹挂绝壁。诗人的想象力，在天地、古今之间，在人、山、海之间，自由穿梭自由飞舞。

研究明清诗歌的章培恒说：“在元末明初的文学作品里，对自我的肯定，或者说对束缚个性的反拨，达到了一个前所未有的高度。当时最有成就的诗人是杨维桢与高启。”

杨维桢极力想要表达的是一种独立的个性。超现实的自我形象的塑造中，隐含着一个超脱一切枷锁的自由灵魂的歌唱。中国读书人的尊严与体面，在元代，被解构得体无完肤。而杨维桢，极力想要表达的就是一种读书人自我身份的认同感。极力想要寻找的是读书人灵魂的归宿感。于是，他借助一个梦境，将这种气势磅礴的诗意挥洒出来。

老客妇谣

老客妇，老客妇，行年七十又一九。少年嫁夫甚分明，夫死犹存旧箕帚。南山阿妹北山姨，劝我再嫁我力辞。涉江采莲，上山采薇。采莲采薇，可以疗饥。夜来道过娼门首，娼门萧然惊老丑。老丑自有能养身，万两黄金在纤手。上天织得云锦章，绣成愿补舜衣裳。舜衣裳，为妾佩，古意扬清光，辨妾不是邯郸娼。

杨维桢弟子贝琼在《铁崖先生传》说他“特溺于音乐，出必从以歌童舞女，为礼法士所不疾”，杨维桢，若以今天的道德标准衡量。实在算不上什么高洁之士。他的不愿出仕明朝，或许更多的是出自他散漫狂放的个性。他在元朝本就没有做到什么高官，也没有受到什么重用。许多人看到他写的“天子来征老秀才，秀才懒下读书台”。就对他敬佩万分，认定他是朝代更替之际的又一个忠臣楷模。

任何一个没落的朝代，不会对读书人表现出真正的尊重，任何一个新兴的朝代，往往收买读书人以装点门面。读书人，在君王眼中，很多时候未必能得到高看。只是，读书人往往将自己放在重要的位置，这就难免发生悲剧。

元朝，是读书人地位最为低下的时代。当元朝灭亡的时候，依然还是有许多读书人为它守节。明朝，是文字狱最为猖獗的时代，当明朝灭亡的时候，依然还是有无数读书人为它尽忠。

老客妇的贞洁，老客妇的安贫自守，老客妇的宁愿采野菜度饥，也不愿堕入娼门，宁愿靠技艺养身，也不愿卖色相为生。宁愿孤老终生，也不愿另嫁他人。老客妇自诩手艺超群，上可与织女媲美，织成锦绣华服，下可替舜帝修补衣裳，增光添彩。

杨维桢的诗文，若放在唐朝，或许早淹没于诗海文海之中。而在元朝，他却独领文坛四十年。读这首歌谣，看他的晚年光景，就觉着这样的人，似乎很虚伪。一方面，风流狎邪纵情声色，一方面，辱骂妓女下贱变节。同样出入歌舞场，而柳永是真风流，杨维桢却是假道士。

朱元璋曾派使臣敦促杨维桢入朝，他说：“岂有八十岁老妇，去木不远，而再理嫁者耶？”如此看来，这首诗，真就是他明志之作。杨维桢明志之间，不只是简单的不愿出仕，更有一份自负与自傲。以杀伐为统治手段的朱元璋，因为顾忌开国不久，草创之初，不愿妄动杀机。否则，杨维桢哪里还能逍遥自在地过活？他晚年的那些钱财，想来亦是这位和尚皇帝的恩赐吧。

第八卷　明诗的性灵

先知先觉的绝世才子

——刘伯温

中国历史上，有无数的英雄豪杰文人才子，因朝代更替而迷失自己，因固守传统儒道，而放弃新朝提供的建功立业的广阔舞台。无论是智慧如金圣叹还是才华如王夫之，无论是德高如伯夷还是位重如文天祥，或者被后世濡染上了忠君的色彩，消失在新旧之际的历史风云中；或者带着忠义的镣铐在新朝的阴影下苟且偷生；或者被风云变化的时代卷携着投入自掘的坟墓；或者在新旧更替之际，云游方外，埋首故纸堆。这些人，以他们的生命向那个腐朽的旧朝表达着自己的忠诚，以他们的伦理标准向那个官方历史做最后的努力，以他们的行为方式向道统观做最后的宣誓。

这些人，在官修历史需要的时候，会被无数次提及。他们，无法走出旧朝的阴影，无法以变通的思维接受社会的变革。无法在滚滚向前的历史车轮下，寻找合适的位置合适的生存空间。许多人，以忠臣的名义选择逃避。我无意于否定文天祥的九死一生心向南方，无意于否定金圣叹入清后绝意仕进的思想基础，无意于否定王夫之誓不剃发、不容于清朝当局、辗转流徙。但是，我确实敬佩欣赏刘伯温的识时务，刘伯温的大智慧。

刘伯温，不是一个迂腐的读书人。

他的人生选择充满着智慧。他不会浪费自己的才华，为没落的王朝卖命尽忠。他清醒地看到了元朝政治的残酷与制度的野蛮。他三次出任地方官员，虽然政绩显著，无奈元王朝已经走向末路。他智慧地选择暂时退隐，等待时机。

刘伯温，不是一个钻营的投机者。

他的人生道路充满着传奇。他是学者文人，更是政治家谋略家。参与制定朱元璋灭元方略，筹划全局，成为朱元璋的开国功臣。他懂得适时而退，只是朱元璋的猜忌之心无法平复。

当王朝建立之后，刘伯温的绝世才能成为朱元璋的一块心病。他，没有逃过兔死狗烹、鸟尽弓藏的命运，但是他，实现了济世苍生的人生理想，这就够了。

刘伯温，不是一个装神的预言家。

据说他能预知前五百年后五百年的事情。传说他善用奇门遁甲之术。刘伯温，是一个真实的人，不是传说的神。他的预言能力，来自于他的学习能力。诸子百家无一不窥，天文地理、兵法数学，更有特殊爱好。他杰出的智慧来自于他的博览群书。

刘伯温，一位被神化的哲学家，一位有韬略的政治家，一位有远见的易学家，一位有才华的文学家。这样的人，应该是温文尔雅、儒雅潇洒的吧。然而，据历史记载，刘伯温身着布衣，威猛刚烈，“虬髯，貌修伟，慷慨有大节，论天下安危，义形于色”，全然一副好汉的模样。犹如辛弃疾，读辛词的婉约风格，想见他的儒雅风流，而本人也全然不是这样。辛弃疾，是以武人笔法抒文人情怀。刘伯温亦是如此。看来，文人武人之间，并没有显明的界限。如三国时期的诸葛亮、周瑜、陆逊，兼有文人武人气质。这样的人才，真的是造化之功，绝非人力可为。

回到文学的路上，阅读这位才子的诗文，不知会是怎样的情景。刘伯温诗赋，在元明之际独树一帜，风格奇崛，意蕴深沉。乐府诗《蜀国弦》可见一斑。

蜀国弦

胡笳拍断玄冰结，湘灵曲终斑竹裂。
为君更奏蜀国弦，一弹一声飞上天。
蜀国周道五千里，蛾眉岧岧连玉垒。
岷嶓出水作大江，地砉天浮戒南纪。
舒为五色朝霞晖，惨为虎豹嗥阴霏。
翕为千障云雨入，嘘为百里雷霆飞。
白盐雪消春水满，谷鸟相呼锦城暖。
巴姬倚歌汉女和，杨柳压桥花簒簒。
铜梁翠气通青岭，碧鸡啼落天上星。
山都号风寡鹄泣，杜鹃呜咽愁幽冥。
商悲羽怒听未了，穷猿三声巫峡晓。
瞿塘喷浪翻九渊，倒泻流泉喧木杪。
楼头仲宣羁旅客，故乡渺渺皆尘隔。
含凄更听蜀国弦，不待天明头尽白。

胡笳弦断，蕴含着一个凄凉的故事。当年文姬被俘，悲剧就已经无法改变。在匈奴，无法忘怀家园，在中原，无法忘怀家室。胡笳十八拍，声声哀怨。胡笳声动，天地惨烈。胡笳声悲，万物凝愁。

湘灵鼓瑟，蕴含着一个凄美的故事。当年虞舜南巡，死于苍梧之野，娥皇、女英万里寻夫，相思成疾，哀痛悲鸣，泪洒翠竹，滴泪成斑。湘灵曲悲，其声哀怨。湘灵曲动，摄人心魂。

胡笳之乐，湘灵之音，只是为了引出蜀国弦乐的声动天宇，激越悲壮。悲壮的不只是蜀地弦乐，更有蜀地的风物人情。

西蜀山川壮观。峨眉山、玉垒峰，方圆五千里的江山之间，依然连绵不绝。岷江奔流而出，化为长江，隔断天地南北。这样浩大的声势，似乎唯有蜀地风物才具备。

西蜀风云变幻。或为五色朝霞，或为阴霾雾气。或为云雨，洒遍千山万岭。或为雷电，激荡万里长空。这样千变万化的云雾，似乎唯有蜀地风云才能够。

若心中没有沟壑，难以成就这样的文风。大开大合，大起大落。文章写到这里，若再要望高处落笔，实在太难。于是，诗人荡开一笔，将豪放之气化为阴柔之美。跌宕起伏，自然成文，再显蜀地的浓丽娇媚。

春天来临，冰雪消融，河水涨溢，百鸟争鸣，繁花似锦，杨柳笼烟，一派旖旎春光。更有善歌的女子，深情抒怀，将一季的寒冷吹散。当然，这些，还不是蜀地的全部风格。隐含其间的，还有凄美的传说。

铜梁山、青蛉水，一在蜀地，一在云岭。一树苍翠，一江碧绿，相依相连，风光无限。碧鸡山神引吭而啼，声震寰宇，星星为之而落。山林震响，怎样的惊天动地？

通灵的狒狒，迎风而号。失伴的野狐，伤心哭泣。亡国的杜宇，日夜呜咽。山林之中，山水之间，伤怀的诗人，感受着家园之悲。如商声之悲，如羽声之怒，如猿啼之凄切，如瞿塘之惊涛拍岸，如喧豗之瀑布奔腾。它们，共同构成了蜀地山水的凄恻激愤的交响乐。真正是“蜀道之难，难于上青天，使人听此凋朱颜”。

诗人笔下的蜀地山水，悲哀之中蕴含慷慨之志。《蜀国弦》，让我们体悟出刘伯温在元朝归隐在明朝出山的选择，感受着刘伯温在元季的低调中，内心涌动的激流。“含凄更听蜀国弦，不待天明头尽白。”他想起了怀才不遇的王粲遇到刘表之时的尴尬，想起了王粲登楼思乡之时内心的不安与不舍。想到自己是否有机会遇见知人善任的曹操，从此平步青云。历史给刘伯温提供了这样的舞台，作为书生，他是幸运的。当然，这是后话。

旅　兴

倦鸟冀安巢，风林无静柯。

路长羽翼短，日暮当如何？

登高望四方，但见山与河。
宁知天上雨，去为沧海波。
慷慨对长风，坐感玄发皤。
弱水不可航，层城岌嵯峨。
凄凉华表鹤，太息成悲歌。

刘伯温最大的远见是能够清醒地看到一个王朝的必然落幕。刘伯温最大的智慧是在王朝衰落之时准确地找到了自己的位置。

他懂得，在风云激荡的时代，想要明哲保身，是天方夜谭。他懂得，在天下大乱的时代，想要有一块清静之地，是痴人说梦。

刘伯温1333年中进士，1360年依附朱元璋。期间二十多年，仅有过三次短暂的为官经历，每次都是失败而归。但是，他有足够的耐心，等待着凤凰涅槃的一天。

在这漫长的等待中，他对仕途已感到厌倦，可是，树欲静而风不止。安乐窝在哪里呢？

倦飞的鸟儿，哪里是温暖的巢穴？铩羽的鸟儿，哪里是最后的归宿？刘伯温的聪明，在于他懂得，隐居山林不是最后的选择，退隐江湖不是最好的归宿。即使对元朝来说，自己只是一个边缘人，但是，那份忧国之念，悲叹成歌。

他的经天纬地之才，需要施展的舞台。他在等待机遇，即使转头成空，即使山河变色，即使天崩地裂，即使高山难越，即使浅水难行，即使仕途沉浮，即使战局动荡，即使隐居二十年，他，依旧忧心如焚，依旧痴心不改，依旧情思勃郁。所以，这样的诗歌，不是一个简单的文人单纯的诗人的情怀，而是出将入相者的胸襟。

薤露歌

蜀琴且勿弹，齐竽且莫吹。

四筵并寂听，听我薤露诗。
昨日七尺躯，今日为死尸。
亲戚空满堂，魂气安所之。
金玉素所爱，弃捐箧笥中。
佩服素所爱，凄凉挂悲风。
妻妾素所爱，洒泪空房栊。
宾客素所爱，分散各西东。
仇者自相快，亲者自相悲。
有耳不复闻，有目不复窥。
譬彼烛上火，一灭无光辉。
譬彼空中云，散去绝余姿。
人生无百岁，百岁复如何。
谁能将两手，挽彼东逝波。
古来英雄士，俱已归山阿。
有酒且尽欢，听我薤露歌。

《薤露歌》，以挽歌之名，写出生命的彻悟。刘伯温在隐居的二十年中，若时时不忘金刚怒目之志，恐怕是要精神分裂的。他必须要为自己寻找一个暂时的精神出口，暂时的精神抚慰剂。

琴以蜀地出产为佳，竽以齐国制造为优。蜀琴、齐竽，古代精良的乐器。诗人以风趣的笔墨，以死者的口吻劝说生者，停止一切娱乐活动，且听死者慢慢道来。文人骨子里的那份浪漫与调侃，化为诗歌的轻松与幽默。

当生命不存在了，依附其上的一切，转头成空。曾经汲汲追求的一切，金钱、美貌、服饰、妻妾、亲友，门客，所有的一切，当依附其上的那个生命消失了，这一切的光环，都只是虚空，都失去任何的意义。曾经的朋友，曾经的敌人，他们说什么，他们在意什么，都已经与己无关。

人生如朝露，人生如烛火，人生如浮云，谁能挽住流逝的岁月，谁能阻挡年华的老去。死亡，是生命注定的归宿。死亡，是永不消失的阴影。死亡，是不需预约的仪式。

死去万事皆休。及时行乐，适时逍遥，是元代社会的文化思潮。“谁能将两手，挽彼东逝波。古来英雄士，俱已归山阿。”名利真的如浮云，只是，人生不能因为结局的不可更改而不作为。古来万事东流水，但是，历史书页，依然还是写满了故事写满了情节。刘伯温，也只是在人生低谷的时候，写挽歌，安慰寂寞失落的孤魂。等到有东山再起的时候，他是不会浪费时光，失去短暂的人生之旅中制造风景的机会。

有故事有风景的人生，依旧还是值得欣赏值得抒写值得拥有的。刘伯温，本就是其中的佼佼者。他素来反对吟咏风月，玩弄花鸟的无聊之作。这首诗歌，当是他讽喻现实，寄寓别样情怀的即兴歌唱。若因此就觉得刘伯温是与陶渊明那样“千秋万岁后，谁知荣与辱？但恨在世时，饮酒不得足”的化外之人，那真是一种误解。

文如其人，许多时候，诗歌的主旨与诗人的情怀，不能对等。不懂这点，恐怕会引出许多误会引出许多误读。

青丘江畔谪仙人

——高启

元末曾隐居吴淞江畔的青丘，自号青丘子。对诗歌有着近乎痴迷的喜好。其实，高启一生，若就在江南，做一个地道的谪仙人，或许可以寿终正寝。可是，“洪武初，被荐，偕同县谢徽召修《元史》，授翰林院国史编修官，复命教授诸王。三年秋，帝御阙楼，启、徽俱入对，擢启户部右侍郎，徽吏部郎中。启自陈年少不敢当重任，徽亦固辞，乃见许。已，并赐白金放还”。这应该是高启第一次也是最后一次与当权者的合作。能得开国皇帝青睐，是无数读书人的期望。而高启以及他的同乡，轻易放弃了这次建功立业的机会，同时放弃的还有帝王的尊严。这，或许为高启的最后被腰斩埋下了祸根。

由元入明，对大明王朝，高启采取的是若即若离的态度。他既没有表现得要出离尘世也没有想在新朝建功立业。朝代更替之际的文人，总是有着两难的选择。纯粹的归隐山林，却因为骨子里的仕途经济思想而难以远离尘世。果断地出仕为官，却因为诗性情怀的老庄思想而难以放下包袱。

儒道思想，本应该成为读书人进退之间的精神依托，最终往往成为束缚思想的枷锁。高启，本来只要做好一个诗人就够了。而当他游离于朝野之间的时候，轻易招致了杀身之祸。

宫女图

女奴扶醉踏苍苔，明月西园侍宴回。

小犬隔花空吠影，夜深宫禁有谁来？

或许是诗人一个偶然的机会，得到了一幅宫女图，于是乘兴写下这首《宫女图》？只是文人的一种偶然的雅兴，最终却导致了无端的灾难。

深宫女子的生活，什么时候成了文人笔下随意调侃的题材？何况，这位酒醉的嫔妃，似乎在等待着不相干的偷欢者。钱谦益认为，正是因为这首诗歌，让明朝开国皇帝朱元璋对他耿耿于怀。一介文人，随意猜度宫中女子的心情，那是不被容许的。何况诗歌之中还有着许多的隐晦不明之意。

“小犬隔花空吠影，夜深宫禁有谁来？”在酒醉迷离之间，小狗隔花而吠之“影”，深有讲究，诗人没有明说。是扶醉归来的宫妃之影？是“隔墙花影动，疑是玉人来”？是醉踏苍苔的宫妃心中的“玉人”？

建国之初的朱元璋，以生活简朴标榜。却有一个远在苏州的文人，在诗歌中写出了宫闱生活的隐秘与淫靡。我还是选择相信，这首诗歌，为高启的被杀再次埋下祸根。

史书记载，苏州知府魏观修复府治旧基，高启为此撰写了《上梁文》，有“龙蟠虎踞”四字。因府治旧基原为张士诚宫址，张士诚正是朱元璋当年的死对头。“龙蟠虎踞”当为帝王所居，把张士诚住过的地方也称“龙蟠虎踞”，犯了朱元璋大忌。这篇文章，为高启最终的被杀提供了一个坐实的罪证。

朱元璋嗜杀成瘾，“明初四杰”无一幸免。杨基被莫名其妙地罚作苦工，最后死在工所；张羽被糊里糊涂地绑起来扔到长江喂了鱼，尸骨无存；徐贲因犒劳军队不及时，被下狱迫害致死；高启被活活地腰斩成八段，死得最惨。

“千载只书空，山灵怨何事”，这位一生没有真正出仕为官的读书人，一生足迹几乎没有出过吴中之地的诗人，最终却因为一首诗歌一篇文章，被腰斩于市，罪名是谋反，或者是协同谋反。而他的诗名，在他死后，流传深远。

卖花词

绿盆小树枝枝好，花比人家别开早。
陌头担得春风行，美人出帘闻叫声。
移去莫愁花不活，卖与还传种花诀。
余香满路日暮归，犹有蜂蝶相随飞。
买花朱门几回改，不如担上花长在。

明初的江南小镇，某个春天里的清晨，暖风拂面，一位担花人，行走在青石板的小巷。一阵春风，一阵花香，一声吆喝，一次邂逅。出帘的美人想来是哪位小姐的丫鬟吧，买卖之间没有讨价还价，卖花人原来是真正的养花人，买花人原来是真正的怜花人。养花是一种生活方式，卖花是一种生存方式。

“陌头担得春风行，美人出帘闻叫声。”养花的农人，实在是幸福的劳动者，在春风荡漾里健步如飞。出帘的美人，应该是深闺的惆怅者，在花气袭人里暗自伤怀。人生往往在未知的变数里衍生故事。

“余香满路日暮归，犹有蜂蝶相随飞。”夕阳西下，卖花人轻松走在回家的路上，花卖出了，花香还在，一路春风一路香。蜂蝶似乎认得养花人，似乎知道跟着养花人，就能找到春天找到家。

养花人，真是一个懂得生活的卖花人。亦或者，诗人也是一个真正懂得生活情趣的人。他的人生，几乎都是在江南宁静的水乡度过。买花人是深宅大院的富贵中人，卖花人自然是生活于陋巷的寻常百姓。可是，富贵终成过眼云烟，而平常日子总是可以过得长长久久。

梅花九首（其一）

琼姿只合在瑶台，谁向江南处处栽？

雪满山中高士卧，月明林下美人来。
寒依疏影萧萧竹，春掩残香漠漠苔。
自去何郎无好咏，东风愁寂几回开。

自南朝诗人何逊《咏早梅》：“兔园标物序，惊时最是梅。衔霜当路发，映雪拟寒开。枝横却月观，花绕凌风台。朝洒长门泣，夕驻临邛杯。应知早飘落，故逐上春来。”满园梅花动诗兴。满园梅花盛开、光彩照眼，雪映梅花，千娇百媚。由花事联想到人事，人世间许多悲欢离合的故事，一如一场花事的盛开与凋零。自何逊之后的1500年间，浩如烟海的咏梅诗，大都围绕着梅与春、梅与雪、梅与人而写。

“自去何郎无好咏”，不知要得罪多少古今才子。但是，赋形易赋神难，高启从梅花之神韵入手，于是傲世古今。而千载之下，高启咏叹出了新意，唱出了新声：

梅如女神，只合在瑶台，即使到人间，也应该是江南这样玲珑剔透的风华之地。诗人一生足迹几乎没有出过江南小镇。曲径通幽的苏州园林，让高启有了一份解读花语的灵性。诗人多情地以为，梅花降落江南，是因为有诗人在。高启一生钟爱梅花，或许是梅花的冷艳与他的审美情趣极为相似，他视自己为梅花的唯一知音。

“雪满山中高士卧，月明林下美人来。”山林之中，雪落满地，不染一点尘埃。明月之夜，月照花林，不带一丝俗气。似乎是一次不期而遇的邂逅，不经意间，孤高拔俗的隐士，摒弃俗念，退身于清风明月之间，山竹林泉之下，花神款款而来，神情闲雅，容貌清秀。

我如醉卧的高士，你如林下的美人。这是一场才子佳人的约会，一次灵魂深处的交流。预设好的场景，静静等候的高士，款款而来的佳人，一如那童话般爱情故事的序幕。

“寒依疏影萧萧竹，春掩残香漠漠苔。”美人总是迟暮，若有那真正怜香惜玉之人，又何须担忧岁月的老去。当花瓣凋零，青苔、斑竹，都是高士的化身，都是愿意一直守护女神的多情郎。

自何郎去后，高启是那个最懂梅花的人。他不愿意将梅花想成斗士，而愿意她永留瑶台，即使要到人间，也要做一个美丽娴雅的女神，一个被呵护被怜爱的佳人。

春暮西园

绿池芳草满晴波，春色都从雨里过。
知是人家花落尽，菜畦今日蝶来多。

“绿池芳草满晴波，春色都从雨里过。”晴朗碧空、春波粼粼、绿水盈盈、芳草萋萋、春雨潇潇，满园春色，总是躲不过一场春雨的洗礼。当落红满地，春雨飘洒之际，伤春之情从心里涌现。这是千年不变的旋律。

“知是人家花落尽，菜畦今日蝶来多。”我想，这首诗歌，若没有翻出新意，最多只能算是文人的又一次无病呻吟。当诗人的眼光从一般的花前月下转移到广阔的田野，惊喜就出现了。当诗人从一般的伤春情绪跳开来，进入到劳动者对即将到来的收获季节的欢欣里，诗境就产生了。

大俗即是大雅，当文人骚客们还流连在花前月下无端伤情的时候，诗人独自为田间地头的油菜黄花纷扰翻飞的粉蝶儿徘徊不舍。在这最俗最不起眼的田间，生出了无限诗意。畦上纷纷扰扰的粉蝶儿知道，花落之后，紧随而来的是丰收的喜悦，农人是不会伤春的。

高启的诗歌，个人述志感怀、游山玩景以及酬答友人之作，大都充满生活气息与生活情趣。他在元末明初以演义、小说、戏曲为主流文化的环境，醉心于诗歌创作。创作了大约2000首诗歌，流传于世的就有近千首，改变了元末以来缛丽不实的诗风，推动了诗歌的继续向前发展。后人尊称他为“明初诗人之冠”。

有一个故事，是说当高启25岁的时候，遇到一位善于相面的江湖高人，说他“脑后骨已隆，眉间气初黄”，不久将飞黄腾达。在湖光山色之间，高启那颗平静的心开始骚动不安。在自述词中，他写出了生于朝代更替之际的无奈与徘徊。他不能如宋濂、刘基那样的勇敢与果决，敢于毅然地抛弃家室，追随朱元璋。“吾今未老，不须清泪如雨”，高启的才华仅限于诗歌，与政治是无缘的。可惜，这样的一位诗人，最终却因为政治的原因被杀。而今天，当我们诵读明诗，高启是站立在明诗开始的峰巅。

桃花仙人的现实快乐

——唐伯虎

《唐伯虎点秋香》，无论是电影还是戏剧，将唐伯虎演绎成自在潇洒的风流才子。影视剧中的唐伯虎，是一位贵族公子，生活悠游，才华横溢，桃花运不断，深得美女青睐。生活中的唐伯虎，在影视剧在民间流传的演绎中淹没了。

真实的唐伯虎，没有这么幸运。16岁秀才考试第一名，轰动整个苏州城，二十九岁南京乡试，再中第一名。正当他踌躇满志，第二年赴京会试时，因牵涉科场舞弊案而交厄运。从此绝意仕途。归家后纵酒浇愁，妻子大吵大闹，离他而去。又兼家道中落，生活无助。真是百无一用是书生。失意的唐寅，住在吴趋坊巷口临街的一座小楼中，以丹青自娱，靠卖文鬻画为生。任何一个时代，单纯的文人，生活总是拮据的。

公元1514年，明宗室宁王以重金征聘唐寅到南昌，他以为迎来了理想的春天，却无意间身陷宁王政治阴谋之中，遂佯装疯癫，脱身回归故里，归家后因常年多病，不能经常作画，生活愈艰，甚而常靠好友祝枝山、文徵明资助度日。

公元1523年，应好友邀请去东山王家，但见苏东坡真迹一词中有二句："百年强半，来日苦无多"，触动心境，悲从中来，辞别归家，从此卧病不起，第二年，结束了他凄凉的一生。

唐寅命途坎坷，晚境凄凉，以致身后诗文几近散轶。唐寅生活潦倒，穷愁凄凉，以致身后坟茔荆棘荒芜，牛羊放逐墓园。一代才子，竟至于是。

幸有同代好友王宠、祝允明、文徵明为他撰写墓志铭，安排后事，让后来者爱其才，从这片言只语中想见其为人。

幸有后世书商何君立、毛晋慷慨解囊，为他整理收集生前轶事、散失文稿书画。让后来者从这一鳞半爪间想见其才情。

自古以来，士人以读书晋升仕途。唐寅因为一场无来由的科考舞弊案终结仕途之路，以鬻卖字画为生。作为读书人，是非常尴尬的生存状态。文人依靠出卖附庸风雅的书画换取生活费用，是难为情的事。唐寅一生，处境难堪。而文人，总是能够从低微的尘埃中，活出一种洒脱，活出一种境界，活出一种姿态。

红尘多烦恼，人又无法不生活于尘土中，而精神，是可以高蹈的。是不必身陷泥淖的。唐寅是懂得这一点的。于是，他从苦难的生活中，活出了诗情活出了自己活出了文人的本色。他的诗歌，是生命的体悟，是性灵的歌唱。观其画，古朴空灵。读其诗，恬淡安适。

怅怅词

怅怅莫怪少时年，百丈游丝易惹牵。
何岁逢春不惆怅？何处逢情不可怜？
杜曲梨花杯上雪，灞陵芳草梦中烟。
前程两袖黄金泪，公案三生白骨禅。

短暂的春光令人牵挂，邂逅的情丝惹人怜爱。青春年少，是最风神飘逸的时代。少年才子，是最情丝纷飞的诗人。多愁善感的少年，怀揣着梦想与爱情，在春天的花草间牵挂着，在少女的眉目间留恋着，在宴饮的风情间陶醉着，在离别的烟梦间忧伤着。

青春年少，一份诗意的光景，一段率性的日子，一个恋爱的季节。快乐无忧的时光，总是短暂。当日子慢慢退出诗意，当理想慢慢落入尘埃，当前程慢慢复归现实，静思人生历程，想世事多舛转头空幻。三生石畔，谁见过谁的前世谁见过谁的来生。

佛学经典《金刚经》，引领多少迷茫的灵魂寻找到人生的皈依。唐寅自称“六如居士”，人生如梦、如幻、如泡、如影、如露、如电，看懂了，放下了，超脱了，得欢喜。唐寅应该是真的通透了，否则如何聊以为生。同时因科考舞弊案受牵连的江南才子徐经，从此没有走出这场政治阴谋，竟至英年早逝，三十多岁撒手人寰。而唐寅的人生，最终复归于文人本色，诗人情怀。

“老后思量应不悔，衲衣持盏院门前。”他是觉得为了性情而活，即使老来乞讨为生，亦是不悔。唐寅始终将自己的生活摆放在浪荡公子游戏人生的位置。于是，无病呻吟之作很少，醒悟人生的佳句很多。本色生活，为自己而过一辈子，比为了名利而争斗一辈子，实在是实惠很多，智慧很多。别人如何看，就不是重要的了。

把酒对月歌

李白前时原有月，惟有李白诗能说。
李白如今已仙去，月在青天几圆缺？
今人犹歌李白诗，明月还如李白时。
我学李白对明月，白与明月安能知！
李白能诗复能酒，我今百杯复千首。
我愧虽无李白才，料应月不嫌我丑。
我也不登天子船，我也不上长安眠。
姑苏城外一茅屋，万树桃花月满天。

唐寅是明代诗人的代表。诵读《把酒对月歌》，似乎走进了明代才子文人的审美空间。因受小说、戏剧此类大众文学影响，明代诗词中陋、俚、俗比比皆是。而以唐寅的才情性格，应不亚于唐宋诗词人物。他的诗歌，基本是明白如话，以俚语入诗。他注重的是精神追求，外在形势退居其次。

饮酒的诗人，喜欢借美酒助兴，喜欢对月抒怀。即使美酒往往令人沉醉，月华往往引人愁思。在酒精的迷醉里，诗人麻醉着神经，挥发着神思。在清月的圆缺间，诗人激荡着才情，咏叹着诗情。

唐人诗词中，将一弯明月，描摹到极致。李白诗词中，将一泓明月，挥洒到极致。从张若虚开始，甚或从谢庄开始，那一弯明月，被赋予了多少的诗情画意。只是，每一个诗人笔下的月亮，总是需要寄寓别样的情怀。

唐寅笔下的月亮，是在李白的那份旷达之外，另有一番桀骜不驯。唐寅心中的月亮，是在李白的那份飘逸洒脱之外，另有一番伤逝情怀。

唐寅少了一份李白的自信与狂放，多了一份现世的安稳。少了一份李白的我行我素，多了一份桃源情怀。李白是中国诗人的榜样，唐寅希望与李白隔空对话，希望他的对月当歌，借酒抒怀中多一点李白的影子。千古文人一样情怀，唐寅，有着自己的人生之歌。

“我也不登天子船，我也不上长安眠。”实在是想登船却是无阶可上，想上长安眠却也无路可走。不如放下。一间茅屋，一树桃花，亦以了此一生，亦可安稳生命。

唐寅，借助一轮明月，借助一杯浊酒，借助一首诗赋，实现了隔空对话，实现了古今穿越。千载之下，李白、唐寅、读者，在把酒对月中，诗意激扬，心灵相通。文学的魅力，在审美情趣的相似中，发挥得淋漓尽致。

桃花庵歌

桃花坞里桃花庵，桃花庵住桃花仙。

桃花仙人种桃树，又摘桃花当酒钱。

酒醒只在花前坐，酒醉还需花下眠。

半醉半醒日复日，花落花开年复年。
但愿老死花酒间，不愿鞠躬车马前。
车尘马足富者趣，酒盏花枝贫者缘。
若将富贵比贫贱，一在平地一在天。
若将贫贱比车马，他得驱驰我得闲。
世人笑我太疯癫，我笑他人看不穿。
不见五陵豪杰墓，无花无酒锄作田。

当唐寅的人生经历了千回百转之后，寻得了一个荒凉的所在。他将这个废弃的地方，打造成桃花盛开的地方。对于隐者来说，几间茅舍足以安家。对于诗人来说，一树桃花足以怡性，一杯浊酒足以娱情。

唐寅自称是“六如居士”，表明开始遁入佛理。自称自己是“桃花仙人”，表明开始进入化境。虽则生活贫穷，依旧可以桃花换美酒。桃花，从此进入了诗人的生命里，融入了诗人的血脉中。

诗歌开头，连续不断出现的桃花意象，善于丹青的诗人，将一首诗歌写成了一幅桃源图。令读者神游期间，流连忘返。这是一个桃花堆积的世界，悠游生活期间的诗人，真是幸福。何况，他是懂得花酒诗相伴的才子。他懂得桃花之美，懂得诗性生命。

在这个桃花世界中，有酒有诗有花有清闲有自在有知己有逍遥，当真是世外化境，当真是绝美所在，当真是日复一日。花开花落，醉卧花间，酒醒花中。

生活如此美好，还需要什么荣华富贵奔波劳碌屈己下人？桃花世界如此迷人，还需要什么绷紧神经小心翼翼如履薄冰？富贵的得来是以闲情意趣为代价的。浪漫的文人，总是无法做好这样的角色转换。那就不如一任性情，活得释然超脱。

曾经的“朝为田舍郎，暮登天子堂”的豪迈，今日想来，实在只是少年的一腔热血一厢情愿。世事的复杂与艰险，又岂是书斋学子能够料定的？更何况，那些为官做宰者，那些富贵显赫者，那些叱咤风云富贵至极的君王将相，今日又在哪里呢？他们的坟茔又在哪里呢？他们的后人又在哪里呢？

“世人笑我太疯癫，我笑他人看不穿。”看穿人世，往往需要历经困顿。否则，人生的结局都是预设的，人生的命数都是天定的，人生没有经历，就看不懂就看不透。看懂，需要慧根。看透，需要阅历。当年的唐寅，没有经历科考舞弊案，没有被迫放弃功名，恐怕亦是不会看穿看懂的，恐怕也是不甘诗酒花间月下的生活，恐怕亦是不愿以鬻卖书画为生。

绝　笔

一日兼他两日狂，已过三万六千场。

他年新识如相问，只当飘流在异乡。

当生命走向终点的时候，才是真正的彻悟人生。才真正地明白，生死之间，不过是一场预先设计的旅行。来往的车票是已经准备好的，时间也是约定的。从命数来说，这样的生死之旅，其实没有什么意外的结局，也不会有什么惊喜出现。

“有诗有酒有吟咏，便是书生富贵时”。唐寅为自己既定的人生，设定了一个人生价值的标准。任情而发，随性而为。唐寅所自诩的狂，就是一种真诚的生活，一种自足的生活，一种自由的生活，一种个性解放的生活。这样的人生态度，相比那种谨小慎微的人来说，要自在洒脱得多。

懂得诗酒人生，懂得书画人生的唐寅，到生命之旅的终点，彻悟了，明白人生如梦、如幻、如泡、如影、如露、如电，于是，他将死亡之乡，看成是一场异乡之旅，看成是另一段漂流的开始。

泯灭生死的界限，泯灭此岸彼岸的界限，是禅宗的最高境界。而唐寅，用诗人的笔法，轻易地将这种智慧总结出来了。当然，他是用一生的光阴来体悟的。

古今多少事　都付笑谈中

——杨慎

临江仙

滚滚长江东逝水，浪花淘尽英雄。是非成败转头空。青山依旧在，几度夕阳红。

白发渔樵江渚上，惯看秋月春风。一壶浊酒喜相逢。古今多少事，都付笑谈中。

明代知识分子，特别是才华横溢的学问大家，命运都极为悲苦，经历都极为坎坷。明朝三大才子，解缙、杨慎及徐渭。解缙被公推为博学第一，自幼颖敏绝伦。杨慎被评为博览第一，人称“无书不读”。徐渭则是最多才的一位——诗、书、画、兵法样样精通。解缙与徐渭，他们的命途同样悲苦不堪。解缙以才高好直言为人所忌，屡遭贬黜，终以“无人臣礼”下狱被杀，年仅四十七岁。徐渭几次自残自杀，竟连这一点都无法实现。似乎是要等他受过所有的苦难，才放他归去。杨慎亦是如此。三十六年，他一半的生命，是在流放边地中度过，最后客死异乡。

他生于名门，父亲杨廷和，明朝的三朝老臣——内阁首辅，而这样的名门，并没有给他带来任何仕途上的帮助，却因为父亲的失宠，因为自己的刚烈，从此，仕途成为他心中的隐痛。在他的繁华生命里，朝廷只是一个久远而模糊的背影却又是挥之不去的阴影。

杨慎的人生，是一个大悲剧。他经历过繁华，看杨慎演说二十一史弹词，无不包含着往事如烟、千古风流事、都付笑谈中的虚无感与幻灭感。杨慎一生，从繁华到沦落到潦倒，亦是醒悟繁华如烟，往事如梦。或许也因为这样孤寂寥落的人生，让他能够静心书斋，广泛涉猎，终成大家。人生的幸与不幸，往往相伴相随。

杨慎的思想博大精深。

揭示理学和心学的“重虚谈”“多议论”“学而无实”“学而无用”的弊端。指出心学“削经铲史，逃儒归禅”，同时又不否认理学同禅学实有千丝万缕的联系。这样博大精深而辩证思维的学术思想，在以程朱理学为核心价值观的时代，无疑具有划时代的意义。他打破了一种戒律，打破了固定的思维模式。

杨慎的性格刚烈不屈。

杨慎为人正直，性格刚烈。不避斧钺，犯颜直谏，规劝皇帝停止灯红酒绿、纸醉金迷的糜烂生活。如此大胆的进言，在皇权高于一切的时代，是不可能有任何结果的。最终只好称病告假，辞官归里。在内阁“大礼义”纷争中，突出表现其“叛逆”风骨。即使被廷杖，即使被罢官，即使被流放永不录用，依然不悔依然坚守。

杨慎的文才雄冠当代。

一生勤于著述，好学穷理，老而弥笃。其知识之渊博，兴趣之广泛，在明代无与伦比。他不但对经、史、诗、文、词曲、戏剧、音韵、文字等都造诣精深，且于天文、地理、金石、书画、草木虫鱼、医药方面也颇多建树。

杨慎的一生悲苦难抑。

杨慎十二岁曾作《古战场文》《过秦论》入京，赋《黄叶诗》，众人皆惊。他乡试考中第三，会试第二，殿试第一。年仅二十四岁，即授翰林修撰，可谓少年得志。只是，太完美的人生往往带着悲剧的意味。三十六岁被贬蛮荒之地，一去竟至三十五年之久。最终客死异乡。临终写《自赞》诗："临利不敢先人，见义不敢后身。虽无补于事业，求不负乎君亲。"他被嘉靖害了一生，至死仍求"不负君亲"，读来令人唏嘘感叹。中国知识分子的悲剧，也因此千载难解，千古延续。

或许，仅从他的几首小诗中，还难以领略他的才华，浅尝辄止的阅读，还是可以让我们开始触摸历史长河中曾经存在过的精神盛宴，穿越几首小诗，为一次文化之旅做先期的准备。

柳

垂杨垂柳绾芳年，飞絮飞花媚远天。
金距斗鸡寒食后，玉蛾翻雪暖风前。
别离江上还河上，抛掷桥边与路边。
游子魂销青塞月，美人肠断翠楼烟。

"何处生春草，春生柳眼中"，元稹有着敏锐的观察力，才能够从柳丝吐芽里看到春天的信息。清代评论家沈德潜认为杨慎的《柳》，是自《诗经》开始，写得最活的一首诗。杨慎笔下，柳被人格化情感化。

柳，不只是一般文人笔下的离愁代表，更是懂得彰显优美姿态的美人。柳，似乎懂得，她的枝条，是春天里最优美的风景。她的飞絮，是春天里最妩媚的娇娘。即使是天尽头，春尽处，如花似雪的飞絮，依然点缀着一季春光。

"昔我往矣，杨柳依依。"杨柳，总是带着美感带着幻想带着惆怅带着诗情。无论杨柳如何美妙，还是要回到离愁的主题上来，还是要在春天的尽头等待着游子的归去。还是要在逝去的春光里将远客边关的游子的心揉碎。还是要在江上河上，唱一曲离别的歌谣。在桥边路边守候远人归来，折一枝柳，留一份情。

如烟似雾的柳丝，不会因为思妇的深情而消失，总是在思春的季节，唤醒思妇的相思意。温柔缠绵的柳絮，不会因为游子的伤怀而散落，总是在远别的日子，逗引游子的离别情。

三十六岁之前，杨慎，这位状元郎，走着如花似锦的美丽人生路，父亲是三朝元老，自己是少年才俊，夫人是红粉知己，真正是春风得意。可是，命运总是让人难以捉摸。这首离歌，从三十六岁开始，整整唱了三十五年。期间的悲欢离合，期间的爱恨情仇，没有经历过，没有体验过，仅仅阅读诗歌，还是难以产生生命的暗合情感的共鸣。只觉着那一场柳丝飘扬柳絮纷飞中，包含着的无限愁怨。

三岔驿

三岔驿，十字路，北去南来几朝暮。
朝见扬扬拥盖来，暮看寂寂回车去。
今古销沉名利中，短亭流水长亭树。

南来北往，人生如此忙碌。朝见暮看，人生如此多变。来时荣华富贵，去时繁华落尽。来时名利似乎就在掌中，去时功名恰如浮云。

人生，会有许多选择，而正确的选择总是在最落寞最无奈时。十字街头，独自徘徊，经历了苦难磨砺，才会知道理想的生活模样。三岔路口，何去何从，走过了艰辛岁月，才会找到心灵的最后归宿。而人生，就是在汲汲追寻中，在痛苦迷茫中，在错误的坚守中，慢慢耗尽岁月。想当年，杨慎以一介书生，逆龙鳞，冒犯君威，几乎被廷杖而死，实在迂腐至极。他没有在三十六岁被流放，也会在后来的任何一个时候遭遇这样的厄运。中国的读书人，往往没有能力没有智慧为自己寻找到合适的位置。往往将自己放在风口浪尖上却又无力保护自己的周全。一部古代文学史，几乎就是一部血泪史一部流放史一部由无数呻吟声组成的悲剧史诗。

“寂寂寥寥扬子居，年年岁岁一床书。”文人若能够安坐书斋，倒也少了许多麻烦，少了许多纠结，少了许多悲欢离合的惨痛教训。可是，人生没有经历，就只能是纸上谈兵。只要有可能，文人们，总是渴望走出书斋走向历史舞台，于是，悲剧难免发生。

杨慎其实不懂，等到他懂的时候，三岔路口，十字街头，撞上南墙之后，才知道，瞬息变化的人事沉浮，远没有流水长久没有绿树常青。亦或者，人生悲剧恰如流水东逝万物循环。

宿金沙江

往年曾向嘉陵宿，驿楼东畔阑干曲。

江声彻夜搅离愁，月色中天照幽独。

岂意飘零瘴海头，嘉陵回首转悠悠。

江声月色那堪说，肠断金沙万里楼。

当年江淹因一曲《别赋》而名扬天下，至此，离愁别恨，成为一个永恒的主题，回荡在中国诗词的天空。杨慎常年流放滇南，久别难逢的离愁别恨，发而为诗，更加感人肺腑。

杨慎与妻子黄峨诗文唱和，琴瑟友和。而出身名门饱读诗书的杨慎，注定不会只过平常百姓的生活。“往年曾向嘉陵宿”，当年，或许是因为追求功名，亦或者是因为游学之故，离开过家，寄宿过嘉陵江畔。但是，那时的离别，是能够预知归期的暂别，抑或是青春梦想的一次远行。心境不会那么凄凉，处境不会那么凄惨。即便如是，已是登楼远望，栏杆拍遍，无处诉衷情的寄寓之情弥漫开来。诗句之间，流淌着一种深深的悲凉，一种深深的孤寂，一种难以言说的离愁别绪，一种江月添愁、江水添憾、孤枕难眠的无奈情绪。

“刘郎已恨蓬山远，更隔蓬山一万重”（李商隐），诗人几乎已经将自己的离愁写到极致，若没有真切的生活体验，离愁，也仅限于对景徘徊对月抒怀。

“岂意飘零瘴海头”，是命途多舛的突变，是对陡然降临厄运的难以预料，是被贬蛮荒之地的无奈，是从此寄身天涯的深深飘零感。嘉陵江、金沙江，最终都将汇入长江。两次离愁，一样相思，在长江的入口处交汇成诗。当年，嘉陵江畔，离愁无限。今日，金沙江畔，愁肠寸断。江涛之声，声声添浓愁。江月之影，遍照相思楼。

千万里的路途，即使可以归家，路上行程，亦是要一年半载。何况，此去经年，不知何日是归期，三十五年的贬谪，对杨慎而言，就是一生的等待。对他的妻儿而言，就是永远的守候。我们读过太多的为赋新词强说愁的离别诗，读过太多的为写诗而写诗的文人，骨子里，并没有诗人的悲悯情怀诗人的生命体验。杨慎的诗歌，是用生命用几十年的孤寂生活写就的。于是，格外感人至深。

病中秋怀

迢递城西百尺楼，登兹销暑亦销忧。
江山平远难为画，云物高寒易得秋。
吉甫清风来玉麈，涪翁妙墨换银钩。
余甘渡口斜阳外，霭乃渔歌杂棹讴。

读杨慎的这首《病中秋怀》，竟然没有悲凉之感。病中往往落寞，秋日总是悲情。而杨慎于病中，登高远望，竟可心境旷达，视野开阔。

你看，百丈高楼，晚风吹拂，暑热可消，消除的还有一怀愁绪。一般的伤春悲秋诗人，往往在春天里感受到春花的凋零，秋气的肃杀。杨慎在长久的贬谪中，在秋日的病中，感到的是丝丝清凉，是愁绪的消散。

你看，山高水远，山外青山楼外楼，诗人沿着延伸的风景线，看到了一脉苍翠，看到了山中秋色的先机，看到了云物之间的季节变换。看到了山川风物的如诗如画。“自近山而望远山，谓之平远。”平远之中，飘飘渺渺，气象万千。

杨慎是一位多才的学者。诗画同样精彩。山川景物，入诗入画，信手拈来。如王维诗歌，诗中有画，画中有诗。这首诗歌，同样得此妙趣。

杨慎又是一位学识渊博的学者。登高望远，所见的不止眼前之景，所感的不止眼前处境，所叹的不止秋日风物。

诗意转入古代，贯通古今。在对古代文明的追忆与向往中，忘掉现实的处境与现世的悲凉。“吉甫清风来玉麈”，西周时期的尹吉甫，相传是《诗经》的作者之一。他的诗歌犹如清风吹拂，化育万物。手持拂子，玉树临风。“涪翁妙墨换银钩”，北宋诗人黄庭坚，相传被贬泸州，留下墨宝，他的书法刚劲有力，见之忘俗。或许是因为古代仁者贤者，令杨慎的心神暂得安宁，令杨慎悲苦的生命暂得寄托。这，或许是他的病中秋日之诗没有悲秋之感的原因吧。

“余甘渡口斜阳外，霭乃渔歌杂棹讴。”当视线再次回到现实的时候，那份诗意的情怀依旧留存笔下心间。于楼上眺望渡口，山川风物，尽收眼底。人在楼阁，思绪飞扬。心在渡口，情随斜阳外。耳听风声，兼有摇橹之声与渔歌之声的唱和，摇橹之声的荡漾，渔歌晚唱的悠扬，江水之间，有一份静美。天地之间，有一份和谐。这，亦或者是诗人于病中的一种安慰于秋日之间没有惆怅的原因吧。

敏感的诗人，能够于天地之间，寄托情怀寄寓惆怅，从远古诗情获得精神的养料于风物意境获得审美情趣，以此化解生命的艰辛与理想的幻灭，这是对文人最真最深的抚慰。杨慎深深懂得这份妙趣，以此，他度过了生命里最漫长最难熬的三十六年光阴。以此，他为后代留下了著作等身的鸿篇巨制。

浪迹天涯的布衣诗人

——谢榛

谢榛（1495–1575），16岁写的乐府诗词，在家乡已经广为流传。我们总是误以为少年才子定当风流倜傥，而现实中的才子远不是影视剧中的高颜值的模样。史书记载他“出身寒微，眇一目，自幼喜通轻侠，爱好声乐。”生理的缺陷，让他无法走科举取士的老路。上天没有给他英俊的外表却给了他填词写诗的才华。这或许是另一种公平吧。他选择了游历四方，在不断地行走中寻找某种际遇。在漫长的游历过程中，他遇到了一些赏识他的人，也遇到了一些一起唱和的人。地方官吏、宗室藩王、僧侣、隐逸、酒家、学子，每一个人在别人的生命中注定只是匆匆过客。但因此使他成为一位真正的流浪诗人。

1526年，谢榛初到京城，登门拜谒了乐贤好士的内阁首辅杨一清。杨一清对谢榛的来访表现出满腔的热情，这让初出茅庐的谢榛颇受鼓舞。一个偶然的遇见，从此注定了谢榛的生命轨迹。

1534年，谢榛西游彰德，献诗于赵康王朱厚煜，赵王亦富有文才，喜揽文士，因此成为赵王门客。这样的日子对于流浪的诗人来说，是一次不错的际遇。而生性放荡不羁的诗人，不愿屈居人下过帮闲凑趣的生活，开始了长达二十年的漫游生活，足迹遍布大江南北，关内塞外。

1547年，谢榛第三次赴京师，结识了李先芳、李攀龙、王世贞等，加入“后七子诗社”，诗社中人对谢榛景仰备至。谢榛的人品、才气、交游，尤其是谢榛的诗学见地，都为社中人所称赞和景仰。以一介布衣而成为诗坛领袖，只是这样的状况没有维持多久。

1554年，李攀龙致书与谢榛绝交，王世贞等人都站在李攀龙一边，交口诋毁谢榛，最后甚至把他从“七子社”中除名。当李攀龙盛赞谢榛“明时抱病风尘下，短褐论交天地间”的意气风发与才情飞扬的时候，王世贞也在给谢榛的送别诗“谢生长河朔，奇笔破万卷。日月纵游遨，乾坤任偃蹇”中表达对谢榛的倾倒之情。而当李攀龙与谢榛绝交之时，王世贞在他的著名谈艺之作《艺苑卮言》中说谢氏的诗“丑俗稚钝，一字不通”，却偏要“高自称许”，骂他“何不以溺自照”，厌恶之情溢于言表。这段历史公案，让一些文人雅士褪去伪饰的面具，显露出人性的丑陋来。

“奈何君子交，中途相弃置”（谢榛），其实，当文人走进官场，很难保持布衣之交的单纯了。当李攀龙与王世贞的政治地位日渐高涨的时候，他们必然不会容忍一介布衣当他们的文学领袖。而谢榛，因为始终游离于政治之外，无权无势，勉强衣食自保，却为救助含冤入狱的文友卢楠奔走相告，历经周折，最终使卢楠于蒙冤囹圄13年后得以平反获释，表现了一种侠义之气。

1573年，谒见赵康王的曾孙穆王朱常清。在招待谢榛的宴席上，穆王命歌姬贾姬演奏谢榛所写竹枝词，谢榛大为感动，第二天一早献新词14阕，歌姬全部谱曲演奏。宴会之后，穆王将这个歌姬送给了谢榛。已近人生暮年的谢榛，之后不到两年时间，病逝于安阳，“客请赋寿诗百章，成八十余首，投笔而逝。”至情至性的谢榛，永久地活在了他的诗歌里。

秋闺曲

目极江天远，秋霜下白苹。

可怜南去雁，不为倚楼人。

明代是小说戏曲昌盛而诗歌式微的时期，而谢榛四十余年，仅以诗歌见长，以布衣身份浪迹江湖，期间辛酸可想而知。诗人很少在他的诗歌中表达这种羁旅之愁。只是，这样的愁绪，应该是化入他的文字里面融进他的灵魂深处的吧。流浪的诗人，孤独感是与生俱来的。

在秋霜渐浓的季节，在寒冬将至的异乡，在孤寂落寞的日子，在极目远眺的某一瞬间，诗人似乎看到了那个倚楼而望的佳人，似乎看到了家园中一盏为他而亮的灯烛。只是，这样温暖的所在不属于他，也不属于那个远眺的佳人。他们永远只能在远方等待着归去与归来。

天高云阔，天地之间，唯有踽踽独行的诗人。秋夜寂寥，江楼之上，唯有空等游子的思妇。江天辽阔，大雁南归，皆是他人归去的船只。今宵，佳人只能独守空闺，游子只能辗转反侧。

那个独立秋霜下的倚楼人，是诗人漂泊异乡的梦中人。那个极目远望的诗人，是闺中女子梦中的有情人。不能相守，鸿雁传书也可稍作安慰，只是，或许是有着不得已的苦衷，或许是不知倚楼人身归何处？亦或者诗人还没有勇气表白那份深情？鸿雁传书也成奢望！

《秋闺曲》，在淡雅与疏阔之间，将一份难言难掩的深情娓娓道来，不留一丝痕迹。

秋日怀弟

生涯怜汝自樵苏，时序惊心尚道途。
别后几年儿女大，望中千里弟兄孤。
秋天落木愁多少，夜雨残灯梦有无。
遥想故园挥涕泪，况闻寒雁下江湖。

一在天涯，依人作客，一在乡间，农事繁忙。不知道是那个在外的游子辛苦还是那个在家的农人更累。或许，一个身累一个心累吧。或许，诗人若停住了远行的脚步，诗歌的灵感也就没有了？或许是自视甚高的谢榛，认为自己终老乡野，心有不甘。于是，他要选择远行，他需要被更多的人知晓认可。

这样的一条路，走得实在太辛苦。他又不愿意仅仅做个帮闲的文人，又不愿意默默在乡间度过平静的岁月，又因为目盲而断绝了仕进之路。这样的人生，真是很无奈。而在这样的游历生活中，他依旧还是幸运的。他的诗歌中没有杜甫的那种生活困顿的感叹，也没有贫病交加的哀怨。他得到了喜爱诗词的赵康王以及山西诸王的资助，让他可以不断漫游。

“时序惊心尚道途”，奔走四方，依旧只是一介布衣。年华渐老，依旧还是一事无成。即使在漫长的流浪岁月中，结识几个人，留下一点诗名，亦不足为外人道。这样的悲凉之意自觉地从笔下流淌出来。处境的窘迫实在要比生活的困顿更可怜悯。

“别后几年儿女大，望中千里弟兄孤。”纯粹的诗人是不宜于有家室的。离家日久，手足情深，只是那小儿女成长的背后，那个任劳任怨的妻子，不知落下过多少伤心的泪水。只是不知道，诗人在挥泪遥想故园的时候，在秋风渐起里怀想弟弟的时候，是否也想起了那个独守家园的妇人。或许，浪漫的诗人，身边总是不缺女人的。比如那个懂得音律的贾姬。

“秋天落木愁多少。夜雨残灯梦有无。”秋风落叶，夜雨残灯，都只是为了表达那份寂寞与孤苦，诗人在悲秋之中，顿感人生荒凉。只是漫游的诗人已经习惯了思念，找不到回家的路了。只能在寒雁声声中一次次地与故乡渐行渐远。而他也在不断地远行中，不断出现新的佳作。

大梁冬夜

坐啸南楼夜，孤灯客思长。
人吹五更笛，月照万家霜。
归计身多病，生涯鬓易苍。
征鸿向何许，春意遍湖湘。

在某个漫长的冬夜，诗人独坐小楼，独对孤灯，夜不能寐，长啸当歌，聊寄愁思。而今夜，孤独的不只是诗人，还有那个吹笛人。笛声哀怨，笛音呜咽。在这个明月之夜，在这个冬日的夜晚，显得那么的悠长、悠长而寂寥。这样的意境，恍如回到了唐诗里。《春夜洛城闻笛》："谁家玉笛暗飞声，散入春风满洛城。此夜曲中闻折柳，何人不起故园情。"李白的诗情启发了谢榛的诗意。那笛声穿越三个朝代，在这一个冬夜，引发了诗情的共鸣。

这样深深的相思，诗人本来是可以选择归去的。他的游历，不是宦游也不是游学。可是，几十年的游历，已经无法找到回家的路了。此时的诗人，顿感年老多病，顿感一事无成，他没有那种荣归故里的资本，也没有洒脱自在的顿悟。他只是希望能够找到一个比在大梁稍微多点暖意的地方。可是，这样的地方，只有南归的鸿雁知晓。这样的所在，是那么的遥不可及。

我无法理解这样漫长游历背后的真实原因，而谢榛，借助这样的游历，完成了2500首诗歌。在明代中后期诗歌式微的时代，给诗坛带来了某种意义上的复兴。这，或许就是他选择流浪的内在原因吧。

秋兴（四首选一）

地旷蘼芜老，庭空蟋蟀寒。
山河秋瑟瑟，风露夜漫漫。
白首谁同醉，黄花只自看。
吾生真浪迹，沧海一渔竿。

漂泊的游子，对于秋日的悲凉秋景的肃杀有着格外的愁思。谢榛的诗歌中，叹秋悲秋之作颇多。谢榛的生命，一如秋天般荒凉。

流浪的诗人，对于天地的空旷人生的荒芜有着格外的敏感。谢榛的生命里，孤独荒凉之感亦深。谢榛的诗歌，一如秋天般多愁。

山野空旷、庭院寂寂，落叶凋零、蟋蟀悲鸣，他们，只是秋日里孤独的影子，没有人会在意他们的存在，在意他们的感觉。一如流浪漂泊的诗人，行走江海之间，无论身处何地，永远只是一个孤独的过客。至多充当一个暂时的附庸风雅之人。在瑟瑟秋风中，在慢慢长夜里，独自等待白发初生，独自等待黄花遍地。这样的生命，是一种无奈的存在。可悲的是，诗人总是喜欢这种孤独的感觉，然后在他们的诗文中反复渲染。似乎，他们的诗情是因为孤独孤寂而生，他们的诗性是因为流浪漂泊而兴。

浪迹天涯的诗人，当他们将自己放置在天地之一隅，如老翁垂钓江海之中时，他们的内心是如此澄明而透彻。其实，不愿意仅仅做一介布衣诗人也好，不甘于终生浪迹江湖找不到赏识之人也罢，但最终，谢榛，因为他的诗人身份，在明代的诗坛上，占有了一席之地。在多难的岁月中，始终不忘诗心，谢榛一生，做着自己最擅长的事情，也不能不说是一件幸福的事情。其他所有的苦难，都只是为了使他成为一个诗人而做的修炼。

青藤山人的激情与浪漫

——徐渭

徐渭为自己取名青藤，但他的性格如老虎一样暴躁，并没有青藤的老辣与沉稳。而作为诗人画家的徐渭，兼具激情与浪漫。激情是因为他的暴躁性格，浪漫是因为他的文人气质，自号青藤山人，看徐渭一生遭际，与青藤极强的生命力颇为相似。

1521年，徐渭出生于山阴一个趋向衰落的大家族。父亲徐鏓做过四川夔州府的同知，在徐渭出生百日后去世。生母是个婢女，在家中毫无地位。嫡母苗夫人（其父继娶苗氏）没有生育，将徐渭当作亲骨肉抚养，寄予期望。在徐渭十岁那年，苗夫人把他的生母逐出家门。徐渭是庶出，两个嫡出的哥哥（其父原配童氏生）又比他年长二三十岁，他在家中也没地位，内心孤寂，可想而知。

才华横溢具有神童之誉的徐渭，科场却连连失利。八次乡试，以秀才终其一生。明知八股文毫无用处，但这是旧文人在政治上的唯一出路，不得不一次次应试。屡试不售，前途无望。内心压抑，可想而知。

后入赘妇家，26岁时丧妻，从潘家迁出，以教书糊口。曾给督学官员要求复试的上书中写道："学无效验，遂不信于父兄。而况骨肉煎逼，萁豆相燃，日夜旋顾，惟身与影！"内心酸楚，可想而知。

37岁时应总督东南军务的胡宗宪之招，入幕府掌文书。人到中年，终于遇见了赏识他给他机遇的胡宗宪。这是徐渭一生最得意的时期，是他才华得以显现的时期，也是他初步尝试成功的时期。这段时间，是徐渭一生相对稳定的生活。胡宗宪出于各种原因，与权臣严嵩来往甚密，徐渭是痛恶严嵩的，但又不得不代胡宗宪写一些吹捧严嵩的文字。五年之后，胡宗宪死于一场政治阴谋。

42岁之后，徐渭开始成为一个狂躁的人，同时，也开始成为中国书画史上最杰出的人。他是诗人、画家、酒徒、书法家、军事家、戏曲家、旅行家、狂禅居士、青藤道士、历史学家。与解缙、杨慎并称"明代三大才子"。这些光环，都无法淡化他一生的凄苦与悲凉。八次乡试不中，三次婚姻失败，九次自杀未遂，他是一个不幸的人，他生活的苦难与坎坷，超过了所有文人。

徐渭身上有着旧文人的敏感与孤高，不懂得在复杂的社会中变通，于是处处碰壁，越有才华处境越难。当年千方百计救他出狱的张元忭，常以封建礼教约制徐渭，这使徐渭大为恼火。对张元忭说："我杀人当死，也不过是颈上一刀，你现在竟要把我剐成肉糜！"这样的性格，怎么可能在科考中取得功名？又如何避免人生悲剧呢？

夜宿丘园

老树拿空云，长藤网溪翠。
碧火冷枯眼，前山友精祟。
或为道士服，月明对人语。
幸勿相猜嫌，夜来谈客旅。

《夜宿丘园》是徐渭35岁时，从绍兴去福建顺昌途中所写。风景极美处往往荒僻。夜游之人，露宿深山。但见古树参天，幽深寂静。长藤蔓延，寒气逼人。藤蔓缠绕，如翠网生长于山溪两壁。鬼火幽冷，如精灵相聚于高山古木。枯树根，丛林间，不时闪动着点点鬼火，如精灵来来往往。孤身一人，深夜入山，寂静无声，空无一人，鬼火闪烁。此情此景，对于具有诗人气质的徐渭来说，激发的不是诗情诗境却是深深的忧惧不安。

惊惧间，迎面来了一位道士打扮的人，与诗人攀谈起来。想在月光之下，在孤寂之夜，在荒野之地，能有一个可以交谈的人，谈谈旅途的劳顿，进而谈谈人生的艰辛谈谈人生之谜。实在是难得的好事。只是，惊魂未定的诗人，是否该轻易相信对方呢？

若某一天，自己遇到这样的情景，是坐下来攀谈还是起身逃走？是为遇见旅伴高兴还是该提防对方？人与人之间，没有猜忌真的很难，何况还不知道来的是人是鬼。

今夜，当我独坐书斋，读着这首鬼气十足的诗歌，虽然灯光很明亮，还是有着不安的感觉。那时那景的诗人，一定比没有遇到道士的时候，害怕与惊惧更添了一分。

这种紧张不安阴郁压抑的情绪，一直贯穿于徐渭整个的生命历程，他将这种情绪，外化为他的诗文绘画书法。

心灵宁静的人，深夜荒郊遇见一位道士，可以写出一份惊喜来。而颠沛流离的诗人，心难自适，他的诗歌，难免带着焦虑走入虚无。

题葡萄图

半生落魄已成翁，独立书斋啸晚风。
笔底明珠无处卖，闲抛闲掷野藤中。

徐渭，是中国绘画史的骄傲，因为他，我们才有资格站在高处，与西方同时期最伟大的艺术家对话。他开创的青藤画风，影响深远，使得多少才子拜倒脚下，郑板桥自号“青藤门下走狗”。齐白石盛赞“青藤雪个远凡胎……我欲九原为走狗”。

《葡萄图》创作时间大约是在他杀妻出狱之后。徐渭此时，人生进入落寞的晚年。他用半生落魄，归结他53年的人生历程。落魄的是生活的潦倒，也是精神的落寞。落魄的是理想的失意，也是前途的无望。落魄的是生活处境与独立个性的分裂，是杰出才华与功名无成的落差。

《题葡萄图》是徐渭半生辛酸写就的杰作，是徐渭未来生活的规划。年过半百，晚景凄凉，但是，不改的是那份学子的情怀。半生漂泊，功业无成，但是，不变的是吟啸徐行的潇洒。这是文人的风骨，亦是文人最后的坚守。

我一直对于文人进入仕途的那份尴尬与难堪，深有感叹。今天，徐渭的一幅画，成为无价之宝。当年，徐渭是一间破屋，半卷草席，一杯浊酒，三两知己。疾病缠身，贱卖字画为生。在以书画附庸风雅的时代，读书人以卖字画度日，是难堪之事。

“笔底明珠无处卖”，字面是说葡萄，实则是说字画无处卖。字面是说字画无处卖，实则是说超人才智无处用。按理，此时的徐渭，已经对未来对理想不再寄予奢望。他深味自己如荒藤野草一般被抛被掷的处境，开始心平气和地接受命运的安排，内心的酸楚依然无意间流露于字画之间。

谒孝陵诗

二百年来一老生，白头落魄到西京。
疲骑狭路愁官长，破帽青衫拜孝陵。
亭长一抔终马上，桥山万岁始龙迎。
当时事业难身遇，凭仗中官说与听。

明太祖建都南京，成祖迁都北京。南京成为陪都，称为西京。刘邦以官阶微小的亭长成为开国之君。朱元璋以流浪落魄的和尚成为开国君王。徐渭大约60岁到西京，距离朱元璋建国将近二百年。传说黄帝葬于桥山，死后有龙接迎上天。中官是为守孝陵的太监。这些必要解释，只是为了更好地进入诗歌本身。

拜谒孝陵时的徐渭，正值出狱未久，游览南京名胜古迹之际。此时的心境，应该还算平和吧。在孝陵，与守灵的太监闲谈中，有了种种感想。想当年，朱元璋因起于草末，那些与他一起打天下建功业的开国元勋，机缘巧合，有了一个施展的舞台。联想自己，虽然才智超群，却是连秀才的身份也因坐牢而被革除。

拜谒孝陵的读书人，往往是高头大马，官服披身，前呼后拥。而自己，一介平民，青衫破帽。上山之路狭小，若遇高官，自己又是不愿屈尊之人，何其难堪。一个老人，天赋极高，才情极大，志向极远，却又怀才不遇，命途多舛，傲骨棱棱。这样的读书人，注定是一个悲剧的存在。

徐渭希望可以生于风云激荡，天下大乱的时代，或许机会多一点。可是，以他的性格，任何一个时代，只怕都要落得怀才不遇的下场。不知变通，一任性格使然，就很难被人接纳受人重用。

人生成功与否的影响因素，有外在的机缘，也有内在的秉性。比如中国历史上，大量造就英雄的春秋战国时代、三国时期。时势造就英雄，性格决定命运。比如被曹操杀害的荀彧、杨修、崔琰、孔融，过于正直、恃才傲物，个性倔强，依旧难以成就功名。

“当时事业难身遇”，如此聪明的徐渭，到了晚年，依旧执迷不悟，还是不明白一生潦倒的真正原因。否则，他不会对自己没有早生两百年的深深遗憾。他以为，若是乱世，自己也是可以成为英雄人物的。人生最深的悲剧在于执迷不悟至死不渝。

杨妃春睡图

守宫夜落胭脂臂，玉阶草色蜻蜓醉。

花气随风出御墙，无人知道杨妃睡。

皂纱帐底绛罗委，一团红玉沉秋水。

画里犹能动世人，何怪当年走天子。

欲呼与语不得起，走向屏西打鹦鹉。

为问华清日影斜，梦里曾飞何处雨。

或许浪漫是文人的天性。徐渭，以他的奇才怪才，站立于万顷烟波的晚明文坛的潮头，尽情挥洒着他的激情与浪漫。他将苦难熔铸于诗文，将历练熔铸于绘画，将坎坷熔铸于书法。徐渭，不管民间关于他有多少诙谐放荡的故事，不管他如何地希望在政治舞台施展自己的异才，他始终生活在社会的底层，始终被排斥在权力之外。内心的那份骚动与不安，始终激荡着他手中的如椽大笔。他的这首题画诗，是他散淡性格的现实表现。杨贵妃，是文人笔下的浪漫表达，是落魄文人的激情寄寓。

徐渭心中，或许依旧还是保留了一份对政治的幻想。所以，从宫廷走出来的杨贵妃，身上有着皇族的荣耀，她被塑造成了降落凡间的仙子，清水出芙蓉的模样。

杨贵妃进入君王的视线，早已经不是处子了。而徐渭抓住了贵妃初次被临幸的那份娇贵与娇柔，那份娇媚与娇羞。这是诗人的愿望，他理想中的皇宫官场，是干净如处子的。

庭院春意正浓，庭阶芳草迷眼，草上蜻蜓低飞，暖风吹拂，花气袭人，站立在宫墙外的诗人似乎也感受到了那份娇柔。似乎亦被贵妃香艳之气迷醉，意兴阑珊。

回到画面，似乎贵妃穿越时空而来。帷帐低垂，若隐若现，娇躯如玉，明艳温润。贵妃卧于满园春色的纱帐间，犹如卧于朦胧的秋水中，可望不可即，既香艳娇柔，又不轻薄媚荡。既引人神往，又若即若离。

那只鹦鹉，是画中之物，还是画外之物，不得而知。或许是贵妃的宠物，或许是诗人的玩伴。善歌的鹦鹉，不知是否可以唤醒沉睡的美人？西下的斜阳，不知是否可以告诉我当年华清池畔的故事？画中的美人，不知是否神思飞扬回到旧日深情缱绻的时光？

好的题画诗，不只是对诗歌的介绍，更是对画面的悬测与延伸。今天，阅读这首诗歌，心中有了这些感想，那是徐渭在观画之时的感想。因为他内心的丰盈，因为他杰出的绘画功底，他的文笔又是如此了得，于是，有了这样一次画与诗的交流，画与诗的完美结合。

徐文长，有着强烈的功名事业心和报国愿望，却连举人也不曾考取。中年因发狂杀妻而下狱七载。晚年靠卖字画甚至卖书卖衣度日，潦倒而死。

徐渭，就只能是浪漫才子，悲剧在于，浪漫才子总想着混入官场，最后只能头破血流，以悲剧收场。还不如唐寅，懂得适时而退，不再关注国事，不再关心官场。而徐渭，其实，一直在官场之外若即若离，苦苦徘徊，却始终无路可走。才子的人生悲剧往往充满戏剧的味道。徐渭的诗画、人生、理想，就是一个内涵丰盈的经典故事。

第九卷　清诗的性情

才子的狂狷与人性的悲悯

——金圣叹

金圣叹，在考卷上嬉笑怒骂，视功名如儿戏。考场喜欢装腔作势，他偏要一派天真。三次认为考题幼稚而有意戏耍，令考官啼笑皆非。功业无成，自然之事。

比如，一次考题为“吾四十而不动心”。金圣叹答曰：“空山穷谷之中，黄金万两；露白葭苍而外，有一美人，试问夫子动心否乎？”在试卷上连写39个“动”，把试卷填满，气得考官骂金圣叹朽木不可雕。在荒郊野外看到钞票和美女不动心，是有违人性的。金圣叹是那样的任性，他觉得自己有任性的资本，他的资本就是他的绝世才华。

金圣叹，评点“六才子书”《离骚》《庄子》《史记》《杜诗》《水浒》《西厢记》，文笔幽默，一锤定音。可惜的是，因他的被杀，许多评点文字失传。只留下《水浒》《西厢记》的点评。

他的离经叛道不只是表现在科场，还充溢于他的文字之中。他说读《西厢记》，必须焚香读之、对雪读之、对花读之、与美人并坐读之、与道人对坐读之……《西厢记》被认为是淫秽之书，他非要说这本书才是最纯净最合人性的书。他的腰斩《水浒传》，同样亦是出于否定正统的目的。他最恨伪善，极度讨厌宋江。金圣叹大才，招安之后的《水浒传》，实在是可以略去的。

生活于17世纪初叶的金圣叹，已经懂得了言论自由的可贵。他的思想行为他的文学研究，将他的狂狷性格表现得淋漓尽致。孔子说“天下有道则庶人不议”，金圣叹则指出这不是议与不议的问题，而是敢议与不敢议的问题。他认为文人的创作自由与言论自由才是天下一等大事。“一时学者爱读圣叹书，几乎家置一篇。”

金圣叹与他所生活的时代是那样的格格不入。他背离那个时代太远了，即使是今天，他的许多行为，也只是叛逆学子意淫而已。金圣叹，是千古文人的一个异数。他没有成为道统思想的附和者，最后，还是成为道统思想的牺牲品。这是金圣叹的人生悲剧，亦是千年中国人文的悲剧。

他受到鲁迅推崇、胡适追捧、林语堂效仿，是唯一一位受民国大师集体致敬的先锋人物！相比那些遮遮掩掩的离经叛道者，金圣叹，是17世纪一个独特的存在。因为他，中国古代的读书人活出了自己全部的尊严。在明末清初的历史交替中，金圣叹完全可以成为另一个王夫之，他可以在才子书中塑造另一个完美的金圣叹。而人生的命运却往往因为偶然而改变。

1660年，从京城传出一个振奋人心的消息，据说顺治皇帝评论圣叹：“此是古文高手，莫以时文眼看他。”金圣叹闻此，欣喜若狂，接连写下八首诗歌，表达快乐的心情。心内热情高涨，期待浩荡皇恩，极思有所作为。第二年的春天，顺治突然驾崩，金圣叹的文学侍从梦终于破灭了。破灭了也就罢了，却从此引发了他的悲天悯人情怀。同年秋天，苏州发生“哭庙案”。“哭庙”是一场书生反对贪官的风潮，金圣叹在此案中的参与，一是曾纠众哭庙，二是曾撰《哭庙文》。他因为“哭庙案”被杀。

中国传统知识分子往往以学统致其用，政统为其本。“以天下风教是非为己任”。金圣叹为自己选择了陶渊明式的生活模式，却始终未能获得陶渊明式的静穆。他的狂狷是本性，他的悲悯是修行。

以金圣叹的绝世才华，54岁被杀，实在是中国文学的极大损失。而他自己，对生死，似乎看懂看透了，以幽默的方式对待死刑。他的幽默有一种彻骨的冰冷之感。“杀头好似清风过颈”，只不要看着同伴被杀而受煎熬就足矣。留给家人最后的遗言竟是谈论饮食美味。他对生命最后的感觉是“痛”与“好”两字而已。

幼年初读《西厢记》，读到“他不瞅人待怎生”句，竟“悄然废书而卧者三四日”，读到“梵王宫殿月轮高”句，则“焚香拜伏于地，不敢起焉”，至情至性，幼年便识文字三昧。这就是金圣叹，九岁沉迷《水浒传》，14岁解说《推背图》，印证前后历史大事。他的审美情趣，几乎与生俱来。

春感八首（其一）

半夜虚传见贾生，同时谁会见长卿。
卧龙只合躬耕死，老骥何由仰枥鸣。
岁晚鬓毛浑短尽，春朝志气忽峥嵘。
何人窗下无佳作，几个曾经御笔评？

1660年，顺治皇帝的一句戏言，亦或者根本就是朋友的杜撰之言，却从此改变了一个文人的命运，在金圣叹内心激荡起巨大的波澜。聪明如金圣叹，依然无法在皇权威严下保持清醒。“何人窗下无佳作，几个曾经御笔评？”那份喜悦与得意，溢于言表。这是被社会异化的金圣叹，全然没有了少年之时的那份磊落与坦荡。

当年贾生半夜与君王对坐，也只是空谈玄理，当年司马相如辞赋再好，也只是梁王喜欢。当年卧龙出山辅助刘备，也只是徒劳辛苦。当年曹操老骥伏枥征战南北，也只是半壁江山。金圣叹似乎觉得自己有着经天纬地之才，也似乎看到了君王在遥远的京城向自己频频招手。

金圣叹评点《水浒传》时，于人才沉屈、英雄失路处每每发出浩叹，为自己的失意与沉沦暗洒英雄之泪。今日，似真似假的皇帝诏曰，为他苦闷的内心打开了一个缺口，年过半百的才子，顿感时不我待。他需要尽情挥洒，他毫不犹豫地选择了相信。

余英时先生指出：“中国有一个顽固的道德传统。但是和西方相对照，为知识而知识、为真理而真理的精神终嫌不足。中国人对于知识的看法过于偏重在实用方面，因此知识本身在中国文化系统中并未构成一独立自足的领域。这一点自然影响到知识分子的独立精神。”这是深受儒学影响的中国文人的集体无意识。金圣叹前后变化，亦是情理之中。

庚子秋感

已阑未阑长短更，小窗月昏还月明。
听梧似飘一二叶，闻雁何堪三两声。
乱世黄泉应有路，愁人孤枕总无情。
起来搔首忽长叹，一院霜华太瘦生。

于人生晚秋之际，自然于秋天，有着别样的情怀。我以为那个离经叛道的金圣叹，应该是洒脱的，也应该是通透的。可是，当他似乎感觉到了京城的一点消息的时候，他是如此地坐立不安。

“已阑未阑长短更，小窗月昏还月明。”是烟是雾？是明是暗？一切看起来都那么的不可捉摸，这个季节这个黄昏这个清晨。捉摸不定的还有前程，还有未来的人生之路。

深秋了，梧桐叶慢慢飘零，随着飘零的还有生命。归雁弱弱地发出叫声，随着鸣响的还有时间的脚步。孤枕难眠，长夜浩叹。是因为霜露太重？是因为秋意太浓？是因为岁月无情？是因为年华渐老？这个秋天，当诗人有着别样的等待时，就显得格外漫长，也显得格外揪心。

顺治十七年庚子年初，由于顺治的一番赏识，他期盼告别书斋生活书生情怀，可是，等到秋天来临，却等到了顺治帝驾崩的消息，等到了自己生命的终点。

我不止一次地悲叹文人悲剧命运的必然性。如金圣叹这般地绝意仕途，如此地玩世不恭，这样地惊世骇俗，依然还是掉进了儒学的陷阱。他的被杀，是一次政治游戏，是统治者向江南学子的一次示威而已。不幸的是，江南文人轻易地成为牺牲品。可惜的是，江南才子被践踏的才华。

独坐咏怀

空斋谁与语，开卷寻古人。
謦咳竟如故，典型成可亲。
庭花争弄色，林鸟静鸣春。
安得素心人，相携数夕晨。

金圣叹若只是甘于当个文人，真的挺好。可是，中国的读书人总是不愿意当个纯粹的文人。于是会有这样那样的纠结。他们诗词之间的矛盾，让不了解传统文化的年轻人感觉一种虚伪与做作。几乎所有的诗人，他们一方面希望独坐书斋，尽享一个人的时光；一方面希望受人重用，尊享权势的荣耀。这两种生活，其实很难统一在一个人的生命里。

金圣叹，他懂得欣赏山水，欣赏庭院花开，欣赏鸟儿啼鸣，欣赏山林幽静，欣赏春光明媚。他同样也懂得欣赏千年文化，欣赏古人情怀，他可与古人为友，与古人心灵相通。

尝言天下才子书有六，《庄子》《离骚》《史记》《杜诗》《水浒传》《西厢记》，对此，纵横批评，明快如火，老辣如吏，笔跃句舞，叹为“灵鬼转世”。是的，他的六才子书的评点，开创了点评文学的先河。他的小说理论，直到今天，依然有着指导意义。

人生若此，其实已经够了。金圣叹，若真得老庄思想精髓，就不会因“哭庙案”及祸。“空斋谁与语，开卷寻古人。”与世人相谈，总是难免获罪，难免言不由衷。与古人相谈，可以寻一二知己，那样的生活状态，对于一个纯粹的文人来说，真的很好。只是，如此聪明的金圣叹，还是没有走出儒学为文人设置的陷阱。

绝命词

东西南北海天疏，万里来寻圣叹书。

圣叹只留书种在，累君青眼看何如？

金圣叹绝命词共有三首，此首诗最为感人。临终之前，唯一不舍的是他的书生情怀。唯一难忘的是他毕生点评的才子书，这是一个真正的读书人。

“东西南北海天疏，万里来寻圣叹书。”金圣叹是一个非常自信的人。即使在狱中，他也知道，文学上的知己一直在那里。他们从天涯海角来寻找他，寻找他的书籍，追寻他的文学之旅。

“圣叹只留书种在，累君青眼看何如？”人之将死，其言也善。金圣叹，为后人留下了宝贵的精神财富。至今，我们依然因为他的精彩点评，而格外喜欢《水浒传》，另眼看待《西厢记》。是他，将这两部经典著作，提到更高的艺术境界。金圣叹，如同许多古代文人，生前凄惨死后荣耀。读这两句诗，顿觉悲凉与悲哀。

对于即将消失的生命，他没有任何的叹息，唯一考虑的是艺术生命的延续。以商讨的口吻哀求的语调，希望读者喜欢儿子的文字如同喜欢他的文字。

圣叹曾说：“吾儿雍，不惟世间真正读书种子，亦是世间学道人也。”他感谢千万里之外的知音，感恩他们对自己书评的青睐。他生命的最后一个愿望，是希望那些还来不及刊印的书稿，能够在儿子的手中完成。他的艺术生命，在儿子的身上得以延续。他的儿子金雍，也确乎是一个真正的读书人。只可惜因金圣叹的案件而远戍宁古塔，基本生活亦是堪忧，又如何完成圣叹遗愿。在籍没、流放之中，三本才子书《庄子》《离骚》《史记》点评本也都失落，令人感叹唏嘘不已。

哭庙案中，江南才子被杀者121人。从金圣叹被杀始，清朝的文字狱肆意泛滥。据史书记载，金圣叹在临刑前泰然自若地向监斩官索酒酣然畅饮，边酌边说:“割头，痛事也；饮酒，快事也；割头而先饮酒，痛快痛快！”金圣叹，以一个文人的狂狷，以一个文人的悲悯，完成了他生命的最后悲剧。这样的悲剧，在几千年的历史长河中，不断重演。

点评《红楼梦》的脂砚斋曾说：“《红楼梦》写尽宝、黛无限心曲，假使圣叹见之，正不知批出多少妙处。”胡适感慨：“《红楼梦》没有得到金圣叹的批评是极大的遗憾。”可惜的是，到《红楼梦》问世，金圣叹去世百余年矣。

冲冠一怒为红颜

——吴伟业

圆圆曲

鼎湖当日弃人间，破敌收京下玉关。
恸哭六军俱缟素，冲冠一怒为红颜。
红颜流落非吾恋，逆贼天亡自荒宴。
电扫黄巾定黑山，哭罢君亲再相见。
相见初经田窦家，侯门歌舞出如花。
许将戚里箜篌伎，等取将军油壁车。
家本姑苏浣花里，圆圆小字娇罗绮。
梦向夫差苑里游，宫娥拥入君王起。
前身合是采莲人，门前一片横塘水。
横塘双桨去如飞，何处豪家强载归？
此际岂知非薄命，此时只有泪沾衣。
熏天意气连宫掖，明眸皓齿无人惜。

夺归永巷闭良家，教就新声倾坐客。
坐客飞觞红日暮，一曲哀弦向谁诉？
白皙通侯最少年，拣取花枝屡回顾。
早携娇鸟出樊笼，待得银河几时渡？
恨杀军书抵死催，苦留后约将人误。
相约恩深相见难，一朝蚁贼满长安。
可怜思妇楼头柳，认作天边粉絮看。
遍索绿珠围内第，强呼绛树出雕栏。
若非将士全师胜，争得蛾眉匹马还？
蛾眉马上传呼进，云鬟不整惊魂定。
蜡炬迎来在战场，啼妆满面残红印。
专征萧鼓向秦川，金牛道上车千乘。
斜谷云深起画楼，散关月落开妆镜。
传来消息满江乡，乌桕红经十度霜。
教曲伎师怜尚在，浣沙女伴忆同行。
旧巢共是衔泥燕，飞上枝头变凤凰。
长向尊前悲老大，有人夫婿擅侯王。
当时只受声名累，贵戚名豪尽延致。
一斛珠连万斛愁，关山漂泊腰支细。
错怨狂风飏落花，无边春色来天地。
尝闻倾国与倾城，翻使周郎受重名。
妻子岂应关大计，英雄无奈是多情。
全家白骨成灰土，一代红妆照汗青。
君不见馆娃初起鸳鸯宿，越女如花看不足。
香径尘生乌自啼，屧廊人去苔空绿。
换羽移宫万里愁，珠歌翠舞古梁州。
为君别唱吴宫曲，汉水东南日夜流。

年轻时的吴伟业，在科场上顺风顺水。崇祯元年考中秀才，崇祯三年中举人，崇祯四年23岁参加会试，以第一名获隽；紧接着廷试，又以一甲第二名连捷。这样骄人的成绩，似有舞弊之嫌，主考请皇帝裁夺，崇祯皇帝在卷子上批了“正大博雅，足式诡靡”八个字，物议平息。

这次事件，使吴伟业声名鹊起，也让吴伟业对崇祯皇帝怀有刻骨铭心的知遇之感。当崇祯皇帝在煤山自缢的时候，吴伟业痛不欲生，母亲苦苦哀求才放弃轻生。当清廷请其出仕，母亲亦是苦苦哀求而勉为其难。这次短暂的出仕，成为吴伟业心中拔不出的尖刺。明清易代之际，有过许多的杰出士人。江南，在明清之际，出过许多的学问大家，顾炎武、黄宗羲、王夫之、钱谦益、吴伟业，这些人，在哲学、政治、文学等诸多方面都有着很深的造诣。吴伟业的主要成就在诗歌。他的诗歌创作，使明清之际的诗歌水平达到一个相对的高度。

吴伟业，是明清之际最有成就的诗人。

《四库全书总目》评论说：“其少作大抵才华艳发，吐纳风流，有藻思绮合、清丽芊眠之致。及乎遭逢丧乱，阅历兴亡，激楚苍凉，风骨弥为遒上。”他的诗歌，辞藻、内敛、苍凉、遒劲并重。

吴伟业，是明清之际活得最痛苦的文人。

“吾一生遭际万事忧危，无一刻不历艰险，无一境不尝艰辛，实为天下大苦人。”被迫仕清国子监祭酒，“苦被人呼吴祭酒，自题圆石作诗人”，对自己的屈节仕清极为歉疚，认为误尽平生，痛悔无绪，常借诗词，以写哀曲。

吴伟业，是明清之际活得最成功的士人。

崇祯皇帝对他极为赏识，康熙帝亲制御诗《题〈吴梅村集〉》，对其诗歌，从语言风格、思想意趣、审美倾向等给予高度评价。奠定了吴伟业诗歌在清代的地位，是明季诗歌的代表人物，亦是清初诗歌的领军人物。

卞玉京，这位秦淮女子，在桨声灯影里看到了出类拔萃的吴伟业，红颜有情，郎君无意。这是一段延续了一辈子的不了情缘。吴伟业在感情问题上的遮遮掩掩小心翼翼，与他在明清之际的选择人生道路时的左左右右一样让人抱憾终身。卞玉京最后遁入空门，在孤灯残垣中了此一生。

吴伟业一生，于君王，有着深深的自责，于红颜，有着深深的遗憾。崇祯自缢，他没有始终保守作为臣子的忠心。玉京飘零，他没有完成救赎的责任。他所有的幸与不幸，都流露在他的那些著名的诗歌中。他的歌行体诗歌，是继白居易《长恨歌》之后，写得最好的。他的《圆圆曲》，成为一个时代的代表。

今日昆明市中心莲花池公园，是一座美丽的园林，这是吴三桂为他的爱妃陈圆圆修建的私家园林。陈圆圆在此度过了19年时间。英雄配佳人，是中国文人的审美情趣。

莲花池的盎扬春意，与绝世佳人的如花笑靥相得益彰；莲花池的溢彩花朵与温婉女子的美妙歌声各尽其妙；莲花池的柔柔清波与乱世佳人的曼妙舞姿各显神韵。那一段尘封的往事，几多哀伤几多惆怅，几多离乱几多遗憾，但却成为文人笔下歌吟的绝佳主题。吴梅村的《圆圆曲》，以男子的角度写尽乱世女子的悲欢离合。吴梅村因为自己错过的那一场红颜往事，他以为，给风尘女子一个安稳的归宿，便是男子最痴情的事，便是女子最浪漫的事。

当诗歌与传奇相遇，诗情开始泛滥。仅凭羞花闭月的容貌、勾人魂魄的眼神、清丽动人的歌喉、婀娜曼妙的舞姿，绝不可能让叱咤风云的吴三桂宠爱一生。秦淮八艳，不只是因为美丽，更是因为见识因为才情。

当吴三桂作乱反清时，陈圆圆悲怨地写道："看他跋扈终何益？宝殿飘零翠瓦斑。"她其实不慕虚荣，懂得生命的进退。

当吴三桂兵败而亡时，陈圆圆带领族人隐姓埋名，保留了吴三桂的一支血脉。她因此得到了族人的尊敬。这，或许就是一种见识，是陈圆圆不同于一般风尘女子的地方。

不管历史的真相如何，诗人总是凭借个人的感情看待某一历史事件。当年，崇祯皇帝对诗人有着知遇之恩。而新朝皇帝似乎对这位前朝遗老文坛巨擘同样有着知遇之恩。他不知道该怎么抒写这段历史，对引清兵驱赶李自成的吴三桂，诗人的感情同样亦是复杂的。一方面，崇祯是因为李自成而被迫自缢，一方面，外族入侵，各地屠城，吴三桂亦是罪魁祸首。

他不知道如何评点这段历史，于是，他将目光转向陈圆圆，从陈圆圆的一生去观照那段历史。从陈圆圆的悲欢离合评点那段历史。这，真是一个聪明的切入点。

鼎湖当日弃人间，破敌收京下玉关。恸哭六军俱缟素，冲冠一怒为红颜。红颜流落非吾恋，逆贼天亡自荒宴。电扫黄巾定黑山，哭罢君亲再相见。

鼎湖，传说轩辕黄帝铸鼎升天处。玉关，代指山海关。点出甲申年惊天动地的两件大事——崇祯之死和清兵入关。在诗人笔下，吴三桂是有血性的男儿。当年引清兵入关，平定义军，扫荡边关，是为报君亲之仇，不为一个红颜女子。“红颜流落非吾恋”，是对“冲冠一怒为红颜”的最好注解。想来当吴三桂满门被杀之际，确乎没有心情为了一个红尘女子作战。所谓的“冲冠一怒为红颜”，只是为了增添故事的戏剧色彩。历史事件，成为陈圆圆的故事背景。

相见初经田窦家，侯门歌舞出如花。
许将戚里箜篌伎，等取将军油壁车。

当年是作为贡品选入宫中，为愁眉不展的崇祯皇帝解闷的。只是，处于内忧外患的皇帝无此闲情。当年，吴三桂第一次在侯门中遇见圆圆，就一见倾心了。圆圆曼妙的身段与舞姿，深深地吸引着关外武将的视线。

家本姑苏浣花里，圆圆小字娇罗绮。梦向夫差苑里游，宫娥拥入君王起。前身合是采莲人，门前一片横塘水。

陆次云《圆圆传》称其“声甲天下之声，色甲天下之色”，真是倾国亦倾城。这样的女子，哪个男人不心动呢？苏州自古出美人，江南之地，盛开的荷花与娇艳的女子，池塘的清澈与女子的清秀，相得益彰。从江南荷花深处走出的圆圆，身上带着淡淡的幽香，带着悠远的神韵。她走出小巷，走入侯门，走进吴三桂迷离的眼神。陈圆圆，与当年来到吴地的西施何其相似。吴三桂，与当年称霸一方的夫差何其相似。

红颜总是薄命。西施最后，不知所终。圆圆最后，亦是不知所终。只是，她们在茂盛的季节，经历过繁华，如此，已经够了。

横塘双桨去如飞，何处豪家强载归？此际岂知非薄命，此时只有泪沾衣。熏天意气连宫掖，明眸皓齿无人惜。夺归永巷闭良家，教就新声倾坐客。坐客飞觞红日暮，一曲哀弦向谁诉？

陈圆圆，当她走出横塘的时候，就走入了未知的世界。“何处豪家强载归？”陈圆圆被贵族当作可以赠送的礼物随意赠送，当作可以解闷的尤物随意戏耍。没有人会关注她的心灵需求精神诉求。男人们天然地认为自己就是世界的主宰，女人只是供他们娱乐的工具。美丽如圆圆，聪慧如圆圆，此时，她没有遇到命中的那个有情郎。侯门宴会上的坐客，只是为圆圆的声色倾倒，却不会真正疼惜烟花女子。

白皙通侯最少年，拣取花枝屡回顾。早携娇鸟出樊笼，待得银河几时渡？恨杀军书抵死催，苦留后约将人误。

命运似乎发生了转机。诗人为了增加陈圆圆故事的喜剧性，将吴三桂写成了英雄少年的形象。吴三桂的顾盼留恋，秋波传情。一位白面书生般的英雄少年，一位貌若天仙的绝代佳人，这样的爱情故事，是令人钦羡的。是那位英雄少年，将这位绝世佳人救出樊笼，成为自己宠爱的女人。若故事就此打住，没有波澜，太过平淡。“苦留后约将人误”，军人的身不由己，使陈圆圆的命运，变得扑朔迷离。

相约恩深相见难，一朝蚁贼满长安。可怜思妇楼头柳，认作天边粉絮看。便索绿珠围内第，强呼绛树出雕栏。若非将士全师胜，争得蛾眉匹马还？

绿珠，石崇爱姬。绛树，曹丕宠妃。以两位绝世女子代指陈圆圆，写尽圆圆之美。王昌龄《闺怨》：“忽见陌头杨柳色，悔教夫婿觅封侯。”陈圆圆，曾经作为歌姬的命运不会因为与吴三桂有约而有所改变。“遍索”“强呼”，把悲情推到极处。她，依旧是男人猎艳的对象。乱世中，风尘女子的命运，多了一层悲苦。如同绿珠，最后只能跳楼以保全自己。被叛军掠走的陈圆圆，因为吴三桂的获胜而得以再次改变。

蛾眉马上传呼进，云鬟不整惊魂定。蜡炬迎来在战场，啼妆满面残红印。专征萧鼓向秦川，金牛道上车千乘。斜谷云深起画楼，散关月落开妆镜。

诗人用大开大合的笔法，抒写了陈圆圆一生最为荣耀的时光最为幸福的日子。那迎接的场面何其盛大。军营中，结彩楼，列旌旗，箫鼓三十里，将军亲自迎接。若此事真实，那么，吴三桂，无论是什么样的男人，他，此生，真的深爱过陈圆圆，怜惜过陈圆圆。以千乘仪仗迎接佳人，于荒野之地垒起画楼。陈圆圆，从此，开始了她十九年的荣华富贵的生活。在她惊魂未定的时候，在她妆容来不及梳洗的时候，在她以泪洗面的时候，她等来了梦想的天堂。圆圆一生，被送来送去抢来抢去，于吴三桂，得到最后的归宿。

传来消息满江乡，乌桕红经十度霜。教曲伎师怜尚在，浣沙女伴忆同行。旧巢共是衔泥燕，飞上枝头变凤凰。长向尊前悲老大，有人夫婿擅侯王。

“旧巢共是衔泥燕，飞上枝头变凤凰。”吴三桂因平定起义军有功被清帝封为平西王，深受宠爱的陈圆圆自然是身份高贵生活优越。当年担忧她于乱世殒命，谁曾想竟有今日荣耀。引得当年与她一起在俗世沉浮的女子，心内酸楚。到此，陈圆圆，算是有了善果。

当时只受声名累，贵戚名豪尽延致。一斛珠连万斛愁，关山漂泊腰肢细。错怨狂风飏落花，无边春色来天地。

女人的命运，似乎掌握在男人的手中。连城的身价，带给她的却是无限的忧愁和痛苦，随着你争我夺漂泊来去。珍珠与忧愁相连，腰肢细与衣带宽相依。时代的狂风将她吹落于泥地，命运又给她带来新的转机，让她尽享无限春光。其实，吴三桂，真的就是陈圆圆的救赎么？说到底，她依旧只是玩偶而已。当吴三桂最终反清自立的时候，陈圆圆的命运再次遭遇不测。

尝闻倾国与倾城，翻使周郎受重名。妻子岂应关大计，英雄无奈是多情。全家白骨成灰土，一代红妆照汗青。

周郎因赤壁之战而一战成名，小乔只是作为英雄的陪衬。所谓佳人英雄，是文人喜欢的话题。吴三桂，因个人政治目的而先降李自成后降清再反清，绝然不是因为红颜。“妻子岂应关大计，英雄无奈是多情。”如是说，只是为了突出陈圆圆得到的恩宠而已。因为，说吴三桂在历史上的地位，竟然不如一代红妆，说吴三桂淹没红尘，圆圆青史留名，难以说通。吴伟业不会犯这样的低级错误，唯一的解释就是，他只是想给陈圆圆一个美好的结局。以此，来寄寓当初自己对卞玉京的犹豫与舍去。

君不见馆娃初起鸳鸯宿，越女如花看不足。香径尘生鸟自啼，屧廊人去苔空绿。换羽移宫万里愁，珠歌翠舞古梁州。为君别唱吴宫曲，汉水东南日夜流。

诗歌若就此了结，那也只是一般的爱情故事，一般的儿女私情。《圆圆曲》，不限于英雄美人的狭小题材。他的诗歌意蕴，在历史的评判之中得以延伸。吴伟业的诗歌被称为诗史。

“馆娃宫”“采香径”“响屧廊”，当年夫差为西施建造的华美居所，今日早已是人去楼空，淹没尘土。李白《江上吟》有“功名富贵若长在，汉水亦应西北流。”朝代更替，吴三桂的朝秦暮楚，最终没有善终。陈圆圆，无论如何美丽如何见识高远，也早已掩埋尘土。

半生漂泊一袭书卷气
——朱彝尊

朱彝尊的家族，可谓书香门第，官宦之家。曾祖朱国祚，官至户部尚书兼武英殿大学士，加少傅。祖父朱大竞，曾为云南楚雄府知府，为官清廉。辞官回乡时，连路费都成问题，随身行李唯有一箱破旧衣服。朱彝尊幼年时，家境贫寒，竟至于时时断粮。即使这样，还是不忘书香门第的高贵。朱彝尊年轻时期，广交文友，遇到有朋友来家，没有可以招待的食物，辄拿出穿的衣服典当换取食物。50岁之前，里中授徒谋生，间或四方游历，广交朋友。

1678年，清廷首开博学鸿词科，征举名士。清初大儒李颙以疾固辞，顾炎武绝迹京师。50岁的朱彝尊应试博学鸿词科，以布衣直入南书房，授翰林院检讨，入史馆纂修《明史》。

53岁，任江南乡试主考时，发誓若“徇一人之情面，受一言之贿托，通一字之关节”，将天地不容。为官期间，深得爱才的康熙皇帝青睐。多次侍宴君侧，多次得皇帝亲赏食物以示恩宠之意。64岁之后，去官赋闲，潜心史学研究。

朱彝尊对自己的出仕，表现得很矛盾。一方面，那些明末清初之际的名士，大多选择不与清廷合作。一方面，康熙帝对这些江南名士表现出了极大的真诚，给予了极大的尊重。朱彝尊晚年，多次入宫侍宴，多次得到康熙帝的亲笔题词，康熙帝南巡，南归之后的词人依旧多次前往接驾。朱彝尊与朝廷的关系，千丝万缕，有君臣之道，亦有相知之义。

朱彝尊是清代诗人、词人、学者、藏书家。他的诗歌，与王士祯称南北两大宗。他的词，为浙西词派的创始者，与陈维崧并称朱陈。他的学问，直入南书房，为廷试读卷官，伴驾君王左右。参加纂修《明史》，博通经史，精于金石文史。他的藏书，是自古以来诸家书目所未及。网罗宏富，为两千年来经书总汇。

他一生痴迷书籍。他的八万藏书是身为读书人的执著与喜爱。他因偷抄宫中藏书而被贬官，他因向钱谦益的族孙钱遵王求借书籍被拒。暗地买通钱家人，雇十几个楷书高手，在密室里连夜抄写。买书抄书，成为一生的癖好。藏书印有“购此书，颇不易，愿子孙，勿轻弃”。因爱书而爱读书，亦或者是因爱读书而爱书，可谓是古今第一人。

桂殿秋

思往事，渡江干，青蛾低映越山看。

共眠一舸听秋雨，小簟轻衾各自寒。

他一生痴迷妻妹。他的词集《静志居琴趣》是为爱情而歌的绝唱。他的《风怀二百韵》是那段爱情的记忆。“宁拼两庑冷猪肉，不删《风怀二百韵》”。他宁愿放弃死后入文庙享万世供奉的殊荣，也不愿删去抒怀刻骨爱情的长诗。

公元1649年的某一天，因避战祸，词人随岳父一家避兵舟中，与妻妹冯寿常有了朝夕相处的机会。当年朱彝尊入赘冯家时，冯寿常年仅十岁。今日再见，已是亭亭玉立。这段情感，伴随了词人一生。他的那些数量众多的艳词，都是为这个女子而写的。

冯寿常33岁英年早逝。传闻说她的早逝似乎与姐夫之间无法得到的不伦之恋有着某种程度的关联。多情的词人在那一年之后，写下了大量怀念这位女子的情诗。往事的帷幕渐渐拉开，当日避祸舟中的点点滴滴，化为笔下最动人的诗篇。

“思往事”，是灵感的起点，“渡江干”，是故事的源起。那人那情那事那景那境，只在简短的词句中弥漫。尘封的往事，在词人心间荡漾。

“青蛾低映越山看”，不能直视的眼神，越过眉黛看望远方的青山，那些飘忽的眼神，是词人驿动的心神。青山只是眉黛之间的背景，眼看青山，心在眉黛。古词之中，“青蛾”是美女的代称，眉目之间，是美女最显著的标志。善感的文人，真是笔墨丹青的高手。

“共眠一舸听秋雨”，若是同床共眠，耳中所听，或许就是深情款款的绵绵私语。“共眠一舸”却是咫尺天涯了。江边秋雨绵绵，身在舟中，心在秋雨，有美人在侧，却是可望不可即。这份煎熬，实在比远在天涯的相思更苦。

“小簟轻衾各自寒”，词人没说是一夜秋雨的萧索，也没说辗转反侧的难熬，而那彻骨的寒冷却是深情难续的最好注脚。在词人，两个相爱的人，又是在避祸途中，在凄风苦雨之夜，本该是相互取暖相互宽慰，可是，礼法的约束，道义的限制，人伦的制约，他们只能止步于心灵的相通交流。所有的举动，都是越矩都将招致非议。而那些迸发的激情不会按照既定的轨道发展。爱情的悲剧就在这样的不确定中不断上演。

《桂殿秋》被诗评家称为一代清词的压卷之作，短短27字，简短中蕴含无限遐思。今天，每一个读者，都可以根据自身的审美体验，做着不一样的梦。

蝶恋花·重游晋祠题壁

十里浮岚山近远。小雨初收，最喜春沙软。

又是天涯芳草遍，年年汾水看归雁。

系马青松犹在眼。胜地重来，暗记韶华变。

依旧纷纷凉月满，照人独上溪桥畔。

重游心情之中含着初游的心事。重游于春天，初游于秋天，重游的清愁连着初游的伤感。在今昔的描摹与追忆中，景依旧，人渐老。春去秋来，寒来暑往，恒久的是风物依旧青松不老，多少诗情因风起。短暂的是人事易老韶华渐逝，多少往事付流水。

晋祠位于太原市西南郊25公里处的悬瓮山麓晋水源头，山环水绕，古木参天。词人拾级而上，蜿蜒而行，春雨过后，山岚弥漫，山在雾岚中，人在青山间。路面软软的，青草散发着清香。晋祠，地处北国，已是春光弥漫，想来天涯各处早已是春光无限了吧。绕山的汾水正穿过绵绵草地向南流去，那列阵的大雁正掠过绵绵草地向北飞回。汾水南行，雁群北归，此去经年，景物年年相似。

“系马青松犹在眼”，进得山门，去年系马青松犹在，伤感无来由地涌上心间。去年旧物格外地惹人情丝。似曾相识格外地感时伤怀。踏歌而行的那份春天的喜悦，在韶华易变中消散殆尽。一天的时光在不经意间就消失了，春雨初歇，青草上似乎还散发着暖暖的阳光的味道，而月亮却已经不知何时高挂林间，散着淡淡的冷光。踏沙而行的惬意此时早已经被冷月与孤独包裹。如同冯延巳那“独立小桥风满袖，平林新月人归后”，曲不同，心境却何其相似！

长亭怨慢·雁

结多少、悲秋俦侣。特地年年，北风吹度。紫塞门孤，金河月冷，恨谁诉？回汀枉渚，也只恋、江南住。随意落平沙，巧排作、参差筝柱。

别浦，惯惊移莫定，应怯败荷疏雨。一绳云杪，看字字、悬针垂露。渐欹斜、无力低飘，正目送、碧罗天暮。写不了相思，又蘸凉波飞去。

朝代更替之际，总有一大批的文人墨客为远去的王朝敬献一份哀情。明代灭亡时，朱彝尊17岁。按理，这个年纪，应该不会有那么深刻的家国之恨。只是他结交的那些从明朝走来的文人，几乎个个有着反清复明的热情。而他云游四方时所结交的人，亦是反清复明的斗士。这些人，在清政权日益巩固的情况下，被流放被抄斩被迫隐居被迫远走他乡的，不计其数。词人也因此差点牵连其中。而骨子里的那种忠义思想，似乎并不会随着形势的改变而有所变通。于是，他们借助诗词，婉转传递着这样那样的信号。《长亭怨慢·雁》，就是这样的一首词。词人在孤雁的描摹之中，寄托着复国理想，无法实现却又无法言明的隐秘哀怨。

词人是咏物词高手。全词写雁，从雁的飞翔到雁的飘落，从雁的形态到雁的情态，细细写来，却不着一字。字字写雁句句扣题，却通篇不见一“雁”字。

结多少、悲秋俦侣。特地年年，北风吹度。紫塞门孤，金河月冷，恨谁诉？回汀枉渚，也只恋、江南住。随意落平沙，巧排作、参差筝柱。

雁阵惊寒，南归之时，失散了多少当年结队而行的同伴？西风起，北风紧，凄凉困苦年年只相似。流寓北方的词人，于山西大同境内的雁门关、金河水，有着特别的情愫。身在异乡，北雁南归，而家住江南日夜思慕南归的词人因为避难却不知何日是归期。那份孤冷与凄惶，却是无处诉漂泊苦无处流寂寞泪。

漠北之地，虽也可作栖息地留恋处。大雁低回，心中不忘的依旧是江南风物故乡情怀。雁阵暂时的栖息，暂时的散落金水河畔，看似悠闲，只是，他乡终归不是淹留之地。

群雁憩息时，随意飞落平沙，即使是休憩时，也不忘队形的排列，如筝柱如准绳。

群雁起飞时，飞入云端飞掠水波，即使是远飞，也不忘身形的优美，如悬针如垂露。

群雁南归时，如惊弓之鸟已经无法完成南归的旅程，仰望云天，感叹身世之悲命运之苦。南归的大雁，相比那个云游四方远离故土的词人来说，似乎还是幸运的。因为词人，是连想要回家的自由也是没有的。

写不完的北风、冷月、孤门、败荷、疏雨、暮色，道不尽的流浪、孤寂、伤怀、失意、绝望、惊惧、担忧。

南宋词人张炎的《解连环·孤雁》有“写不成书，只寄得相思一点。”而词人，是连那一点相思意也无处可写无处可寄。从这个角度来看，《长亭怨慢·雁》是同道友人复明失败之后的那份落魄与绝望。当然，真正的优秀词作，可以抛开时代的局限甚至是词人写作的思想局限而阅读出更为广泛的美学意味。

高阳台·桥影流虹

吴江叶元礼，少日过流虹桥，有女子在楼上，见而慕之，竟至病死。气方绝，适元礼复过其门，女之母以女临终之言告叶，叶入哭，女目始瞑。友人为作传，余记以词。

桥影流虹，湖光映雪，翠帘不卷春深。一寸横波，断肠人在楼阴。游丝不系羊车住，倩何人、传语青禽？最难禁。倚遍雕阑，梦遍罗衾。

重来已是朝云散，怅明珠佩冷，紫玉烟沉。前度桃花，依然开满江浔。钟情怕到相思路，盼长堤、草尽红心。动愁吟。碧落黄泉，两处难寻。

西晋的卫玠，年少时乘坐羊车去街市，引起众人围观，惊为玉人。西晋潘安年轻时夹着弹弓走在洛阳大街上，遇到他的妇女手拉手地围住他，惊为天人。西晋时期，似乎很开明。宋元之后，经过了南宋程朱理学思想的不断熏陶，曲解的理学被统治者恰到好处地运用于社会的方方面面。人性的压抑，思想的保守，行为的限制，使中国渐成顽固不化的壁垒。

康熙年间，叶元礼风神俊秀，才华横溢，博得无数青睐的眼光。那位深居楼台的闺中女子，偶然的一瞥，竟至相思成疾，心念成灰。哀婉动人的爱情故事，催生了动人的诗篇。

苏南是一个富有诗意的地方。小桥流水，有着别样的诗情。湖光雪景，有着别样的画意。这是一个初春的早晨，帘幕低垂，佳人临窗梳妆，正是春意萌发的时候，亦是春情萌生的季节。故事就在怀春少女的偶然回望中渐渐动人。

"一寸横波，断肠人在楼阴"，一双含情目，一段相思情。却是此情谁诉？眼见情郎远去，少女步出闺房，来到雕栏边，想要用自己的深情留住远去的脚步，想要让青鸟为自己传递爱的信息，可是，这些，仅仅是一念之间。从此后，不复有再见的机会，唯有日日梦中的思念，唯有拥被寄相思，夜夜独自眠。那份痴情，只换得空洒相思泪，魂归离恨天。

这个故事，没有开始，没有发展，只有高潮。当男子再次偶然经过溪桥的时候，一切都已经不复当初。词人在此，连用了三个凄美的爱情故事来濡染这深情的单恋。宋玉笔下"朝为行云，暮为行雨，朝朝暮暮，阳台之下"的巫山神女，《列仙传》记载郑交甫所遇的赠珠仙女，《搜神记》中传说夫差小女的紫玉姑娘，人世间，唯有"情"字难解。

未嫁而死的巫山神女，恰如痴情的少女，死在一个人的相思里。偶遇郑交甫的赠珠仙女，恰如偶遇叶元礼的少女，不同的人之间，生活没有交集。痴恋书生的紫玉姑娘，恰如钟情于叶元礼的少女，为情而痴为情而亡。

当叶元礼再次来到当年的桥边，那位美丽的少女早已香消玉殒了，那份痴情也已经降低了温度，那美丽的故事也要烟消云散了。"人面桃花相映红"，桃花依旧，可是，那个惊鸿一现的女子，却已魂飞天外。被这份痴情感染着的叶元礼，唯有期盼那长堤青草，年年为红心一颗，伴随少女芳魂，诉说衷情。唯有希望将来的某一天，即使是"上穷碧落下黄泉，两处茫茫皆不见"，也定要相遇黄泉路，不负少女心。

少女的痴情得到了情郎的应和，少女的芳魂当可以安息了。浪漫的文人，喜欢给故事增添一些亮色，让多情的少女不至于孤魂无依。

清逸淡远的神韵诗说
——王士祯

王士祯，明亡时，年仅十岁，这是王士祯的幸运，不必在新旧更替之时如前辈文人那样的艰难抉择。不用学习王夫之那样隐居山野，也不用学习钱谦益那样被迫降清。不必背负沉重的精神包袱走进新王朝。仕途经济很顺利，文人之路也很顺畅。仕途上，得到康熙帝的赞赏与信任。文学上，得到钱谦益的提携与赏识。是深得康熙帝青睐的学者诗人，是继钱谦益之后的清初文坛盟主，是官至刑部尚书的显赫高官。

王士祯，他的诗歌，多的是山川草木与个人情绪的描写。不需要像忧怨的诗人用血泪铸就文字。从内心出发，以古典为经，演绎出许多华美的诗歌。他的成名诗《秋柳》中的悲伤意味与幻灭意识，仅仅是一种美学的追求。他倡导的神韵说，主宰诗坛数十年。他的诗歌创作和诗学理论在清代达到了顶峰。作为一个读书人，作为一个经历朝代更替的文人，他是幸运的。可喜的是，他没有在顺风顺水中迷失自己。他的勤奋与多产，为中国文化留下了大量的著作与大量的诗歌。

当落拓不第的蒲松龄带着自己的奇书《聊斋志异》找到王士祯的时候，王士祯没有因为此书的奇谈怪论而大惊失色。临别赋诗曰："姑妄言之妄听之，豆棚瓜架雨如丝。料应厌作人间语，爱听秋坟鬼唱诗。"为了让《聊斋志异》出版，王士祯在该书上大书"王阮亭鉴定"，使得各家书坊争相求索书稿，以刊刻《聊斋志异》为荣。《聊斋志异》成为广为关注的小说集，得益于王士祯的慧眼识才。

王士祯的《秋柳》诗歌如此知名，今天，济南的秋柳园，已经不复当年的繁盛。而当初，年仅24岁的王士祯初到济南，写下四首《秋柳》，大江南北一时应和者甚众，连顾炎武也由京抵济，作《赋得秋柳》唱和。并因此而产生享誉当时文坛的文社——"秋柳诗社"。王士祯运气真的很好。刚好他的诗歌被人传唱开来，刚好顾炎武有这样的雅兴到济南附和。而王士祯此时，只是一个初出道的青年才俊。

秋柳（四首选一）

秋来何处最销魂？残照西风白下门。
他日差池春燕影，只今憔悴晚烟痕。
愁生陌上黄聪曲，梦远江南乌夜村。
莫听临风三弄笛，玉关哀怨总难论。

白下门，曾经的六朝古都，明清之际，成为一个王朝的痛苦回忆。当年，南京虽然失去了都城的显赫地位，但依然是繁华之地，烟柳之乡。而在文人笔下，是一个昔盛今衰的永恒意象。

顺治年间的某一个秋日，诗人客居济南，参加一个名流聚会，文人雅士，相聚大明湖畔，杨柳依依，正当秋日，柳叶微黄，此情此景，正可入诗。而诗人却是神思飞扬，荡开笔墨，将意境推进一层，在秋日、残柳之下，更多了一个令人浮想联翩的古都。

明清之际，是资产阶级思想萌芽的时期，关注性灵，关注个体，有一种生命的觉醒意识，一种生存的无常悲悯，一种命运的无奈悲叹。意识到美好东西的必然消亡，是一种觉悟，是一种痛苦，也是一种悲剧。所以，24岁的王士祯在《秋柳》诗中，表现了深深的幻灭感与失落感。

夕阳、西风、秋日、衰柳之下的白下门，透露着深深的悲凉意味。曾经的池塘春色化作衰草枯杨，曾经的燕子双飞已经无迹可寻，今日的夕阳西下徒增几许悲伤的色调。按理，年轻的诗人，应该可以从秋日的黄昏里看到一点亮色一丝希望。可是，他想起的依旧还是那些伤感的故事，想到的是人生的可遇不可求的悲凉。黄骢马曾经是唐太宗的最爱，那首为它演绎的歌曲似乎还回荡在耳际，可是，逝去的马儿不能重新唤醒。乌夜村曾经是晋穆帝的皇后的娘家，那美丽的传说依旧那么动人心魄，可是，繁华之梦是那么遥远。所有的繁华，最终都成为一个美丽的传说。

"羌笛何须怨杨柳，春风不度玉门关"，王之涣笔下的塞外凄苦生活场景的描写，化为了南京城池的荒废。面对秋景，哀伤的是好花不常开。面对人生，哀叹的是生命不常在。笛声悠扬，笛声又是哀怨的渊薮。玉关荒凉，玉关又是梦绕的所在。

全诗因残柳而起，因秋柳而歌，因秋柳而叹，却无一"柳"字。这是诗人的高明之处，是古典诗歌的韵味所在，亦是王士祯神韵诗的杰出代表。

高邮雨泊

寒雨秦邮夜泊船，南湖新涨水连天。

风流不见秦淮海，寂寞人间五百年。

公元1660年的三月，诗人途经高邮前往扬州任推官之职。此时诗人的心境很舒畅。因为《秋柳》组诗而名声大振，因此很自负。"寂寞人间五百年"，秦观，苏门四学士之一，应该是高邮文学史上最有成就的诗人。而同时，秦观的诗歌风格，也刚好是王士祯所喜欢所倡导的。于是，有了这份超越时空的惺惺相惜之感。

“寒雨秦邮夜泊船，南湖新涨水连天”，高邮历史上亦称秦邮，诗人此说暗合秦观之姓。后文自然联想起高邮名人秦观来。夜泊南湖，寒雨连绵，水天相连，孤舟傍岸，实在有着深深的苍凉之感。潇潇暮雨，诗人顿感一种孤寂与怅惘。不知此去扬州，是何处境，是何情景？迷茫怅惘之感，弥漫心间。

“风流不见秦淮海，寂寞人间五百年”，秦观自称淮海居士。从秦观去世到王士祯到此，期间历经五百年风云。五百年间，似乎没有再出现如同秦观这样的大才，亦或者，无人到此，凭吊过秦观。诗人感到了那种穿越五百年的孤独、寂寞与荒凉。

在风雨如晦的雨夜里，在波浪激荡的扁舟上，在浩渺无边的湖岸边，诗人希望用内心的强大来正视未知的前途。希望用古今的对话来完成心灵的安抚。

再过露筋祠

翠羽明珰尚俨然，湖云祠树碧如烟。

行人系缆月初堕，门外野风开白莲。

王象之《舆地纪胜》记载：“露筋祠去高邮三十里。旧传有女子夜过此，天阴蚊盛，有耕夫田舍在焉。其嫂止宿。姑曰：‘吾宁死不失节。’遂以蚊死，其筋见焉。”

若非有寺庙为证，似乎很难相信故事的真实性。今日青年，看到这样的故事，只能当一个笑话来看了。而在王士祯笔下，村姑还是得到了极大的认同，同时被认同的还有明清之际的江南学子政治立场的选择问题。这首诗歌，最充分体现了王士祯的神韵诗说。

荒野之地，一座破庙，周遭有树，树下池塘，似乎开着白莲。这样的环境，在乡间，是随处可见的。但因为这座庙隐着一个曾经忧伤而又荒诞的故事，更因为途经此地此景的是一位有着美学情趣的诗坛盟主，于是，诗意得到了极大的舒展。

“翠羽明珰尚俨然”，一个被误导的村姑，诗人给了她最美丽的假想，黛眉如山，环佩叮当，诗人愿意想象这位被供奉的女子是天界仙女下凡人间，是贵族小姐沦落村野。如此，周遭的景致才会看着那么的美丽迷人。

“湖云祠树碧如烟”，古典诗词的意境，是通过一些景物的有序排列而成的。祠中神像，湖边寺庙，寺周绿树，湖上白云，四望苍翠，“如烟”两字，让一般的物象成为意象，给文字添上了诗意。缥缈之感出来了，迷离之感出现了，朦胧之美显现了。

“行人系缆月初堕”，有美景如此，途经此地的诗人，自然是要驻足停留的。月落之时，停舟夜泊，诗人眼中心里笔下，所见所思所感就不只是一座古寺而已。他一定也想到了江南学子在明清之际的种种艰难抉择，也想到了自己幸运地晚出生10年左右而不必背负那个沉重的忠孝包袱。虽然，他内心对那个女子的选择还是要肯定的，肯定的还有那些相关的伦理价值。因为，这些道统思想，是千年的文脉。

“门外野风开白莲”，诗人依旧还是要维护那些道统思想，还是要以白莲联想那位为所谓贞节而牺牲性命的女子。思想的纯净与纯洁，总是值得敬佩的。但这些，都在不言之中。读者眼中所见的，就只是那一晚的风流。静夜残月，郊野微风，行人远来，白莲正放，这是多么美好的境界。在这个寂寞的夜晚，在这个可以独自思考的郊外，诗人眼中心中，也有着如白莲花开的宁静与幽远。

真州绝句（其四）

江干多是钓人居，柳陌菱塘一带疏。

好是日斜风定后，半江红树卖鲈鱼。

公元1662年，王士祯任扬州推官，路过真州，写下这首最为脍炙人口的名作。一首好的山水诗，一定是可以入画的。比如王维的诗歌，是诗中有画，画中有诗。真正的山水诗，就应该这样。王士祯是一位杰出的诗人，同样也是一位造诣很深的画家。所以，他的山水诗，如此精彩。

“江干多是钓人居”，普通的生活场景，一旦进入诗人笔下，就有了美学的意味。一个渔村，几座房舍，若你眼中只出现这些，那你不具审美的能力。还得从几间茅舍之中，见出生活其中的渔民，还得见出晚霞里袅袅升起的炊烟。还得从那个“多”字里看出这里生活的热闹。甚至还要能见出停泊江边的渔船，以及打渔归来的渔夫脸上的笑颜，甚至还能见出鱼儿跳跃的情景，见出一家围坐吃鱼的场景。如此，当你的思路慢慢伸展开来的时候，诗意就真的被你捕捉得彻彻底底。

“柳陌菱塘一带疏”，若视野只是关注渔民以及那几间房舍，就不是一个好的诗人也不是好的画家，视野得放开来，看到远近的风物，增添几许诗意。看到一幢幢茅舍与一排排柳陌的疏落有致，看到一条条渔船与一方方菱塘的亲密有间，这样的美景才是令人神往的，渔民生活显出了一份平淡与悠闲，显出了一份宁静与优美。

“好是日斜风定后，半江红树卖鲈鱼”，若笔端局限于外界的风物，少了心灵的感受，就少了神韵少了内涵。王士祯是一个善于捕捉瞬间之美的高手。江山风平浪静，夕阳西下，落日余晖洒满江岸柳树，倒映在澄净的江水中，“半江瑟瑟半江红”，渔人归来，叫卖声此起彼伏。鲈鱼，在中国的古典诗歌中，被赋予了归隐思乡的特殊含义。这里，诗人不着痕迹地表达了多层意思。所谓“不着一字，尽得风流”，是诗人一生的诗歌追求，而这首诗歌，在淡淡悠远的抒写之中，透着多少心事多少心思，实在是智者见智的事情。

题秋江独钓图

一蓑一笠一扁舟，一丈丝纶一寸钩。
一曲高歌一樽酒，一人独钓一江秋。

秋江，空濛而萧瑟，独钓，空灵而逍遥。这幅图景，不用任何的语言修饰，但就画意，就显出了淡远的审美情趣。九个“一”巧妙嵌入诗中，诗意与图境丝丝入扣。

画面本身已经有了悠远与恬淡之意，酒壶的放置，增添了画面的内涵。一件蓑衣、一个斗笠、一叶轻舟、一支钓竿，一壶淡酒，渔翁的情趣自在其中。一曲高歌，是诗人的想象，一江秋色，是诗人的感受。

“一曲高歌一樽酒”，画面感与现实感联系起来了，画中人成了另一个自己。垂钓的渔翁成了闲淡的诗人。那份潇洒那份自在，荡漾在画意间，流淌在诗意里。

“一人独钓一江秋”，真正是神来之笔！独钓的若只是满足口腹之欲的鱼儿，不但诗歌，就连画面也黯然失色。好的诗需要有鉴赏的眼光，好的画更需要有鉴赏的功力。王士祯将他的审美情趣与诗画的美学追求勾连起来，真正是相得益彰！渔人钓的是鱼？是秋？ 是渔人自足的生活？是天地之间的自在？是物我两忘的潇洒？是一江秋色的空濛？亦或者，什么也不是，只是闲坐垂钓喝酒高歌而已。只是为了在这个宁静的秋日在这个一望无垠的天地间，做一个自由自在什么也不想的闲人而已。

总以为唐人之后没有好诗。而这首诗歌的空灵之感，令人叹为观止。王士祯被共推为清初诗坛领袖，实不为过。

王士祯仕途顺利，地位显赫。而他内心的追求，依旧还是一册书一幅画一支笔而已。所得收入，悉以购书，长达30余年，从无间断，告老还乡时，惟载书数车以行，这是一个真正的读书人，即使在富贵场中如何的沉浮，依旧不变的是学子情怀，他们丰盈的精神生活，是我们这个民族最珍贵的财富。每个时代真正的读书人，他们的精神品格形成了我们这个民族的灵魂。

我是人间惆怅客
——纳兰容若

纳兰容若，缠绵的词境与显赫的身世，英俊的丰姿与横溢的才情，三百年来，纳兰容若成为中国女子梦中不朽的情人。他是情歌王子，他是忧郁歌者，亦是悲情词人。

他有显赫的家世。纳兰容若的曾祖父，是女真叶赫部首领金石台。金石台的妹妹孟古，嫁努尔哈赤为妃，生皇子皇太极。父亲纳兰明珠是康熙朝重臣。

他有如水的才华。十八岁参加顺天府乡试，考中举人。十九岁参加会试中第，成为贡士。康熙十二年因病错过殿试。康熙十五年补殿试，考中第二甲第七名，赐进士出身。

他有入仕的捷径。康熙爱其才，又因纳兰出身显赫，故被康熙留在身边授三等侍卫，不久晋升为一等侍卫，多次随康熙出巡。

这样的纳兰容若，却写着世上最哀怨的诗词，他的满腹愁绪化为满纸哀伤，读之落泪。并不是只有落魄的生活才会造就杰出的诗人。也不是只有身处困顿边缘的诗人，才会写出杰出的诗词。

纳兰容若生于富贵，却有着极大的悲悯心。当曹雪芹的《红楼梦》放在乾隆皇帝的书房时，他从贾宝玉的身上读到了纳兰容若的影子。后来的研究者于是在考据上反复做文章。而其实，纳兰容若与贾宝玉，是心灵情感心性的相似，是身处富贵心念苍生的多情公子共同的悲悯情怀。贾宝玉对黛玉的一往情深与纳兰对亡妻的心念成灰何其相似！贾宝玉有着走入仕途的捷径却切望在大观园中流连忘返。纳兰容若可以随时亲近君王却选择在一帮失意文人中吟诗唱和。或许可以这样说，知晓宝玉心事的人应该也会知晓纳兰心事。

“家家争唱《饮水词》，纳兰心事几人知？”《饮水词》，被认为是纳兰怀念亡妻的凄美词集。若只是悼亡词，何须一写再写？三十岁早逝的词人，从二十岁亡逝的妻子那里，看到了命运的无常与生命的脆弱。纳兰反复诉说的是心灵深处的迷茫。那些外在的富贵与显赫，在他，只是如浮尘一般缥缈。纳兰词，从两性之间，在盛衰之中，悟出生命的本质。

纳兰容若，是如此干净的男子。一如宝玉一般，宝玉眼中的男子，都是污浊不堪，认为女子只要接触到这些男人，就变得俗不可耐。纳兰将自己的家安置在一个背山面水的地方，一再出现在他词中的渌水亭，是真正的风雅之士的聚会场所。他们相聚一起，只关风月不问仕途。渌水亭，芙蓉围绕，山泉流淌。玉泉山下芙蓉殿，瓮山泊畔芙蓉花，是纳兰吟诗会友的所在。《饮水词》《侧帽集》再现当年的风月情怀沧桑往事。

蝶恋花·出塞

今古河山无定据。画角声中，牧马频来去。满目荒凉谁可语？西风吹老丹枫树。

从前幽怨应无数。铁马金戈，青冢黄昏路。一往情深深几许？深山夕照深秋雨。

纳兰容若，这个忧郁的小子，即使是在塞外边地，也依然要用他的忧伤，为历史涂抹上一道柔情，为塞外增添一丝妩媚。为他的忧伤寻到一个合适的理由。

没有什么是天长地久的。几千年的人类历史，犹如一场场不断上演的悲情剧。只有局外人，才能看懂其中隐秘的禅意。纳兰容若是那种有着天然禅悟的词人。他从繁华里看到荒芜，从现世里看到更替，从荒凉中看到世情的虚幻。

悲剧意识，几乎是与生俱来的审美能力。康熙帝是清朝建国之初有着雄才大略的君王，作为皇帝近臣的纳兰，却没有开国之初豪门世子的激情与豪放，竟然有着末世文人的感伤与悲悯。

江山无主，人事无常。每一次战争，每一次出征，每一次生死，每一次离别，只有依旧遥远的荒原见证，只有依旧凄凉的西风为伴，只有依旧殷红的枫叶知晓。从一个王朝的背影里，从来没有小人物的点滴痕迹。

纳兰容若，他只需要看一眼那些荒芜的边地，看一眼当年战争留下的残垣，看一眼那个在西风中独立的昭君墓，就懂得了人生的禅意。战与和，荣耀与卑微，只不过是人世存在的不同方式。纳兰深深懂得，荣耀有一天会成过眼云烟。就比如他显赫的父亲，最终老死狱中。就比如那些战功赫赫的将领，最终寻不到归路。就比如那些豪气万丈的战士，最终抛尸荒野无人问津。

"一往情深深几许？深山夕照深秋雨。"为谁深情？是谁深情？或许只有深山知晓只有夕照明白，抑或只有秋雨懂得。夕照也好秋雨也罢，只是暂时的存在形态。静默的深山，不会道出其中的秘密。

能在得意与轻狂的年纪懂得放低姿态，能在繁华与盛世里看到历史的背面，这是一种精神的高贵。纳兰的魅力，就在于此吧。

采桑子

谁翻乐府凄凉曲，风也萧萧，雨也萧萧，瘦尽灯花又一宵。

不知何事萦怀抱？醒也无聊，醉也无聊，梦也何曾到谢桥？

野史记载，纳兰容若一生爱过三个女人。一是年少之时的表妹，后来入宫为妃。一是青年之时的卢氏，婚后三年病逝。一是丧妻之后的沈宛，他们的爱情无疾而终。

纳兰容若的诗词有着无以言说的深沉哀怨，他用三百多首词反复宣泄着这种情绪，就如同这首《采桑子》。一个无眠之夜，凄风苦雨间，不知从谁家的窗户里传出哀怨凄凉的歌曲？不知是哪一位多情人也是这般落寞？一首回荡在夜空中的哀曲，勾连起了两个素不相识的人，在此时此刻在这个雨夜在这个不眠夜，有了心灵的相通有了情感的共鸣。

“梦也何曾到谢桥”，“谢桥”，诗词中代指冶游之地，或指与情人欢会之地。似乎词人在最后还是忍不住要告诉你，他的哀愁，依旧还是没有脱离才子佳人的范畴，依旧还只是儿女情长的得与失。

“不知何事萦怀抱？”其实，词人不说因何事而心绪难安，因此而生发出种种可能。敏感的读者能够获得更多的审美愉悦。这种哀愁，是在清醒与醉酒之间亦徘徊不去。

俊秀潇洒如纳兰容若，身边一定不会缺少女人，只是，能够走进他心灵深处的女子不在。才华横溢如纳兰容若，出身名门朝夕伴君深得君王赏识的他，本可以有一番作为，只是，御前侍卫与文人性情很难协调。佳友如云与心灵孤独相辅相成。官场的复杂与文人的单纯很难和谐。官本位思想与桃源情结很难妥协。纳兰容若的愁与怨，在这里，似乎找到了一个可以解说的理由。只是，他用男女欢爱为灵魂穿一件时尚的外衣。于是，许多喜欢纳兰容若的人，阅读他的诗歌，以为他只是情歌王子。

浣溪沙

谁念西风独自凉，萧萧黄叶闭疏窗。沉思往事立残阳。
被酒莫惊春睡重，赌书消得泼茶香。当时只道是寻常。

“谁念西风独自凉”被许多研究纳兰容若的作者用做一篇文章或一本书的标题。这句诗，或许最能见出容若的生活状态与心理感受。这是一首写给亡妻的悼亡诗，但诗词本身的魅力不仅于此。文学的魅力就在于有着无限的延伸空间。没有留白的诗词，是没有韵味的。

“谁念西风独自凉”，当年西风起，天气凉，有爱人不断提醒添衣加衫。今日秋意浓，寂寞冷，斯人早已远去。孤身一人，如何独对这份空寂与寒冷？如何独对这份空旷与萧索？抑或者，词人从西风里看到了生命的渐逝，从孤独里看到了生存的常态。纳兰容若是一个深具悲悯情怀的词人。所有的悲悯，本质上都是对生命的无奈与无助。

“沉思往事立残阳”，往事、残阳、沉思，背景是冷的，回忆是苦的，思念是痛的。一个独立西风、夕阳，沉浸往事、回忆之中的词人，带着忧伤带着凄苦，来到眼前。

“当时只道是寻常”，酒后小睡，春景正长，这是怎样的惬意与舒心！闺中赌赛，襟满茶香，这是怎样的琴瑟友和！人生有许多幸福的瞬间，有许多值得珍惜的拥有。只是，“不识庐山真面目，只缘身在此山中”，失去的永远是最好的，得到的永远不懂珍惜。身陷囹圄，才懂得自由的珍贵。遭遇麻烦，才知道平淡的幸福。幸福的滋味往往留在日后的回忆中。

浣溪沙

残雪凝辉冷画屏，落梅横笛已三更，更无人处月胧明。
我是人间惆怅客，知君何事泪纵横，断肠声里忆平生。

“我是人间惆怅客”，我用此作为写作纳兰容若的标题，真是感觉特别贴切。人人争读纳兰词，纳兰心事几人知？想起研究庄子的刘文典说，世上只有两个半人能懂庄子，一个是庄子，一个是刘文典，还有半个没出生。读懂纳兰的，不知能有几人？他的那些浩瀚无边的愁绪缘何而生因何而来，为谁而生因谁而发？实在是一个谜语。带着这个谜语解读纳兰词，却又收到了极好的效果。

雪中画、画中景，应是极佳的雪后风味。雪后院落，干净纯粹，雪映画屏，人在景中，应是极美的空灵景致。而具有独特忧郁气质的纳兰，身处繁华盛世，眼见残雪冷意，画屏冷光，平添一份禅趣。三更夜，好梦难续。梅花落，飘零入泥。横笛吹，弥漫成伤。

冬夜寂静，宜于忧伤。家族的富贵与诗人的气质，很难协调。纳兰容若在人群中感觉到了深深的孤独。月色朦胧，宜于怀想。知己凋零，爱人远逝。多愁多病的纳兰容若，身上兼具宝玉的诗性与黛玉的柔弱。贵族公子的浪漫诗情，一定不会被家族认可，难登大雅之堂。

纳兰公子，在芸芸众生间，找不到合适的位置。他在富贵荣华中，看不到生命的本真。于是，在清初的诗坛词坛，有着这样的一个忧郁的人：一个在雪夜的冷辉中，踽踽独行的漫游者；一个在现世的喧闹里，彷徨迷茫的独行客；一个在回忆的虚幻中，泪湿青衫的失意人。

天尽头 何处有香丘

——曹雪芹《葬花词》

北京西郊黄叶村，因为曹雪芹而声名远播。今天，到这里寻访探究的学界文人数不胜数。公元1750年，曹雪芹生活进入到了最后的潦倒境地。“残杯冷炙有德色，不如著书黄叶村”。他需要借用手中之笔，抒写生命的领悟与思考。需要借助文学形式，记录一生的繁华与凋零。

有人说，当你飘零荒岛，只能带一本书，许多人会选择《红楼梦》。因为，这是一本佛经书，一本青春的书，一本唯美的书，一本生命的书，也是一本百科全书式的书。

一部红楼，无限遐思。没有哪一部小说，敢于在开头预先告知结局。没有哪一部小说，可以让人用一生去阅读。没有哪一部小说，留下这么多未解之谜。也没有哪一部小说，只是半部就博得盛誉。

法国评论界赞扬曹雪芹具有布鲁斯特的敏锐目光、托尔斯泰的同情心、缪西尔的才智和幽默，有巴尔扎克的洞察和再现包括整个社会自下而上的各阶层的能力。

曹雪芹长恨半生潦倒，一事无成，在贫穷潦倒的境遇里，不免纵酒狂歌，抑郁悲伤。所有杰出的文人，总是在悲欢离合中铸炼文字，在穷愁潦倒中成就辉煌。由繁华而入幻灭，曹雪芹对生命有一种领悟。于是，他的红楼如此出色。

今天，我们都生活在《红楼梦》的繁华与凋零里，生活在《红楼梦》的诗意与追求里，生活在曹雪芹的精神世界与生命感悟里。今天，我们不断从小说的人物身上，观照生命的状态，从小说的诗词中，寻找生命的美丽。

二十七回，宝钗扑蝶、黛玉葬花。曹雪芹将这两个最美的故事叠放在一起，让读者自己去感悟去审美。一个是风和日丽、蝴蝶纷飞，体态丰满的女孩扑蝴蝶的美；一个是花落花飞、红消香断，瘦弱孤独的女孩葬落花的美。扑蝴蝶的女孩，看到了生命的繁华与热闹的表层。葬落花的女孩，看到了生命的凋零与孤独的本质。

“至次日乃是四月二十六日，原来这日未时交芒种节。尚古风俗：凡交芒种节的这日，都要设摆各色礼物，祭饯花神，言芒种一过，便是夏日了，众花皆卸，花神退位，须要饯行。然闺中更兴这件风俗，所以大观园中之人都早起来了。那些女孩子们，或用花瓣柳枝编成轿马的，或用绫锦纱罗叠成干旄旌幢的，都用彩线系了。每一棵树上，每一枝花上，都系了这些物事。满园里绣带飘飖，花枝招展，更兼这些人打扮得桃羞杏让，燕妒莺惭，一时也道不尽。”

芒种节到了，它是当年闺中少女最热闹的节日，大观园的树枝上绑满了丝线、彩带、香囊，女孩子们聚在一起，打扮得花枝招展，在春末进行着最后的狂欢。这里，没有黛玉，她永远是站在远处，冷眼旁观别人的热闹与繁华。黛玉骨子里有着一份无法排解的哀伤与孤独，让她无法参与到别人的繁华里。当女孩子们在花神的迎送之间，享受青春的快乐时，唯有黛玉，沉浸在青春逝去的悲哀里。

花谢花飞飞满天，红消香断有谁怜？

游丝软系飘春榭，落絮轻沾扑绣帘。

百花在最美的状态里凋零，最美的季节里枯萎。淡褪了朱颜，消散了芳香，一季花开花落，人们只是在意来年花开。而其实早已经是此花非彼花了。

当我们凝视窗外的飞絮，还能记起此飞絮是哪一朵花儿飘下来的么？当我们推开门帘，还能追寻到哪一朵花曾经留下过芬芳吗？

亦如人生，最美的时光，总是在不经意间流逝了散去了，当往事慢慢爬上心头，蓦然回首，才发现，早已经不复当年。

闺中女儿惜春暮，愁绪满怀无释处。
手把花锄出绣帘，忍踏落花来复去？

黛玉是唯一懂得花语的人，是唯一读懂生命本质的人。许多时候，过于清醒，意味着更多的痛苦。黛玉是大观园中活得最清醒的那一个。于是，也是活得最痛苦的那一个。

黛玉拿着花锄，走出绣房，在满园落花间，举步轻盈。不敢踩踏了落红，生怕亵渎了花神。这是黛玉对生命的一种悲悯，对人生的一种领悟。今天，这样唯美而经典的画面被不同的艺术种类不断复制。

柳丝榆荚自芳菲，不管桃飘与李飞。
桃李明年能再发，明年闺中知有谁？

黛玉的悲哀与生俱来。她来到人世间，就是为了还泪。于是，她的心境总是敏感而多愁。人世间，有些人过得很累很苦，有些人过得逍遥自在。而真正悲悯的人，会看到生命底层的状态，会懂得现实的本真模样。黛玉从自己的身世里看到了生命的本真，她是大观园中第一个看到繁华凋零的人。年幼的她，从父母双亡里，懂得了生命的无常与死亡的必然。

三月香巢已垒成，梁间燕子太无情！

明年花发虽可啄，却不道人去梁空巢也倾。

所有的预设，最后，都逃不过命运的安排。两小无猜的宝黛之间，不会按照既定的轨道发展，这是一种宿命。以青春换取未来的美好，最后却发现，那个付出的人已经不在了，未来成了空中楼阁。为爱情付出一切美好的心愿，却发现，那个爱情也只是虚幻的泡影。这是一种深沉的悲剧。黛玉在自然的花开花落之间，预知了自己的死亡。在最繁华的年纪，闻到了死亡的气息，这是一种禅的境界。所有的东西都是一场空幻，黛玉对生命对人世，有着深深的幻灭感。

一年三百六十日，风刀霜剑严相逼。

明媚鲜妍能几时？一朝漂泊难寻觅。

我总以为，这样的语言不该属于黛玉。在我，以为黛玉是那种会哀叹会悲悯不会抱怨的超凡脱俗的女子。因为懂得，所以慈悲。或许，这只是作者为黛玉鸣不平。黛玉，是曹雪芹理想生命状态的另一个存在。他不希望黛玉活得这么累这么苦。同时，曹雪芹似乎在借黛玉表达自己生命里遭遇的磨难，借黛玉祭奠家族的悲剧命运。锦衣玉食、荣华富贵，最后亦如飘零的百花一样，无处可寻，这才是生命的常态。

花开易见落难寻，阶前闷杀葬花人。

独倚花锄泪暗洒，洒上空枝见血痕。

以“血痕”喻湘妃竹，黛玉的还泪与湘妃的哭舜，一样痴情。翠竹的孤高与黛玉的孤寂，一样脱俗。当所有人沉浸繁华与热闹里，唯有黛玉，“独倚花锄泪暗洒”，为落花，为春去，为年华，为岁月，为生命里所有值得珍惜的一切。今天，很难理解，一个十几岁的女孩子，竟然对生命有如此厚重的感悟。黛玉的悲伤，是人类普遍的命运悲剧。宝钗是看到花开看不到花落的人。许多人，只会欣赏花开的美丽，就如同欣赏灿烂的人生。很少有人懂得放低生命的姿态，透过繁华看到生命的卑微与弱小。

杜鹃无语正黄昏，荷锄归去掩重门。
青灯照壁人初睡，冷雨敲窗被未温。

冷艳孤寂的黛玉，一个独特的意象，一个美丽的存在。读红楼，若不喜黛玉，是因为不懂，因为世俗。她不需要热闹，她荷锄葬花，与花语，诉心事，静静地待一整天。春天里的每一点鲜艳，都是因了杜鹃泣血。寒冷、凄凉、孤独、寂寞，黛玉深味其中的悲凉与宿命。黄昏降临，孤灯残照，寒雨敲窗，人们开始进入梦境，而黛玉，依旧活在自己的悲哀里，一时难以释怀。

怪奴底事倍伤神？半为怜春半恼春。
怜春忽至恼忽去，至又无言去不闻。

没有开始，就没有结局。没有离别就没有相聚。春来春去，亦如人生的来来去去，一季花开的心事，唯有黛玉懂得。春光亦如青春，在不经意间在指缝之间悄然而逝。恋春是一种痴情，伤春亦是一种痴心。花非花雾非雾，十几岁的黛玉，还无法通透禅意。无法泯灭生死界限。黛玉，从别人的热闹里看到寂寞，已是一种难得的醒悟。

昨宵庭外悲歌发，知是花魂与鸟魂。
花魂鸟魂总难留，鸟自无言花自羞。

一夜风雨声，原来是生命的挽歌。整个花园里，都是悲伤的歌声，那歌声，是花魂哭泣，鸟魂悲鸣。候鸟来去，花开花落，她们在为自己的生命做最后的祭奠。“鸟自无言花自羞”，每一个生命，都在自己的观照里完成一个完整的仪式。生命的孤独是一个宿命，别人无法理解更无法挽回。

愿奴胁下生双翼，随花飞到天尽头。天尽头，何处有香丘？

留春不住，随春而去。可是，天尽头，春天依然还是要走的，飘零的生命，何处是最后的归宿？在悲哀的生命里，一切的强求都显得如此无奈。“天尽头，何处有香丘”，在天涯海角，是否有一个可以埋葬我的坟冢？对人生终极归宿的思考让黛玉的生命有了一份凝重。

未若锦囊收艳骨，一抔净土掩风流！
质本洁来还洁去，强于污淖陷渠沟。

黛玉是绝不愿苟活于世的人，而窒息的社会却又无法让她获得心灵的一方净土。“质本洁来还洁去”，对干净的坚持，对纯净的痴念。红楼中的女子，真正纯净的唯有黛玉。黛玉最后的焚稿断痴情，以此完成她与尘世间最后的决绝。黛玉，保留了贵族女子最后的尊严与高贵。

尔今死去侬收葬，未卜侬身何日丧？
侬今葬花人笑痴，他年葬侬知是谁？

回到葬花，为花痴为花怜，却原来，自己的未来抑或不如花。“他年葬侬知是谁”，是对生命的一种警醒。花叶零落，有相知的黛玉为她们安排香冢，而黛玉不知道自己的生命还有多久，不知道未来会有什么结局，不知道是否会有人为她寻一个最后的归宿。哀悼花的生命亦是哀悼自己的生命。

试看春残花渐落，便是红颜老死时。

一朝春尽红颜老，花落人亡两不知！

“一朝春尽红颜老，花落人亡两不知”，悲伤从心底涌出，这是一种来自灵魂深处的苍凉与孤独。寄人篱下的黛玉，始终活在孤独里，她往往看到死亡而看不到前路。今天，花落有人葬，他日，人亡有谁怜？宝玉听到此处“哭倒于山石之上”，想到百年后斯园、斯地、斯人、斯景都已无形可觅。宝玉想到的是未来皆为空，黛玉认为当下即为空。宝玉害怕离散害怕孤独，黛玉是习惯离散习惯孤独。

清人明义《题红楼梦》诗里说：“伤心一首葬花词，似谶成真不自知。”脂砚斋的甲戌本眉批曰：“余读《葬花吟》，至再至三四，其凄楚感慨，令人身世两忘，举笔再四，不能下批。”今日借此文妄议妄批，诸君见谅。

后 记

《千年诗情千年叹——领略古典诗词的美》，最初的创作是应《中学语文》的“诗海采珠”专题栏目而开始写作现当代诗歌审美阅读，后来慢慢开始写作古典诗歌审美阅读。当古典诗歌部分形成了一个较为完整的体系之后，现当代部分却成了一个可有可无的存在。因为篇幅的限制，如今面世的这本文集，保留了古典诗词部分，而删减了现当代诗词部分。在我是一种遗憾，就如同长大了的孩子，最后离开了出生的地方，走向了另一条完全不同的路。

从现当代出发回望古典文化，既是仰视亦是反思。以当代视野回照古典情怀，让古典诗词多了一种阅读上的开阔与文字表述上的张力。现在，大家看到的这本《千年诗情千年叹——领略古典诗词的美》，缺少了古典情怀的当代延续是一种遗憾。正如邹贤敏教授在序中所言：“古代知识分子的坎坷人生和悲剧命运‘千载难解，千古延续’，现代知识分子的困境与此一脉相承。在他们身上也仍然延续着对诗意和美的追求，闪现出坚守灵魂自由与尊严的光影”，这种遗憾，我想通过一本新书加以弥补，这是另一个写作计划。

先生用了半年时间断断续续看完书稿，才开始动笔写了六千多字的序文，这与一般人写作书序有着本质的不同。而先生的序中之意，除了那些因为爱护鼓励而有的溢美之词，可以说写出了我写作的全部思想。而南山先生亦是我多年的文友，他的书序亦是涉及了现当代部分，他本人即是一位当代诗人。所以，对这些文字也有着特别熟悉的味道。

先生序中对那些删减的部分似乎钟爱有加，于我，就更是一种不忍。在先生的书序以及我的自序中都保留了现代诗歌的读后感。所以，以这篇后记作一个说明。当我告诉先生，那些现当代部分或许要删除之时，他想出了这个折中的办法，用后记说明一下书稿的整体体例，让读者了解写作者的初衷，也让那些被冷落的文字有一个呼吸的空间。

柳　青

2017年夏日于常熟